Amaya Ο Βούδας

Translated to Greek from English version of
Amaya the Buddha

Varghese V Devasia

Ukiyoto Publishing

Όλα τα παγκόσμια εκδοτικά δικαιώματα κατέχονται από

Ukiyoto Publishing

Δημοσιεύθηκε το 2023

Πνευματικά δικαιώματα © Varghese V Devasia

ISBN 9789358463965

Όλα τα δικαιώματα διατηρούνται.

Κανένα μέρος της παρούσας έκδοσης δεν επιτρέπεται να αναπαραχθεί, να μεταδοθεί ή να αποθηκευτεί σε σύστημα ανάκτησης, σε οποιαδήποτε μορφή με οποιοδήποτε μέσο, ηλεκτρονικό, μηχανικό, φωτοτυπικό, ηχογραφημένο ή άλλο, χωρίς την προηγούμενη άδεια του εκδότη.

Τα ηθικά δικαιώματα του συγγραφέα έχουν κατοχυρωθεί.

Πρόκειται για έργο φαντασίας. Ονόματα, χαρακτήρες, επιχειρήσεις, τόποι, γεγονότα, τοποθεσίες και περιστατικά είναι είτε προϊόντα της φαντασίας του συγγραφέα είτε χρησιμοποιούνται με φανταστικό τρόπο. Οποιαδήποτε ομοιότητα με πραγματικά πρόσωπα, ζωντανά ή νεκρά, ή πραγματικά γεγονότα είναι καθαρά συμπτωματική.

Το παρόν βιβλίο πωλείται υπό τον όρο ότι δεν θα δανειστεί, μεταπωληθεί, εκμισθωθεί ή κυκλοφορήσει με οποιονδήποτε άλλο τρόπο, χωρίς την προηγούμενη συγκατάθεση του εκδότη, σε οποιαδήποτε μορφή βιβλιοδεσίας ή εξώφυλλου εκτός από αυτό στο οποίο έχει εκδοθεί.

www.ukiyoto.com

Αφιέρωση

Valsamma Thomas, η αδελφή μου, η καλύτερη φίλη της παιδικής και εφηβικής μου ηλικίας, με ενθάρρυνε να διαβάζω μυθιστορήματα στα Malayalam. Έχω όμορφες αναμνήσεις από εμάς να διαβάζουμε ιστορίες μαζί, καθισμένες στα χαμηλά κλαδιά των δέντρων μάνγκο, κρυμμένες πίσω από το πλούσιο φύλλωμα, για ώρες μαζί, σε ένα αποκλειστικό δικό μας σύμπαν, στο αγρόκτημα του χωριού μας στο Αyyankunnu της Κεράλα, σκαρφαλωμένο στο Sahyadri σαν φωλιά του κούκου.

Ευχαριστίες

Ευχαριστώ την Ukiyoto Publishing και την εξαιρετική εκδοτική της ομάδα για την έκδοση ενός τόσο υπέροχου και πανέμορφου βιβλίου. Η Isvi Mishra, η επιμελήτριά μου, με βοήθησε να γυαλίσω αυτό το μυθιστόρημα και το τελικό προϊόν αντανακλά την εξαιρετική αισθητική της αίσθηση σε συνδυασμό με την αντικειμενικότητα και τη λογοτεχνική οξυδέρκεια.
Η συγγραφή αυτού του μυθιστορήματος ήταν ένας διαλογισμός, ένα ταξίδι στην ύπαρξή μου. Είχα μια αδιέξοδη εμπειρία, καθώς ταξίδεψα πολλές φορές σε άλλους, αλλά μάταια. Η Βιπασάνα με βοήθησε να σπάσω τα όρια για να πηδήξω στο άγνωστο -από τη συνείδηση της πολυπλοκότητας στη συνοδευτική και αντανακλαστική συνείδηση. Ήταν μια αποκάλυψη ότι μπορούσα να περάσω από το "δεν ξέρω" στο "ξέρω" και στο "ξέρω ότι ξέρω", την καθαρή Διαφώτιση. Η επίσκεψη στο σύμπλεγμα ναών του Μαχαμπούντι, στην Μποντ Γκάγια, ήταν ταπεινωτική και με βοήθησε να αμφισβητήσω την αλήθεια της ύπαρξής μου στη σιλουέτα του Σύμπαντος. Η Ναλάντα μου δίδαξε μερικά ταπεινά μαθήματα: να παρατηρώ την πραγματικότητα και να κατανοώ τη βεβαιότητα όπως είναι. Το ταξίδι μου στο μοναστήρι Yiga Choeling, Ghum, ήταν ένα ταξίδι στον εαυτό μου που με διευκόλυνε να συγκεντρωθώ, να σκεφτώ και να εργαστώ, αναλύοντας το αθεϊστικό καλούπι και την αναγκαιότητα της ανθρώπινης επιβίωσης. Ο Χρυσός Ναός Kushalnagara μου επέτρεψε να αντιληφθώ την παρουσία μου από το εξωτερικό, όπως λέει ο Σαρτρ ότι η ύπαρξη προηγείται της ουσίας. Από επιστημολογική άποψη, έγινα το αντικείμενο της έρευνάς μου καθώς προχωρούσε η συγγραφή.
Κάθε άνδρας έχει μια γυναίκα μέσα του- ο βαθμός ποικίλλει- η Amaya είμαι εγώ, η ίδια μου η ύπαρξη σε μια διαφορετική διάσταση που συγχωνεύεται συχνά σε μία. Ως πρωταγωνίστρια του μυθιστορήματος, η Amaya μεταμορφωνόταν μέσα από κάθε πρόταση και κεφάλαιο εμπλέκοντας τον εαυτό της στο πιάνο, την έρευνα, τη νομική πρακτική και τη Vipassana. Για εκείνη, το δικαστήριο, οι πελάτες, οι συνάδελφοι, οι γονείς, η Bodh Gaya και η Nalanda συμβολίζουν την επιβίωσή της. Η συνάντηση με τη Supriya, την κόρη της, για πρώτη φορά στη φυλακή ήταν η κάθαρση και το ταξίδι της

στο Raja Ampat ήταν το αποκορύφωμα της φώτισης. Το βιβλίο αυτό είναι μια σύνοψη των εμπειριών της. Είμαι ευγνώμων σε όλους όσους συνάντησα σε αυτή τη μαγευτική αποστολή.

Είμαι υπόχρεη σε όσους με βοήθησαν να γράψω αυτό το μυθιστόρημα, ιδιαίτερα στις Gilsi, Anju, Aparna και Jills που διάβασαν το χειρόγραφο και έκαναν τις κριτικές τους υποδείξεις.

Περιεχόμενα

Μητέρα και κόρη	1
Κλήση κόρης	23
Πατέρας της κόρης	37
Η Υπόσχεση	58
Η ελευθερία της	99
Έγκυος με μια κόρη	118
Οι ελπίδες της	135
Γέννηση μιας κόρης	153
Αναζητώντας την κόρη	171
Γίνοντας ένας Βούδας	194
Σχετικά με τον συγγραφέα	217

Μητέρα και κόρη

Καθώς παρακολουθούσε το τηλεφώνημα, η Amaya δεν φανταζόταν ποτέ ότι η νεαρή γυναίκα που μιλούσε ήταν η κόρη της Supriya, την οποία ο πατέρας της είχε απαγάγει πριν από είκοσι τέσσερα χρόνια από ένα μαιευτήριο της Βαρκελώνης. Η Amaya βρισκόταν σε κώμα όταν γέννησε, και το μωρό είχε ήδη εξαφανιστεί όταν ανέκτησε τις αισθήσεις της τρεις εβδομάδες αργότερα.

Υπήρχε μια λαχτάρα πέρα από τη λαχτάρα, μια επιθυμία πέρα από την επιθυμία να συναντήσει τη Supriya, ενώ η Amaya ταξίδευε σε όλη την Ευρώπη και την Ινδία αναζητώντας την κόρη της. Αργότερα, στη μοναξιά της μέσα στο σπίτι της μητέρας της στην Κεράλα, ζωγράφισε εκατομμύρια εικόνες της κόρης της στους τοίχους της καρδιάς της με ποικίλα χρώματα και διαστάσεις. Μόλις ξεκίνησε τη δικηγορική της πρακτική, η Supriya άναψε την ελπίδα μέσα στον εσώτερο εαυτό της, καθώς η Amaya υποστήριζε υποθέσεις στο δικαστήριο για να υπερασπιστεί τα δικαιώματα των γυναικών.

"Θα είμαι πάντα μαζί σου, Supriya, για να σε προστατεύω σε όλες τις καταστάσεις", απαγγέλλει η Amaya στο μυαλό της.

Τα βράδια, από τις πέντε, υπήρχαν πολλά τηλεφωνήματα για να κλείσουν ραντεβού μαζί της για νομική βοήθεια, και ήταν ήδη εννιά και τέταρτο όταν χτύπησε το τηλέφωνο.

Η Αμάγια μπορεί να είχε καλέσει το όνομα της κόρης της αμέτρητες φορές τα τελευταία είκοσι τέσσερα χρόνια. "Σούπρια", με ένα επιφώνημα, "σ' αγαπώ", αγκαλιάζοντάς την. Το να νιώθει τη σφύζουσα καρδιά της μικρής Supriya, τα πρώτα σημάδια της οικειότητας μιας μητέρας και μιας κόρης, ειλικρινής και αγνή, ευαίσθητη και ανιδιοτελής, ήταν μια συγκλονιστική εμπειρία. Η Supriya θα ήταν ελαφρώς ψηλότερη- ο μπαμπάς της ήταν έξι-δύο. Ο Κάραν είχε ένα γοητευτικό χαμόγελο. Ήταν στην αγορά μετοχών, αγόραζε και πουλούσε μετοχές ποδοσφαιρικών συλλόγων στην Ευρώπη, ιδίως στην Ισπανία, τη Γαλλία, τη Γερμανία και το Ηνωμένο Βασίλειο, και συγκέντρωσε πλούτο. Ένα αδιαχώριστο πολιτιστικό φαινόμενο, το ποδόσφαιρο ήταν το σύμβολο της ισπανικής υπερηφάνειας. Στο σπίτι τους στη Βαρκελώνη υπήρχαν εκατοντάδες βιβλία για το ποδόσφαιρο, την προέλευσή του, την ανάπτυξή του, την ποδοσφαιρική μανία στην Ισπανία, ιδίως στην Καταλονία, τους ποδοσφαιρικούς συλλόγους και την αγορά μετοχών.

Η μικρή βίλα της Amaya και του Karan είχε δύο υπνοδωμάτια, ένα χωλ, μια κουζίνα, μια όμορφα διαμορφωμένη τραπεζαρία και ένα γραφείο με βιβλία για το ποδόσφαιρο, υπολογιστές και άλλες συσκευές επικοινωνίας. Η βίλα διέθετε δύο μπαλκόνια, ένα στα ανατολικά και ένα στα νότια. Η θέα από τα μπαλκόνια ήταν καταπληκτική, καθώς ήταν ανακουφιστικό να παρακολουθείς για ώρες την απαλή γαλάζια Μεσόγειο Θάλασσα, σαν ένα κύμα από γαλάζια πράσινα φύλλα πλατάνου που απλώνεται στην αιωνιότητα. Η ανατολή του ήλιου είχε μια εξαιρετική λάμψη πάνω από τη θάλασσα, σαν το Diklo, το μαντήλι με τα κοσμήματα και τα κορδόνια μιας γυναίκας Ρομά, όταν χορεύει, που βλέπουμε στους δρόμους του Ελσίνκι το καλοκαίρι. Οι διαπεραστικές ακτίνες του πρωινού ήλιου ήταν σαν μια νεαρή γυναίκα που αναζητούσε το αγόρι της που κρυβόταν κάτω από τα φύλλα των φοινίκων καρύδας στις δύο πλευρές της λίμνης Vembanad, διεισδύοντας στην Alappuzha λίγο πριν από τον αγώνα με τις βάρκες των φιδιών στην Punnamada κατά την περίοδο Onam. Το συνεχές φρέσκο αεράκι χάιδευε το γυμνό της σώμα όταν στεκόταν με τον Κάραν στην ανοιχτή στοά. Αντηχούσε μέσα από τα ρουθούνια, γέμιζε τους πνεύμονες, διαπερνούσε όλα τα κύτταρα όπως ένας διαλογισμός Βιπασάνα που ασκούσε σε ένα Βούδα Βιχάρ στη Ναλάντα, χρόνια αργότερα, όπου το σεξ ήταν ανάθεμα. Αμέτρητες φορές, βρίσκονταν στο μπαλκόνι, γυμνοί, αγκαλιασμένοι, κάνοντας έρωτα. Ήταν η απόλυτη ενότητα που λαχταρούσε από τα μαθητικά της χρόνια, χωρίς να εκφράζει λεκτικά την ανάγκη της. Ρίχνοντας μια ματιά στην παραλία, αγνόησε επίτηδες τα περίεργα και άγρυπνα μάτια ενός τουρίστα που έψαχνε για ερωτικές αποδράσεις, ενώ ο Κάραν την αγκάλιαζε με πάθος .

Η Casa Mila, γνωστή και ως La Pedrera, ένα αντίγραφο των Pillar Rocks στο Kodaikanal, εμφανίστηκε από μακριά μέσα από το μεγάλο συρόμενο τζάμι. Ο Karan είχε το πιάνο του στο νότιο μπαλκόνι και έπαιζε Τσαϊκόφσκι, Παγκανίνι, Μπραμς και Κλάρα Σούμαν. Οι αγαπημένοι της ήταν ο Μότσαρτ, ο Μπαχ, ο Σοπέν και ο Μπετόβεν. Έπαιζαν για ώρες μαζί, και στα ενδιάμεσα σταματούσε να παίζει και παρακολουθούσε με θαυμασμό τα δάχτυλά του να κινούνται απαλά στο πληκτρολόγιο. Ακόμα, μερικές φορές, η μουσική του έκανε βροντώδεις αντηχήσεις βροντής ανάμεσα στις Άλπεις που ακούγονταν πάνω από τη λίμνη Λεμόνι της Γενεύης. Ήταν σαν να δημιουργούσε μουσική στη Λα Σαγράδα Φαμίλια, καθώς στεκόταν ακίνητη και την άκουγε. Η εκκλησιαστική μουσική είχε μια εντεινόμενη εστιασμένη σεξουαλική εισαγωγή, μαγνητική, σαγηνευτική και υπερθετική, κάνοντας επαναλαμβανόμενη τρεμούλα στο σώμα με μαγεμένη επιθυμία προς αυτόν προκλητική να του αντισταθεί. Ο Κάραν αποκαλούσε το πιάνο "Η αγάπη μας" και τη βίλα "ο Λωτός". Ήταν το πιο άνετο μέρος στη ζωή τους εκείνες τις μέρες. Μπορούσε να αισθανθεί τις ανάγκες της και να είναι πάντα έτοιμος να είναι μαζί της. Ενώ βρισκόταν στο μπαλκόνι, την αγκάλιαζε συχνά- το σώμα του ήταν ζεστό και εκείνη λάτρευε κάθε του κίνηση ενώ έκανε έρωτα.

Η Supriya θα ήταν αναμφίβολα σαν τον Karan. Μπορούσε να αισθανθεί τη ροή της αγάπης προς τη Supriya, αγκαλιάζοντάς την μέσα στην καρδιά της. Η Supriya μεγάλωσε μέσα στον κρυφό εαυτό της μητέρας της κάθε στιγμή της ζωής της. Ως νήπιο, ήταν η προσωποποίηση της αγάπης, ευκίνητη και χαμογελαστή κατά τη διάρκεια της βρεφικής ηλικίας. Όταν ήταν παιδί, ήταν κομπλεξική, περίεργη να μάθει, ως κουτάβι Πομεράνιαν τριών μηνών. Ως έφηβη, ήταν γιγάντια καλαμαρομάτα, αναμφίβολα δελφινίσια έξυπνη και ανέμελη σαν μωρό ελέφαντας. Η Supriya θα γινόταν σύντομα εικοσιτεσσάρων ετών με αυτοπεποίθηση και υπευθυνότητα.

"Πώς τη λένε;"

"Πώς τον φωνάζει;"

Αλλά η Αμάγια της είχε δώσει ένα όνομα, Σουπρίγια- στη μητρική της γλώσσα, τη γλώσσα Μαλαγιαλάμ, σήμαινε "πιο αγαπημένη".

Η αίσθηση της οικειότητας με την κόρη της ήταν μια εμπειρία που έλιωνε τον πάγο- ένας μικρός καταρράκτης από την κορυφή του λόφου κοντά στο σπίτι των γονιών της, τριάντα λεπτά με το αυτοκίνητο από το Κότσι, απαλός και αστραφτερός. Το καλοκαίρι, γινόταν ένα σύμπλεγμα από μικροσκοπικές σταγόνες. Αλλά κατά τη διάρκεια των μουσώνων, ξεχείλιζε. Το ρέμα που έπεφτε από το λόφο ανάμεσα σε πλούσια βλάστηση, αναρριχώμενα φυτά και ψηλούς θάμνους, περιτριγυρισμένο από καρύδες, μάνγκο και jackfruit, ήταν ένας τουριστικός πειρασμός: το πράσινο, ο καθαρός αέρας, τα πουλιά που κελαηδούν, οι σκίουροι που πηδούν και οι πράσινοι παπαγάλοι με τα χρυσά ράμφη. Το να βλέπεις τους σκίουρους να πηδούν από το ένα κλαδί του μάνγκο στο άλλο, ήταν σαν εκπαιδευμένοι παίκτες του βόλεϊ να σπάνε τη μπάλα. Οι σκίουροι ήταν οι καλύτεροι ακροβάτες, καθώς ήταν ικανοί για κάθετα και οριζόντια άλματα που θα ντρόπιαζαν τον Κρίστοφερ Ριβ στον Σούπερμαν. Το πιο υπέροχο ζώο-μυστήριο ήταν ο σκίουρος και συχνά αναρωτιόταν πώς μπορούσε να σκαρφαλώνει πάνω και κάτω σε ένα δέντρο και να κρέμεται αβίαστα ανάποδα. Ήταν ένα μυστικό για εκείνη, μέχρι που ρώτησε τον Κάραν, ενώ μια μέρα παρακολουθούσε έναν σκίουρο να σκαρφαλώνει σε έναν φοίνικα με χουρμαδιές από τα Κανάρια Νησιά δίπλα στο μπαλκόνι τους. Μέσα σε λίγα λεπτά, ο Karan κατέληξε σε ένα ερευνητικό εύρημα των New York Times.

Οι σκίουροι έχουν γερά πίσω πόδια για να τους δίνουν ισχυρή προώθηση. Οι καρποί των πίσω ποδιών τους είναι διπλά αρθρωτοί και υπερεκτεινόμενοι, έτσι ώστε ένας σκίουρος να μπορεί να αντιστρέψει την κατεύθυνση των ποδιών και να τρέξει κάτω από ένα δέντρο το ίδιο γρήγορα όπως τρέχει πάνω. Τα μικροσκοπικά, αιχμηρά νύχια και τα αναστρέψιμα πίσω πόδια βοηθούν έναν σκίουρο να κρέμεται ανάποδα όταν θέλει. Τα αιχμηρά νύχια επιτρέπουν επίσης σε έναν σκίουρο να βρίσκει ασφαλές αγκυροβόλιο οπουδήποτε. Εξηγώντας τα ευρήματα της έρευνας, ο Karan γέλασε.

"Πρέπει να γίνουμε σαν τους σκίουρους", είπε κοιτάζοντας την Amaya.

Είχε ένα αμήχανο βλέμμα σαν να μετάνιωσε που το παρατήρησε. Όμως η Αμάγια παρατήρησε ότι οι σκίουροι αγαπούσαν να κάνουν σκίουρο-σκούπα, όπως οι σκίουροι στη Βαρκελώνη αγαπούσαν να ανεβοκατεβαίνουν στους χουρμαδιές των Κανάριων Νήσων. Χρόνια αργότερα, θυμόταν αυτούς τους σκίουρους και τα λόγια του κάθε φορά που αγκάλιαζε τη Σούπρια στη φαντασία της.

Της άρεσε να πηγαίνει στην κορυφή του λόφου με τη Supriya για να παρακολουθεί τον καταρράκτη από ψηλά κατά τη διάρκεια των ονειροπολήσεών της. Η αγάπη της για την κόρη της ήταν σαν εκείνον τον υπέροχο καταρράκτη, που δεν μειωνόταν ποτέ εντελώς.

Η Amaya ήταν ευγνώμων στη Rose και τον Shankar Menon για δύο μοναδικά γεγονότα στη ζωή της - το πρώτο που της έδωσε το όνομα Amaya. Πολλοί από τους φίλους της στην Ισπανία της είπαν ότι ήταν ένα από τα πιο όμορφα ισπανικά ονόματα. Σχεδόν όλοι όσοι γνώριζε στη Μαδρίτη και στη χώρα των Βάσκων εξέφρασαν την άποψη ότι το όνομά της ταίριαζε απόλυτα. Οι φίλοι χαιρόντουσαν να τη βλέπουν, αποκαλώντας την "Amaya". Συχνά άκουγε την παρατήρηση ότι είχε αποκτήσει ισπανικό όνομα και ισπανική εμφάνιση. Ήταν εξαιρετικά γοητευτική και πανέμορφη για κάποιους Ισπανούς, όπως η Ines Sastre και η Amaia Urizar.

Ωστόσο, το όνομά της είχε την προέλευσή του στη βασκική γλώσσα, precious, ή θαυμαστά γοητευτική, είπε μια αεροσυνοδός στο αεροδρόμιο του Σαν Σεμπαστιάν, όταν η Amaya πήγε για εκπαιδευτική εκδρομή με τις φίλες της από το σχολείο. Σε αντίθεση με όσα της έλεγαν οι ισπανόφωνοι δάσκαλοί της όταν φοιτούσε στην πέμπτη τάξη του δημοτικού σχολείου της Μαδρίτης, τα λόγια της αεροσυνοδού ήταν πιο αυθεντικά. Οι Βάσκοι ήταν περήφανοι για τη γη τους, σκαρφαλωμένη στα Πυρηναία, μέχρι τον Βισκαϊκό κόλπο, ανάμεσα στην Ισπανία και τη Γαλλία. Αγαπούσαν αυτό το κομμάτι γης σαν την καρδιά τους. Η γλώσσα τους ήταν μοναδική, εντελώς διαφορετική από οποιαδήποτε άλλη γλώσσα στην Ευρώπη. Οι παραδόσεις που διατηρούσαν ήταν πάνω από πέντε χιλιάδες χρόνια παλιές, ο πολιτισμός τους ολοκληρωμένος και ισχυρός. Οι αδελφές και οι σύζυγοί τους ήταν εξαιρετικά ταλαντούχες, ισότιμες με τους άνδρες από κάθε άποψη, όπως οι γυναίκες των Βίκινγκ. Οι Βάσκοι άνδρες ήταν άγριοι, ελευθεριάζοντες, ανεξάρτητοι, έξυπνοι και αθλητικοί. Η ξεχωριστή ταυτότητα που διέθεταν ήταν εντελώς διαφορετική από τους άλλους Ευρωπαίους γύρω τους. Το Amaya ήταν ένα από τα όμορφα ονόματά τους, το οποίο τους είχαν κλέψει οι Ισπανοί, παρατήρησε η Ainhoa, ενεργό μέλος μιας οργάνωσης που αγωνιζόταν για την ελευθερία.

Η Amaya αγαπούσε το μικρό της όνομα περισσότερο από το Menon, το επώνυμο. Γεννήθηκε στη Βαρκελώνη όταν η Ρόουζ έκανε εκεί περιοδεία από τη Μαδρίτη. Ήθελε να σκιτσάρει το πιο διάσημο κτίριο που σχεδίασε ο Αντόνι Γκαουντί, ενώ εργαζόταν ως στατική σχεδιάστρια σε αρχιτεκτονική εταιρεία στη Βομβάη. Ο σύζυγός της, ανώτερος αξιωματικός της ινδικής πρεσβείας στην Ισπανία, συνόδευε τη σύζυγό του σε όλα τα ταξίδια της, καθώς και αυτός έπρεπε να ταξιδεύει συχνά, σε όλη την Ισπανία, όσον αφορά τα υπηρεσιακά του καθήκοντα.

Όταν οι Menons επισκέφθηκαν τη La Sagrada Familia, τη βασιλική της Βαρκελώνης, η Rose έφερε στον κόσμο την κόρη της μέσα στην εκκλησία. Καθώς ο τοκετός συνέβη τόσο ξαφνικά, χωρίς προειδοποιητικά σημάδια, και οι δύο Menons ήταν σαστισμένοι και ούτε στο ελάχιστο προετοιμασμένοι για τον ερχομό του μωρού τους. Ο ιερέας της εκκλησίας τους είπε ότι το μωρό τους ήταν το μοναδικό παιδί που γεννήθηκε στον ιερό περίβολο της La Sagrada Familia. Ήταν το πολυτιμότερο για τον Θεό, παρόλο που δεκάδες βρέφη έρχονταν στη βασιλική για βάπτιση κάθε εβδομάδα. Μια καλόγρια, μέλος των Αδελφών του Λορέτο, που εμφανίστηκε ξαφνικά εκεί, πήρε το μωρό στα χέρια της και μετέφερε αμέσως τη μητέρα και το παιδί στο μοναστήρι της δίπλα στην εκκλησία. Η Ρόζα και το νεογέννητο παρέμειναν στο μοναστήρι για δέκα ημέρες, καθώς το μωρό γεννήθηκε έξι εβδομάδες νωρίτερα- χρειαζόταν συνεχή παρακολούθηση και ιατρική φροντίδα. Η μοναχή με το όνομα Amaya πήρε το μωρό στα χέρια της. Προς τιμήν της μοναχής, η Rose και ο Shankar Menon ονόμασαν την κόρη τους Amaya- ωστόσο, την αποκαλούσαν Mol, αγαπημένη αγάπη, στα Malayalam.

Η Amaya είχε ιδιαίτερη αγάπη για τη La Sagrada Familia, την εξίσου υπέροχη Μονή Loreto, την πολύχρωμη, μεγαλοπρεπή, ζωντανή μεσογειακή πόλη της Βαρκελώνης και τα μελωδικά καταλανικά. Αγαπούσε επίσης τη χώρα των Βάσκων, τους ανθρώπους της, τη γλυκύτατη γλώσσα τους, την Euskara, και τις παραδόσεις και τον πολιτισμό τους από τα παιδικά της χρόνια.

Στη Βαρκελώνη, έξω από τη βασιλική, υπήρχε ένας γιγαντιαίος πίνακας δίπλα στον κεντρικό δρόμο, και η Amaya στεκόταν για ένα λεπτό μπροστά του κάθε φορά που επισκεπτόταν τη γενέτειρά της. Τα γράμματα μετέδιδαν ένα ισχυρό νόημα, Βαρκελώνη στην Καταλονία, και Μιλάμε Καταλανικά. Ομοίως, υπήρχαν διαφημιστικές πινακίδες σε όλη τη Χώρα των Βάσκων, κάθε δέκα χιλιόμετρα, που διακήρυτταν: Είμαστε ένα ανεξάρτητο έθνος που ονομάζεται Euskadi, και Μιλάμε Euskara.

Η Amaya πήρε την πρωτοβάθμια εκπαίδευσή της στη Μαδρίτη σε ένα σχολείο που διοικείται από τις αδελφές του Λορέτο. Ακόμη και ως μαθήτρια, είχε μια έμφυτη περιπλάνηση. Όταν ο πατέρας της παραιτήθηκε από την ινδική υπηρεσία εξωτερικών και εντάχθηκε σε μια πολυεθνική εταιρεία ως αναλυτής πληροφοριών, είχε περισσότερες ευκαιρίες να ταξιδέψει με τους γονείς της σε όλη την Ευρώπη- απολάμβανε τις σύντομες παραμονές τους σε μεγάλες πόλεις κατά τη διάρκεια των διακοπών της. Η στενή παρατήρηση πολλών ανθρώπων, του περιβάλλοντος, του τρόπου ζωής, των παραδόσεων και του πολιτισμού τους κατά τη διάρκεια τέτοιων εκδρομών ήταν μια καταπληκτική εμπειρία. Λάτρευε την ανεξαρτησία τους και ενίσχυε την πεποίθησή της ότι η ελευθερία κάνει τους ανθρώπους- η ελευθερία ήταν άρρηκτα συνδεδεμένη με τη δικαιοσύνη. Η Βαρκελώνη, η Παμπλόνα και το Σαν Σεμπαστιάν αγάπησαν την ανεξαρτησία και τη γνησιότητά τους. Ο ουρανός, ο αέρας, το νερό και το περιβάλλον της Καταλονίας και των Βάσκων είχαν μια μοναδική γοητεία και βίωσε την ελευθερία οπουδήποτε στις γωνιές της Καταλονίας και της χώρας των Βάσκων.

Όταν ήταν δεκατριών ετών, ο Shankar Menon δέχτηκε μια νέα θέση ως αρχισυντάκτης της εφημερίδας The Word, που εκδίδεται στη Βομβάη, και η Amaya μπήκε στο γυμνάσιο της πόλης. Καλλιέργησε ζωντανές αναμνήσεις από την Ισπανία όπως μια αριστοτέχνης υφάντρα του Καννούρ, που έπλεκε φωτεινά μοτίβα στον αργαλειό της μπλέκοντας με σύνεση τις κλωστές του υφαδιού. Η Μαδρίτη, η Βαρκελώνη και η περιοχή των Βάσκων στα Πυρηναία ήταν ευχάριστες ονειροπολήσεις με τη φαντασίωση να ταξιδεύει εκεί και να επικοινωνεί στα ισπανικά, τα γαλλικά, τα αγγλικά, την Euskara και τα καταλανικά.

Στη Βομβάη προτίμησε να ενταχθεί σε ένα σχολείο που πήρε το όνομα ενός Βάσκου αγίου, ο οποίος, ως αξιωματικός του στρατού στο βασίλειο της Ναβάρας, είχε ηγηθεί του στρατού του και είχε νικήσει την ισπανική φρουρά στη μάχη της Παμπλόνας στις αρχές του δέκατου έκτου αιώνα. Στη συνέχεια, ίδρυσε την Κοινωνία του Ιησού και έξι από τους συντρόφους του. Το όνομά του ήταν Ignazio Loiolakoa και στα λατινικά ονομαζόταν Ignatius de Loyola.

Μετά το απολυτήριο, ο Amaya εντάχθηκε στην ανώτερη δευτεροβάθμια εκπαίδευση σε ένα κολέγιο αριστείας, το St. Xavier's, που πήρε το όνομά του από τον συνιδρυτή της Εταιρείας του Ιησού. Ήξερε ότι ο Ξαβιέ ήταν Βάσκος από τη Ναβάρα, καθηγητής στο Πανεπιστήμιο του Παρισιού και σύντροφος του Ιγνάτιου Λογιόλα. Βρισκόταν στην Γκόα και την Κεράλα για μερικά χρόνια ως ιεραπόστολος.

Οι Ιησουίτες ενθάρρυναν την Amaya στη δημόσια ομιλία, και αναδείχθηκε σε ισχυρή ρήτορα. Κάθε φορά που απευθυνόταν σε μια συγκέντρωση, το ακροατήριο φώναζε "Amaya, Amaya", γεγονός που δημιουργούσε αντίλαλο στους τοίχους της μεγάλης αίθουσας συνεδριάσεων του St. Xavier's και στα κεφάλια των καθηγητών και των συμφοιτητών της. Μπορούσε να μιλήσει με πειστικότητα, εξηγώντας τα υπέρ και τα κατά ενός θέματος, όπου οι ιδέες που γνώριζε ήταν συνοπτικά διατυπωμένες και καλά αιτιολογημένες. Οι εργαζόμενοι σε πολιτικά κόμματα της ζητούσαν να ενταχθεί σε αυτά- έτσι, θα ενίσχυε τις ικανότητές της και θα έπειθε τους ανθρώπους για όσα πίστευε, εκτός από το να εφαρμόζει αυτές τις ιδέες προς όφελος της χώρας. Υπήρχαν επίσης προσκλήσεις από πολλές ΜΚΟ που της ζητούσαν να ενταχθεί σε αυτές για να ενισχύσει τις προσπάθειές τους.

Δεν αντιπαθούσε την πολιτική, αλλά αγαπούσε περισσότερο τη δημοσιογραφία, περήφανη που ήταν δημοσιογράφος, το δεύτερο θέμα για το οποίο ήταν ευγνώμων στους γονείς της. Όταν εγκαταστάθηκε στη Βομβάη με τους γονείς της, ήθελε να είναι θαρραλέα, αντικειμενική και αναλυτική. Η ανάγνωση του κύριου άρθρου που έγραφε ο πατέρας της στο The Word κάθε πρωί ήταν το πρώτο πράγμα που έκανε. Ήταν μια από τις πιο σεβαστές εφημερίδες της Ινδίας και αγαπούσε κάθε λέξη που έβρισκε σε αυτήν, παρόλο που ήταν μικρή. Μελετούσε τα άρθρα, λέξη προς λέξη, πρόταση προς πρόταση- συχνά εκπλήσσονταν από τη σαφήνεια των ιδεών, τη δύναμη του μηνύματος που μεταφερόταν, τις σύντομες φράσεις και το αξιοσημείωτο γλωσσικό ύφος. Κάθε σχόλιο στα editorials του πατέρα της σμιλευόταν ελκυστικά για να προβάλλει την τέλεια σκέψη, να καθρεφτίζει το πρόσωπο της κοινωνίας γύρω του. Έτσι, έγινε μια ισχυρή δύναμη στη ζωή της κόρης του, χαράσσοντας ορθολογικά μοτίβα σκέψης, που αντανακλούσαν ένα ώριμο μυαλό και έναν προηγμένο εγκέφαλο. Ο πατέρας της κράτησε ψηλά το κεφάλι του, ακόμη και κατά τη διάρκεια πειρασμών και αναταραχών. Είχε τη δική του φωνή, αρνήθηκε να γίνει τσιράκι των πλουσίων και ήταν πολιτικά ισχυρός.

Για την Amaya, ο πατέρας της εκτιμούσε τα πραγματικά δεδομένα και την προσωπική ακεραιότητα περισσότερο από οτιδήποτε άλλο, χωρίς ποτέ να διασκεδάζει με την πολιτική και κοινωνική επιρροή ή την ψυχολογική πίεση, καθώς στεκόταν μόνος στα πόδια του όπως οι Στυλοβάτες Βράχοι στο Kodaikanal. Κάθε Κυριακή, έγραφε μια στήλη με το όνομα The Pillar Rocks στην τρίτη σελίδα της εφημερίδας και κάθε αναγνώστης γύριζε στην τρίτη σελίδα για να τη διαβάσει πριν ρίξει μια ματιά στους μεγάλους τίτλους της πρώτης σελίδας. Ως αρχισυντάκτης, ο Shankar Menon αρνήθηκε να υποχρεώσει το κυβερνών κόμμα ή την αντιπολίτευση, που αποτελούνταν κυρίως από "αμόρφωτους, αγράμματους, εγκληματίες, άξεστους και αλαζόνες πολιτικούς".

Επί είκοσι χρόνια, ο Menon ήταν στην εξωτερική υπηρεσία στο Λονδίνο, το Τόκιο, την Καμπέρα, το Ρίο, το Πεκίνο και τη Μαδρίτη. Ήταν ο σημαντικότερος διερμηνέας των νομικών, κοινωνικών, οικονομικών και πολιτικών γεγονότων στη χώρα της απόσπασής του στην κυβέρνηση της πατρίδας του. Οι αρχές εμπιστεύονταν τις διερμηνείες που παρείχε. Η κυβέρνηση διαμόρφωσε την εξωτερική της πολιτική κυρίως με βάση τις αναλύσεις του Shankar Menon. Ωστόσο, παραιτήθηκε από την ινδική εξωτερική υπηρεσία λόγω της παρέμβασης ορισμένων υπουργών, καθώς ήθελαν ένα προ-διαμορφωμένο αποτέλεσμα. Έτσι, μπορούσαν να αποκομίσουν οικονομικά και πολιτικά οφέλη από μη επικυρωμένες πληροφορίες, όταν η κυβέρνηση συναλλάσσονταν με τη χώρα στους οικονομικούς τομείς όπου εργαζόταν ο Menon.

Η δημοσιογραφία και η αναρρίχηση ήταν τα πάθη του Shankar Menon όταν ήταν νέος. Κάθε χρόνο στο Loyola, στο Αχμενταμπάντ, παρακολουθούσε για δύο μήνες καλοκαιρινές κατασκηνώσεις στο ινστιτούτο αναρρίχησης βράχων στο Όρος Αμπού, μαθαίνοντας τις βασικές αρχές της αναρρίχησης στους βράχους των βουνών Aravalli, ιδίως σε αυτούς που βλέπουν προς τη λίμνη Nakki. Ενώ ήταν πρωτοετής στο Ινστιτούτο Δημοσιογραφίας, στο Μπανγκαλόρ, οι φοιτητές έκαναν μια εκπαιδευτική εκδρομή στο Ταμίλ Ναντού. Οι ιδεολογίες των πολιτικών κομμάτων των Δραβιδών ήταν το θέμα της μελέτης τους. Κατά την επίσκεψή του στο Kodaikanal, ορισμένοι συμφοιτητές του προκάλεσαν τον Shankar να ανέβει στους Pillar Rocks, μη γνωρίζοντας το παρελθόν του στην αναρρίχηση βράχων στο Mount Abu. Του είπαν ότι κανείς δεν κατάφερε ποτέ να ανέβει στην κορυφή του και ότι όσοι προσπάθησαν να κατακτήσουν αυτόν τον εκπληκτικό μονόλιθο δεν είχαν ποτέ ξανά την ευκαιρία να περπατήσουν στη γη. Ο Σανκάρ χρειάστηκε επτά ώρες για να ξεπεράσει αυτόν τον γιγάντιο γρανίτη. Από την κορυφή του στο νότο ήταν η κοιλάδα Kambum και ο ναός Madurai Meenakshi. Ο ναός Palani και η πόλη γύρω από αυτόν βρίσκονταν στο βορρά. Στα δυτικά ήταν οι καταπράσινοι λόφοι του Munnar- ανατολικά, υπήρχε το Κολέγιο Φιλοσοφίας των Ιησουιτών στο Shenbaganur. Ο Σανκάρ εκτιμούσε την ορθοστασία στην κορυφή και ήθελε να βρίσκεται σε αυτόν τον μεγαλούργημα για μεγάλο χρονικό διάστημα. Η ανάβαση σε αυτή την κάθετη στήλη τον έκανε ήρωα μεταξύ των συμφοιτητών του στο κολέγιο και προσπάθησαν να τη μετονομάσουν σε Shankar Rocks. Ωστόσο, χρόνια αργότερα, ο Menon ονόμασε τη θέση του The Pillar Rocks.

Η ένταξη στην εξωτερική υπηρεσία ήταν επίσης μια πρόκληση για τον Shankar Menon. Ήταν αξιόλογος, οξυδερκής και ικανός, και οι ανώτεροι αξιωματικοί και υφιστάμενοί του τον σεβάστηκαν για την ακεραιότητά του και ένιωθαν υπερήφανοι γι' αυτόν. Στο Λονδίνο γνώρισε τη Rose, μια αρχιτέκτονα που ειδικευόταν στο σχέδιο και τον σχεδιασμό. Καθώς και οι δύο μιλούσαν Μαλαιγιαλάμ, δημιούργησαν άμεση συγγένεια και σχέση. Παντρεύτηκαν στο ληξιαρχείο του Thrissur και η Amaya γεννήθηκε μετά από δεκαπέντε χρόνια έγγαμου βίου.

Στην ινδική πρεσβεία στη Μαδρίτη, ο Menon είχε μια νεαρή Ισπανίδα αξιωματικό, της οποίας η κύρια δουλειά ήταν η μετάφραση ισπανικών, γαλλικών, καταλανικών και Euskara εγγράφων στα αγγλικά, και αυτή ήταν η Elixane. Επισκεπτόταν το σπίτι του Menon με την κόρη της και τον σύζυγό της κάθε φορά που οι Menon έκαναν κάποιο πάρτι για τους συναδέλφους και τις οικογένειές τους. Η Alasne, η κόρη της Elixane, ήταν περίπου στην ηλικία της Amaya, και οι δυο τους έγιναν στενές φίλες καθώς φοιτούσαν στην ίδια τάξη του ίδιου σχολείου. Η Amaya έμαθε την Euskara από την Alasne και μπορούσε να τη μιλάει όπως κάθε ντόπιος ομιλητής στη χώρα των Βάσκων. Η Rose και ο Shankar Menon συμπαθούσαν την Elixane και την οικογένειά της και επισκέπτονταν συχνά το πατρικό σπίτι της Elixane στο Σαν Σεμπαστιάν στον Βισκαϊκό Κόλπο. Η Elixane και ο Hugo, ο σύζυγός της, αφηγήθηκαν τις ιστορίες του βασκικού λαού, την ιστορία, τη γλώσσα, τον πολιτισμό, τις παραδόσεις και τον αγώνα για ανεξαρτησία από την

Ισπανία και τη Γαλλία στα πολυάριθμα ταξίδια τους. Ονειρεύονταν μια χώρα που θα περιελάμβανε όλες τις βασκικές περιοχές της Γαλλίας και της Ισπανίας. Η Amaya ταξίδεψε μαζί με τους γονείς της, την Elixane, την Alasne και τον Hugo στην Araba, τη Biscaya, τη Gipuzkoa, τη Navarra, τη Bayonne και την Iparralde τις βασκικές περιοχές που απλώνονται στην Ισπανία και τη Γαλλία. Μεγάλωσε ακούγοντας τις ιστορίες για τα ανθρώπινα δικαιώματα και τους ηρωισμούς των Βάσκων. Σταδιακά, η Amaya έγινε Βάσκα στο όνομα, τη γλώσσα και το πνεύμα της. Από τη Rose και τον Shankar Menon, η Amaya έμαθε πώς να είναι ανεξάρτητη και να παίρνει τις δικές της αποφάσεις. Οι γονείς της ήταν ευτυχισμένοι- η κόρη τους μπορούσε να σταθεί στα πόδια της. Η Amaya έμαθε βασικά μαθήματα ανθρωπίνων δικαιωμάτων στα ταξίδια με τους γονείς της και τη φίλη της Alasne.

Αφού αποφοίτησε από τη δημοσιογραφία, η Amaya μπήκε στη Νομική Σχολή του Bengaluru για το LLB. Χρόνια αργότερα, όταν έγινε δικηγόρος σε ανώτατο δικαστήριο, ο αγαπημένος της τομέας ήταν τα ανθρώπινα δικαιώματα των γυναικών. Μετά την ολοκλήρωση του LLB, η Amaya πήγε στη Βαρκελώνη με υποτροφία για να ερευνήσει ιστορίες σχετικά με τα ανθρώπινα δικαιώματα σε εφημερίδες και τηλεοπτικά κανάλια ειδήσεων στην Ισπανία. Εκεί, στην καφετέρια του πανεπιστημίου, μια μέρα, γνώρισε τον Karan. Αυτή η συνάντηση άλλαξε εντελώς τη ζωή της, πέρα από κάθε φαντασία της, και πέρασε ένα χρόνο ταξιδεύοντας κατά διαστήματα στο Λονδίνο και σε άλλες μεγάλες πόλεις της Ευρώπης, αναζητώντας την κόρη της. Πίστευε ότι η κόρη της βρισκόταν κάπου εκεί, με τον πατέρα της.

Η Amaya πήγε στο πατρικό της σπίτι σε βαθιά κατάθλιψη. Κανείς δεν μπορούσε να κατανοήσει τη μοναξιά, τον πόνο και την αγωνία της, εκτός από τη μητέρα της, Rose, η οποία πήρε παρατεταμένη άδεια από την εταιρεία της στη Βομβάη για να είναι με την κόρη της. Η Shankar Menon βρισκόταν στη Βομβάη με το The Word και επικοινωνούσε συνεχώς με την κόρη της. Η Rose πρότεινε στην Amaya να παρακολουθήσει ένα δεκαήμερο πρόγραμμα εκπαίδευσης Vipassana για να ηρεμήσει το μυαλό της. Εκείνη δεν αντέδρασε και κοίταζε τη μητέρα της για πολλή ώρα. Στη συνέχεια γέλασε δυνατά, αλλά το γέλιο μετατράπηκε σε μια καρδιοχτυπημένη κραυγή μετά από λίγο. Η Ρόουζ αγκάλιαζε επανειλημμένα την κόρη της- περνούσε μέρες και νύχτες μαζί της. Τον δεύτερο χρόνο, για άλλη μια φορά, η Ρόουζ επανέλαβε το αίτημά της. Η Αμάγια συλλογίστηκε τα λόγια της μητέρας της και καθόταν σιωπηλή για μέρες μαζί της. Πήγαινε στην κορυφή του λόφου, παρακολουθούσε το ηλιοβασίλεμα, κοίταζε τα δέντρα και τα αγκάλιαζε για να νιώσει τους χτύπους της καρδιάς τους. Μύρισε τα λουλούδια χωρίς να τα μαδήσει, περιπλανήθηκε στους θάμνους. Θέλοντας να αγγίξει και να νιώσει τα πάντα, το πράσινο, τα τρεχούμενα νερά, τον αέρα, το φως, ακόμα και το σκοτάδι, παρακολουθούσε με περιέργεια χελώνες και κουνέλια, έτρεχε πίσω από πεταλούδες και έπαιζε κρυφτό με τις σκιές. Κοιτάζοντας τις φωλιές των σπουργιτιών και του κούκου, έτρεχε σαν τρελή και προσπαθούσε να τραγουδήσει σαν κούκος. Ο καταρράκτης ήταν πιο αραιός όταν έβαλε τα πόδια της στο νερό για να νιώσει τη ροή. Οι σκίουροι προσπαθούσαν να κρύψουν τα καρύδια που είχαν μαζέψει.

Μια φορά στο τόσο, η Ρόουζ συμμετείχε στη Mol- μιλούσε για τα παιδικά της χρόνια, τους φίλους της, τα σχολεία, το κολέγιο και το πανεπιστήμιο. Την άκουγε με περιέργεια και απορία. Η Ρόουζ τη βοήθησε να μιλήσει, να ξεράσει τις λύπες της, να ανοίξει την καρδιά της και να ηρεμήσει το μυαλό της. Αφού την άκουσε, κρατώντας την αγκαλιά της γύρω από το λαιμό της σαν φίλη, η Ρόουζ αφηγήθηκε ιστορίες για τους γονείς, τα αδέλφια και τους φίλους της. Ήταν ένα οικείο μοίρασμα, το οποίο βοήθησε να ανοίξουν οι εσωτερικές προοπτικές της ζωής τους. Τα συναισθήματα είχαν μεγάλη θέση στη ζωή και αποτελούσαν τον πυρήνα της ύπαρξης ενός ανθρώπου. Σε πολλές καταστάσεις, τα συναισθήματα πρέπει να ξεπερνούν τους λόγους. Η Rose εξήγησε ότι ο ορθολογισμός ήταν σαν τα κόκαλα ενός σώματος, ενώ τα συναισθήματα ήταν σάρκα και αίμα. Οι άνθρωποι δεν ήταν ορθολογικοί σε οικείες καταστάσεις της ζωής- οι ανθρώπινες αποφάσεις ήταν παράλογες, η Amaya θα αντιδρούσε και η Rose συναίνεσε με την κόρη της. Η επιλογή των ρούχων, του φαγητού και των λέξεων που χρησιμοποιούνταν στις καθημερινές συζητήσεις είχαν βασιστεί στα συναισθήματα, πρόσθεσε η Ρόουζ. Η Amaya θα εξηγούσε ότι ο τομέας σπουδών που επιλέγεται για την εκπαίδευση, οι φίλοι στα σχολεία, το κολέγιο, η καριέρα, το μέρος διαμονής, το σπίτι, η εφημερίδα που διαβάζεται και τα τηλεοπτικά προγράμματα που παρακολουθούνται, όλα εξαρτώνται από τα συναισθήματα. Ακόμη και στην εκλογή ενός εκπροσώπου όπως ο πρωθυπουργός ή ο πρόεδρος, τα συναισθήματα έπαιζαν κυρίαρχο ρόλο, θα πρόσθετε η Rose.

"Στη ζωή, οι λόγοι κρύβονταν στο περιθώριο", είπε ο Rose.

Η Amaya κοίταζε τη μητέρα της σαν να συμφωνούσε μαζί της.

"Τέλος, στην επιλογή ενός συντρόφου ζωής, ο ορθολογισμός έχει μικρή θέση. Τα συναισθήματα ήταν κυρίαρχα όταν ο μπαμπάς μου σε επέλεξε για σύντροφό του, και το αντίστροφο, είμαι σίγουρη", έκανε μια δήλωση η Αμάγια.

"Αυτό είναι αλήθεια. Οι ψυχολόγοι λένε ότι περίπου το ενενήντα πέντε τοις εκατό των ανθρώπινων αποφάσεων βασίζεται στα συναισθήματα και όχι στους λόγους. Μπορεί να τα αποκαλείτε προκαταλήψεις, αλλά τελικά, όλα είναι συναισθήματα. Οι βομβαρδισμοί της Χιροσίμα και του Ναγκασάκι ήταν οι συνέπειες των συναισθημάτων. Πολλοί Αμερικανοί ήταν γερμανικής καταγωγής και δεν ήθελαν να εξαλείψουν τη γη των προγόνων των γονιών τους. Έτσι, προτίμησαν να δοκιμάσουν τη βόμβα στην Ιαπωνία. Άλλωστε, οι Ιάπωνες ήταν εντελώς ξένοι- οι Αμερικανοί πίστευαν ότι η δολοφονία ξένων δεν είχε σημασία. Έτσι, ο βομβαρδισμός της Ιαπωνίας δεν προκάλεσε στους νικητές μόνιμο πόνο, ανέλυσε η Rose.

"Συμφωνώ μαζί σου, μαμά- ακόμη και η απόφαση μου να επιλέξω τον Κάραν βασίστηκε σε αγνά και απλά συναισθήματα. Δεν υπήρχε ούτε ίχνος λογικής", είπε η Amaya. Η Ρόουζ κοίταξε την κόρη της ενώ την αγκάλιαζε, γνωρίζοντας ότι η Mol απολάμβανε τις αγκαλιές. Και οι δύο τους ένιωθαν το δροσερό αεράκι και το απαλό μουρμουρητό του καταρράκτη.

Τον τρίτο χρόνο, η Ρόουζ έπεισε και πάλι την κόρη της να παρακολουθήσει ένα δεκαήμερο μάθημα Βιπασάνα, καθώς καθόταν κοντά της και της έλεγε: "Στα αρχιτεκτονικά σχέδια και τις μελέτες, υπάρχει μια φαντασιακή συνείδηση. Ας την ονομάσουμε νου της δομής του προτεινόμενου κτιρίου, γιατί δεν είναι τίποτε άλλο παρά ο ανθρώπινος νους που δίνει την ολότητα, την ενότητα και την ενότητα ενός κτιρίου. Ο νους είναι ο λόγος για την ομορφιά, τον δυναμισμό και το μεγαλείο μιας κατασκευής. Σας προσελκύει, σας αναγκάζει να την παρακολουθήσετε και σας παρασύρει να απολαύσετε το μεγαλείο της. Το φανταστικό μυαλό μιας δομής πρέπει να είναι ήρεμο και συγκροτημένο για να επιτύχει την αυθεντικότητα και τη δομική της ζωντάνια. Πρέπει να προσελκύει τον αέρα, να βάζει σε πειρασμό το φως και να προσκαλεί τη ζωντάνια στους εσωτερικούς της χώρους. Αυτή η ηρεμία, η αξιοπρέπεια και η προσωπικότητα του κτιρίου το καθιστούν αιώνια πανέμορφο. Κοιτάξτε τη La Sagrada Familia, το Ταζ Μαχάλ και το ναό Padmanabha- όλα έχουν αυτό το φανταστικό μυαλό, μια συγκροτημένη συνείδηση και εσωτερική ηρεμία. Αν λείπει αυτή η ηρεμία, το αποτέλεσμα θα ήταν φαυλότητα. Μπορεί να έχετε δει χιλιάδες τέτοιες δυσάρεστες κατασκευές σε κάθε γωνιά κάθε πόλης. Τους λείπει η ηρεμία και η εσωτερική μουσική. Όταν κοιτάζετε το Angkor Wat, το παλάτι των Βερσαλλιών ή το κάστρο Neuschwanstein, ξεχνάτε τα πάντα- συγκεντρώνεστε μόνο σε ένα πράγμα, όχι στο κτίριο αλλά στην ψυχή του οικοδομήματος. Είσαι χαμένος αλλά στην παρουσία της απολυτότητας. Ο ναός Meenakshi είναι, στην πραγματικότητα, το σύμβολο του σύμπαντος. Για να επιτύχετε την ενότητα με το σύμπαν, πρέπει να είστε ήρεμοι. Ο ανθρώπινος νους δεν είναι μια φανταστική πραγματικότητα- εξελίσσεται μέσα από εκατομμύρια χρόνια αλλαγών. Δεν είναι η διάνοιά σας, αλλά μια ανεξάρτητη πραγματικότητα συνυφασμένη με τον εγκέφαλό σας- μπορείτε να την αποκαλέσετε συνείδηση εν δράσει. Μόνο ελέγχοντας το μυαλό σας θα μπορούσατε να επιτύχετε αυτή την πλήρη συνείδηση. Διαφορετικά, περιπλανιέστε ατελείωτα σε όλες τις γωνιές αυτού του απεριόριστου εσωτερικού κόσμου. Ένας ανεξέλεγκτος νους πλέκει ψευδαισθήσεις που σας φέρνουν θλίψεις, αγωνία και πόνο, επειδή προσπαθεί να αναλύσει την κατάσταση όπως του αρέσει. Το αποτέλεσμα θα είναι ένας ατελείωτος αγώνας, μια προσπάθεια χωρίς νόημα, μια ατέρμονη αναζήτηση, ένα ταξίδι χωρίς μονοπάτια".

Αφού άκουσε τη Ρόουζ, η κόρη κοίταζε τη μητέρα της. Τα μάτια της Ρόουζ είχαν ένα καλάθι γεμάτο ενσυναίσθηση. Αυτά τα λόγια ενός αρχιτέκτονα άρχισαν να αντηχούν στον εγκέφαλο της κόρης επαναλαμβανόμενα.

Κάθονταν κοντά στον καταρράκτη και τα λόγια της μητέρας κυλούσαν μαζί του.

"Αν δεν υπήρχες εσύ, τίποτα δεν θα υπήρχε. Το πράσινο, ο καταρράκτης, αυτά τα πουλιά και τα ζώα, ο ήλιος, το φεγγάρι και τα αστέρια και τελικά αυτό το σύμπαν είναι προϊόν του εγκεφάλου σου. Όταν τα γνωρίζεις, έρχονται σε ύπαρξη. Τα πάντα έχουν νόημα μόνο μέσω της διάνοιας, του νου και της συνείδησής σας. Αλλά ο νους σας μπορεί να τρελαθεί και δυσκολεύεστε να τον ελέγξετε. Συχνά το μυαλό αρχίζει να σας κρατάει και να σας κάνει βόλτα. Σας αναγκάζει να σκέφτεστε το αδιανόητο και γίνεστε σκλάβος του. Γίνετε το αφεντικό του ελέγχοντας το νου σας. Χρειάζεται να έχετε εντατική και αυστηρή εκπαίδευση για να το ελέγξετε. Το μυαλό σας μπορεί να γίνει ο υπ' αριθμόν ένα εχθρός σας. Η προσωπικότητα, η ατομικότητα και η ύπαρξή σας προκύπτουν από τρεις ανεξάρτητες αλλά αλληλοεξαρτώμενες πραγματικότητες. Αυτές είναι το σώμα σας, η διάνοια και ο νους σας. Χωρίς το σώμα, ούτε ο εγκέφαλος ούτε ο νους μπορούν να υπάρξουν. Χωρίς το νου, γίνεστε φυτό και δεν μπορείτε να επιβιώσετε. Όταν ο νους ελέγχει το σώμα και τη διάνοια, γίνεστε σκλάβοι. Έτσι, πρέπει να κατευθύνετε το νου σας προς την ευτυχία, την ικανοποίηση και την πραγμάτωση. Κατά τη διάρκεια της εξελικτικής διαδικασίας, το DNA μας μεγάλωσε, αναπτύχθηκε και άλλαξε".

Η κουβέντα διαρκούσε πολύ με χαμόγελα και αγκαλιές, η κόρη και η μητέρα άκουγαν η μία την άλλη σαν να μιλούσαν για πρώτη φορά μετά από μακρύ χωρισμό.

Όπως η ζωντανή Γη, η μητέρα αγκάλιαζε την κόρη της ενώ καθόταν. Ένα αίσθημα ζεστασιάς και αγάπης θα έρεε σαν αδιάκοπος καταρράκτης, σαν τις βραδινές ακτίνες του ήλιου μετά από μια νεροποντή, σαν ένα μωρουδιακό αεράκι δίπλα σε μια καταιγίδα, χαρούμενο, ζωντανό και χαϊδεύοντας τις καρδιές των δέντρων, των φυτών και των φύλλων τους. Η κόρη θα κρατούσε το κεφάλι της κοντά στην κοιλιά της μητέρας της για να ακούσει την εσωτερική μουσική της μήτρας της. Αγαπούσε αυτή την όμορφη μήτρα που την κουβαλούσε από τη στιγμή που ένα από τα εκατομμύρια καλπάζοντα και ανήσυχα σπερματοζωάρια συναντήθηκε με το πολύτιμο ωάριο της εξελισσόμενο σε μια νέα ύπαρξη με κουτσό, μυαλό και ξεχωριστή ταυτότητα. Συγχωνευόμενη με αυτή την κεντρική αρμονία, άκουγε την ομιλία της. Η φωνή της ήταν σαν καταπραϋντικός επίδεσμος πάνω στην πληγωμένη καρδιά της.

"Η ανθρώπινη διάνοια επεκτάθηκε σταδιακά- χρειάστηκαν εκατομμύρια χρόνια. Τώρα έχουμε αποδείξει ότι η νοημοσύνη μπορεί να υπάρξει χωρίς το μυαλό. Η νοημοσύνη των υπολογιστών είναι πολύ ανώτερη από την ανθρώπινη νοημοσύνη. Όταν ο υπολογιστής αρχίσει να δημιουργεί το μυαλό, οι άνθρωποι θα υπακούσουν στον υπολογιστή. Το μυαλό είναι η πιο ισχυρή οντότητα σε αυτό το σύμπαν. Αλλά πρέπει κανείς να ελέγχει το νου, να τον αναπτύσσει και να τον διοχετεύει. Η Βιπασάνα είναι μια μέθοδος για τον έλεγχο και τη διαμόρφωση του νου. Είναι σαν την εκπαίδευση του σώματος. Πρέπει να συνειδητοποιήσετε ότι το σώμα, η διάνοια και ο νους είναι μέρος του εαυτού σας. Εσείς είστε η ολότητα, εσείς είστε ο κύριος. Σημαίνει να έχετε συνεχώς επίγνωση του εαυτού σας και να μην επιτρέπετε στο σώμα, τη διάνοια ή το νου σας να σας κυριαρχούν. Εσείς, ως άτομο, πηγαίνετε πέρα από όλα αυτά. Όταν ελέγχετε και διαμορφώνετε το νου σας, η παραγωγικότητά σας αυξάνεται εκατονταπλάσια και αισθάνεστε ευτυχισμένοι με την εμφάνιση, τα μέρη, την ικανότητα και τη χωρητικότητα του σώματός σας. Αξιοποιείς τη διάνοιά σου για τις ανάγκες σου, γίνεσαι πιο ενσυναισθητικός και εργάζεσαι για την ανακούφιση του ανθρώπινου πόνου". Τελικά, η Ρόουζ θα εξηγούσε ότι πρέπει να ξεπεράσουμε τον πόνο, ενώνοντας την κόρη της με το περπάτημα στη βροχή.

Ο μουσώνας ήρθε τον Ιούνιο με τη μαγεία και την πανέμορφη ομορφιά του, όταν τα πρωινά έμοιαζαν με βράδια, τα φούσκουλα σύννεφα πάνω από το βουνό σαν τσουνάμι πάνω από τον Ινδικό Ωκεανό και τα λαχταριστά τζάκφρουτ, γιγάντιες κυψέλες μελισσών. Ο καταρράκτης γινόταν όλο και πιο γρήγορος και δυνατός σαν τον καλπασμό ενός κοπαδιού μεγαλοπρεπών μαυροκέφαλων αλμπίνο βίσωνων της κοιλάδας Manjampatti. Ο κεραυνός αντηχούσε ανάμεσα στα πλινθόκτιστα σπίτια στους κυματιστούς πράσινους λόφους. Οι σπόροι μπαμπού που κοιμούνται μέσα στη μήτρα της Γης δονήθηκαν με την προσδοκία μιας επικείμενης αγκαλιάς από τις χαζοχαρούμενες σταγόνες βροχής που διαπερνούν τη μαλακή, ζουμερή λάσπη. Τα παγώνια έκαναν πιρουέτες και οι κούκοι έψαχναν για μια φωλιά για να γεννήσουν τα αυγά τους μέσα στα άφθονα φύλλα των θάμνων του καφέ, όπου τα τσαμπιά με τα πρασινοκόκκινα φασόλια έμοιαζαν με αμέτρητες καλαμποκιές με μια λαμπρή ευφορία. Η μητέρα και η κόρη χοροπηδούσαν, στριφογύριζαν και λικνίζονταν, βρέχονταν, καθώς οι βροχές ήταν σαγηνευτικές και λαμπερές στην αυλή του παραποτάμιου μπανγκαλόου τους. Η ατμόσφαιρα ήταν υγρή και το νερό ήταν παντού, καθώς τα φύλλα των φοινίκων καρύδας εμφανίζονταν ποτισμένα με σταγόνες. Μια μοναχική σεκόγια που είχε φέρει η Ρόουζ από τα βουνά της Σιέρα Νεβάδα φαινόταν υπέροχη. Το παιχνίδι συνεχίστηκε, και γέλασαν από καρδιάς, κοιτάζοντας ο ένας την αγαλματένια εμφάνιση του άλλου. Ήταν η πρώτη φορά μετά από τρία χρόνια που η Αμάγια γελούσε. Η Ρόουζ αγκάλιασε την κόρη της και φίλησε τα βρεγμένα μάγουλα και μάτια της.

"Σ' αγαπώ, Μολ", φώναξε η Ρόουζ.

"Σ' αγαπώ, μαμά", είπε η Αμάγια, ενώ χάιδευε και χώριζε τα ουλότριχα της μητέρας της, περιτριγύριζε τα μάτια της και τα φιλούσε πάνω τους.

Ήταν προσκύνημα για τη Rose να ταξιδεύει με την κόρη της μέσα στο πράσινο που περιβάλλεται από ένα απέραντο φύλλο νερού στη λίμνη Vembanad, στο Kuttanad, στην Alappuzha, στο Kovalam και στο Idukki, καθώς η Amaya αγαπούσε τη φύση. Ενώ οδηγούσε, η Rose μιλούσε για τη ζωή, το νόημά της, τον εαυτό της και τις τεράστιες δυνάμεις της. Μια μέρα, καθισμένη στην παραλία του Kovalam, είπε για την αναγκαιότητα του να έχεις ένα ήρεμο μυαλό για να ζήσεις μια χαριτωμένη ζωή. Ενώ βρισκόταν στους λόφους του Thekkady και του Munnar, η Rose υπενθύμιζε στην κόρη της τις δυνατότητες ανάκτησης του εαυτού της μέσω της Vipassana. Η Amaya κράτησε μια βαθιά σιωπή- συλλογιζόταν για μέρες μαζί και αποφάσισε να πάει στη Nalanda για να παρακολουθήσει μια δεκαήμερη εκπαίδευση Vipassana.

Αυτή ήταν η αρχή μιας αλλαγής. Η Amaya πήρε ένα σακίδιο και πήγε για διαλογισμό Vipassana. Η Nalanda ήταν καινούργια. Άκουγε προσεκτικά τον δάσκαλο για δέκα ημέρες, ακολουθούσε όλες τις οδηγίες και έκανε ό,τι μπορούσε για να κάνει την άσκηση, φαινομενικά ανεπηρέαστη. Μέσα σε λίγες μέρες, υπήρξαν αλλαγές μέσα της, μια εσωτερική μεταμόρφωση που αντανακλούσε στις πράξεις και τις αντιλήψεις της. Συγκεντρώθηκε στην αναπνοή της, βιώνοντας μόνο την αναπνοή, και έγινε ένα με την αναπνοή της. Αυτή ήταν η ύπαρξη της. Αυτή ήταν η κυριαρχία επί του νου. Ο δάσκαλος τη βοήθησε να εξερευνήσει νέους δρόμους διαλογισμού και επανέλαβε την άσκηση χίλιες φορές. Ο νους της σταμάτησε να περιπλανιέται, παρέμεινε εντελώς μαζί της και υπάκουε σε κάθε οδηγία της. Μπορούσε να ελέγχει τη διαδικασία της σκέψης της και να θέτει όρια. Ο νους υπάκουε σε κάθε εντολή της και τελικά μπορούσε να συγκεντρωθεί πλήρως.

Η Αμάγια επέστρεφε στο σπίτι της ως ένας νέος άνθρωπος. Η Ρόουζ ήταν ευτυχής που είδε την αυτοπεποίθηση στην εμφάνισή της, τη στάση, την ψυχραιμία και την αυτογνωσία της. Πέρασε πολλές ώρες μοιραζόμενη και συζητώντας με τη μητέρα της και περιπλανήθηκε στην κορυφή του λόφου, αγγίζοντας τα ήρεμα νερά του καταρράκτη. Ο καταρράκτης ήταν μεγαλοπρεπής και μπορούσε να απολαύσει την εσωτερική του δύναμη και ομορφιά. Οι σκίουροι ήταν ακόμα εκεί, πηδώντας από δέντρο σε δέντρο. Χαμογέλασε, παρατηρώντας τα. Εκείνοι οι σκίουροι που ανεβοκατέβαιναν στους χουρμαδιές των Κανάριων Νήσων εξαφανίστηκαν, και η Αμάγια εξελισσόταν ως ένα νέο άτομο- ο διαλογισμός της Βιπασάνα συνεχιζόταν κάθε πρωί και βράδυ. Μέσα σε λίγες εβδομάδες, εγγράφηκε ως δικηγόρος. Ήταν είκοσι οκτώ ετών όταν άρχισε να ασκεί το επάγγελμα στο περιφερειακό και στο ανώτατο δικαστήριο. Οι επαγγελματικές της υπηρεσίες ήταν διαθέσιμες μόνο σε γυναίκες, θύματα ανδρικής εξαπάτησης, διαφθοράς, βίας, βιασμού και εγκατάλειψης.

Η Amaya ήταν μια επιτυχημένη δικηγόρος που υποστήριζε τις υποθέσεις της με σθένος μετά από σχολαστική προετοιμασία, μελετώντας τα πλεονεκτήματα και τα μειονεκτήματα των πιθανών επιχειρημάτων του αντιπάλου της. Στάθηκε στο πλευρό των γυναικών και η στάση της ήταν πάντα επαγγελματική, βασισμένη στο νόμο και στις αποφάσεις του Ανωτάτου και του Ανώτατου Δικαστηρίου. Ήταν σίγουρη ότι καμία γυναίκα δεν θα έπεφτε θύμα ανδρικής εξαπάτησης, όπως υπέφερε η ίδια. Ποτέ δεν έδειξε συμπάθεια για τους άνδρες που ήταν κτήνη και φορούσαν πολλαπλές μάσκες.

Αφού αγόρασε μια βίλα στην πόλη, πέντε λεπτά με το αυτοκίνητο από το δικαστήριο, η Amaya εξόπλισε τη βιβλιοθήκη της με εκτενή νομικά βιβλία, περιοδικά και σημαντικές αποφάσεις για τις γυναίκες. Δίπλα στη βιβλιοθήκη, είχε την αίθουσα συνεδριάσεων με τους πελάτες της- δίπλα ήταν η αίθουσα αναμονής όπου μπορούσαν να καθίσουν περίπου δέκα πελάτες. Η αμοιβή που χρεωνόταν ήταν ονομαστική και προσιτή στους πελάτες της- για πολλούς εμφανίζονταν στο δικαστήριο χωρίς να χρεώνει αμοιβή. Διατηρούσε πάντοτε επαγγελματική σχέση με τους πελάτες της, τους συναδέλφους και το προσωπικό της, ωστόσο η κατανόηση που εξέπεμπε από τις ενέργειές της προς τις μη προνομιούχες, καταπιεσμένες και εκμεταλλευόμενες γυναίκες που απευθύνονταν για νομικές προσφυγές. Αξιολογούσε κάθε κατάσταση αντικειμενικά, λαμβάνοντας υπόψη τη νομική άποψη και τον ψυχολογικό αντίκτυπο των επιχειρημάτων της.

Η συνέντευξη και η συζήτηση με τον πελάτη ήταν επιβεβλημένες, γεγονός που βοήθησε στη μνήμη των γεγονότων. Αφού υπαγόρευε τις γραπτές αιτήσεις, καθοδηγούσε τους νεότερους να προετοιμάσουν τους φακέλους των υποθέσεων. Επέτρεψε σε μερικούς από τους νεότερους να είναι παρόντες μαζί της κατά τη διάρκεια της συνέντευξης με τον πελάτη και της υπαγόρευσης της αίτησης του δικαστηρίου, ώστε οι νεότεροι να μάθουν και να αναπτύξουν την ικανότητα να είναι οι καλύτεροι δικηγόροι στο μέλλον όταν θα ασκούν το επάγγελμα ανεξάρτητα. Η Amaya δεχόταν μόνο γυναίκες δικηγόρους ως juniors της- φρόντιζε για την επαγγελματική τους ανάπτυξη. Μέσα σε πέντε χρόνια, πολλοί απόφοιτοι νομικής ήταν πρόθυμοι να γίνουν νεότεροι της. Μετά από προσωπική συζήτηση μαζί τους, επέλεξε τα πιο άξια και αφοσιωμένα άτομα.

Υπήρχαν περίπου δέκα υπάλληλοι για τη διαχείριση του γραφείου της, όλες γυναίκες. Η Amaya τους αντιμετώπιζε όλους με σεβασμό- κατέβαλε σε όλους εύλογες αμοιβές, πολύ περισσότερες από τις αμοιβές που έδιναν άτομα με παρόμοια θέση. Το πελατολόγιο αυξήθηκε δραματικά, και ο φόρτος εργασίας αυξήθηκε επίσης. Η Amaya έκανε διαλογισμό Vipassana για μια ώρα κάθε μέρα αφού σηκωνόταν στις τέσσερις. Αυτό τη βοήθησε να ελέγχει το μυαλό, τις σκέψεις και τις επιθυμίες της. Το μυαλό της σπάνια περιπλανιόταν και μπορούσε να αναπτύξει βαθιά αγάπη για την κόρη της χωρίς να αναπολεί την αγωνία που υπέστη. Η Amaya έκανε το διαλογισμό της για μία ώρα πριν κοιμηθεί για να τη βοηθήσει με έναν ήρεμο ύπνο. Παρόλο που δεν τον μίσησε ποτέ, συγχώρεσε τον Κάραν, μια απόφαση που αποτελούσε πρόκληση. Η Amaya αγωνίστηκε για χρόνια για να φτάσει σε αυτό το στάδιο σταθερότητας και πήρε σοβαρά τη νομική της πρακτική και ήξερε ότι ήταν ο μόνος τρόπος για να αποδώσει δικαιοσύνη στους πελάτες της και στον εαυτό της.

Οι υποθέσεις που υποστήριζε ήταν πειστικά παραδείγματα άσκησης της δικηγορίας ενώπιον του δικαστηρίου. Κάθε φορά που εμφανιζόταν ενώπιον των δικαστών, το δικαστήριο ξεχείλιζε από άλλους δικηγόρους, ακόμη και από τελειόφοιτους, καθηγητές και φοιτητές από διάφορες νομικές σχολές. Κατά καιρούς, οι δικαστές δυσκολεύονταν να κάνουν διευκρινιστικές ερωτήσεις και δεν υπήρξε περίπτωση που η Amaya να χάσει μια υπόθεση.

Στο δέκατο έτος της πρακτικής της, είχε μια νεότερη δικηγόρο, αποτελεσματική, με γνώσεις και αφοσίωση. Ήταν η Sunanda, και η Amaya την εμπιστευόταν πολύ. Κάθε φορά που η Amaya έφευγε για σεμινάριο, συνέδριο και δικαστικές εμφανίσεις σε άλλες πόλεις, η Sunanda διαχειριζόταν το γραφείο της Amaya και εκπροσωπούσε την Amaya ενώπιον του δικαστηρίου. Η Sunanda είχε εφεδρικό κλειδί για την κατοικία, το γραφείο και το αυτοκίνητο της Amaya.

Η Amaya έγινε χορτοφάγος όταν άρχισε να κάνει διαλογισμό Vipassana. Δεν απεχθανόταν την κρεατοφαγία, αλλά αποφάσισε ότι η χορτοφαγία ήταν κατάλληλη για την προσωπική της ζωή. Έμενε μόνη της και προσκαλούσε το προσωπικό και τους νεότερους συνεργάτες της να τρώνε μαζί της τα Σαββατοκύριακα. Μαγείρευαν μαζί διάφορα πιάτα και απολάμβαναν το πάρτι με μουσική και χορό, καθώς θεωρούσαν ότι η ζωή είναι μια γιορτή της ευτυχίας και της συντροφικότητας. Έκανε την απαραίτητη διευθέτηση ώστε όσοι συμμετείχαν στα πάρτι της να επιστρέφουν στα σπίτια τους μέχρι τις εννέα.

Οι κοινωνικές υπηρεσίες έγιναν αναπόσπαστο μέρος της καθημερινότητάς της, καθώς εντάχθηκε σε ένα τοπικό νομικό κολέγιο για να μεταδώσει νομική συνείδηση στις νοικοκυρές και στις γυναίκες της εργατικής τάξης. Πιστεύοντας ακράδαντα ότι η γνώση των θεμελιωδών δικαιωμάτων, των κατευθυντήριων αρχών της κρατικής πολιτικής και των διαφόρων νομοθεσιών για το γάμο, την κληρονομιά, τη φροντίδα, την προστασία των παιδιών και το διαζύγιο θα βοηθούσε τις γυναίκες να ζήσουν μια αξιοπρεπή ζωή, εργάστηκε με γυναίκες. Η Amaya έβρισκε χρόνο να απευθύνεται σε μαθητές και φοιτητές όποτε μπορούσε να τους συναντήσει στα εκπαιδευτικά τους ιδρύματα. Μια σχολή κοινωνικής εργασίας προσκαλούσε τακτικά την Amaya να παραδίδει διαλέξεις σχετικά με τον αντίκτυπο του νόμου στην οργάνωση της κοινότητας και την κοινωνική πρόνοια. Έγινε μέρος του έργου του κολεγίου για τα εγκαταλελειμμένα και αναλφάβητα παιδιά.

Το πιάνο χάρισε στην Amaya απέραντη ευτυχία. Το έπαιζε για ώρες μαζί τα Σαββατοκύριακα. Η μητέρα της έμαθε στην Amaya να παίζει πιάνο· αργότερα, οι αδελφές του Loreto τη σύστησαν σε μεγάλους συνθέτες. Ήταν ενεργό μέλος της ομάδας συναυλιών στο σχολείο, η οποία παρουσίαζε προγράμματα σε διάφορα πολιτιστικά κέντρα της Μαδρίτης κάθε μήνα. Στο Loyola και στο St Xavier's, είχε πολλές ευκαιρίες για πιάνο. Στη Νομική Σχολή Bengaluru, όμως, ήταν πλήρως απασχολημένη με τις σπουδές της, τις νομικές συζητήσεις, τα δικαστήρια και τις δραστηριότητες νομικής ευαισθητοποίησης.

Στο Κότσι, ενώ ασκούσε το επάγγελμα του δικηγόρου, η Amaya ανέπτυξε μια ξεχωριστή βιβλιοθήκη για το μυθιστόρημα. Η αγαπημένη της συγγραφέας ήταν η Madhavikutty για τις σε βάθος εκφράσεις της σεξουαλικής αφύπνισης, τους συμβολισμούς και την ψυχοκοινωνική ανάλυση της θέσης της γυναίκας στην κοινωνία της Κεράλα. Μεταξύ των συγγραφέων διηγημάτων, της άρεσε περισσότερο ο Zacharia για τις αντικομφορμιστικές, εκρηκτικές ιδέες του που εξέθεταν τον σεξουαλικό, πολιτικό και θρησκευτικό σκοταδισμό και τους καφκικούς χαρακτήρες. Οι ιστορίες που εξαλείφουν τον πόνο είχαν μαγνητική έλξη στην ανάγνωσή της, καθώς υπήρχε μια συνεχής αναζήτηση για μια ζωή χωρίς πόνο, όχι μόνο για τον εαυτό της αλλά και για τους άλλους. Παρ' όλα αυτά, επρόκειτο για ένα ουτοπικό ιδεώδες, μια ζωή χωρίς πόνο, καθώς ο πόνος ήταν αναπόσπαστο κομμάτι της ανθρώπινης ζωής. Μόνο μέσα από τον πόνο μπορούσε ο άνθρωπος να αναπτυχθεί, να δημιουργήσει γνώση και να ζήσει μια ικανοποιητική εμπειρία. Υπήρχε όμως μέσα της μια αιώνια λαχτάρα να ξεπεράσει τον πόνο. Για εκείνη, η μυθοπλασία ήταν πιο κοντά στη ζωή από οποιαδήποτε κοινωνιολογική ανάλυση, γεγονότα της ζωής ή επιστημονικά θεωρήματα. Στον κόσμο των μυθιστορημάτων της, υπήρχε η έννοια της δικαιοσύνης. Προερχόταν από τα άτομα, και υπήρχε ένα αμοιβαίο μοίρασμα της δικαιοσύνης μεταξύ των ατόμων. Η δικαιοσύνη δεν ήταν μόνο ο στόχος, αλλά και ο δρόμος. Η αλήθεια και η δικαιοσύνη συμβαδίζουν- αν αντιπαρατίθενται, στέκονται με τη δικαιοσύνη, καθώς η αλήθεια ήταν ιδανική και δεν υπήρχε, αλλά η δικαιοσύνη ήταν πρακτική. Δεν ανησυχούσε για την πλήρη δικαιοσύνη σε μια δεδομένη στιγμή, καθώς δεν υπήρχε.

Η δικαιοσύνη ήταν μια ισχυρή έννοια στην ανθρώπινη ζωή, που ασκούνταν στην καθημερινή ζωή, και αυτό το μέρος της δικαιοσύνης ήταν πλήρες και ατελές ταυτόχρονα. Γι' αυτό και απολάμβανε τα μυθιστορήματα της Τόνι Μόρισον. Οι χαρακτήρες της προσπαθούσαν να πετύχουν τη δικαιοσύνη στην πληρότητά της, ενώ παράλληλα ήταν ικανοποιημένοι με τη δικαιοσύνη που βίωνε σε μια δεδομένη χρονική στιγμή. Στον Κάφκα, η επιθυμία να ζει κανείς ήταν υψίστης σημασίας. Η ζωή αντηχούσε ακόμη και κατά τη διάρκεια της εκτέλεσης του πρωταγωνιστή, μια προσπάθεια να ζήσει. Η ανάγνωση του Καμύ έδωσε ατελείωτους προβληματισμούς. Ήταν περιττό για τους ανθρώπους να περιμένουν το τέλος για να βιώσουν τη δικαιοσύνη στο σύνολό της, καθώς ήταν απόλυτη σε κάθε στιγμή της ζωής. Αυτή η αναζήτηση του όλου-στο-μέρος ήταν η αιτία των ανθρώπινων επιθυμιών.

Στην εικοστή επέτειο της άσκησης στο Ανώτατο Δικαστήριο, η Amaya κάλεσε όλους τους συναδέλφους της, τη Sunanda και τους νεότερους, για δείπνο στο σπίτι της. Ήταν ήδη ανώτερη δικηγόρος, και το όνομά της προτάθηκε για να γίνει δικαστής στο Ανώτατο Δικαστήριο. Αλλά η Amaya το αρνήθηκε ευγενικά, καθώς μπορούσε να εξηγήσει το νόμο ενώπιον των δικαστών που θα μπορούσε να βοηθήσει εκατοντάδες γυναίκες που είχαν μεγάλη ανάγκη από μια χείρα βοηθείας. Το πάρτι που διοργάνωσε ήταν μια συγκέντρωση περίπου είκοσι ατόμων. Το φαγητό ήταν χορτοφαγικό, με πολυάριθμα πιάτα, μεταξύ των οποίων ρύζι-πουλάβ και παγιασάμ. Μετά το πάρτι, ενώ οι καλεσμένοι αποχωρούσαν, υπήρξε μια κλήση στο κινητό της, αλλά η Amaya δεν μπορούσε να παραστεί. Μετά από δεκαπέντε λεπτά, δέχτηκε ξανά μια κλήση όταν ήταν μόνη της. Το ίδιο άτομο καλούσε και πάλι, όπως αποκάλυψε ο αριθμός.

Η Amaya απάντησε στην κλήση.

"Γεια σας", φώναξε κάποιος από την άλλη άκρη. Ήταν μια γυναικεία φωνή.

"Γεια σας", απάντησε η Αμάγια.

"Συγγνώμη για την ενόχληση, κυρία μου. Είμαι η Poornima, από το Chandigarh", είπε.

"Ναι, Ποορνίμα, τι μπορώ να κάνω για σας;" ρώτησε η Amaya.

"Κυρία μου, είστε η Amaya;" ρώτησε η Poornima.

"Ναι, είμαι η Amaya. Τι θέλεις, Poornima;" ρώτησε εκείνη.

"Συγγνώμη, κυρία μου, που κάνω προσωπικές ερωτήσεις. Πρέπει να τις ρωτήσω για να δώσω γαλήνη στο μυαλό μου". Η Ποορνίμα ακούστηκε ειλικρινής.

"Πείτε μου, γιατί θέλετε να μάθετε τα στοιχεία μου;" ρώτησε η Αμάγια.

"Κυρία μου, ήσασταν ερωτευμένη με έναν νεαρό άνδρα;"

Τι ανόητη ερώτηση. Κι όμως, στο μυαλό της Αμάγια υπήρχε κεραυνός εν αιθρία. Ήταν τρελά ερωτευμένη με έναν νεαρό άνδρα. Αλλά δεν ήθελε να ανακαλέσει στη μνήμη της τις ανησυχίες και τους πόνους που της προκάλεσε. Αρνήθηκε να αναλογιστεί τα απάνθρωπα γεγονότα του χθες που την κατέκλυζαν σαν ισπανικός ταύρος χωρίς δόρυ για να αμυνθεί. Προσπάθησε να ελέγξει το μυαλό της. Ηρέμησε, μη με κατακλύζεις, είπε στο μυαλό της. Στη συνέχεια, με υποτονική φωνή, ρώτησε τον εαυτό της: Ποιος είναι αυτός; Ήθελε να εμπλέξει το μυαλό της στην επίλυση του γρίφου, να γίνει ενεργός συνεργάτης στην επίλυση του προβλήματος και να συμπεριφερθεί ως υπηρέτης της.

"Πόορνίμα, όλες οι γυναίκες κουβαλούν αναμνήσεις από το παρελθόν τους. Αναπόφευκτα σχεδόν όλες ερωτεύονται κάποιον, έναν λαμπερό πρίγκιπα. Κι εγώ, επίσης, είχα το παρελθόν μου". Τα λόγια της Αμάγια ήταν απαλά και ευγενικά.

"Γνωρίζετε προσωπικά τον πατέρα μου;" Ήταν μια απλή ερώτηση χωρίς φιοριτούρες.

Αλλά υπήρχε ένα τρέμουλο στην Πόορνίμα, όπως φάνηκε από τη φωνή της. Κάτι την βασάνιζε βαθιά- κάτι είχε χειραγωγήσει την ηρεμία της- προσπαθούσε να ανακτήσει την ψυχραιμία της.

"Κυρία μου, ο πατέρας μου γνώριζε κάποια που λεγόταν Αμάγια. Φαινόταν ότι ήταν πολύ κοντά της, ή ότι ήταν αχώριστη. Επικοινώνησα με εκατό Αμάγια στην Ισπανία τους τελευταίους τρεις μήνες, ισπανικό όνομα, βασκικό. Ακόμη και σε άλλα μέρη της Ευρώπης τηλεφώνησα σε αποτελέσματα. Μπορείτε να φανταστείτε την αγωνία του να επικοινωνείς με εντελώς ξένους στο τηλέφωνο. Ήταν μια υπαρξιακή κρίση σαν να μην ήξερα τι να περιμένω, τι να μην κάνω. Μερικές φορές απογοητεύτηκα εντελώς, αποξηραμένη από την ψυχική μου δύναμη, την ισορροπία και την ελπίδα μου. Ήταν ένας αγώνας ζωής και θανάτου με πραγματικούς όρους. Αυτός ο αγώνας για την επιβίωση θα με είχε παραλύσει ψυχικά- η αγωνία ήταν αφόρητη, τρομερή και καταστροφική. Κάθε μέρα, κάποιοι άνθρωποι μου φώναζαν πίσω. Ήταν η πιο οδυνηρή εμπειρία της ζωής μου. Ακόμη και στην Ινδία, ήρθα σε επαφή με δώδεκα ανθρώπους με αυτό το όνομα. Κυρία μου, είμαι τόσο ευτυχής. Επιτέλους, δεν μου φωνάζατε".

Η Amaya μπορούσε να ακούσει τους λυγμούς της Poornima που συνεχίστηκαν για μερικά δευτερόλεπτα. Ήταν σαν ένας ήχος που διαπερνούσε την καρδιά, μια εμπειρία που έσπαγε. Το ήξερε καλά. Είχε υποστεί την ίδια αγωνία για τέσσερα χρόνια μετά την απαγωγή της Σούπρια. Η Amaya ένιωσε βαθιά συμπάθεια για την Poornima.

"Κυρία μου, επιτρέψτε μου να σας τηλεφωνήσω αύριο γύρω στις οκτώ και μισή το βράδυ. Το μυαλό μου είναι ταραγμένο και ενθουσιασμένο τώρα που δυσκολεύομαι να μιλήσω. Αλλά είμαι τόσο ευτυχισμένη. Σας ζητώ βαθύτατα συγγνώμη που σας τηλεφωνώ μετά τις εννέα το βράδυ. Σας είμαι ευγνώμων, κυρία μου. Καληνύχτα, κυρία", είπε η Poornima.

"Μπορείτε να μου τηλεφωνήσετε αύριο στις οκτώ και μισή το βράδυ. Καληνύχτα, Poornima".

Υπήρξε ένα ρίγος στα ενδότερα του εαυτού της. Είχε ερωτευτεί τον Κάραν, αλλά αυτό ήταν πριν από είκοσι πέντε χρόνια. Η ταλαιπωρία υπέστη τεράστια, και η Ποορνίμα μπορεί να υπέφερε την ίδια αγωνία- η θλίψη της ήταν δική της. Ο αμείλικτος πόνος, το αυτοκαταστροφικό βάρος στην καρδιά, η λαχτάρα να μάθει και η απελπισμένη προσπάθεια να ξεπεράσει το τείχος της απελπισίας ήταν αφόρητα αφόρητα. Πώς να βιώσετε έναν κόσμο πέρα από τον πόνο. Εκείνες τις μέρες, ήθελε να πετάξει σαν γλάρος σε μακρινά νησιά, χωρίς να χτυπάει τα φτερά της, όπου δεν υπήρχε πόνος,

Ξαφνικά, έλεγξε το μυαλό της, επέστρεψε στον πραγματικό κόσμο και απέφυγε να χάσει την ψυχική της ατμόσφαιρα και την ψυχραιμία της. Ενώ έκανε Βιπασάνα, ήταν και πάλι ήρεμη και δεν σκεφτόταν την Ποορνίμα. Δεν υπήρχε και πάλι καμία ταραχή στο μυαλό της. Ο καθημερινός διαλογισμός ήταν μια προσπάθεια να γνωρίσει τον εαυτό της χωρίς να σκέφτεται τίποτα. Η Βιπασάνα ήταν πέρα από τις σκέψεις και δεν υπήρχε τίποτα για να νιώσει. Δεν έπρεπε να ανησυχεί. Δεν βοηθούσε το μυαλό της να παραμείνει ειρηνικό, παραγωγικό και ισχυρό. Αγαπούσε το σύμπαν του κενού, όπου δεν υπήρχε τίποτα. Ήταν άδειο αλλά είχε τη δυνατότητα να έχει τα πάντα. Η Αμάγια συγκεντρώθηκε στην αναπνοή της. Ήταν μόνη της και βίωσε τον εγκέφαλο, το κεφάλι, το πρόσωπο, τα στήθη, την καρδιά, τους πνεύμονες, το συκώτι, το στομάχι, το έντερο, τη μήτρα, τα γεννητικά όργανα, τα ωάρια, τα οστά, τα εκατομμύρια κύτταρα και το αίμα που κυκλοφορούσε στο καθένα από αυτά με ζωή. Υπήρχε η διάνοια, ο νους και η συνείδηση. Αλλά εκείνη ήταν διαφορετική από όλα. Το πρόσωπο της Αμάγια ήταν διαφορετικό, μοναδικό, πέρα από όλα τα μέρη της, πέρα από το σύνολό τους. Υπήρχε ανεξάρτητα. Υπήρχε η συνείδηση της ύπαρξης, η επίγνωση της ύπαρξης και η προφάνεια της επιφοίτησής της. Ήταν η οξύτητα στην πληρότητά της.

Κλήση κόρης

Ήταν Δευτέρα. Το πάρτι με τους συναδέλφους της το προηγούμενο βράδυ ήταν χαριτωμένο. Μετά την πρωινή Βιπασάνα, η Αμάγια ανέτρεξε στις λεπτομέρειες των υποθέσεων που είχαν καταχωρηθεί για την ημέρα σε διάφορα δικαστήρια. Υπήρχαν επτά υποθέσεις σε τρία δικαστήρια- δύο ήταν για εισαγωγή, τρεις για αρχική ακρόαση για τη χορήγηση προσωρινής διαταγής και δύο για την τελική ακρόαση. Η μία υπόθεση αφορούσε μια σαρανταοκτάχρονη Sunita, την οποία ο σύζυγός της εκμεταλλευόταν οικονομικά. Όταν ο σύζυγός της αποφάσισε να παντρευτεί τη νεαρή του λογίστρια, η Sunita κατάλαβε τη σοβαρότητα της κατάστασης. Είχε ξεκινήσει μια σχέση μεταξύ του συζύγου της, ενός πλούσιου επιχειρηματία και της λογίστριας του τα προηγούμενα δύο χρόνια, καθώς περνούσαν μαζί τις διακοπές τους στις Μαλδίβες, το Μπαλί και άλλα εξωτικά μέρη.

Πριν από χρόνια, ο Madhav ήταν καταστηματάρχης καλλυντικών σε ένα από τα δρομάκια που οδηγούσαν στον σιδηροδρομικό σταθμό. Συνήθιζε να κάθεται οκλαδόν στο μικροσκοπικό μαγαζί του, καθώς δεν υπήρχε χώρος για να σταθεί όρθιος. Ο Madhav πουλούσε διάφορα προϊόντα ομορφιάς σε γυναίκες- είχε το χάρισμα να προσελκύει νέους και ηλικιωμένους- τους μιλούσε ευγενικά και έβρισκαν πάντα ένα χαμόγελο στα χείλη του. Τα κορίτσια που πήγαιναν σχολείο και οι δεσποινίδες προτιμούσαν το κατάστημα ομορφιάς του Madhav, καθώς όλα όσα χρειάζονταν ήταν διαθέσιμα εκεί. Η Sunita τον είχε δει να κάθεται στο κατάστημά του κάθε πρωί, ενώ έτρεχε προς τον σιδηροδρομικό σταθμό για να προλάβει το πρωινό τρένο για το σχολείο της.

Μερικές φορές, η Sunita αγόρασε σαπούνια, kajal και κρέμες από τον Madhav επιστρέφοντας. Της μιλούσε ευγενικά κάθε φορά που πήγαινε στο κατάστημά του- η προσέγγισή του ήταν ευχάριστη. Μετά από ένα χρόνο, μια μέρα, έκανε πρόταση γάμου στη Sunita- ο Madhav, είκοσι πέντε ετών τότε, και η Sunita, είκοσι τριών ετών, δασκάλα δημοτικού σχολείου εδώ και δύο χρόνια. Συζήτησε με τον πατέρα της, χήρο και συνταξιούχο δάσκαλο, για τον Madhav. Ο πατέρας της είπε ότι δεν είχε καμία αντίρρηση καθώς η Sunita γνώριζε τον Madhav τον τελευταίο χρόνο. Αν ήταν καλός άνθρωπος, προχώρα, διαβεβαίωσε ο πατέρας το μοναχοπαίδι του. Η Sunita και ο Madhav τέλεσαν το γάμο τους στο ναό της γειτονιάς μέσα σε μια εβδομάδα. Ο Madhav διέμενε σε ένα νοικιασμένο διαμέρισμα ενός δωματίου μαζί με δύο άλλους και μετακόμισε αμέσως στο σπίτι της Sunita, ένα διαμέρισμα δύο δωματίων που ανήκε στον πατέρα της στο προάστιο. Ο αρχικός έγγαμος βίος τους ήταν χρυσός, καθώς ο Madhav ήταν ένας στοργικός και στοργικός σύζυγος. Η Sunita τον ενθάρρυνε να ανοίξει ένα πιο εκτεταμένο κατάστημα σε μια πιο βολική τοποθεσία.

Η Sunita έδωσε στον Madhav μια επιταγή ενός εκατομμυρίου ρουπιών στη δεύτερη επέτειο του γάμου τους, τα οποία είχε αποταμιεύσει από το μισθό της. Αυτή ήταν μια ευοίωνη αρχή για τον Madhav, ο οποίος ονόμασε το νέο του κατάστημα Sunita Beauty Care. Μέσα σε πέντε χρόνια, άνοιξε άλλα δύο καταστήματα σε διαφορετικά σημεία της πόλης. Εν τω μεταξύ, η Sunita πούλησε το διαμέρισμα δύο δωματίων της, καθώς ο πατέρας της δεν υπήρχε πια, και με τα χρήματα, ο Madhav αγόρασε ένα νέο σπίτι στο όνομά του.

Στο δέκατο έτος, ο Madhav ξεκίνησε μια μονάδα Ayurvedic hair care για την παραγωγή και την εμπορία λαδιών ομορφιάς για τα μαλλιά των γυναικών. Ισχυριζόταν ότι το λάδι που κατασκεύαζε βοηθούσε να φυτρώσουν σκούρα, λαμπερά και υγιή μαλλιά σε αφθονία. Η νέα πρωτοβουλία ήταν πρωτοφανής- μια μηχανοποιημένη υπερσύγχρονη μονάδα παραγωγής άνοιξε με είκοσι πέντε εργαζόμενους μέσα σε τρία χρόνια στην περιφέρεια της πόλης. Ο Madhav διόρισε μισή ντουζίνα MBA για να προωθήσει το προϊόν του σε όλη τη χώρα.

Η Sunita συνέχισε τη δουλειά της, τώρα διευθύντρια ενός δημοτικού σχολείου, και παρατήρησε μια σταδιακή αλλαγή στη συμπεριφορά του Madhav, ο οποίος σταμάτησε να μοιράζεται την κρεβατοκάμαρα με τη Sunita. Η Sunita ήταν πάντα μόνη της στο σπίτι, καθώς ο Madhav βρισκόταν σε περιοδεία ή ήταν απασχολημένος με την επιχείρησή του. Μιλώντας σπάνια με τη σύζυγό του και χωρίς να μοιράζεται ή να είναι μαζί της, ο Madhav άρχισε να πιέζει τη σύζυγό του για διαζύγιο. Έχτισε μια βίλα πέντε υπνοδωματίων στο προάστιο και μετακόμισε εκεί μόνος του μέσα σε ένα χρόνο. Καθώς η μεγαλύτερη κόρη της, μια γιατρός εγκαταστάθηκε σε άλλη πόλη και η άλλη πήγε στο εξωτερικό για MBA, η Sunita βίωσε την απόρριψη και τη μοναξιά. Ο Madhav ήταν έτοιμος να επιστρέψει το ένα εκατομμύριο της Sunita, τίποτα περισσότερο. Η Sunita συνάντησε την Amaya και κατέθεσε αγωγή για σωστή αποζημίωση και διατροφή, καθώς δεν ήταν ικανοποιημένη με την απόφαση του οικογενειακού δικαστηρίου. Η αίτηση ήταν στη λίστα για την τελική ακρόαση εκείνη την ημέρα.

Καθώς μελετούσε τον φάκελο της υπόθεσης, η Amaya σκέφτηκε ξαφνικά το τηλεφώνημα που είχε λάβει από το Chandigarh το προηγούμενο βράδυ. Ποια ήταν η Poornima; Ήταν αληθινή; Η Amaya ήταν σε βαθιά σκέψη για αρκετή ώρα. Μπαίνοντας στο δωμάτιο της Amaya, μία από τις νεότερες συνεργάτιδές της εξέφρασε την έκπληξή της που είδε την Amaya σε βαθύ προβληματισμό, κάτι που δεν ήταν συνηθισμένο για την Amaya το πρωί.

Ο νεώτερός της ήταν εκεί για να συζητήσει με την Amaya την αίτηση εισαγωγής της Khadija Mohammed Kuttyhassan. Η Khadija ήταν είκοσι οκτώ ετών και παντρεμένη με τον Mohammed Kuttyhassan, τριάντα έξι ετών. Γέννησε τρία κορίτσια και δύο αγόρια. Ο Kuttyhassan είχε ένα κατάστημα τσαγιού κοντά στην ιχθυόσκαλα, μια επιχείρηση με χίλιες ρουπίες την ημέρα, από τις οποίες οι οκτακόσιες ήταν το κέρδος του. Έδωσε τριακόσιες ρουπίες στην Khadija, διακόσιες η καθεμία στις δύο προηγούμενες συζύγους του και στα επτά παιδιά του. Απολάμβανε ένα ποτήρι τοπικό αλκοόλ, που κόστιζε περίπου πενήντα ρουπίες, και τα υπόλοιπα πενήντα τα πλήρωνε στη Nabeesa, την οποία επισκεπτόταν μία φορά κάθε δεκαπενθήμερο για περίπου μία ώρα. Ο Kuttyhassan παντρεύτηκε την Khadija όταν αυτή ήταν δεκατεσσάρων ετών, αφού κατέθεσε ένα πλαστό πιστοποιητικό γέννησης της Khadija, ισχυριζόμενος ότι ήταν δεκαοκτώ ετών.

Μια εβδομάδα πριν η Khadija συναντήσει την Amaya, ο Kuttyhassan ζήτησε από την Khadija και τα παιδιά τους να εκκενώσουν το σπίτι του, καθώς είχε κηρύξει τριπλό talaq στην Khadija σύμφωνα με το μουσουλμανικό προσωπικό δίκαιο- είδε ένα άλλο κορίτσι που φοιτούσε στην όγδοη τάξη σε δημοτικό σχολείο. Με τα πέντε παιδιά της, η Khadija έμεινε άστεγη- η μόνη της επιλογή ήταν να ακολουθήσει τη Nabeesa. Η Amaya ζήτησε από τον νεώτερό της να ενημερώσει την Khadija να είναι παρούσα στο δικαστήριο. Η Amaya εξήγησε στη νεώτερή της ότι το τριπλό talaq ήταν ποινικό αδίκημα- προέβλεπε τριετή φυλάκιση για έναν μουσουλμάνο που διέπραξε το έγκλημα. Η Amaya είπε στη νεώτερή της ότι η ποινή φυλάκισης δεν θα έλυνε το πρόβλημα της Khadija και των παιδιών της, καθώς χρειάζονταν ένα μέρος για να ζήσουν και ένα αξιοπρεπές εισόδημα. Δεν υπήρχε περίπτωση να πάρουν αποζημίωση από τον Kuttyhassan, καθώς ήταν άφραγκος. Η Amaya ζήτησε από τους νεότερους να βρουν μια δουλειά για την Khadija, ώστε να ταΐσει και να στεγάσει τα παιδιά της. Εν τω μεταξύ, ήταν απαραίτητο να βρει παιδικούς σταθμούς για τα δύο μικρότερα παιδιά της και νηπιαγωγείο για δύο. Το ένα παιδί παρακολουθούσε την πρώτη τάξη σε μια τοπική madrassa, ένα δημοτικό σχολείο.

Η Amaya εξέτασε σχολαστικά και τους επτά φακέλους των υποθέσεων και συζήτησε τη νομοθεσία που αφορούσε την υπόθεση και τα πιθανά επιχειρήματα προς εξέταση από το δικαστήριο. Είχε αυτοπεποίθηση όσον αφορά την έμφαση στα επιχειρήματά της. Οι προτροπές της ήταν πάντα περιεκτικές με λογική επιχειρηματολογία, δίνοντας έμφαση στα ένδικα μέσα. Υπήρχε συνέπεια και διαύγεια στις παρουσιάσεις των υποθέσεων της Amaya ενώπιον του δικαστηρίου, καθώς ήταν αναλυτικές, διαφανείς και αντικειμενικές, βασισμένες στο νόμο και στα επιτρεπτά προηγούμενα.

Καθώς οδηγούσε προς το δικαστήριο, η Amaya θυμήθηκε τη συνομιλία της με την Poornima από το Chandigarh. Είχε βρεθεί δύο φορές στην πόλη αυτή- η μία ήταν για ένα συνέδριο σχετικά με την αμνιοσύνθεση και την εξάλειψη του αγέννητου κοριτσιού για να αποκτήσουν οι Ινδοί γονείς γιο, η δεύτερη για την εκπροσώπηση μιας εγκαταλελειμμένης γυναίκας στο δικαστήριο για την κατάλληλη αποζημίωση από τον σύζυγό της. Υπήρχε μια οικειότητα στη φωνή της Poornima σαν να την είχε ακούσει πολλές φορές. Περισσότερο από αυτό, άγγιζε την καρδιά της.

Η Amaya εμφανίστηκε ενώπιον του δικαστηρίου σε όλες τις υποθέσεις και τα αποτελέσματα ξεπέρασαν τις προσδοκίες. Το δικαστήριο αποφάσισε ότι η Sunita είχε το δικαίωμα να λάβει το πενήντα τοις εκατό της ακίνητης περιουσίας, των επιχειρηματικών εγκαταστάσεων, των μετοχών και άλλων περιουσιακών στοιχείων από τον Madhav. Ήταν ελεύθερος να προσφύγει στο ανώτατο δικαστήριο εντός είκοσι μίας ημερών για να αμφισβητήσει την απόφαση. Ένας amicus curiae που ορίστηκε από το δικαστήριο θα φροντίσει για την εφαρμογή της απόφασης, δήλωσε το δικαστήριο.

Η αίτηση της Khadija παραπέμφθηκε για την τελική ακρόαση και το δικαστήριο έδωσε εντολή στον Kuttyhassan να καταβάλλει καθημερινά πεντακόσιες ρουπίες στην Khadija και τα παιδιά τους. Το δικαστήριο διέταξε τον Kuttyhassan να εκκενώσει το σπίτι του μέχρι την τελική ακρόαση, επιτρέποντας στην Khadija και τα παιδιά τους να το κατοικούν. Η Khadija έκλαψε από χαρά και δεν είχε λόγια να ευχαριστήσει την Amaya για τη βοήθειά της.

Η υπόθεση της Leena Mathew ήταν μοναδική και το δικαστήριο ανακοίνωσε την τελική του ετυμηγορία. Οι γονείς της Leena ήταν αγρότες με δύο στρέμματα γης στους λόφους του Idukki. Θεωρούσαν πρόκληση να παρέχουν επαρκή τροφή, ρουχισμό και εκπαίδευση στα τρία παιδιά τους, ένα κορίτσι και δύο αγόρια, πολύ μικρότερα από τη Leena. Η Leena έπρεπε να περπατήσει περίπου οκτώ χιλιόμετρα για να φτάσει στο σχολείο της, διασχίζοντας μερικά ρέματα, τα οποία ήταν επικίνδυνα κατά τη διάρκεια των μουσώνων. Λόγω των κατολισθήσεων, οι έντονες βροχοπτώσεις ήταν συχνές στους λόφους που περιβάλλουν τα κτήματα τσαγιού. Η Leena περπατούσε ξυπόλητη για δέκα χρόνια, ολοκλήρωσε το απολυτήριό της με διάκριση. Οι καλόγριες που διαχειρίζονταν το σχολείο ενθάρρυναν τη Leena να συνεχίσει την ανώτερη δευτεροβάθμια εκπαίδευση για δύο χρόνια και με την οικονομική τους υποστήριξη, η Leena την ολοκλήρωσε καταλαμβάνοντας την πρώτη θέση στην περιοχή. Οι καλόγριες επέτρεψαν στη Leena να μείνει σε έναν ξενώνα υποτροφιών για να προετοιμαστεί για τις εισαγωγικές εξετάσεις στην ιατρική. Η Leena ήταν μεταξύ των πενήντα πρώτων υποψηφίων που εμφανίστηκαν για τις εισαγωγικές εξετάσεις, όταν ήρθε το αποτέλεσμα. Σύντομα, η Leena μπήκε σε ένα ιατρικό κολέγιο στην Bengaluru- η υποτροφία της ήταν αρκετή για όλα τα έξοδά της.

Η Leena ολοκλήρωσε την αποφοίτησή της και το μεταπτυχιακό της μέσα σε επτά χρόνια, με ειδίκευση στην ΩΡΛ. Σύντομα, η Δρ Leena εντάχθηκε ως χειρουργός σε κορυφαίο νοσοκομείο με ικανοποιητικές αποδοχές. Έστελνε σχεδόν όλα τα κέρδη της στους γονείς της- τα αδέλφια της έλαβαν άριστη εκπαίδευση με την υποστήριξή της. Η Dr Leena βοήθησε τους γονείς της να κατασκευάσουν μια βίλα κοντά στην πόλη. Το να βοηθήσει τους γονείς και τα αδέλφια της ήταν η μόνη επιθυμία της Dr Leena, έτσι ξέχασε να παντρευτεί για να κάνει οικογένεια, καθώς ανησυχούσε πάντα για την ευημερία τους. Η Dr Leena ήθελε να στηρίξει τους γονείς της στα γηρατειά τους. Οι αδελφοί της παντρεύτηκαν, εγκαταστάθηκαν σε άλλες πόλεις και ξέχασαν την μεγαλύτερη αδελφή τους, η οποία ξόδεψε τη ζωή της για τη βελτίωσή τους. Δυστυχώς, η Leena αντιμετώπισε ένα ατύχημα ενώ οδηγούσε προς το χώρο εργασίας της. Ο τραυματισμός ήταν σοβαρός- το δεξί της χέρι έμεινε παράλυτο. Η Leena ήταν πενήντα οκτώ ετών και χρησιμοποιούσε αναπηρικό καροτσάκι για τους πρώτους μήνες.

Όταν έφτασε στο σπίτι των αείμνηστων γονιών της, τα αδέλφια, οι γυναίκες και τα παιδιά της αρνήθηκαν στη Leena να μπει στο σπίτι. Με τη βοήθεια κάποιων κοινωνικών λειτουργών, η Leena νοίκιασε ένα διαμέρισμα δύο δωματίων και άνοιξε μια κλινική σε ένα από τα δωμάτια. Μέσα σε ένα μήνα, η Leena συνάντησε την Amaya, συζήτησε το πρόβλημά της και ζήτησε από την Amaya να αναλάβει την υπόθεσή της και να υποβάλει αίτηση για ένδικα μέσα. Και οι δύο αδελφοί της ήταν οι εναγόμενοι. Η Amaya εξήγησε στο δικαστήριο λεπτομερώς τη δυσχερή θέση της πελάτισσάς της και τις νομικές επιπτώσεις της στη ζωή μιας αγαπημένης και απλοϊκής γιατρού, γνωστής χειρουργού. Η Amaya υπογράμμισε τον αντίκτυπο της υπόθεσης στους νέους ανθρώπους στην κοινωνία και στην οικογενειακή τους ζωή.

Υπερασπιζόμενη συστηματικά τα δικαιώματα του πελάτη της, εκθέτοντας και καταρρίπτοντας τα νομικά αβάσιμα επιχειρήματα που προέβαλε ο αντίπαλός της, η Amaya έπεισε το δικαστήριο ότι η δικαιοσύνη ήταν απόλυτα και εξ ολοκλήρου με το μέρος του πελάτη της. Στην τελική απόφαση, το δικαστήριο διέταξε τους εναγόμενους να εκκενώσουν το σπίτι που έχτισε η αδελφή τους για τους γονείς της, παραδίδοντας αμέσως την κυριότητα και την κατοχή του στην Dr Leena Mathew. Το δικαστήριο τους διέταξε επίσης να καταβάλλουν εκατό χιλιάδες ρουπίες κάθε μήνα στην Dr Leena, ως ισόβια αποζημίωση για την άνετη φροντίδα τους από την παιδική τους ηλικία και την εκπαίδευσή τους. Ήταν μια ηχηρή νίκη για την Amaya και την πελάτισσά της.

Η Amaya έφτασε στο σπίτι της στις πέντε το απόγευμα. Μέχρι τις έξι θα ήταν στο γραφείο της και όλοι οι νεότεροι συνεργάτες της θα ήταν εκεί. Το ωράριό τους ήταν από τις οκτώ το πρωί έως τις πέντε το βράδυ και στη συνέχεια από τις έξι έως τις οκτώ. Ήθελε να τους δώσει αυστηρή εκπαίδευση για να μάθουν δεξιότητες στην άσκηση του δικηγορικού επαγγέλματος, οι οποίες περιλάμβαναν τη συνέντευξη του πελάτη και τη συλλογή των απαραίτητων εγγράφων. Η κατάθεση εγγράφων με χρονολογική σειρά, η παρουσίασή τους ενώπιον του ανώτερου, η σύνταξη αιτήσεων, η προετοιμασία παραρτημάτων και η ανάπτυξη επαρκούς αριθμού αντιγράφων ήταν επίσης τα καθήκοντά τους. Η υποβολή προς εξέταση στο δικαστήριο, η παρουσία κατά τη διάρκεια των ακροάσεων και η καταγραφή των αποφάσεων του δικαστηρίου ήταν εξίσου σημαντικές. Το τελευταίο βήμα ήταν η συλλογή αντιγράφων των επικυρωμένων αποφάσεων από τη γραμματεία.

Οι νεότεροι μαθητές της παρακολουθούσαν με προσοχή τον τρόπο με τον οποίο η Amaya υποστήριζε μια υπόθεση κατά τη διάρκεια της ακρόασης, τα συγκεκριμένα έγγραφα που παρουσίαζε ενώπιον του δικαστηρίου και τις λέξεις και λ

egal έννοιες που χρησιμοποιούσε. Τέλος, η Amaya προσπάθησε να αντικρούσει τα επιχειρήματα του αντιδίκου και πώς υπερασπίστηκε τον πελάτη της, τονίζοντας τις συνταγματικές διατάξεις, τις διάφορες νομοθεσίες και τη νομολογία.

Η Amaya παρατήρησε μια νεαρή γυναίκα που καθόταν στην αίθουσα αναμονής όταν μπήκε στο γραφείο της. Οι νεότεροι ενημέρωσαν την Amaya ότι η γυναίκα ήταν επίκουρη καθηγήτρια σε ένα από τα κολέγια της πόλης και ήθελε να συζητήσει την υπόθεσή της. Μέσα σε δεκαπέντε λεπτά, η Amaya την κάλεσε και της ζήτησε να εξηγήσει το πρόβλημά της. Συζήτησαν για μια ώρα. Το όνομα της γυναίκας ήταν Τερέζα Τζόζεφ- είχε αποφοιτήσει από το τμήμα θετικών επιστημών και είχε κάνει μεταπτυχιακό στη φυσική από γνωστό πανεπιστήμιο. Αφού πήρε υποτροφία, η Teresa έκανε έρευνα για το διδακτορικό της σε ένα πανεπιστήμιο Ivy League στις ΗΠΑ. Παρόλο που υπήρχαν δελεαστικές προσφορές εργασίας από πανεπιστήμια και ερευνητικά ιδρύματα του εξωτερικού, η Τερέζα επέστρεψε στην Ινδία για να εργαστεί στη χώρα της. Εν τω μεταξύ, δημοσίευσε δύο άρθρα σε διεθνή περιοδικά με κριτές.

Μέσα σε δύο μήνες από την επιστροφή της στην Ινδία, η Τερέζα εμφανίστηκε για επιλογή για μια θέση επίκουρου καθηγητή σε ένα κολέγιο που συνδέεται με ένα πανεπιστήμιο που ανήκει στον καθολικό επίσκοπο μιας πόλης. Οι κανόνες του πανεπιστημίου και της Επιτροπής Πανεπιστημιακών Επιχορηγήσεων, του κορυφαίου οργάνου στην τριτοβάθμια εκπαίδευση της Ινδίας, ήταν υποχρεωτικοί για το κολέγιο. Ο μισθός του διδακτικού και διοικητικού προσωπικού προερχόταν από την πολιτειακή κυβέρνηση. Η Τερέζα αγαπούσε τη διδασκαλία, την έρευνα και την καθοδήγηση των μεταπτυχιακών φοιτητών. Οι φοιτητές είχαν υψηλή γνώμη για τις γνώσεις, τις δεξιότητες και τη στάση της.

"Κυρία μου, δυσκολεύομαι να το εκφράσω λεκτικά, αλλά επιτρέψτε μου να σας εξηγήσω. Χρειάζομαι τη βοήθειά σας, την παρουσία σας. Τα βάσανά μου θα είναι αιώνια χωρίς εσάς, και δεν μπορώ να φανταστώ μια τέτοια κατάντια. Θα είναι το τέλος της ύπαρξής μου".

"Poornima, δυσκολεύομαι να καταλάβω. Θα μου το διευκρινίσεις, σε παρακαλώ;"

"Κυρία μου, ο πατέρας μου είναι αναίσθητος τους τελευταίους τρεις μήνες. Μόνο εσείς μπορείτε να τον βοηθήσετε να ανακτήσει τις αισθήσεις του". Τα λόγια της Poornima ήταν απλά.

Η Amaya βρήκε το αίτημα παράξενο. Δεν ήταν νευρολόγος, ούτε καν γιατρός για να προσφέρει βοήθεια για να ανακτήσει τις αισθήσεις του κάποιος. Ο πατέρας της χρειαζόταν εξειδικευμένη ιατρική φροντίδα, επιστημονικές εξετάσεις, επαληθεύσεις, αναλύσεις και ερμηνείες της ψυχικής και σωματικής του κατάστασης. Ένας νομικός δεν έχει καμία εκπαίδευση για να κάνει αυτή τη δουλειά. Το πολύ-πολύ να μπορούσε να βοηθήσει τον πατέρα και την κόρη να προστατεύσουν νομικά τα δικαιώματά τους. Αλλά δεν αντέδρασε στην Poornima, δεν ήθελε να την πληγώσει, καθώς η προσπάθεια εξάλειψης του πόνου ήταν ανάγκη, το απόλυτο καθήκον.

"Ποορνίμα, μπορεί να μην μπορώ να σε βοηθήσω πολύ σε αυτό το θέμα. Πρέπει να ζητήσεις τις υπηρεσίες των καλύτερων νευρολόγων, ιατρών και ψυχολόγων. Προχωρήστε σε μια ενδελεχή διερεύνηση των παρελθοντικών περιστατικών στη ζωή του, ακόμη και αν ήταν ασήμαντα. Συχνά φαινομενικά ασήμαντα γεγονότα μπορεί να προκαλέσουν ψυχική οδύνη σε ένα άτομο". Ήταν μια συμβουλή με έκδηλη ανησυχία.

"Κυρία μου, αυτός είναι ο συγκεκριμένος λόγος που σας πλησίασα. Για μένα, είστε ο καλύτερος νευρολόγος και ψυχολόγος για να βοηθήσετε τον πατέρα μου να ανακτήσει τις αισθήσεις του". Η Poornima ήταν ακριβής.

Τα λόγια της Poornima είχαν γοητεία, ωστόσο ήταν εξωπραγματικά. Ήταν ελκυστικές, υπνωτίζοντας τον ακροατή, δελεάζοντας σιωπηρά να πιστέψει ορισμένες πτυχές της ζωής στη σφαίρα της φανταστικής πραγματικότητας, αποδεχόμενος τις ως γεγονότα, αλλά δεν υπήρχαν. Τα λόγια της Poornima ήταν απατηλά επειδή τα δημιούργησε χωρίς αυθεντική αντικειμενικότητα και παρέμειναν μύθοι. Ανέπτυξε έναν μύθο από τις αγωνίες, τις ανησυχίες και τις ελπίδες της πέρα από τα γεγονότα εμπιστευόμενη ότι ήταν γνήσια. Μια λανθασμένη αντίληψη έγινε απτή για εκείνη και μπορούσε να οδηγήσει σε παράνοια. Υπήρξε μια μακρά σιωπή.

"Κυρία μου, ζητώ συγγνώμη για άλλη μια φορά που δεν ήμουν σαφής. Το μυαλό μου είναι ταραγμένο και αδυνατώ να διατυπώσω τις σκέψεις μου ορθολογικά. Επιτρέψτε μου να διευκρινίσω. Ο πατέρας μου είναι αναίσθητος- κατά διαστήματα, φώναζε 'Αμάγια, Αμάγια'. Ήθελε να μου πει κάτι καθώς με κοίταζε αυστηρά. Με παρακαλούσε να τον ακούσω προσεκτικά. Αναρωτιόμουν τι ήταν η Amaya. Δεν μπορούσα να καταλάβω τη σημασία του".

Η Amaya άκουγε την Poornima με απορροφημένη προσοχή. Η ώρα ήταν ήδη εννέα και ο συνομιλητής της ζήτησε την άδειά της να την καλέσει την επόμενη μέρα στις οκτώ και μισή.

Ποιος ήταν ο ρόλος της στην ιστορία και γιατί την κάλεσε η Ποορνίμα; Η ανταπάντηση ήταν ένα σοντέρ στη μοναξιά ότι η Poornima είχε μια ζωή τόσο ζωντανή και πολύπλοκη όσο και η δική της.

Παρ' όλα αυτά, υπήρχε μια ανεξήγητη ανησυχία στην καρδιά, η τύχη μιας αιχμηρής και ξαφνικής ερώτησης που τρυπούσε αλλά και καταπραΰνει. Ήταν αναμφισβήτητα ζωηρή, ειδυλλιακή, ρουφώντας ηρεμία στην αιωνιότητα, και η Αμάγια ανύψωσε τον εαυτό της σε μια νέα βιόσφαιρα μετανοίας.

Αφού έκανε Βιπασάνα, αποσύρθηκε για ύπνο στις δέκα.

Υπήρχαν μισή ντουζίνα υποθέσεις που είχαν καταχωρηθεί για την ημέρα. Η Amaya πέρασε από τον κατάλογο που είχαν ετοιμάσει οι νεότεροι, διαβάζοντας για άλλη μια φορά τα κύρια ζητήματα και σημειώνοντας τα βασικά επιχειρήματα της υπεράσπισης. Συνήθως, παρουσίαζε το παράπονο του αιτούντος θεματικά, δίνοντας έμφαση στον νόμο, τονίζοντας την ουσία και τη νομική του εγκυρότητα και, τέλος, τονίζοντας τις παραβιάσεις των δικαιωμάτων στο πλαίσιο της ελευθερίας, της ισότητας και των ίσων ευκαιριών. Οι υποθέσεις που εκπροσωπούσε ήταν αντικειμενικές και δυναμικές- οι δικαστές συχνά εκτιμούσαν τη συντομία, τον αυθορμητισμό και τη νομική της οξυδέρκεια. ντροπαλός για

την κριτική ενασχόληση με τους πελάτες της, τους δικαστές και τους δικηγόρους. Η Amaya δεν ένιωσε ποτέ να αποδέχεται τη μη εξοικείωσή της με συγκεκριμένα πραγματικά περιστατικά ή απόψεις του δικαίου που τέθηκαν. Έμαθε από την εμπειρία της ότι η αποδοχή της άγνοιας ενίσχυε τον σεβασμό και την αξιοπιστία της. Μια επιχειρηματολογία ενώπιον του δικαστηρίου δεν ήταν απλώς μια έκθεση των γνώσεών της- εφάρμοζε το νόμο στην υπό συζήτηση υπόθεση. Το πιο ζωτικό μέρος ήταν τα επιχειρήματα που απαιτούνταν για μια ευνοϊκή ετυμηγορία. Έτσι, ανέπτυξε ένα νομικό και ψυχολογικό περιβάλλον ενώπιον των δικαστών και η έκθεση των γεγονότων, βασισμένη σε νομολογία που σχετιζόταν σταθερά με τον εκάστοτε λόγο. Έψαχνε επίσης κατά πόσον οι εν λόγω νομολογίες ήταν δεσμευτικές για την έδρα, η οποία εξέταζε το θέμα. Η Amaya ήταν προσεκτική με τη διαχείριση του χρόνου, καθώς τα επιχειρήματα δεν έπρεπε να είναι πολύ σύντομα, απορρίπτοντάς τα ως άνευ ουσίας ή πολύ μακροσκελή για να αποσπάσουν την προσοχή των δικαστών. Εξίσου προσεκτική στο να δείχνει σεβασμό στον αντίπαλο, έκλεβε τον σεβασμό όλων.

Η Amaya συμμετείχε σε διαγωνισμούς moot-court σε διάφορες πόλεις κατά τη διάρκεια της φοίτησής της στη Νομική Σχολή, όπως και ο συμφοιτητής της Surya Rao και άλλοι για τρία συνεχόμενα έτη. Η όλη άσκηση μιμούνταν τους δικηγόρους και τους προεδρεύοντες δικαστές σε ένα πραγματικό δικαστήριο. Παρείχε στην Amaya δυναμικές ευκαιρίες για ανάπτυξη δεξιοτήτων και εξάσκηση, αντιμετωπίζοντας έτσι σύνθετες καταστάσεις που θα αντιμετώπιζε ένας δικηγόρος. Πώς να χειριστεί μια υπόθεση σε έφεση, σε απόφαση, όπως έρευνα, συλλογή σχετικών δεδομένων, ανάλυση των θεμάτων, επισήμανση νομολογίας, σύνταξη, γραπτή υποβολή και τελική επιχειρηματολογία. Η Amaya καλωσόρισε τα άλυτα προβλήματα ή οποιαδήποτε απόφαση που φαινόταν να είναι αμφιλεγόμενη.

Μια φορά σε έναν διαγωνισμό δικαστικής διαμάχης στην Καλκούτα, η Amaya υποστήριξε με σθένος την ισότητα των γυναικών σε έναν χώρο λατρείας. Σε ορισμένους λατρευτικούς χώρους υπήρχε η παράδοση να μην επιτρέπεται η είσοδος σε γυναίκες σε ηλικία εμμήνου ρύσεως, από δέκα έως πενήντα ετών, και η είσοδός τους απαγορευόταν. Η πρακτική αυτή βασιζόταν στην πεποίθηση ότι η θεότητα ήταν εργένης. Οι γυναίκες σε ηλικία εμμήνου ρύσεως θα έβαζαν σε πειρασμό τον θεό, χάνοντας την αγνότητά του. Η Amaya επιχειρηματολόγησε σθεναρά κατά της παράδοσης και προσευχήθηκε στο δικαστήριο να χορηγήσει ισότητα στις γυναίκες με τους άνδρες. Ο αντίπαλός της υποστήριξε ότι η απαγόρευση της εισόδου των γυναικών ήταν μια πανάρχαια πρακτική και έπρεπε να γίνει σεβαστή, καθώς αποτελούσε βασική πρακτική του συγκεκριμένου τόπου λατρείας. Πάνω απ' όλα, αποτελούσε ισχυρή πίστη ορισμένων οπαδών της συγκεκριμένης θεότητας.

Η Amaya υποστήριξε ότι η έμμηνος ρύση σε μια γυναίκα ήταν φυσική και όχι ακάθαρτη για να αντιμετωπίσει τους αντιπάλους της. Η έμμηνος ρύση, ένα βιολογικό γεγονός, ήταν το πρώτο βήμα προς τη σύλληψη ενός παιδιού. Ακόμη και όλοι οι άνδρες γεννήθηκαν από γυναίκες που είχαν έμμηνο ρύση. Αν οι γυναίκες με έμμηνο ρύση ήταν ακάθαρτες και βρώμικες, πώς θα μπορούσαν να εισέλθουν στον τόπο λατρείας, αν οι γυναίκες με έμμηνο ρύση ήταν ακάθαρτες; Με την άρνηση της εισόδου των γυναικών, υπήρχε άρνηση της ισότητας και των ίσων ευκαιριών για τις γυναίκες. Ως εκ τούτου, η πρακτική αυτή ακύρωνε τα ανθρώπινα δικαιώματα των γυναικών. Επρόκειτο για άρνηση εισόδου σε γυναίκες ηλικίας από δέκα έως πενήντα ετών, ακόμη και αν μπορεί να μην ανήκαν στην ηλικιακή ομάδα της εμμήνου ρύσεως. Έτσι, η πρακτική αποτελούσε την άρνηση της γυναικείας ιδιότητας. Η Amaya υποστήριξε ότι η απαγόρευση για τις γυναίκες δεν αφορούσε μόνο την έμμηνο ρύση- επιτέθηκε στην ελευθερία των γυναικών που κατοχυρώνεται στο Σύνταγμα. Οποιαδήποτε άρνηση βασισμένη στην παράδοση και τις ρουμπρίκες έπεφτε στο κενό μπροστά στα ανθρώπινα δικαιώματα, την αξιοπρέπεια των γυναικών, την ισότητα και τις ίσες ευκαιρίες. Η στέρηση των δικαιωμάτων με βάση την παράδοση δεν ήταν μόνο σκοταδιστική αλλά και αρχαϊκή.

Η άρνηση βασίστηκε σε μύθους, θρύλους και προκαταλήψεις. Οδήγησε στην παραβίαση των νόμων μιας δημοκρατικής χώρας. Οι θρησκευτικές πρακτικές που βασίζονται σε μυθολογίες, δεισιδαιμονίες και η άρνηση των θεμελιωδών δικαιωμάτων των γυναικών στο Σύνταγμα θέτουν υπό αμφισβήτηση το ίδιο το νόημα της ανθρώπινης ύπαρξης. Η Amaya ανέφερε μια δικαστική απόφαση για ένα Νταργκά στη Βομβάη. Στην απόφασή του, το δικαστήριο είπε κατηγορηματικά: "Το δικαστήριο δεν έχει καμία σχέση με το Νταχάρα: "Να επιτραπεί στις γυναίκες να εισέλθουν στα άδυτα του Ντάργκα ισότιμα με τους άνδρες". Η απαγόρευση ήταν επομένως "αντίθετη με τα θεμελιώδη δικαιώματα".

Το Σύνταγμα της Ινδίας εγγυάται την ελευθερία, την ισότητα και τις ίσες ευκαιρίες για κάθε πολίτη. Οι γυναίκες όλων των ηλικιών στην Ινδία πρέπει να έχουν την ευκαιρία να απολαμβάνουν αυτά τα δικαιώματα ισότιμα με τους άνδρες. Ως εκ τούτου, υποστήριξε ότι ένας συγκεκριμένος τόπος λατρείας έπρεπε να άρει την απαγόρευση για τις γυναίκες. Η προφορική της παρουσίαση ήταν αντικειμενική, τεκμηριωμένη, βασισμένη στο νόμο, ισχυρή και εμπνευσμένη.

Τις βραδινές ώρες, υπήρχαν πολλοί νέοι πελάτες. Μία από αυτούς ήταν μια φοιτήτρια νομικής από ένα κολέγιο στις αρχές των είκοσι ετών, η Καμάλα. Συνδεδεμένο με ένα πανεπιστήμιο, το κολλέγιο είχε περίπου χίλιους φοιτητές και διοικούνταν από ιδιωτική διοίκηση. Είχε τριετές, πενταετές LLB, διετές LLM και ένα πρόγραμμα MBA στη δικαστική διοίκηση. Οι φοιτητές προέρχονταν από μακρινά μέρη και το κολέγιο διέθετε δύο μεγάλους ξεχωριστούς ξενώνες για άνδρες και γυναίκες στην εκτεταμένη πανεπιστημιούπολη, που βρισκόταν δύο ώρες οδήγησης από την πόλη σε μια ημι-δασική περιοχή. Το γραφείο της διοίκησης βρισκόταν στην πανεπιστημιούπολη. Ο πρόεδρος ήταν ένας άγαμος άνδρας, περίπου εξήντα πέντε ετών, με θεϊκή προσωπικότητα. Ήταν υπουργός στο υπουργικό συμβούλιο για πέντε χρόνια, είχε αναπτύξει εκτεταμένες επαφές και είχε συγκεντρώσει πλούτο και απεριόριστη εξουσία. Οι τοπικοί γραφειοκράτες, όπως ο περιφερειακός έφορος, ο επικεφαλής της αστυνομίας, οι εφοριακοί και ορισμένοι δικαστές, ήταν πνευματικοί μαθητές του. Οι ένοικοι των ξενώνων, ιδίως οι γυναίκες, κουτσομπόλευαν συχνά, ο πρόεδρος, αρπακτικό του σεξ, ζούσε μια παράνομη ζωή και ο ξενώνας, το seraglio του. Όσοι κοιμόντουσαν μαζί του έπαιρναν ειδικές χάρες και υποτροφίες, ζούσαν έναν πολυτελή τρόπο ζωής, αλλά τα θύματα τηρούσαν βαθιά σιωπή.

Η Kamala ήρθε να συναντήσει την Amaya για να εξιστορήσει την οδυνηρή εμπειρία της. Ανήκε σε μια οικογένεια της κατώτερης μεσαίας τάξης, όπου ο πατέρας της εργαζόταν σε ένα κτήμα τσαγιού- η μητέρα της δεν υπήρχε πια και είχε δύο μικρότερα αδέλφια. Η Καμάλα έπρεπε να περνάει τις νύχτες με τον πρόεδρο για τους προηγούμενους τρεις μήνες. Κάθε βράδυ, στις δέκα, η ιδιωτική γυναικεία συνοδεία του έμπαινε αθόρυβα στον ξενώνα και έπαιρνε την Kamala. Στην αρχή, η Καμάλα ήταν σε άρνηση- ο πρόεδρος της επιτέθηκε σωματικά και την έκανε υποτακτική. Μέσα σε δύο ημέρες, η

Καμάλα έπρεπε να συμφωνήσει με τις επιθυμίες του, αλλά ήταν βάναυση κατά τη διάρκεια του σεξ. Συχνά, η Καμάλα έπρεπε να επιδίδεται σε αφύσικες δραστηριότητες μαζί του και δεν υπήρχε δυνατότητα διαφυγής από την πανεπιστημιούπολη.

Μετά από δύο εβδομάδες, η Καμάλα συζήτησε τη σεξουαλική σκλαβιά που υφίστατο με έναν στενό φίλο της. Εκείνη πρότεινε στην Kamala να καταγράφει τη συνομιλία του προέδρου χρησιμοποιώντας μικροσκοπικά εργαλεία καταγραφής που ήταν καρφιτσωμένα στα ρούχα της, εκτός από το να τραβάει φωτογραφίες ενώ την εξανάγκαζε. Η Καμάλα στερέωσε μια κρυφή κάμερα στο κουμπί της μπλούζας της και όργανα καταγραφής φωνής. Η Amaya άκουγε την Kamala σε απόλυτη σιωπή. Επρόκειτο για τα εγκλήματα που διέπραξε ένα άτομο που κατείχε σημαντικές κοινωνικές θέσεις. Ένας σεξουαλικός επιτήδειος δεν σεβόταν ποτέ την αξιοπρέπεια των γυναικών και μπορούσε να γίνει βίαιος και να σκοτώσει το θύμα του. Για να κρύψει τα εγκλήματά του, μπορούσε να κινήσει ταυτόχρονα τον ουρανό και τη γη. Οι πολιτικές ελίτ, οι θρησκευτικοί επικεφαλής και οι γραφειοκράτες τάσσονταν σθεναρά στο πλευρό τέτοιων επιδρομέων. Οι γνώσεις της προέρχονταν από διάφορες υποθέσεις που χειριζόταν τα προηγούμενα είκοσι χρόνια.

Η Καμάλα κατέγραφε τη συνομιλία πολλές νύχτες και έβγαζε φωτογραφίες στο δωμάτιο του προέδρου. Η Amaya είπε ότι ήθελε να ακούσει την ηχογραφημένη συνομιλία και να δει τις φωτογραφίες για να εξακριβώσει αν θα μπορούσαν να αντέξουν στον έλεγχο του νόμου.

Καθώς είχαν διεξαχθεί οι τελικές εξετάσεις, η Καμάλα δεν θα επέστρεφε στο κολέγιο. Η Amaya ζήτησε από τους νεώτερους να ετοιμάσουν αμέσως μια δικογραφία και υποσχέθηκε στην Kamala την επαγγελματική της βοήθεια.

Δύο καλόγριες ήταν εκεί για να συναντήσουν την Amaya- η μία από αυτές ήταν ανώτερη. Συστήθηκαν στην Amaya, ενημερώνοντάς την ότι το μοναστήρι τους, που βρισκόταν σε ένα εσωτερικό χωριό, είχε τέσσερις καλόγριες. Δύο από αυτές ήταν καθηγήτριες σε σχολείο που διαχειριζόταν μια επισκοπή και λάμβαναν κρατικές μισθολογικές επιχορηγήσεις. Οι άλλες δύο εργάζονταν σε μια κλινική που τους ανήκε στο ίδιο χωριό. Η θρησκευτική τους κοινότητα αριθμούσε συνολικά σαράντα έξι μοναχές, οι οποίες εργάζονταν σε αγροτικές περιοχές και παραγκουπόλεις. Ο ιερέας της ενορίας λειτουργούσε ως τοπικός διαχειριστής και πρόεδρος του σχολείου. Οι μοναχές αντιμετώπιζαν ένα σοβαρό πρόβλημα, καθώς ο ιερέας παρενοχλούσε συνεχώς μία από τις μοναχές για σεξουαλικές χάρες. Μια φορά επιτέθηκε σεξουαλικά στη μοναχή όταν εκείνη πήγε στο γραφείο του.

Η παρενόχληση είχε γίνει ανυπόφορη και οι μοναχές ενημέρωσαν εγγράφως τον επίσκοπο μερικές φορές. Όμως δεν υπήρξε καμία απάντηση από τον επίσκοπο και η σιωπή του ήταν κακοπροαίρετη. Φαινόταν ότι εμμέσως υποστήριζε τις σεξουαλικές περιπέτειες των εργένηδων ιερέων ή τις σεξουαλικές αρπακτικές συμπεριφορές, υπονοώντας ότι ήταν φυσικό οι μοναχές να εκπληρώνουν τις επιθυμίες του εφημέριου.

Οι μοναχές φοβόντουσαν να εξεγερθούν εναντίον του επισκόπου, καθώς ήταν ο πνευματικός και κοσμικός τους επικεφαλής. Εξαρτώμενες οικονομικά από αυτόν, οι μοναχές ήταν ελεήμονες, καθώς ο επίσκοπος είχε τον απόλυτο λόγο στην κλινική και την καθημερινή τους ζωή. Στερούμενες άλλου βιοπορισμού, οι καλόγριες δεν μπορούσαν να εγκαταλείψουν την εκκλησία. Αρνούμενες την οικογενειακή τους ζωή, αποδεχόμενες μια ζωή παρθενίας, υπακοής και φτώχειας, είχαν γίνει ορφανές, στερούμενες επιλογών για μια αξιοπρεπή ζωή. Η προϊσταμένη ήταν μάλλον συγκινημένη ενώ εξηγούσε το δίλημμα. Είπε ότι δεν ήταν η πρώτη φορά που οι μοναχές γίνονταν θύματα εγκληματιών κληρικών. Παρακάλεσαν την Amaya να τις βοηθήσει στέλνοντας μια εμπιστευτική προειδοποιητική ειδοποίηση στον ιερέα της ενορίας. Μετά από σύντομο προβληματισμό, συμφώνησε να διαβιβάσει στον ιερέα ένα γραπτό μήνυμα.

Καθώς έψαχνε τα ηλεκτρονικά της μηνύματα, η Amaya βρήκε ένα από τη μητέρα της. Έπαιρνε τακτικά μηνύματα ηλεκτρονικού ταχυδρομείου από τη Ρόουζ, τουλάχιστον μία φορά την εβδομάδα, καθώς της άρεσε να γράφει μακροσκελείς επιστολές. Φαινόταν ότι η όρασή της ήταν ακόμα τέλεια, παρόλο που η Ρόουζ ήταν στα ογδόντα της. Η Αμάγια λάτρευε να διαβάζει τα μηνύματά της, καθώς η επαναστατικότητα που εξέφραζε ξεχείλιζε σε κάθε λέξη. Η Ρόουζ συχνά ανέφερε ποιήματα και ανέκδοτα και έστελνε φωτογραφίες από κτίρια που είχε σχεδιάσει σε διάφορες πόλεις. Μια στο τόσο, έγραφε για τα παιδικά της χρόνια που πέρασε στο Κοταγιάμ.

Σε αντίθεση με τη μητέρα της, ο πατέρας της προτιμούσε να καλεί τη Mol του στο τηλέφωνο, και η Amaya απολάμβανε ιδιαίτερα να ακούει τις απερίγραπτες ιστορίες του. Ο Shankar Menon αποσύρθηκε από το The Word, επέστρεψε στην Κεράλα, ενώθηκε με τη Rose και εγκαταστάθηκε στο σπίτι τους στο χωριό με έναν πλούσιο καταρράκτη στο πλάι του που δημιουργούσε πλούσιο πράσινο με πληθώρα χλωρίδας και πανίδας γύρω του.

Η ώρα ήταν γύρω στις οκτώ και μισή και η Αμάγια ένιωθε ευτυχισμένη για τη δουλειά της ημέρας. Ξαφνικά χτύπησε το τηλέφωνό της. Η κλήση ήταν από την Poornima.

Πατέρας της κόρης

Η Poornima βίωνε τραυματική ψυχική αγωνία. Μπορεί να είχε ξεκινήσει με τον θάνατο της μητέρας της πριν από τρία χρόνια και το τροχαίο δυστύχημα του πατέρα της μπορεί να το είχε επιδεινώσει. Η αναίσθητη κατάσταση του πατέρα της για μήνες μαζί είχε επηρεάσει αμετάβλητα την ηρεμία και την ευημερία της. Αλλά η αγωνία της ήταν πέρα από αυτό, καθώς είχε συνειδητοποιήσει ένα παράξενο πρόβλημα που σχετιζόταν με τη μητέρα της, τον πατέρα της και τον εαυτό της. Ήθελε να μάθει τι ακριβώς ήταν. Η μητέρα της παρέμεινε με τον σύζυγό της, ενώ έκανε έρευνα για το διδακτορικό της στην Καλιφόρνια. Βρισκόταν σε κατάθλιψη όταν συνειδητοποίησε, ότι δεν μπορούσε να συλλάβει ούτε μετά από πολλά χρόνια συντροφικότητας. Η προειδοποίηση του ψυχιάτρου τρόμαξε τη Δρ Acharya. Ήθελε να αποφύγει μια τραγωδία με κάθε κόστος. Έτσι, πήρε τη γυναίκα του στη Μασσαλία και τη Βαρκελώνη και πέρασε εκεί δύο χρόνια. Εκεί στη Βαρκελώνη, απέκτησαν την κόρη τους Poornima. Αλλά η Poornima δεν μπορούσε να καταλάβει γιατί ο πατέρας της επαναλάμβανε το όνομα της Amaya όταν έπεφτε για ένα ή δύο δευτερόλεπτα σε ημιλιπόθυμη κατάσταση. Αυτό ήταν ένα μυστήριο γι' αυτήν, αναζητώντας έναν συνδετικό κρίκο. Πίστευε ότι ο σύνδεσμος θα μπορούσε να σώσει τη ζωή του πατέρα της.

"Γεια σας, κυρία μου, καλησπέρα. Είμαι η Ποορνίμα". Μόλις η Αμάγια πήρε το τηλέφωνο, ακούστηκε εκείνη η καθαρή και ευδιάκριτη φωνή.

"Γεια σου, Ποορνίμα", επιβεβαίωσε η Αμάγια την κλήση της.

"Κυρία μου, συγγνώμη που σας ενοχλώ για άλλη μια φορά. Το μυαλό μου είναι τόσο ταραγμένο- είναι απαραίτητο να σας μιλήσω. Θέλω να μάθω ορισμένα γεγονότα για να σώσω τη ζωή του πατέρα μου", πρόσθεσε η Ποορνίμα.

Υπήρξε μια διαισθητική σιωπή στην Αμάγια.

"Κυρία μου, αγαπώ τον πατέρα μου όσο και τη μητέρα μου. Δεν μπορώ να φανταστώ μια ζωή χωρίς αυτόν. Ο θάνατος της μητέρας μου τον έχει επηρεάσει και εξακολουθεί να υποφέρει. Πιστεύω ότι μπορείτε να τον επαναφέρετε σε πλήρη συνείδηση. Πιθανώς, σας ψάχνει, θέλει να σας συναντήσει", είπε η Poornima.

Η Amaya την άκουσε σιωπηλά.

"Κοίτα, Ποορνίμα, δεν ξέρω τον πατέρα σου. Δεν τον έχω συναντήσει ποτέ. Δεν νομίζω ότι μπορώ να τον βοηθήσω να ανακτήσει τις αισθήσεις του. Αλλά αισθάνομαι άσχημα για τον πόνο σου. Ο ψυχικός πόνος είναι η χειρότερη μορφή τραγωδίας". Η Αμάγια ήταν ήρεμη και τα λόγια της ήταν μετρημένα.

"Συγχωρέστε με που σας κάνω μερικές προσωπικές ερωτήσεις. Σας παρακαλώ". Ήταν μια ικεσία από την άλλη άκρη.

"Ναι, συνεχίστε."

"Κυρία μου, ήσασταν στην Ισπανία;"

"Γιατί κάνετε αυτή την ερώτηση; Τι σχέση έχει με την ασυνείδητη κατάσταση του πατέρα σας;" Μετά από μια παύση, η Αμάγια ρώτησε.

"Όταν ο πατέρας μου επαναλάμβανε το όνομά σας, μέρα με τη μέρα, αναρωτιόμουν τι σημαίνει η λέξη Amaya. Έψαξα παντού για να μάθω τη σημασία της. Κάποιος μου είπε ότι το Amaya ήταν ένα ισπανικό όνομα. Τότε έψαξα στο Google- συνειδητοποίησα ότι ήταν βασκικό, δανεισμένο από τους Άραβες όταν κατέκτησαν την Ισπανία. Ακόμη και αυτή η αποκάλυψη δεν έλυσε το μυστήριο. Είδα διεξοδικά όλα τα έγγραφα που αφορούσαν τον πατέρα μου από τα φοιτητικά του χρόνια. Πουθενά δεν υπήρχε αναφορά στην Amaya. Αλλά τον άκουγα να φωνάζει "Amaya" κάθε φορά που ήταν ημιλιπόθυμος. Ήταν δύσκολο να το αποκρυπτογραφήσω, αλλά αισθάνθηκα ότι ήταν το όνομά σου. Ξαφνικά μου ήρθε στο μυαλό- η Αμάγια έχει κάποια σχέση με μένα- έπρεπε να την ψάξω, να τη βρω". Για άλλη μια φορά, η Ποορνίμα μίλησε λέξη προς λέξη, σαν κάθε συλλαβή να ήταν γεμάτη νόημα.

"Μπορεί να είναι ένα κοινό όνομα σε όλη την Ισπανία. Σε άλλα μέρη της Ευρώπης, αυτό το όνομα έχει γίνει δημοφιλές. Ακόμη και στην Ινδία, κάποιοι μπορεί να το έχουν. Επομένως, δεν υπάρχει καμία λογική σύνδεση ότι το πρόσωπο που ψάχνει ο πατέρας σας είμαι εγώ", εξήγησε η Αμάγια.

"Δεν μπορώ να βγάλω κανένα λογικό συμπέρασμα. Αλλά σας παρακαλώ συγχωρήστε με που κάνω μια προσωπική ερώτηση. Γεννηθήκατε στη Βαρκελώνη;" Η Ποορνίμα ήταν και πάλι απολογητική.

"Ναι. Γεννήθηκα στη Βαρκελώνη", απάντησε η Amaya.

"Δόξα τω Θεώ. Τώρα μπορώ να λύσω το πρόβλημα. Όταν δεν μπόρεσα να βρω κανένα στοιχείο για την Amaya στα έγγραφα του πατέρα μου μέχρι τα χρόνια που έζησε στις ΗΠΑ, έψαξα σχολαστικά τα δύο χρόνια που οι γονείς μου πέρασαν στη Μασσαλία και τη Βαρκελώνη. Σε ένα από τα σημειωματάριά του, είδα ένα κομμάτι χαρτί- εκεί ήταν γραμμένο: "Amaya". Κυρία μου, ένιωσα ανακούφιση βλέποντας αυτό το μικροσκοπικό κομμάτι χαρτί. Ήταν τόσο πολύτιμο, πολύ πιο πολύτιμο από τη φαρμακευτική μας εταιρεία". Τα λόγια της Poornima αντηχούσαν με αυτοπεποίθηση.

"Αλλά αυτό δεν αποδεικνύει τίποτα για τη σχέση μου με τους γονείς σας", ήταν κατηγορηματική η Amaya.

"Ναι, αυτό δεν αποδεικνύει. Επιτρέψτε μου να ψάξω για περισσότερες αποδείξεις. Μπορώ να σας τηλεφωνήσω αύριο στις οκτώ και μισή;" Η Poornima παρακάλεσε.

"Ναι, Πουορνίμα, αν μπορώ να μειώσω τον πόνο σου". Η απάντηση ήταν άμεση.

"Κυρία μου, μου άρεσε να σας μιλάω. Όταν αισθάνομαι ότι βρίσκεστε στην άλλη πλευρά, νιώθω ότι σας γνωρίζω αιώνια. Καληνύχτα, κυρία μου".

"Καληνύχτα, Poornima. Να προσέχεις."

Την επόμενη ημέρα, ενώ βρισκόταν στο γραφείο, εξετάζοντας τις λεπτομέρειες των καταχωρημένων υποθέσεων για εκείνη την ημέρα, ξαφνικά η Poornima εμφανίστηκε σκεπτόμενη. Επέμενε επίμονα, ερευνώντας σαν ντετέκτιβ, έτοιμη να παρουσιάσει επαληθεύσιμα στοιχεία. Η Poornima εξέταζε την αυθεντικότητα κάθε λέξης που έλεγε- έδειχνε ενσυναίσθηση και σεβασμό για τους άλλους. Μπορεί να είχε υποστεί επαρκή κοινωνικοποίηση ακαριαία και να είχε εσωτερικεύσει αξίες που άλλοι άνθρωποι θεωρούν απαραίτητες. Η Poornima υποψιαζόταν ότι το άτομο με το οποίο συνομιλούσε μπορεί να είχε μια ανεξιχνίαστη σχέση με τους γονείς της- αυτή η σχέση ήταν πολύτιμη γι' αυτούς. Κάθε λέξη της Poornima γέμιζε με αυτό το μυστήριο ευγνωμοσύνης και ήλπιζε να καταρρίψει κάθε ψευδαίσθηση.

Οι γονείς της έμειναν στη Μασσαλία και τη Βαρκελώνη για δύο χρόνια για να φέρουν γαλήνη στο μυαλό της μητέρας της. Η μητέρα της θα μπορούσε να λάβει ιατρική βοήθεια στη Μασσαλία, στη Βαρκελώνη ή και στις δύο. Μπορεί να επρόκειτο για ψυχολογική και σωματική βοήθεια για να ξεπεράσει το ψυχικό τραύμα της μη σύλληψης ή για ιατρικές θεραπείες για να συλλάβει. Όπως ισχυρίστηκε η Poornima, η παραμονή των γονέων της στη Μασσαλία και τη Βαρκελώνη ήταν επιτυχής- είχε αίσιο τέλος.

Γεννήθηκε στη Βαρκελώνη στο τέλος του δεύτερου έτους της παραμονής τους εκεί. Αλλά οι μέρες τους εκεί δημιούργησαν και ένα μυστήριο για την κόρη τους. Και προσπαθεί να λύσει το μυστικό από τότε που ο πατέρας της συναντήθηκε με ένα αυτοκινητιστικό δυστύχημα. Παρέμεινε αναίσθητος και κάθε φορά που γινόταν ημιλιπόθυμος για λίγα δευτερόλεπτα, απαγγέλλει το όνομα, Amaya. Το υποσυνείδητο του πατέρα της είχε την εικόνα της και τη θυμόταν σε κάθε στιγμή της ζωής του. Ήταν η Amaya που μπορούσε να βοηθήσει τον πατέρα της να ανακτήσει τις αισθήσεις του. Η Poornima αναζήτησε την Amaya, νομίζοντας ότι ήταν φίλη του, βαθιά ριζωμένη στη μνήμη του. Παρουσιάζοντάς την μπροστά του θα τον θεράπευε, καθώς θα τον βοηθούσε να αναπολήσει τις ευχάριστες μέρες που πέρασε μαζί της. Η Poornima πίστευε ότι η Amaya διέθετε τη δύναμη, τη μαγεία και την εγγύτητα για να βοηθήσει τον πατέρα της να ανακτήσει την πλήρη συνείδησή του. Ήθελε να ανακαλύψει την απροκάλυπτη αλήθεια συντρίβοντας τον τρόμο που την καταλάμβανε, να διαλύσει την εμμονή να τηλεφωνεί σε άγνωστους ανθρώπους ακόμη και σε περίεργες ώρες και να συναναστραφεί με την ειρήνη για να ηρεμήσει το μυαλό της. Στο τηλεφώνημά της εμπεριείχε επίσης την αδυσώπητη επιθυμία να ξεθάψει αυτό το πρόσωπο.

Η Αμάγια έγειρε προς τα πίσω στην καρέκλα της. Εκεί ήταν η Πουρνίμα, ο Δρ Ατσάρια και η σύζυγός του. Παρόλο που η μητέρα της Πουρνίμα δεν υπήρχε πια, η νοητική εικόνα ήταν σαφής. Ο Δρ Ατσάρια ήταν αναίσθητος, ανίκανος να εκφράσει τις ανάγκες του. Την επόμενη φορά θα ρωτούσε την Poornima για το μικρό όνομα του πατέρα της. "Γιατί είσαι τόσο περίεργη; Γιατί θέλεις να μάθεις το μικρό του όνομα;" Αναρωτήθηκε για τις προθέσεις της. Ωστόσο, ήθελε να μάθει περισσότερα γι' αυτόν για να βοηθήσει την Πουρνίμα να ξεπεράσει την ψυχική της δοκιμασία. Η Amaya προσπάθησε να αντικαταστήσει τον Karan στη θέση του Dr Acharya. Υπήρχαν ζωντανές αναμνήσεις από τον Κάραν. Ήταν ένας καλοφτιαγμένος άντρας στα τέλη της δεκαετίας του '20. Τον είχε συναντήσει για πρώτη φορά στην καφετέρια του πανεπιστημίου. Φαινόταν ότι έψαχνε για κάποιον.

Η Βαρκελώνη έλαμπε. Η Amaya έφτασε στην πανεπιστημιούπολη της Βαρκελώνης μια εβδομάδα πριν συναντήσει τον Karan. Εξοπλίστηκε για να μελετήσει τα μέσα ενημέρωσης που αναφέρονταν μεθοδικά στις παραβιάσεις των ανθρωπίνων δικαιωμάτων στην Ισπανία. Μια υποτροφία στο χέρι της φώτιζε την προσπάθειά της. Ενδιαφερόταν πραγματικά για τη δημοσιογραφία και τα ανθρώπινα δικαιώματα και αποφάσισε να μελετήσει ένα συγκεκριμένο φαινόμενο συλλέγοντας ποσοτικά δεδομένα. Η μελέτη αφορούσε τον τρόπο με τον οποίο τα ανθρώπινα δικαιώματα αντανακλώνται σε άρθρα εφημερίδων, άρθρα σύνταξης και τηλεοπτικά κανάλια ειδήσεων αποκλειστικά για την αυτοδιάθεση των καταπιεσμένων λαών.

Τα ανθρώπινα δικαιώματα ήταν υψηλά ιδανικά, αλλά η δημοσιογραφία φορτωμένη με ατομικές, κοινωνικές, οικονομικές και πολιτικές προτιμήσεις συχνά αποσπούσε την προσοχή των ανθρώπων λόγω ελιτίστικου καταναγκασμού. Περιστατικά παραβιάσεων των ανθρωπίνων δικαιωμάτων εμφανίζονταν στα μέσα ενημέρωσης προς έμμεσο όφελος κάποιων που ζούσαν σε αποκλειστικούς θύλακες εξουσίας και πολιτικής. Οι διαχωρισμένοι αδικημένοι στην άλλη άκρη του φάσματος γίνονταν θύματα, παρόλο που οι ελίτ αρνούνταν σθεναρά το ρόλο τους στην καταπίεση των μαζών. Το μίσος ενσωματώθηκε με άθλια υπονοούμενα στην έκρηξη των παραβιάσεων των ανθρωπίνων δικαιωμάτων και η αποσύνδεση διευρύνθηκε ολοένα και περισσότερο με τρομακτικό μέγεθος. Παραβιάσεις που έπλητταν πολλούς ανθρώπους έγιναν είδηση για να προστατευτούν τα συμφέροντα αφανών προσώπων. Σε ορισμένες περιπτώσεις, οι παραβιάσεις των ανθρωπίνων δικαιωμάτων ήταν συγκαλυμμένες και καταστέλλονταν από άγνωστες δυνάμεις. Μια αδέσποτη παραβίαση των ανθρωπίνων δικαιωμάτων θα γινόταν πρόβλημα ολόκληρου του έθνους σε συγκεκριμένες περιστάσεις. Η Amaya ήθελε να τις αναλύσει για ένα έτος και στη συνέχεια να επιστρέψει στην Ινδία για να ασκήσει το επάγγελμα του δικηγόρου.

Η Βαρκελώνη ήταν ένα υπέροχο μέρος για να ζει κανείς- η Amaya γνώριζε την πόλη καθώς είχε γεννηθεί εκεί και είχε περάσει τα παιδικά της χρόνια στη Μαδρίτη. Ορισμένα από τα πανεπιστήμια της Βαρκελώνης ήταν κορυφαία στην Ευρώπη. Η υποβολή αίτησης για υποτροφία στο πανεπιστήμιο βοήθησε την Amaya, καθώς γνώριζε καταλανικά, Euskera και ισπανικά, και το πανεπιστήμιο διευκόλυνε τη λήψη αποφάσεων. Η επιτροπή συνέντευξης στη Σχολή Δημοσιογραφίας εξέφρασε τη χαρά της για την αποδοχή της Amaya. Της δόθηκε ένα καλά επιπλωμένο δωμάτιο στον ξενώνα, όπου άνδρες και γυναίκες φοιτητές αναμειγνύονται μέρα και νύχτα. Η ζωή στην πανεπιστημιούπολη ήταν συναρπαστική, καθώς υπήρχε ένα περιβάλλον μάθησης και αυστηρής έρευνας. Η αρχιτεκτονική ήταν υπέροχη και η Amaya θυμόταν τις επισκέψεις της στην πανεπιστημιούπολη μαζί με τη μητέρα της. Η Ρόουζ λάτρευε το γοτθικό στυλ, επανεφευρίσκοντάς το με νέες τεχνολογίες και συγχωνεύοντάς το με τα παραδοσιακά σπιτικά κτίρια της Κεράλα.

Το μεσογειακό φαγητό, ο καθαρός αέρας και ο λαμπερός ήλιος είχαν τη μαγεία τους. Οι γκαλερί τέχνης στην πανεπιστημιούπολη είχαν εκατοντάδες επισκέπτες καθημερινά, συμπεριλαμβανομένων φοιτητών, καθηγητών και τουριστών. Η νυχτερινή ζωή ήταν ζωντανή και πολύχρωμη με μουσική, χορό, ταινίες, μονόπρακτα, πολιτιστικές εκθέσεις, συζητήσεις, συγκεντρώσεις και διαγωνισμούς. Κανείς όμως δεν κρυφοκοίταζε στην ιδιωτική ζωή του άλλου. Υπήρχε απόλυτη ελευθερία, ισότητα και ίσες ευκαιρίες. Το πανεπιστήμιο, ηλικίας περίπου πεντακοσίων πενήντα ετών, προσέφερε πολλά μαθήματα, με φοιτητές από όλες σχεδόν τις ευρωπαϊκές χώρες. Μια δωδεκάδα φοιτητών ήταν από την Ινδία, και η Αμάγια ήταν η μόνη στη Σχολή Δημοσιογραφίας. Η επιθυμία της να σπουδάσει στο πανεπιστήμιο βλάστησε όταν επισκέφθηκε για πρώτη φορά το πανεπιστήμιο πριν από χρόνια με τη μητέρα της. Η πανεπιστημιούπολη βρισκόταν μέσα στην πόλη, κοντά στην Placa Catalunya, με περίπου εβδομήντα προπτυχιακά και περισσότερα από τριακόσια πενήντα μεταπτυχιακά προγράμματα. Η Σχολή Δημοσιογραφίας διέθετε όλες τις σύγχρονες τεχνολογίες και εγκαταστάσεις για τη διεξαγωγή έρευνας διεθνώς γνωστής. Η Amaya βρήκε τη βιβλιοθήκη της άρτια εξοπλισμένη με χιλιάδες βιβλία, περιοδικά, περιοδικά και εφημερίδες και το βεληνεκές ήταν απορροφητικό και ζωντανό. Η ψηφιακή βιβλιοθήκη ήταν εξαιρετική. Η Amaya πέρασε αρκετό χρόνο μέσα στη βιβλιοθήκη.

Αργότερα, η Amaya άρχισε να επισκέπτεται τηλεοπτικά κανάλια, γραφεία εφημερίδων και άλλες εγκαταστάσεις επικοινωνίας σε διάφορες πόλεις της Ισπανίας μαζί με τον Karan, τον οποίο εμπιστευόταν και αγαπούσε περισσότερο από οτιδήποτε άλλο. Και για τα επόμενα είκοσι τέσσερα χρόνια, η Amaya αναζητούσε την κόρη της και τον πατέρα της, τον Karan. Ήταν ένα αιώνιο κυνηγητό που ξεκίνησε στο μαιευτήριο ενός νοσοκομείου της Βαρκελώνης. Τα αρχεία του νοσοκομείου ανέφεραν ότι ο Karan, ο πατέρας του νεογέννητου, μετέφερε το μωρό στο σπίτι τους τη δέκατη όγδοη ημέρα. Αυτό το σπίτι, που το ονόμαζαν Λωτό, ήταν ένας τόπος αγάπης και ευτυχίας, όπου η Amaya και ο Karan πέρασαν ένα χρόνο μαζί. Είχε ζωντανές αναμνήσεις από την επίσκεψή της στο νοσοκομείο μαζί με τον Karna. Και ήταν με την άδεια του νοσοκομείου που ο Κάραν πήρε το μωρό στο σπίτι. Το μωρό ήταν υγιές και καρδιακό, παρόλο που η Amaya βρισκόταν σε κώμα κατά τη διάρκεια του τοκετού. Καθώς το νεογέννητο είχε υποβληθεί σε υποχρεωτικές ιατρικές εξετάσεις και είχε λάβει όλους τους απαραίτητους εμβολιασμούς, η παραμονή του μωρού στο μαιευτήριο όταν η μητέρα βρισκόταν σε κώμα δεν ήταν απαραίτητη. Και το νοσοκομείο επέτρεψε στον Karan να πάρει το μωρό στο σπίτι του και η μητέρα παρέμεινε σε κώμα για είκοσι δύο ημέρες. Αλλά δεν μπόρεσε ποτέ να δει το πρόσωπο της κόρης της όταν βγήκε από το κώμα. Καθώς οδηγούσε προς το δικαστήριο, η Amaya θυμήθηκε την αγωνία της.

Εκείνη την ημέρα η Amaya και η Sunanda αντιπροσώπευαν μια γυναίκα ονόματι Parvati, η οποία ήταν στις αρχές της δεκαετίας του εβδομήντα. Μετά από οκτώ χρόνια γάμου, όταν ήταν είκοσι έξι ετών, έχασε τον σύζυγό της σε μια κατολίσθηση κατά τη διάρκεια του μουσώνα στο χωριό τους. Έμεινε ανύπαντρη για να φροντίσει το μοναχοπαίδι της και το έστειλε στο σχολείο και στο κολέγιο, παρόλο που δυσκολευόταν να συγκεντρώσει αρκετά χρήματα. Χρόνια αργότερα, κατασκεύασε ένα σπίτι με τρία υπνοδωμάτια με συνημμένα μπάνια. Ο γιος της βρήκε μια καλά αμειβόμενη δουλειά σε μια τράπεζα σε μια κοντινή πόλη και παντρεύτηκε τη συνάδελφό του. Η Parvati φρόντιζε τους δύο γιους τους, καθάριζε το σπίτι, μαγείρευε φαγητό και έπλενε τα ρούχα όλων για τα επόμενα είκοσι πέντε χρόνια. Μέχρι τότε, τα εγγόνια της είχαν βρει δουλειά και είχαν μεταναστεύσει σε άλλες πόλεις. Όταν η Parvati ήταν εξήντα οκτώ ετών, ο γιος της και η νύφη της πήγαν για προσκύνημα στο Βαρανάσι, το Βρινταβάν και σε πολλά άλλα ιερά μέρη της βόρειας Ινδίας. Πήραν μαζί τους και την Parvati, καθώς ήταν το όνειρό της να πάει σε προσκύνημα.

Μετά από δύο μήνες, όταν ο γιος και η νύφη της επέστρεψαν, η Parvati δεν ήταν μαζί τους. Ενημέρωσαν τους συγγενείς, τους φίλους και τους γείτονές τους ότι η μητέρα τους κατέρρευσε στην όχθη του ιερού ποταμού Γκάνγκα όταν επισκέφθηκε το Βαρανάσι και πέθανε. Σύμφωνα με τα θρησκευτικά έθιμα, αποτέφρωσαν το σώμα και τις στάχτες της και τις έβαλαν στον ιερό ποταμό. Ο γιος της Παρβάτι υπέβαλε το πιστοποιητικό θανάτου, δεόντως υπογεγραμμένο από έναν ιερέα και τις αρχές του χώρου αποτέφρωσης, στο δήμο για να μεταβιβάσει το σπίτι στο όνομά του. Μέσα σε μια εβδομάδα, οργάνωσε μια θρησκευτική εκδήλωση στη μνήμη της μακαρίτισσας μητέρας του, ακολουθούμενη από φαγητό σύμφωνα με τα έθιμα.

Ένα βράδυ, μετά από τρία χρόνια, μια ηλικιωμένη γυναίκα εμφανίστηκε στο χωριό όπου έμενε ο γιος του Parvati. Παρόλο που ήταν κουρασμένη, οι χωρικοί μπορούσαν να την αναγνωρίσουν με τα ακάθαρτα ρούχα της. Ήταν η Parvati. Ενώ βρισκόταν στο Vrindavan της Mathura, ο γιος της και η νύφη της άφησαν την Parvati μέσα στο πλήθος και εξαφανίστηκαν. Η Παρβάτι τους έψαχνε για μέρες ολόκληρες. Δεν ήξερε πού να πάει ή να μάθει για τον γιο της. Χωρίς να γνωρίζει χίντι, δεν μπορούσε να επικοινωνήσει με κανέναν. Πίστευε όμως ότι ο γιος της θα ερχόταν και θα την έσωζε από τη δυστυχία μια μέρα. Πεινασμένη και κουρασμένη, η Παρβάτι πήγε σε ένα σπίτι για τις χήρες, που λειτουργούσε ο ναός. Εκεί υπήρχαν χιλιάδες άλλες χήρες που είχαν πεταχτεί από τα παιδιά τους. Η Παρβάτι παρέμεινε εκεί για δύο χρόνια, δραπέτευσε από το καταφύγιο μια μέρα και πήρε ένα τρένο.

Ταξίδεψε σε πολλά μέρη για ένα χρόνο. Όταν στον σιδηροδρομικό σταθμό της Vijayawada, η Parvati συνάντησε μια νοσοκόμα που πήγαινε στην Κεράλα. Είπε στη νοσοκόμα ότι ήθελε να πάει στην Κεράλα αλλά δεν είχε χρήματα. Η νοσοκόμα πήρε τα εισιτήρια του τρένου της, αγόρασε τρόφιμα και ταξίδεψε στην Κεράλα. Βοήθησε την Parvati να πάρει ένα λεωφορείο μέχρι το χωριό της. Η Parvati είχε να διηγηθεί μια συγκλονιστική ιστορία. Ήταν μια ιστορία εξαπάτησης και εγκατάλειψης από τον γιο της. Η Amaya ανέλαβε την υπεράσπιση της Parvati κατά του γιου και της νύφης της και ήταν η ημέρα της τελικής ακρόασης.

Μια άλλη υπόθεση στην οποία εμφανίστηκε η Amaya ήταν για μια δεκατετράχρονη ανήλικη. Ο δάσκαλος της Madrassa, ένας πενηνταεπτάχρονος άνδρας, την άφησε έγκυο. Βίαζε το θύμα επί δύο χρόνια, λέγοντάς της ότι αυτό που έκανε ήταν μια θεραπεία που την έκανε πιο έξυπνη, η οποία θα τη βοηθούσε να μάθει αβίαστα αραβικά. Μετά τις αρχικές αγορεύσεις, το δικαστήριο όρισε άλλη μια ημέρα για την τελική ακρόαση.

Οι δύο επόμενες ημέρες ήταν αργίες για το δικαστήριο, το Σάββατο και η Κυριακή, και οι νεότεροι και οι υπάλληλοι του γραφείου του Amaya ήταν ελεύθεροι από το βράδυ της Παρασκευής έως το πρωί της Δευτέρας. Η Amaya έψαξε τα περιοδικά και τα περιοδικά που παρέλαβε κατά τη διάρκεια της εβδομάδας. Τα Σάββατα ήταν για την ολοκλήρωση προσωπικών εργασιών, την καθαριότητα του σπιτιού, το παίξιμο πιάνου, την ανάγνωση μυθιστορημάτων, τη συγγραφή ηλεκτρονικών μηνυμάτων και την παρακολούθηση ταινιών.

Απολάμβανε πολύ τις ταινίες Χάρι Πότερ, καθώς είχε διαβάσει όλα τα βιβλία. Η Amaya είχε ιδιαίτερη συμπάθεια για την Jennifer Lawrence στους Αγώνες Πείνας. Μια στο τόσο, η Amaya παρακολουθούσε ορισμένα μέρη της ταινίας "Δώδεκα χρόνια σκλάβος"- θαύμαζε τη Madina Nalwanga στο Queen of Katwe. Ήταν συμβολική και πίστευε ότι κάθε μικρό κορίτσι μπορεί να επιτύχει το μεγαλείο κατάλληλα. Η Amaya θεώρησε εξαιρετική την ερμηνεία της Reese Witherspoon στην ταινία Wild. Η Amaya είχε γράψει μια κριτική για την ταινία Suffragette στην τοπική εφημερίδα και η Carey Mulligan, η Meryl Streep, η Ann Marie Duff και η Helena Bonham Carter παρέμειναν οι ιδανικοί ηθοποιοί της.

Το πάθος της ήταν να παρακολουθεί ταινίες με επίκεντρο τις γυναίκες. Ήξερε ότι μια ταινία είχε μεγάλη γοητεία όταν η ηρωίδα έπαιζε τον πρωταγωνιστικό ρόλο. Ο λεπτός χειρισμός των συναισθημάτων, όπως η αγάπη, ο πόνος, το άγχος, ο πόνος, η αγωνία, ο φόβος και οι προσδοκίες από τις γυναίκες στα

Malayalam, ήταν απαράμιλλος. Η Amaya θεωρούσε τις Parvathy Thiruvothu και Manju Warrier ηθοποιούς παγκόσμιας κλάσης, ισάξιες με τη Meryl Streep ή την Angelina Jolie. Η Parvathy στο Uyare και η Manju Warrier στο Lucifer ήταν οι καλύτερες επιλογές της. Στην Amaya άρεσε η Kavya Madhavan στο Perumazha και θεώρησε ότι η Kavya δεν είχε αρκετές ευκαιρίες να εκφράσει το αξιοσημείωτο υποκριτικό της ταλέντο. Μεταξύ των ηθοποιών του παρελθόντος, η Amaya προτιμούσε τη Sheela στο Chemmeen, τη Sharada στο Iruttinte Athmavu και τη Monisha στο Nakhakshathangal. Αγαπούσε τις παλιές ταινίες Bollywood- οι αγαπημένες της ηθοποιοί ήταν η Smita Patil και η Shabana Azmi.

Η Amaya ήταν μόνη της στο γραφείο της. Το βράδυ ήταν ήρεμο- από το παράθυρο μπορούσε να δει τα φώτα του δρόμου στη σιλουέτα των καταπράσινων κλαδιών των ψηλών δέντρων. Ξαφνικά, σκέφτηκε το πατρικό της σπίτι στη Μαδρίτη μέσα στο συγκρότημα της ινδικής πρεσβείας και το σχολείο της στο προάστιο. Στο σχολικό συγκρότημα υπήρχαν πολλά δέντρα. Οι καλόγριες ήταν πολύ προσεκτικές στο να υπάρχει άφθονη βλάστηση, η οποία πίστευαν ότι θα δημιουργούσε καλύτερο μαθησιακό περιβάλλον για τον μαθητή. Η Amaya αγαπούσε περισσότερο μια καλόγρια ονόματι Alisa, τη δασκάλα της στις φυσικές επιστήμες. Η Αλίσα είχε φυσικό ταλέντο να συζητά για την επιστήμη και εξηγούσε κάθε έννοια συστηματικά με κατάλληλα παραδείγματα. Έτσι, μύησε τους μαθητές να σκέφτονται και να αναπτύσσουν τα συμπεράσματά τους, καθιστώντας τους ανεξάρτητους. Η διδασκαλία της ήταν ολιστική ως προς τη δημιουργία γνώσεων, δεξιοτήτων και στάσεων, καθώς δεν ήταν ποτέ χώρος συλλογής πληροφοριών.

Η Alisa ήταν η μικρότερη αδελφή που πήρε αμέσως την Amaya στο σπίτι της μετά τη γέννησή της μέσα στη Βασιλική de la Sagrada Familia στη Βαρκελώνη. Ακούγοντας την Amaya να αφηγείται την ιστορία, η Alisa γέλασε από χαρά και αγκάλιασε την Amaya. Αυτή ήταν η αρχή μιας στενής και υγιούς σχέσης και η μοναχή δίδαξε στην Amaya να σκέφτεται αυτόνομα, να παίρνει τις αποφάσεις της, να αξιολογεί αντικειμενικά τις καταστάσεις και να ερμηνεύει τα γεγονότα και τις ιδέες. Όμως η Amaya απέτυχε μόνο μία φορά, καθώς δεν μπορούσε να αξιολογήσει το πιο σημαντικό πρόσωπο στη ζωή της αποτυγχάνοντας να το αξιολογήσει. Αλλά δεν ήταν εύκολο να προσδιορίσει καθώς διέφερε από σχεδόν όλους, ήταν τολμηρός, τολμηρός και δυναμικός. Η Amaya τον εμπιστευόταν βαθιά και δεν περίμενε ποτέ κάτι αντίθετο από την εδραιωμένη πίστη της στους ανθρώπους. Σαν τον ελληνικό θεό Πίστη, ήρθε στη ζωή της, η προσωποποίηση της εμπιστοσύνης, της ειλικρίνειας και της σιγουριάς.

Ένα βράδυ, στην καφετέρια της Σχολής Δημοσιογραφίας, η Amaya απολάμβανε τον καφέ της. Τότε τον είδε, έναν ελκυστικό νεαρό άντρα, ψηλό με σκούρα κυματιστά μαλλιά που έφταναν μέχρι το λοβό του αυτιού του. Έμοιαζε σαν να έψαχνε κάποιον.

"Γεια", είπε κοιτάζοντας την Αμάγια.

"Γεια", απάντησε η Αμάγια, κοιτάζοντάς τον. Η εμφάνισή του ήταν εντυπωσιακή.

"Μπορώ να καθίσω;", δείχνοντας μια άδεια καρέκλα στο τραπεζάκι του καφέ δίπλα της, ζήτησε την άδειά της.

"Φυσικά, παρακαλώ", είπε η Αμάγια.

"Είμαι ο Κάραν", αφού κάθισε σταθερά στην καρέκλα, τεντώνοντας το δεξί του χέρι, συστήθηκε.

"Χάρηκα για τη γνωριμία, Καράν- είμαι η Αμάγια", του έσφιξε το χέρι, είπε.

"Είναι τόσο όμορφο όνομα. Χάρηκα για τη γνωριμία, Amaya", είπε χαμογελώντας. Ήταν ευχάριστο να κοιτάς το πρόσωπό του ενώ χαμογελούσε. Είχε μια αξιοπρεπή και μαγνητική εμφάνιση, σκέφτηκε.

"Σ' ευχαριστώ, Καράν- είναι βασκικό. Αλλά οι Ισπανοί το διεκδικούν, το ίδιο και οι Άραβες", είπε η Αμάγια.

"Είσαι πανέμορφη, πιο γοητευτική από οποιονδήποτε έχω δει στην Ισπανία. Από πού κατάγεσαι;" Ενώ την επαινούσε, ρώτησε.

"Είμαι από την Κεράλα", είπε η Amaya.

Είμαι κι εγώ από την Ινδία, αλλά εγκαταστάθηκα εδώ, κάνοντας δουλειές", εξήγησε ο Κάραν.

"Κάνω έρευνα στη Σχολή Δημοσιογραφίας για τα ανθρώπινα δικαιώματα", πρόσθεσε η Amaya.

"Ω, αυτό είναι υπέροχο. Είσαι διανοούμενος και ταυτόχρονα κοινωνικός ακτιβιστής", έκανε μια δήλωση ο Κάραν.

Τα αγγλικά του είχαν μια αμερικανική προφορά. Στη συνέχεια ήπιαν καφέ μαζί.

"Πίνω πολύ καφέ. Έχουμε κάτι κοινό. Ας ξεκινήσουμε από εδώ", είπε ο Κάραν.

Η Αμάγια κοίταξε τον Κάραν. Το πρόσωπό του ήταν σαν σμιλεμένο άγαλμα, κάτι το εξαιρετικό- τα μαγνητικά του μάτια είχαν ένα σπάνιο φως.

"Ας πίνουμε καφέ μαζί κάθε μέρα", πρότεινε ο Κάραν.

"Βέβαια", είπε η Amaya σαν να περίμενε μια πρόσκληση. Είχε την ανάγκη να τον ξανασυναντήσει.

"Αμάγια, θα επιστρέψω αύριο τέτοια ώρα- θα ήθελα πολύ να σε γνωρίσω", είπε ο Κάραν.

"Θα είμαι εδώ", υποσχέθηκε η Amaya.

Σηκώθηκε και απομακρύνθηκε. Από την πλάτη του φαινόταν κομψός- τα σκούρα κυματιστά μαλλιά του είχαν δελεαστικές δονήσεις. Αλλά η Αμάγια δεν ήξερε ποτέ γιατί υποσχέθηκε να τον ξανασυναντήσει και δεν μπορούσε να καταλάβει το γιατί. Μπορεί να συνέβη απλώς και μόνο από την παρόρμηση της στιγμής. Ήταν μια απόφαση που πήρε το μυαλό της, όχι η διάνοιά της. Νόμιζε ότι δεν υπήρχε σκοπός γι' αυτό ή κάποια ασυνείδητα κίνητρα. Μπορεί να είχε καταπιέσει αυτές τις παρορμήσεις όσο ήταν στο σχολείο και στο κολέγιο. Απασχολημένη με το νόμο και τις νομικές συζητήσεις στη νομική σχολή. Στο δικαστήριο των συζητήσεων, ο Surya Rao ήταν κυρίως ο συνεργάτης της. Γύρω της υπήρχαν παντού άνδρες φοιτητές, αλλά το να έχει προσωπικές συζητήσεις μαζί τους ήταν μια παράξενη ιδέα, παρόλο που ήταν φυσικό για όλους. Λόγω της δημοτικότητάς της, μπορεί να είχε καταπιέσει τέτοιες ορμές. Ξαφνικά η Amaya βρέθηκε σε ένα νέο περιβάλλον- η παρουσία του Karan ήταν δελεαστική, η εμφάνισή του μεγαλοπρεπής όταν πάτησε το πόδι του μπροστά της. Της άρεσε- ήθελε να έχει μακρές συζητήσεις μαζί του, καθώς ήταν γοητευτικός.

Η Amaya κουβαλούσε τον Karan στο μυαλό της για όλο το βράδυ, καθώς η νυχτερινή ζωή στην πανεπιστημιούπολη μπορεί να της είχε δημιουργήσει μια λαχτάρα για έναν άντρα σύντροφο. Ήταν σαγηνευτική όπως τα πιο φωτεινά φώτα, η πιο δυνατή μουσική και η στενή οικειότητα. Η ελπίδα την κατέκλυζε, και υπήρχε μια λαχτάρα να γνωρίσει έναν άντρα, και ο Karan ήταν αυτός ο φίλος για εκείνη. Παρ' όλα αυτά, η Amaya ανησυχούσε αν θα εμφανιζόταν την επόμενη μέρα, καθώς ένιωθε ότι θα μπορούσε να καλύψει την απουσία ενός αρσενικού φίλου. Τα συναισθήματά της ήταν προϊόν έλξης προς έναν στιβαρό άνδρα, αλλά αυτό από μόνο του δεν μπορούσε να εξελιχθεί σε πραγματική αγάπη, καθώς δεν ήθελε να παραμείνει στον κόσμο του ξεμυαλίσματος. Όμως, το να τον σκέφτεται ήταν μια ευχάριστη εμπειρία. Παρόλο που ήθελε να ξεπεράσει την επιθυμία, λαχταρούσε τη σωματική οικειότητα, μια σπίθα σεξουαλικού ενδιαφέροντος, την οποία δεν μπορούσε να αρνηθεί. Η Amaya σκεφτόταν τον Karan για πολύ καιρό- απολάμβανε να τον αγκαλιάζει και να κάνει έρωτα μαζί του. Καθ' όλη τη διάρκεια της ημέρας, ενώ είχε ένα colloquium, προσπαθούσε να τον ξεχάσει, αλλά ήταν δύσκολο εγχείρημα, καθώς εμφανιζόταν στο μυαλό της πού και πού.

Ήρθε το βράδυ και η Amaya τον περίμενε στην καφετέρια. Γρήγορα εμφανίστηκε, χαμογελώντας πλατιά. Στο χέρι του κρατούσε ένα μπουκέτο τριαντάφυλλα.

"Γεια σου Amaya", της ευχήθηκε από μακριά.

"Γεια σου, Κάραν", ανταπέδωσε εκείνη και σηκώθηκε με προσμονή, με τα μάτια της να γυαλίζουν.

"Χαίρομαι που σε γνωρίζω, Αμάγια. Είναι πράγματι υπέροχο που σε ξαναβλέπω". Ήταν πληθωρικός. Στη συνέχεια, της έβαλε απαλά στο χέρι το μπουκέτο με τα τριαντάφυλλα.

"Σ' ευχαριστώ, Κάραν, για το υπέροχο τριαντάφυλλο. Είναι φρέσκα και όμορφα", είπε.

"Είσαι πολύ πιο όμορφη από αυτά τα τριαντάφυλλα. Γι' αυτό ήρθα να σε δω, να σου μιλήσω, να είμαι με αυτή την υπέροχη κυρία για ώρες μαζί". Τα λόγια του ήταν μαγευτικά, σκέφτηκε η Αμάγια.

Ήπιαν καφέ μαζί και μετά βγήκαν έξω. Η Αμάγια ένιωθε την παρουσία του να την αναζωογονεί και απολάμβανε να περπατάει στο πλευρό του. Οι λαβύρινθοι των μονοπατιών έμοιαζαν φιλόξενοι, και περπάτησαν χιλιόμετρα μαζί, μοιράζοντας ιστορίες, γεγονότα, έννοιες και ιδέες. Πριν φύγουν, γύρω στις έντεκα, πήρε την παλάμη της και τη φίλησε.

"Σ' αγαπώ, Amaya, τα λέμε αύριο", είπε.

"Σ' αγαπώ, Κάραν", είπε εκείνη, αλλά ξαφνιάστηκε με τα λόγια της. Ρώτησε την καρδιά της αν τον αγαπούσε, και η καρδιά της έδωσε καταφατική απάντηση. Τον παρακολουθούσε να ιππεύει- ήταν ένα συγκινητικό συναίσθημα για την καρδιά της. Στεκόταν εκεί και τον κοιτούσε μέχρι που εξαφανίστηκε πίσω από το άγαλμα της Ελπίδας στην είσοδο του σχολείου.

Η πρώτη εντύπωση της Αμάγια για τον Κάραν ήταν η αινιγματική του προσωπικότητα. Ήταν αμηχανία, στην αρχή, ένα αίσθημα παγίδευσης σε αποπλάνηση, που δελεάζει το μυαλό, καλοπιάνει την καρδιά με το όχι και τόσο ξεκάθαρο δέλεαρ του σώματος. Τη δεύτερη μέρα μετά τη γνωριμία του, αναζήτησε τη διάθεσή του περισσότερο από τη σωματική έλξη, δίνοντας έμφαση στις αντιδράσεις του, τη συμπεριφορά του, την ειλικρίνεια, την ευγένεια, τα συναισθήματα και την ευφυΐα του. Τον αξιολόγησε και επιβεβαίωσε ότι ήταν αξιοσέβαστος, προσγειωμένος, ενθαρρυντικός και μη επικριτικός. Πριν αποσυρθεί για ύπνο, ρώτησε την καρδιά της αν πήρε λάθος απόφαση και η καρδιά της της είπε να ακολουθήσει τις επιθυμίες της.

Την επόμενη μέρα, ο Karan τηλεφώνησε στην Amaya και την προσκάλεσε να δειπνήσει μαζί του σε ένα εστιατόριο στην παραλία. Η Amaya είπε ότι ήταν ευτυχής που θα πήγαινε μαζί του. Ο Karan έφτασε γύρω στις πέντε και μισή και ρώτησε αν η Amaya αισθανόταν άνετα να οδηγήσει με το αμάξι της. Τα λόγια του ήταν ευγενικά και εκείνη μουρμούρισε τη συγκατάθεσή της. Ήταν ένα υπέροχο συναίσθημα για την Amaya να πηγαίνει με τον Karan. Η πόλη φαινόταν σαγηνευτική, υπέροχη. Το καλοκαίρι στη Βαρκελώνη βρισκόταν στην κορύφωσή του, και οι άνθρωποι απολάμβαναν τα βράδια με την οικογένεια και τους φίλους τους. Σε κάθε δρόμο γινόταν κάποια γιορτή με μουσική και χορό. Τα εστιατόρια και οι καφετέριες ξεχείλιζαν από κόσμο.

Μέσα σε είκοσι λεπτά, βρίσκονταν στην παραλία. Η Βαρκελώνη ήταν ένας παράδεισος για τους λάτρεις της παραλίας- η Amaya το γνώριζε όταν είχε επισκεφτεί την πόλη με τους γονείς της πολλές φορές. Υπήρχαν τυμπανιστές, βιολιστές, μάγοι, τραγουδιστές πωλητές και καλλιτέχνες της άμμου. Ο Κάραν στάθμευσε την BMW GS του έξω από ένα εστιατόριο και βοήθησε απαλά την Αμάγια να κατέβει. Το εστιατόριο είχε χαριτωμένες διατάξεις καθισμάτων και πήραν ένα διθέσιο γωνιακό τραπέζι, το οποίο είχε κλείσει εκ των προτέρων.

"Amaya, είμαι ο πιο ευτυχισμένος άνθρωπος στον κόσμο. Τώρα έχω εσένα. Τον τελευταίο χρόνο, έψαχνα έντονα για σύντροφο, και η αναζήτηση έληξε όταν γνώρισα αυτή την υπέροχη κυρία", ξεκίνησε τη συζήτηση ο Κάραν.

"Είμαι εξίσου ευτυχής που σε γνωρίζω, Κάραν. Κατέκτησες την καρδιά μου χωρίς να γνωρίζω ότι σε έχω ερωτευτεί", πρόσθεσε η Amaya.

"Σ' ευχαριστώ, Αμάγια- είσαι θαυμάσια, έξυπνη, μορφωμένη, γοητευτική. Είσαι νέος, πληθωρικός, ζωηρός και φιλόξενος". Με ένα σαγηνευτικό χαμόγελο, ο Κάραν είπε: "Η Αμάγια είναι η πιο όμορφη γυναίκα που έχω γνωρίσει ποτέ.

"Είμαι είκοσι τριών ετών", είπε η Αμάγια. Αλλά δεν ήξερε γιατί της είχε πει πόσο χρονών ήταν. Υπήρχε μια μικρή λύπη στην καρδιά της που την τσίμπησε.

"Είμαι είκοσι εννέα, αλλά η αναμονή για πολύ καιρό για αυτή την τυχαία συνάντηση με μια υπέροχη γυναίκα έχει τα θετικά της αποτελέσματα. Τώρα είσαι εδώ μαζί μου. Είναι μια πλούσια εμπειρία. Αισθάνομαι ενισχυμένη με τη συντροφιά σου". Τα λόγια του Κάραν είχαν μια ιδιαίτερη ψυχολογική επίδραση στο μυαλό της Αμάγια, σαν να υπονοούσε. Τα πάντα με τον Κάραν έμοιαζαν απολαυστικά- τα εγκώμια του τύλιγαν την Αμάγια με ανεξήγητες υποσχέσεις και κομβικές προσωπικές δεσμεύσεις. Το να κοιτάζει τον Κάραν είχε μια μαγνητική επίδραση. Εξέφραζε την αγάπη της γι' αυτόν και εμπιστευόταν κάθε του λέξη, ενώ τα τρεχούμενα σκούρα μαλλιά του είχαν μια απόκοσμη επίδραση στο μυαλό της. Η Amaya ήταν κάτω από μια μαγεία για μεγάλο χρονικό διάστημα.

Ο Karan ζήτησε από την Amaya να δώσει την παραγγελία και εκείνη επέλεξε το Bacalla, ένα παραδοσιακό παρασκεύασμα ψαριού στην Καταλονία. Το δεύτερο πιάτο ήταν κεφτεδάκια μαγειρεμένα με σουπιές σε κρεμώδη σάλτσα σάλτσας. Ακολούθησε κοτόπουλο με πουρέ πατάτας, και στη συνέχεια αστακός μπιριάνι. Τέλος, είχαν ζεστό μαύρο καφέ χωρίς ζάχαρη. Η Amaya και ο Karan μιλούσαν ενώ έτρωγαν και παρέμειναν στο εστιατόριο μέχρι τις οκτώ. Στη συνέχεια έκαναν μια μεγάλη βόλτα στην παραλία για μια ώρα και επέστρεφαν στον ξενώνα του πανεπιστημίου γύρω στα μεσάνυχτα. Πριν φύγουν, ο Karan ζήτησε την άδεια της Amaya να την αγκαλιάσει.

"Κάραν, σ' αγαπώ. Εσύ και εγώ είμαστε φίλοι για πάντα." Τα λόγια της ήταν υποβλητικά και τα είπε με χαμόγελο. Στη συνέχεια, έλκυσε ξαφνικά προς το μέρος του- έριξε το ευλύγιστο σώμα της στην αγκαλιά του. Η ευτυχία της εγγύτητάς του ήταν κάτι πρωτόγνωρο για την Amaya.

"Σ' ευχαριστώ, Amaya", ψιθύρισε. Ενώ έσκυβε προς το μέρος της, μπορούσε να δει τα πλούσια μαύρα μαλλιά της που μύριζαν σαν αρχαίο κρασί σε έναν εξωτικό αμπελώνα μέσα στα Πυρηναία, αιθέρια και σαγηνευτικά. Καθώς έκρυβε το πρόσωπό της στο στήθος του, τράβηξε το σώμα της προς το μέρος του με μια σφιχτή, τρυφερή λαβή, αλλά η Αμάγια το βρήκε όμορφο, απαλό, χορταστικό και απολαυστικό.

"Αμάγια μου, σ' αγαπώ", είπε ξανά. "Σήμερα είναι η πιο ικανοποιητική μέρα της ζωής μου", είπε κρατώντας το πηγούνι της μέσα στην παλάμη του και σηκώνοντάς το για να δει τα σκούρα μάτια της.

Εκείνη χαμογέλασε.

Καληνύχτα, αγάπη μου", ψιθύρισε.

"Καληνύχτα, Κάραν", του ευχήθηκε η Αμάγια. Αλλά βογκούσε για τον επικείμενο χωρισμό που παρατήρησε από τις κινήσεις των χειλιών της.

Γιατί ένιωθε έλξη για τον Κάραν; Γιατί συμπεριφερόταν σαν να τον γνώριζε εδώ και πολύ καιρό, συζήτησε μέσα της η Αμάγια. Τον αγαπούσε ή ήταν απλώς ένα ξεμυάλισμα; Η Αμάγια δεν ένιωθε καμία έξοδο από αυτή τη σχέση, σαν να ήταν μπλεγμένη σε έναν ιστό συναισθημάτων. Ένα αίσθημα ασφυξίας την κυρίευσε για ένα δευτερόλεπτο. Όμως διόρθωσε αμέσως τα συναισθήματά της υποστηρίζοντας ότι η ασφυξία προέκυψε από μια παροδική φάση φόβου. Δεν είχε καμία σχέση με την οδυνηρή σχέση που είχε ήδη δημιουργήσει μαζί του, ένα sillage, η μυρωδιά που μένει στον αέρα, και το ίχνος του αρώματός του.

Μαζί με τον ενθουσιασμό, ήταν ένα φευγαλέο αίσθημα ανησυχίας για το μέλλον, μια πιεστική εντύπωση κατά την αγκαλιά με μια συναρπαστική αίσθηση αιωνιότητας, απαλλαγμένη από εφήμερες ανησυχίες. Η Αμάγια ένιωθε ότι ο έρωτάς της ήταν κάτι περισσότερο από ένα φλερτ, όχι επειδή ήταν όμορφος, αλλά αποτέλεσμα ορθολογικών αποφάσεων. Έζησε την αγάπη να μεγαλώνει ως εμπιστοσύνη που διαπνέεται από τη φροντίδα του Κάραν. Η Amaya συνέκρινε πώς η αγάπη της ήταν πιο έντονη από την αγάπη της μητέρας της για τον σύζυγό της. Η Amaya ήταν απόλυτα ερωτευμένη με τον Karan χωρίς κανένα δισταγμό.

Η συγγένειά της με τον Κάραν ήταν μια υπόσχεση που είχε δημιουργήσει έναν απίστευτο δεσμό- ήθελε να παραμείνει σε αυτή την υπόσχεση για πάντα, μέσα σε αυτόν και μόνο. Θα μπορούσε να σκεφτεί οτιδήποτε άλλο, παρόλο που δεν ήξερε τίποτα γι' αυτόν. Η εμπιστοσύνη ήταν αρκετή για μια ισχυρή σχέση, όπου τα προηγούμενα δεν είχαν καμία σημασία.

Το επόμενο πρωί, υπήρξε ένα τηλεφώνημα από τον Καράν. "Αγάπη μου, έλα να μείνεις μαζί μου και θα είμαστε μαζί".

"Βεβαίως, Κάραν, θα ήθελα πολύ να ζήσω μαζί σου", απάντησε εκείνη. Δεν θεωρούσε απαραίτητο να αναλύσει τις προθέσεις του για να πάρει μια μετρημένη απόφαση.

"Μάζεψε τα πράγματά σου- θα είμαι εκεί μέχρι τις έξι το απόγευμα.

"Θα είμαι έτοιμη, Κάραν", απάντησε.

Ο Κάραν μεγάλωσε μέσα της, μετουσιώνοντας τους πόθους και τους κρυμμένους πόθους της σε άβαταρ. Είχε την επιθυμία να τον καταβροχθίσει, καθώς έσκυβε για πολλή ώρα, σκεπτόμενη ότι κάποιος θα τον άρπαζε αν δεν ενεργούσε γρήγορα. Ο φόβος τη μεταμόρφωσε, αποκάλυψε ασυνείδητες παρορμήσεις που πατούσαν μέσα της, αλλά την υπερφόρτωσαν που δεν είχε ξαναζήσει ποτέ. Ήταν αδύνατο να αποτραβηχτεί από αυτόν καθώς είχε τις ίδιες αξίες και στόχους. Άρχισε να θαυμάζει τα προσόντα του, πιστεύοντας ότι την εκτιμούσε και εκείνος και τις αμοιβαίες και συναινετικές προτιμήσεις τους.

Όπως είχε υποσχεθεί, ο Κάραν έφτασε στις έξι μ.μ. Αγκάλιασε την Αμάγια με μια τρυφερή αγκαλιά.

"Amaya, σε αγαπώ. Φαίνεσαι τόσο γοητευτική, σε αγαπώ απόλυτα", είπε.

Τα λόγια του ήταν μαγικά- μπήκαν βαθιά στην καρδιά της Amaya, διαλύοντας τις αμφιβολίες και τους φόβους της. Μπορούσε να δει τον εαυτό της μέσα του, καθώς ήταν ο καθρέφτης της, και άρχισε να επιβεβαιώνει τον εαυτό της ως ένα άτομο με πολλά προσόντα και ικανότητες που εκείνος εκτιμούσε.

Ο Κάραν μετέφερε τις αποσκευές στο αυτοκίνητό του- δεν επέτρεψε στην Αμάγια να κρατήσει καμία από αυτές- τις τοποθέτησε προσεκτικά στο ντίκι της BMW του. Άνοιξε την πόρτα του αυτοκινήτου και της ζήτησε να καταλάβει τη θέση δίπλα στον οδηγό. Μέσα στο αυτοκίνητο, ο Κάραν χαμογέλασε, φίλησε τη δεξιά της παλάμη και μουρμούρισε: "Σ' αγαπώ, αγαπημένη μου. Είμαι τυχερός που σε έχω, καθώς είσαι ένα ανεκτίμητο κόσμημα".

"Σ' ευχαριστώ, αγαπητέ Κάραν", απάντησε η Αμάγια.

Μέσα σε είκοσι λεπτά έφτασαν στην αυλή μιας μικρής αλλά καλοσχεδιασμένης βίλας απέναντι από την παραλία Nova Mar Bella.

"Καλώς ήρθες στο Lotus, Amaya", είπε ανοίγοντας την πόρτα του αυτοκινήτου.

Ήταν ένα πρωτόγνωρο συναίσθημα για την Amaya. Εκείνη και ο Κάραν ήταν μόνοι τους σε ένα σπίτι κοντά στην παραλία της Βαρκελώνης. Ο Κάραν πήρε το χέρι της Αμάγια και την οδήγησε μέσα. Ήταν το σαλόνι, το οποίο αποκαλούσε καθιστικό, με ιρανικό χαλί από τοίχο σε τοίχο, καλά επιπλωμένο. Ένας κεντρικός πολυέλαιος, μια επίτοιχη τηλεόραση, ένα μεγαλοπρεπές ρολόι παππού και εξαιρετικά σκαλιστά ξύλινα έπιπλα στόλιζαν το δωμάτιο.

"Αγαπημένη μου, αυτό είναι το σπίτι μας", την αγκάλιασε απαλά και τη φίλησε στα χείλη. Η Αμάγια ένιωσε άνετα και τρελά, καθώς ήταν ένα αποβλακωτικό συναίσθημα, μια βασανιστική αίσθηση που συγχωνεύει κάθε κύτταρο του σώματός της.

Ο Κάραν την ξενάγησε στο σπίτι. Η τραπεζαρία γειτνίαζε με μια μοντέρνα κουζίνα, όπου η Αμάγια ένιωσε αμέσως σαν στο σπίτι της. Δίπλα στην κουζίνα υπήρχαν μια αποθήκη και ένα πλυσταριό. Κοντά στην τραπεζαρία βρισκόταν το κυρίως υπνοδωμάτιό τους και ένα άλλο υπνοδωμάτιο βρισκόταν δίπλα στο καθιστικό. Το γραφείο του Κάραν βρισκόταν στην άλλη πλευρά, με πολλά βιβλία για το ποδόσφαιρο, τους ποδοσφαιρικούς συλλόγους και την αγορά μετοχών. Υπήρχε ένα άνοιγμα από το καθιστικό προς μια περιποιημένη, μαρμάρινη πισίνα με ψηλούς τοίχους στις τρεις πλευρές για τη διατήρηση της ιδιωτικότητας.

"Αγόρασα αυτό το σπίτι στο όνομά σου, αγαπητή Amaya. Χθες ήταν νοικιασμένο- σκέφτηκα ότι θα έπρεπε να μείνουμε στο δικό μας σπίτι", είπε ο Κάραν, δίνοντας στην Αμάγια τα χαρτιά εγγραφής και ένα αντικλείδι. Υπήρχε ένας ήχος αγαλλίασης στα λόγια του. Οι δημοτικές αρχές της Βαρκελώνης υπέγραψαν τα έγγραφα. Διάβασε το όνομά της, Amaya Menon, είκοσι τριών ετών, Ινδή υπήκοος.

"Κάραν", φώναξε. Τα λόγια της ήταν γεμάτα ενθουσιασμό. "Έπρεπε να είχες εγγράψει το σπίτι, τον Λωτό μας, στο όνομά σου".

"Amaya, σ' αγαπώ." Την αγκάλιασε για άλλη μια φορά. Ήταν προσεκτικός για να μην τη σφίξει, παρατήρησε.

Ο Κάραν μαγείρεψε για δείπνο αρνίσια παϊδάκια με φέτες ντομάτας, κρεμμύδια και μανιτάρια σε ελαιόλαδο. Η Amaya μαγείρεψε ρύζι jeera. Υπήρχε κρασί, λευκό και κόκκινο. "Πιείτε λίγο λευκό κρασί μετά το δείπνο κάθε μέρα- είναι καλό για την πέψη και τον καλό ύπνο. Μελέτες λένε ότι το λευκό κρασί προτιμάται από τις γυναίκες", προσφέροντας λευκό κρασί, είπε ο Karan.

"Τι λένε οι μελέτες;" ρώτησε η Αμάγια.

"Δεν υπάρχουν ευρήματα σχετικά με τα οφέλη του λευκού κρασιού. Υπάρχει όμως η ισχυρή πεποίθηση ότι το λευκό κρασί βοηθά τις γυναίκες να συλλάβουν, να έχουν μια εγκυμοσύνη χωρίς προβλήματα και να αποκτήσουν υγιή και έξυπνα μωρά", εξήγησε ο Karan.

Κοιτάζοντας τον Κάραν, η Αμάγια χαμογέλασε. "Σε αυτή την περίπτωση, προτιμώ να πίνω λευκό κρασί καθημερινά", είπε.

Μετά το δείπνο, άκουσαν το BBC και το CNN, τα αγαπημένα του Kiran- τα άρεσαν και στην Amaya. Πριν κοιμηθούν, έκαναν σεξ πολλές φορές. Ήταν η ωραιότερη εμπειρία για την Αμάγια και ήξερε ότι ο Κάραν πρόσεχε να μην την πληγώσει κατά τη διάρκεια του έρωτα. Στη συνέχεια, η Amaya κοιμήθηκε στο πλευρό του.

"Γεια σου, Amaya", την κάλεσε ο Karan το επόμενο πρωί γύρω στις έξι, με αχνιστούς καφέδες. Και οι δύο κάθισαν στον καναπέ της κρεβατοκάμαρας και ήπιαν τον καφέ. Η Amaya χαμογέλασε, κοιτάζοντας τον Karan.

"Γεια σου, Κάραν, σ' αγαπώ", είπε. Η εγγύτητά της μαζί του ήταν σαν ρομαντισμός στη φιλία. Ήξερε ήδη ότι είχε γίνει ο καλύτερός της φίλος. Η δέσμευση της Αμάγια ήταν πιστή, καθώς αποφάσισε να είναι μαζί του. Γνώριζε ότι η συντροφικότητά τους θα είχε σκαμπανεβάσματα, ωστόσο η σχέση τους θα ήταν ένα ταξίδι στην ειλικρίνεια. Ήταν σίγουρη ότι ο Κάραν την αγαπούσε.

Ο ξαφνικός δεσμός της με τον Κάραν ήταν σαν να ερωτεύτηκε. Ο τρόπος που ρουφούσε τον καφέ είχε μια μαγευτική δύναμη. Ένιωθε ενθουσιασμένη και απορροφημένη και ήθελε πάντα να είναι μαζί του. Του είπε ότι δεν θα πήγαινε στο πανεπιστήμιο για μια εβδομάδα και θα παρέμενε μαζί του. Ο Κάραν συμφώνησε με την πρότασή της και χαμογέλασε σαν να είχε αποφασίσει μαζί της εξ ολοκλήρου λόγω της αγάπης του. Απροσδόκητα, η Amaya επιθυμούσε να αγκαλιάσει τον Karan- της άρεσε να διηγείται ιστορίες για τη Μαδρίτη, τους γονείς της και την αποφοίτησή της από τη Βομβάη και την Bengaluru. Ήξερε ότι κάποια περιστατικά ήταν ασήμαντα, αλλά μοιραζόμενη τα με τον Κάραν, ένιωθε την ανάγκη να γίνει ένα μαζί του και να χάσει την ξεχωριστή της ταυτότητα.

Μετά το πρωινό, πήγαν χέρι-χέρι στο νότιο μπαλκόνι, όπου ο Κάραν είχε το πιάνο του. Μπορούσε να δει την παραλία τόσο από την ανατολική όσο και από τη νότια στοά, και πολλοί τουρίστες απολάμβαναν ήδη το καλοκαίρι. Ένα ζευγάρι χουρμαδιές από τα Κανάρια Νησιά βρισκόταν μέσα στους τοίχους του συγκροτήματος του Λωτού, και εκεί υπήρχαν σκίουροι που έκαναν αμόκ στον κορμό και τα φύλλα τους. Ένιωσε τον Κάραν να στέκεται δίπλα της, και γύρισε προς το μέρος του και τον αγκάλιασε- ένιωθε σαν να ήταν τρελά ερωτευμένη μαζί του. Αφού τη φίλησε, τη βοήθησε να γδυθεί. Στεκόμενοι εκεί, έκαναν έρωτα, που ήταν η πιο ευχάριστη πράξη στη ζωή της.

Στη συνέχεια κάθισαν στο πιάνο και έπαιξαν μαζί Φραντς Σούμπερτ. Ο Καράν έπαιζε εξαιρετικά καλά και μετά από δεκαπέντε λεπτά, η Αμάγια σταμάτησε να παίζει και παρακολουθούσε τις κινήσεις των δαχτύλων του. Άρχισε να πλέκει φαντασιώσεις για τη σχέση τους. Ήταν ένας κόσμος από χρώματα, μουσική, χορό και φανταστικές πραγματικότητες. Υπήρχε πράγματι μια μαγνητική έλξη, εγγύτητα και δέσμευση, παρόλο που μερικές φορές ένιωθε παράλογη. Της άρεσε όμως να προσκολλάται πάνω τους. Τα συναισθήματα του Κάραν την επηρέαζαν και υπερέβαινε έναν κόσμο ονειροπόλησης. Ήξερε ότι θα χρειαζόταν μερικές ακόμη μέρες για να ξεπεράσει τέτοιες φαντασιώσεις.

Μερικές φορές, ήταν πέρα από τον έλεγχό της να μην γλιστρήσει στον κόσμο των συλλογισμών για την κοινή τους ζωή- όσο για την Αμάγια, ήταν έρωτας με την πρώτη ματιά, και δόθηκε ολοκληρωτικά στον Κάραν. Φανταζόταν ότι περπατούσε και κινούνταν με έναν συγκεκριμένο τρόπο, ότι στεκόταν ακίνητος με μεγαλοπρέπεια και ότι αγαπούσε τα πάντα μαζί του.

"Κάραν", τον φώναξε ξαφνικά.

"Ναι, Αμάγια;" ρώτησε εκείνος, κοιτάζοντας δίπλα του.

"Παίζεις εξαιρετικά καλά πιάνο", είπε εκείνη.

"Είσαι καλύτερη πιανίστρια, αγαπητή Αμάγια", είπε αγκαλιάζοντάς την.

"Σ' ευχαριστώ, αγαπητέ Κάραν", απάντησε εκείνη.

Πήγε με τον Κάραν για να μελετήσει. "Αμάγια, αγοράζω και πουλάω μετοχές ευρωπαϊκών ποδοσφαιρικών συλλόγων. Είναι μια εξαιρετικά επικερδής επιχείρηση. Πρέπει να έχεις επαρκή γνώση της ιστορίας κάθε συλλόγου, των οπαδικών ομάδων, των αγώνων που έπαιξαν, των ονομάτων και του παρελθόντος των παικτών και της αγοραίας αξίας. Το ξεκίνησα πριν από ένα χρόνο και αφιερώνω τουλάχιστον έξι ώρες καθημερινά αυτές τις μέρες. Αγόρασα αυτό το σπίτι, το αυτοκίνητο, το ποδήλατο και τα πάντα από τα χρήματα που έβγαλα στην αγορά μετοχών". Τα λόγια του ήταν ήρεμα, στοργικά και μαγευτικά.

Το γραφείο, εξοπλισμένο με υπολογιστές και άλλα ηλεκτρονικά μηχανήματα, έμοιαζε με μουσικό στούντιο.

Γύρω στις τέσσερις το απόγευμα, πήγαν στην πισίνα. Ο Karan λάτρευε να κολυμπάει γυμνός- πρότεινε στην Amaya να βγάλει τα ρούχα της. Ήταν συναρπαστικό να βλέπεις τον Karan να κολυμπάει σαν επαγγελματίας. Η Amaya τον ακολούθησε, αλλά ήταν αρχάρια στην κολύμβηση. Ήταν στην πισίνα μέχρι τις έξι, και ο Karan στέγνωσε το σώμα της με μια βαμβακερή πετσέτα. "Είσαι πανέμορφη- όλο σου το σώμα είναι καλοσχηματισμένο, Amaya", είπε σκουπίζοντας τα βρεγμένα μαλλιά της. Στη συνέχεια την αγκάλιασε, και ένιωσε σαν να είχαν με τον Κάραν μόνο ένα σώμα.

Το βράδυ ήταν ευχάριστο και το αεράκι ήταν αναζωογονητικό. Η Αμάγια και ο Κάραν έκαναν μια μεγάλη βόλτα, ανταλλάσσοντας ιστορίες και γεγονότα. Έδειχνε σεβασμό προς τον Κάραν, καθώς ήξερε ότι είχε το ίδιο συναίσθημα με εκείνη. Λαχταρούσε να είναι κοντά στο σώμα του ενώ περπατούσε, καθώς τον σκεφτόταν συνεχώς. Κάποιες φορές φανταζόταν ότι ήταν μακριά του- ένιωθε μεγάλη στεναχώρια, γι' αυτό κρατούσε σφιχτά την αριστερή του παλάμη ενώ περπατούσε.

Η Αμάγια αντιπαθούσε τη θλίψη, το άγχος και τη μοναξιά, αλλά η χαρά του να είναι με τον Κάραν και ο φόβος να τον χάσει ήταν επίμονοι και εισέβαλαν στο μυαλό της χωρίς προειδοποίηση. Ενώ μιλούσε, κοίταξε το πρόσωπό του και συνειδητοποίησε ότι την άκουγε με προσοχή. Τότε φαντάστηκε ότι ο Κάραν δεν μπορούσε να κάνει λάθος, εμπιστευόμενη άψογα τη σχέση της μαζί του. Ήταν ένα τέλειο ταίρι, προορισμένοι για πάντα. Ξαφνικά, είχε την ανάγκη να πει την προσωπική της ιστορία.

"Κάραν", φώναξε.

"Ναι, αγαπητή μου", κοιτάζοντάς την, της απάντησε και σταμάτησε να περπατάει.

"Ξέρεις τον Καράν; Γεννήθηκα μέσα στον καθεδρικό ναό Σαγράδα Φαμίλια".

"Αλήθεια;" Υπήρχε μεγάλη έκπληξη στα λόγια του.

Κάθισαν στην άμμο, κοιτάχτηκαν και εκείνη διηγήθηκε την ιστορία. Ο Κάραν ανυπομονούσε να μάθει όλα όσα είχαν συμβεί στην αγαπημένη του Αμάγια. Τα μάτια του άνοιξαν- απολάμβανε κάθε λέξη της σαν να μην είχε αφηγηθεί ποτέ κανείς άλλος μια τόσο οικεία, συναρπαστική, μαγική ιστορία. Δεν υπήρχε κανείς άλλος στην απέραντη, γεμάτη κόσμο παραλία. Σκύβοντας προς το μέρος της, ο Κάραν εξέφρασε την έκπληξή του όταν εκείνη είπε ότι μια καλόγρια ονόματι Αμάγια την πήρε στο χέρι αμέσως μετά τη γέννησή της. Μπορούσε να δει μια καλόγρια με χαρούμενα, εξυπηρετικά και ευγενικά λευκά ράσα, να κρατάει το πολύτιμο μωρό στο χέρι της, όπως ένα φίδι που κρατάει στο στόμα του το πιο πολύτιμο κόσμημα στις ιστορίες της Παντσατάντρα.

"Amaya, πάμε να γνωρίσουμε την αδελφή Amaya", εξέφρασε ο Karan την επιθυμία του να γνωρίσει τη μοναχή.

Εντάξει, ας πάμε να τη γνωρίσουμε", είπε εκείνη χαμογελώντας και υποστηρίζοντας την πρόταση του Κάραν.

"Να πάμε αύριο;" ρώτησε.

"Βεβαίως", εξέφρασε τη συμφωνία και την ετοιμότητά της.

Ξαφνικά, ακούστηκαν μια σειρά από κεραυνούς και αστραπές. Η Αμάγια πετάχτηκε από την καρέκλα της και απέσυρε το μυαλό της από την παραλία της Βαρκελώνης. Άρχισε να βρέχει- από το γραφείο της μπορούσε να δει τις βουτηγμένες στη βροχή κορυφές των δέντρων. Οι διαλείπουσες βροντές, οι αστραπές και ο θυελλώδης άνεμος συνεχίστηκαν. Άκουσε κάτι να πέφτει έξω από την πύλη του τοίχου του συγκροτήματος της. Πήγε στο παράθυρο δίπλα στην κεντρική πόρτα και κοίταξε έξω. Υπήρχε ένα πεσμένο κλαδί δέντρου κοντά στην κύρια είσοδο. Οι άνεμοι συνεχίστηκαν- απροσδόκητα, χτύπησε το τηλέφωνο. Η Poornima τηλεφώνησε, σκέφτηκε.

Η Υπόσχεση

Υπήρχε ένα πολύπλοκο ανθρώπινο πρόβλημα που η Poornima ήθελε να μοιραστεί. Διατάραζε αδιάκοπα την ηρεμία της, αναγκάζοντάς την να αναζητήσει μια απάντηση που θα μπορούσε να ικανοποιήσει την επιδίωξή της να βρει ένα άτομο που αναζητούσε τον πατέρα της. Η Poornima θα μπορούσε να σκεφτεί ότι ένα άτομο θα μπορούσε να τον βοηθήσει να ανακτήσει τη συνείδησή του. Ο πόνος της Poornima ήταν διεισδυτικός και ασύλληπτος.

"Γεια", είπε η Αμάγια αφού σήκωσε το τηλέφωνο.

"Γεια σας, κυρία μου, καλησπέρα. Είμαι η Ποορνίμα, από το Τσαντιγκάρ. Συγγνώμη που σας ενοχλώ ξανά. Χθες σας είπα ότι θα κυνηγούσα περισσότερες αποδείξεις για το πρόσωπο του οποίου το όνομα ο πατέρας μου αφηγείται επανειλημμένα όταν γίνεται ημιλιπόθυμος, παρόλο που τις περισσότερες φορές βρίσκεται σε κώμα. Ψάχνω για αυτό το πρόσωπο εδώ και τρεις μήνες. Πιστεύω ότι εσείς είστε αυτό το πρόσωπο". Η Poornima ήταν ακριβής.

"Έχετε αποδείξεις;" ρώτησε η Amaya.

"Ήσουν στο πανεπιστήμιο της Βαρκελώνης;" Ρώτησε η Poornima.

"Βεβαίως, ήμουν στο Πανεπιστήμιο της Βαρκελώνης", απάντησε η Amaya.

"Αυτή είναι η απόδειξή μου, κυρία μου- είστε το πρόσωπο που ψάχνω". Η φωνή της Poornima είχε μια απόχρωση βεβαιότητας και χαράς.

Υπήρξε μια σειρά από κεραυνούς και αστραπές και το τηλέφωνο έσβησε. Το ηλεκτρικό ρεύμα, επίσης, απέτυχε και το βαθύ σκοτάδι πλημμύρισε σαν τυφώνας από την Αραβική Θάλασσα. Η Αμάγια πήρε τον φακό του κινητού της, ανέβηκε στην κεντρική πόρτα και παρατήρησε ότι όλη η περιοχή ήταν σκοτεινή. Η ενεργοποίηση ενός αχρησιμοποίητου μετατροπέα έφερε φως στο γραφείο και την κατοικία. Το τηλέφωνο εξακολουθούσε να είναι ανενεργό. Ωστόσο, υπήρχε μια απύθμενη ανησυχία- κάτι ογκώδες πίεζε το κεφάλι, μια μυστηριώδης διάτρηση μέσα στην καρδιά. Η Poornima ήθελε να μοιραστεί το αποτέλεσμα της έρευνάς της για τον πατέρα της και τη γυναίκα που γνώρισε. Συναντήθηκαν στη Βαρκελώνη, ακριβώς στο πανεπιστήμιο. Επρόκειτο για μια προσωπική και στενή σχέση που ανέπτυξε και αγαπούσε, την οποία δεν αποκάλυψε σε κανέναν. Η Poornima έψαξε τα παλιά αρχεία και τα ημερολόγιά του για να τον βοηθήσει. Δεν ήταν για να κρυφοκοιτάξει στην ιδιωτική του ζωή. Ήταν φρόνιμη να μην τον κρίνει, να μην κάνει αβάσιμους υπαινιγμούς για τον πατέρα της. Δεν μπόρεσε να συνεχίσει την κουβέντα- τελείωσε απότομα. Το σταθερό τηλέφωνο χάλασε λόγω κεραυνού και αστραπής. Η Poornima θα τηλεφωνούσε την επόμενη μέρα. Η ξαφνική προσμονή φάνηκε άπειρη αλλά άπιαστη, συνέτριψε την ηρεμία καθώς ήταν βαριά και επαχθής σαν τα επακόλουθα ενός καταστροφικού κυκλώνα.

Καθώς έκανε Βιπασάνα, η Αμάγια έλεγχε το ταραγμένο μυαλό της- επικεντρώθηκε στον εσώτερο εαυτό της, την ύπαρξη, το είναι. Πέρασε πέρα από τον πόνο και τη θλίψη, την αγωνία και την απελπισία. Δεν ήταν χαρά, πληθωρικότητα, ολοκλήρωση, αλλά καθαρή ειρήνη, το τίποτα στην πληρότητά του. Συγκεντρώθηκε στο νου της, αιωρήθηκε στο κενό και υπήρξε ευδαιμονία, η εμπειρία της Νιρβάνα.

Η Amaya κοιμήθηκε καλά μέχρι τις τέσσερις το πρωί. Και πάλι, έκανε μια ώρα Βιπασάνα και βίωσε την ηρεμία, ένα στάδιο ηρεμίας χωρίς συναισθήματα, που δεν ήταν άρνηση, αλλά ανυπαρξία. Η Βιπασάνα της επέτρεψε να αποστάξει στην εργασία της όλη την ημέρα για να εκτελέσει την εργασία της με ικανοποίηση και επίγνωση. Δεν ήταν το καθήκον ή η ευθύνη, αλλά ένα ταξίδι μέσα από τη μείωση του πόνου, του δικού της και των άλλων, το απόλυτο ταξίδι της συνείδησης, βιώνοντας τον εαυτό στην πληρότητά του.

Οι τεχνικοί του τμήματος ηλεκτρικής ενέργειας επισκεύασαν τις ελαττωματικές συνδέσεις το πρωί- το τηλέφωνο λειτουργούσε επίσης κανονικά. Μετά το πρωινό, η Amaya σκούπισε όλο το σπίτι της και έκανε την καθαριότητα. Χρειάστηκαν περίπου τρεις ώρες για να ολοκληρωθούν οι εργασίες. Στη συνέχεια έπλυνε τα ρούχα της στο αυτόματο μηχάνημα που ήταν συνδεδεμένο με ένα αυτόματο σύστημα σιδερώματος. Αφού ήπιε ένα φλιτζάνι καφέ, άρχισε να διαβάζει το αγαπημένο της μυθιστόρημα. Η ιστορία αφορούσε την αναζήτηση ενός κοριτσιού για μόρφωση, καριέρα και ευτυχισμένη ζωή. Ήταν κόρη χήρας που έκανε χειρωνακτική εργασία για να ζήσει. Το κοριτσάκι ήταν καλό στα μαθήματά της- οι δάσκαλοί της την ενθάρρυναν και ένας παρατήρησε ότι μπορούσε να ζωγραφίζει καλά. Αφού έλαβε κάποια βασική εκπαίδευση, το κορίτσι άρχισε να ζωγραφίζει σουρεαλιστικές εικόνες. Ενώ βρισκόταν στην τελευταία τάξη του λυκείου, άρχισε να εκθέτει πίνακες στο δημαρχείο. Εκατοντάδες άνθρωποι επισκέπτονταν την έκθεση- η κοπέλα μπορούσε να πουλήσει μια ντουζίνα από τα έργα της, ποσό που επαρκούσε για τις σπουδές της στο κολέγιο. Στη συνέχεια άρχισε να πηγαίνει σε διάφορες πόλεις της Ινδίας και του εξωτερικού για εκθέσεις. Ξαφνικά η Amaya άρχισε να ταξιδεύει μαζί της διαβάζοντας. Μετέφερε τον εαυτό της σε έναν διαφορετικό κόσμο. Γνώρισε άλλους ανθρώπους, έζησε σε μεγάλες πόλεις και μίλησε νέες γλώσσες. Για εκείνη, η ανάγνωση ήταν η αναδημιουργία της προσωπικής συμμετοχής στην αφήγηση. Στη συνέχεια ταξίδεψε στο παρελθόν της στη Βαρκελώνη.

Ήταν μαζί με τον Καράν στο δρόμο για να συναντήσει τη μοναχή που ονομάζεται Amaya. Η είσοδος στη μεγαλοπρεπή Σαγράδα Φαμίλια ήταν μια συγκινητική εμπειρία, και οδήγησε τον Κάραν στον καθεδρικό ναό. Είχε γεννηθεί εκεί πριν από είκοσι τρία χρόνια- αφηγήθηκε ξανά την ιστορία.

"Amaya, είσαι τόσο τυχερή- είσαι η πρώτη και πιθανώς η μοναδική που γεννήθηκε μέσα σε αυτούς τους ιερούς περιβόλους", είπε ο Karan.

"Ναι, Κάραν, νιώθω ένα με αυτή την εκκλησία και τώρα ένα με σένα". Τα λόγια της ήταν φωτεινά από αγάπη, βουτηγμένα στην εμπιστοσύνη.

"Είσαι τόσο πολύτιμος για μένα, το τελικό αποτέλεσμα της αναζήτησής μου. Όταν σε συνάντησα για πρώτη φορά στην καφετέρια, κατέληξα στο συμπέρασμα ότι ήταν το τέλος του ταξιδιού μου. Πόσο τυχερός είμαι", λέγοντας, ο Κάραν αγκάλιασε την Αμάγια.

"Στεκόμαστε και αγκαλιαζόμαστε στο σημείο όπου γεννήθηκα. Τι υπέροχη σύμπτωση", αναφώνησε η Amaya.

"Βεβαίως. Εδώ βιώνουμε την εκπλήρωση της ένωσής μας", είπε ο Κάραν.

"Ελάτε, ας πάμε στο μοναστήρι του Λορέτο, που βρίσκεται στο ίδιο συγκρότημα, στην άλλη πλευρά", πρότεινε η Amaya παίρνοντας το χέρι του Karan.

Του είπε ξανά ότι είχε περάσει τις πρώτες δέκα ημέρες της ζωής της στο μοναστήρι, όταν έφτασαν στην είσοδο του μοναστηριού. Οι μοναχές φρόντιζαν τη μητέρα της και το νεογέννητο με βαθιά στοργή.

"Αμάγια, είσαι γεμάτη αγάπη. Δεν έχω ξαναδεί άνθρωπο που να μπορεί να αγαπάει όπως εσύ. Και με εμπιστεύεσαι σαν παιδί. Μπορεί να πήρες αυτά τα προσόντα από τις καλόγριες", είπε αγκαλιάζοντας την Amaya ο Karan και μετά χαμογέλασε. Της άρεσε το χαμόγελό του.

Όταν ρωτήθηκαν για την αδελφή Amaya, μια ηλικιωμένη καλόγρια τους είπε ότι βρισκόταν στο Σαν Σεμπαστιάν. Αμέσως η Amaya και ο Karan αποφάσισαν να πάνε στο Σαν Σεμπαστιάν, πεντακόσια εξήντα επτά χιλιόμετρα από τη Βαρκελώνη. Ο Karan είπε στην Amaya ότι μπορούσαν να φτάσουν εκεί μέσα σε έξι ώρες. Η Amaya πρότεινε να περάσουν το βράδυ και τη νύχτα στη Σαραγόσα, μια όμορφη πόλη στο δρόμο. Ο Karan χάρηκε που άκουσε την πρόταση της Amaya. Ο Karan ζήτησε από την Amaya να πάρει το τιμόνι. Η απόσταση από τη Βαρκελώνη μέχρι τη Σαραγόσα ήταν τριακόσια δώδεκα χιλιόμετρα. Είπε ότι είχαν όλη τη μέρα μαζί τους και πρότεινε να οδηγήσουν μάλλον αργά, παρατηρώντας το τοπίο και στις δύο πλευρές του αυτοκινητόδρομου και να φτάσουν στη Σαραγόσα στις τέσσερις το απόγευμα. Ο Καράν κάθισε δίπλα στην Αμάγια και συζητούσαν για την ύπαιθρο. Όμως για την Amaya, το κέντρο της έλξης της ήταν ο Karan, καθώς ήθελε να προσκολληθεί πάνω του, μια έκφραση της στενής της σχέσης. Ήταν μια έντονη επιθυμία για σωματική οικειότητα, βαθύτερη ένωση και έντονο μοίρασμα του ενός με τον άλλον. Καθώς σκεφτόταν τον εαυτό της, νοιαζόταν για τις ανάγκες του, εκτιμούσε την ευτυχία του και σκεφτόταν πάντα να είναι μαζί του και να ταξιδεύει μαζί του. Επιθυμούσε να λάβει φροντίδα, έγκριση και σωματική επαφή για να εκφράσει έντονα συναισθήματα, συμπεριλαμβανομένης της στοργής, της σεξουαλικής ένωσης και της χαράς. Η ύπαρξή της ήταν για να είναι ένα μαζί του.

Η Amaya γνώριζε ότι τα πολιτισμικά της ερείσματα και οι προσδοκίες της ενθάρρυναν τον έρωτα και οι προκατασκευασμένες αντιλήψεις της για την αγάπη συμφωνούσαν με τα συναισθήματα και τις πράξεις της. Η αυξημένη σεξουαλική της διέγερση ήταν το αποτέλεσμα της βαθιάς αγάπης μεταξύ των γονέων της. Αυτό βοήθησε να φυτρώσει έντονη ερωτική οικειότητα με τον Κάραν όπου τον συναντούσε ή όποτε βρισκόταν μπροστά του. Ξαφνικά εξερράγη με ηδονικά συναισθήματα, τα οποία είχε καταπιέσει για πολλά χρόνια.

Η οδήγηση ήταν ευχάριστη επειδή ο Karan ήταν μαζί της. Η παρουσία του ήταν μια δυναμική δύναμη για να προχωρήσει μπροστά στο δρόμο, και ο στόχος ήταν αυτός. Οι αγροτικές εκτάσεις και τα αρχοντικά και στις δύο πλευρές έμοιαζαν μαγικά, αλλά δεν μπορούσαν να προσελκύσουν την προσοχή της Amaya, καθώς ήταν απόλυτα συγκεντρωμένη στον Karan.

Γύρω στο μεσημέρι, σταμάτησαν κοντά σε ένα εστιατόριο της εθνικής οδού που ήταν συνδεδεμένο με ένα βενζινάδικο στην περιοχή Aragon. Αφού γέμισαν το αυτοκίνητο, πήγαν στο εστιατόριο και παρήγγειλαν ένα ψητό Ternasco και μια μικρή μερίδα νεαρού αρνιού σε φαρμακευτικές ρίζες. Η Amaya βρήκε νόστιμο το μποράγκο με πατάτες και είπε στον Karan ότι το μποράγκο ήταν γνωστό ως η βασίλισσα των λαχανικών. Το στιφάδο με ανάμεικτα λαχανικά με κομμάτια λευκού μπέικον ήταν απολαυστικό. Τέλος, έφαγαν ροδάκινο με κρασί, ένα πιάτο με ροδάκινα μαριναρισμένα σε κόκκινο κρασί με κανέλα. Η Amaya και ο Karan πέρασαν λίγο περισσότερο από μία ώρα στο εστιατόριο. Μετά το γεύμα, ο Karan άρχισε να οδηγεί και σε πολλά σημεία σταμάτησαν για να παρατηρήσουν τους χαμηλούς λόφους, τα ποτάμια, τα χωράφια και τους αμπελώνες.

Μέχρι τις πέντε το απόγευμα, έφτασαν στη Σαραγόσα και έκαναν check-in σε ένα ξενοδοχείο στον ποταμό Έμπρο. Η Amaya στάθηκε κοντά στο παράθυρο, με θέα το ποτάμι. Ο Κάραν την πλησίασε και την αγκάλιασε, εκείνη κοίταξε τον Κάραν και είπε: "Να είσαι πάντα μαζί μου, μην με αφήσεις ποτέ μόνη μου". Κοιτάζοντας την Amaya, ο Karan χαμογέλασε και τη φίλησε στα χείλη. Ένιωσε σαν να γινόταν ένα με τον Κάραν.

"Με αγαπάς, Κάραν;" ρώτησε ξαφνικά, γνωρίζοντας ότι η ερώτησή της δεν είχε κανένα νόημα. Ωστόσο, η καρδιά της λαχταρούσε να πάρει μια καταφατική απάντηση από εκείνον ή ήθελε να ακούσει από τον Κάραν: "Σ' αγαπώ, αγαπητή Αμάγια".

Πιέζοντάς την κοντά στο στήθος του, ο Κάραν είπε: "Σ' αγαπώ, Αμάγια, περισσότερο απ' ό,τι αγαπώ την καρδιά μου. Είσαι η ίδια μου η ανάσα".

"Κι εγώ σ' αγαπώ", είπε με ενθουσιασμό. "Κοίταξε τα Murallas Romanas, τα ρωμαϊκά τείχη. Κάποιος μου είχε πει- ότι ένας ταγματάρχης του ρωμαϊκού στρατού τα έχτισε για τη γυναίκα του. Την αγαπούσε βαθιά".

"Amaya, μου αρέσει να χτίζω ένα παλάτι για σένα". Της έδειξε το Palacio de la Aljafería στην άλλη πλευρά του ποταμού.

"Τότε θα ζητήσω από τη μητέρα μου να κατασκευάσει μια πέτρινη γέφυρα πιο μεγαλοπρεπή από το Punte de Piedra πάνω από τον ποταμό Έμπρο", είπε γελώντας σαν κορίτσι η Αμάγια.

"Λατρεύω την αθωότητά σου, Αμάγια- είσαι πάρα πολύ δόλια". Τη φίλησε στα μάγουλα.

"Όταν εμπιστεύεσαι κάποιον χωρίς ίχνος αμφιβολίας, γίνεσαι αφελής, χωρίς εγωισμό", απάντησε η Αμάγια.

Το σούρουπο, έκαναν τον γύρο της πόλης, συγχωνευμένοι με το πλήθος. Δείπνησαν σε ένα ανοιχτό εστιατόριο στην όχθη του ποταμού, περιτριγυρισμένο από έναν κήπο, και απόλαυσαν κοτόπουλο chilindron, ένα πιάτο με πουλερικά σε σάλτσα chilindron, πιπεριά, κρεμμύδι και ντομάτες. Το bacalao ajoarriero ήταν ένα εξαιρετικό λεπτό παρασκεύασμα ψαριού με μοναδικές γεύσεις. Και οι δύο απόλαυσαν το στιφάδο λαχανικών. Στη συνέχεια ήπιαν ζεστό μαύρο καφέ και επέστρεψαν στο δωμάτιό τους γύρω στις έντεκα και μισή. Ενώ ήταν ξαπλωμένη δίπλα στον Κάραν, κρατώντας το αριστερό της χέρι στο γυμνό του στήθος, η Αμάγια σκέφτηκε ότι ήταν τυχερή, τυχερή που είχε έναν άντρα που την αγαπούσε και που μπορούσε να αγαπήσει. Ήταν θετικός σε όλες τις ιδέες, τα λόγια και τις πράξεις του και την ενθάρρυνε να είναι ξέγνοιαστη. Η Amaya ήξερε καλά ότι ο Karan επικεντρωνόταν στα συναισθήματά της και καταλάβαινε και την παραμικρή της θλίψη και ανησυχία. Τα λόγια του είχαν μια καταπραϋντική δύναμη και ζωτικότητα και της άρεσε να τον ακούει ξανά και ξανά, περνώντας όλο το χρόνο της μαζί του. Είχε επίγνωση- ότι περνούσαν τον χρόνο τους κάνοντας πράγματα, που και οι δύο απολάμβαναν. Ο Κάραν είχε μια αξιοσημείωτη προσοχή- ήταν σωματικά στοργικός, εκτός από τα λόγια αγάπης που έλεγε. Στο άγγιγμα, το χάδι και την ερωτική πράξη, δεν είχε αναστολές και πάντα σκεφτόταν τις προτιμήσεις της Αμάγια. Σε όλες τις δραστηριότητές του, εκείνη ήταν πρώτη γι' αυτόν.

Ο Κάραν άκουγε όσο μιλούσε και την άφηνε να μιλήσει πριν μιλήσει ο ίδιος. Προσπάθησε να καταλάβει όλα όσα έλεγε. Βρήκε την ευτυχία και την ολοκλήρωση ενθαρρύνοντάς την να οδηγήσει αυτοκίνητο ή να παίξει πιάνο, κάτι που της άρεσε. Ο Κάραν μπορούσε να την κάνει να γελάσει- ήταν καλός στο να κάνει αστεία και να γελάει. Μέσα στον περιορισμένο χρόνο της συντροφιάς τους, μερικές φορές εξέφραζε την άγνοιά του, έδειχνε ενδιαφέρον για την περαιτέρω διεύρυνση των γνώσεών του και δεν ντρεπόταν ποτέ να ζητήσει τις υποδείξεις και την εμπειρία της. Από εκεί και πέρα, δεν είχε κανέναν δισταγμό να ζητήσει τη βοήθειά της, την οποία θεωρούσε ότι η Amaya είχε καλύτερη αντίληψη ή δεξιότητα.

Η Amaya και ο Karan ξεκίνησαν για το Σαν Σεμπαστιάν την επόμενη μέρα μετά το πρωινό. Μέσα σε μια ώρα, μπήκαν στη χώρα των Βάσκων. Οι αγροτικές εκτάσεις και στις δύο πλευρές της εθνικής οδού έκοβαν την ανάσα. Υπήρχαν οπωρώνες με μήλα και αμπελώνες. Η Amaya απολάμβανε την οδήγηση- μιλούσε αδιάκοπα στον Karan για τις επισκέψεις της στη χώρα των Βάσκων με τους γονείς της όταν ήταν φοιτήτρια. Κατά καιρούς σταματούσαν για να παρακολουθήσουν την εκπληκτικά εξεζητημένη αρχιτεκτονική που εμφανιζόταν ακόμη και σε μικρές πόλεις. Το μεσημεριανό διάλειμμα έγινε στην Παμπλόνα, όπου έφαγαν ψάρι στιφάδο, γνωστό ως μαρμιτάκο, με τόνο, πατάτες, κρεμμύδια, πιπεριές και ντομάτες. Ο τηγανητός μπακαλιάρος σε ελαιόλαδο με κόκκινο πιπέρι είχε εξαιρετική γεύση. Απόλαυσαν txistorra, ένα λουκάνικο με βάση το χοιρινό κρέας, και για επιδόρπιο leche frita.

Μετά το μεσημεριανό γεύμα, ο Καράν άρχισε να οδηγεί προς τα βόρεια και η Αμάγια τον παρακολουθούσε να οδηγεί. Γύρω στις τέσσερις το απόγευμα, έφτασαν στο Σαν Σεμπαστιάν και πήγαν κατευθείαν στο μοναστήρι για να συναντήσουν την Amaya, τη μοναχή. Κατά την έρευνα, ένας θρησκευόμενος τους ζήτησε να περιμένουν στην αίθουσα επισκεπτών, αφού έμαθε ότι ήθελαν να συναντήσουν την αδελφή Amaya. Μέσα σε πέντε λεπτά, μια μεσήλικη καλόγρια μπήκε στο δωμάτιο και αμέσως, μπορούσε να αναγνωρίσει τη γυναίκα με το τζιν παντελόνι και το μπλουζάκι.

"Amaya", φώναξε και έτρεξε προς την Amaya και την αγκάλιασε. Η Amaya ένιωσε υπέροχα μέσα στην αγκαλιά της για πολλή ώρα. Η καλόγρια φίλησε την Amaya και εξέφρασε τη χαρά της που τη γνώρισε.

"Madre", φώναξε η Amaya τη μοναχή.

"Amaya, έγινες γυναίκα, ακριβώς όπως η μητέρα σου. Είμαι τόσο χαρούμενη που σε γνωρίζω", αναφώνησε η μοναχή.

"Είμαι τόσο ενθουσιασμένη, Madre- να σου γνωρίσω τον Karan, τον σύντροφο της ζωής μου", η Amaya σύστησε τον Karan στην αδελφή Amaya.

"Τι κάνεις, Κάραν", σφίγγοντας το χέρι του Κάραν, τον χαιρέτησε η καλόγρια.

"Τι κάνετε, Madre", απάντησε ο Karan.

"Η Αμάγια μιλούσε συνεχώς για σένα. Μου είπε ότι ήσασταν ο πρώτος άνθρωπος που την άγγιξε. Αφού κόψατε τον ομφάλιο λώρο, την πήρατε και μεταφέρατε προσωπικά τη μητέρα και το παιδί στο μοναστήρι σας. Και έμειναν στο Λορέτο για δέκα ημέρες", είπε ο Karan.

"Θεέ μου, Αμάγια, του είπες τα πάντα. Πόσο υπέροχη είσαι- είσαι τόσο όμορφη γυναίκα- Η τελευταία φορά που συναντηθήκαμε ήταν στη Μαδρίτη πριν φύγεις για την Ινδία. Τώρα σε συναντώ μετά από δέκα χρόνια. Είναι ένα όνειρο που έγινε πραγματικότητα", αναφώνησε η καλόγρια.

"Ναι, Madre, ο Karan εξέφρασε την επιθυμία του να σας συναντήσει", κοιτάζοντας τον Karan, είπε η Amaya.

"Κάραν, είσαι τόσο τυχερός- η Αμάγια είναι μία στο εκατομμύριο", είπε η αδελφή Αμάγια.

"Ναι, Madre" Ο Karan άνοιξε την τσάντα του ώμου του και πήρε ένα μικρό πακέτο τυλιγμένο σε χρυσό χαρτί. "Madre, αυτό είναι ένα μικρό δώρο για εσάς", είπε ο Karan.

"Κάραν, δεν ήταν απαραίτητο". Παρέλαβε το δώρο από την Αμάγια και τον Κάραν.

"Madre, μπορείς να το ανοίξεις και να δεις αν σου αρέσει", είπε η Amaya.

Η αδελφή Αμάγια άνοιξε το μικρό κουτί και έβγαλε ένα χρυσό κομπολόι με έναν πλατινένιο σταυρό. "Φαίνεται τόσο όμορφο- σας ευχαριστώ, Amaya, Karan, για το όμορφο δώρο- το εκτιμώ, αλλά δεν μπορώ να το χρησιμοποιήσω προσωπικά. Θα φυλάσσεται στο μουσείο μας σε ανάμνηση της επίσκεψής σας", είπε η μοναχή, κοιτάζοντας τον Κάραν και την Αμάγια.

Στη συνέχεια η αδελφή Αμάγια τους οδήγησε στην τραπεζαρία και τους σέρβιρε καφέ και σνακ. Καθισμένοι, μίλησαν για πολλή ώρα. Μετά το αναψυκτικό, η αδελφή Amaya τους έδειξε το παρεκκλήσι, την αίθουσα σεμιναρίων, τις αίθουσες συνεδριάσεων, τη βιβλιοθήκη και τον κήπο. Πριν τους αποχαιρετήσει, η αδελφή Amaya περπάτησε μαζί τους μέχρι το αυτοκίνητό τους. "Amaya, ήταν μια ευχάριστη έκπληξη που σε γνώρισα. Ήσουν πάντα στην καρδιά μου", είπε καθώς αγκάλιαζε την Amaya.

"Σας ευχαριστώ, Madre, για τη στοργή σας, που με θυμάστε και με κρατάτε στην καρδιά σας", είπε η Amaya και φίλησε το μάγουλο της αδελφής Amaya.

"Κάραν, χάρηκα που σε γνώρισα. Εσείς οι δύο είστε ένα συναρπαστικό ζευγάρι. Σας εύχομαι να περάσετε μια ικανοποιητική περίοδο". Έκανε χειραψία με τον Κάραν.

"Σας ευχαριστώ, Madre- παρακαλώ ελάτε στο σπίτι μας όταν επισκεφθείτε τη Βαρκελώνη", ζήτησε ο Karan από την αδελφή Amaya.

"Βεβαίως, θα ήθελα πολύ να σας ξανασυναντήσω", διαβεβαίωσε η αδελφή Amaya.

"Αντίο, Madre", είπε η Amaya.

"Αντίο", απάντησε η αδελφή Amaya.

Η Amaya και ο Karan πήγαν στο κέντρο της πόλης και έκαναν check-in σε ένα ξενοδοχείο. Δεν βγήκαν έξω καθώς ήταν ήδη οκτώ και δείπνησαν σε ένα εστιατόριο στο ισόγειο. Το ταξίδι της επιστροφής ξεκίνησε στις έξι το πρωί- η Amaya ήταν στη θέση του οδηγού και μιλούσε για εκατό πράγματα ενώ οδηγούσε. Μετά από εκατόν πενήντα χιλιόμετρα, πήραν πρωινό σε ένα περίπτερο και το μεσημέρι, το μεσημεριανό γεύμα ήταν σε ένα εστιατόριο κοντά σε ένα βενζινάδικο. Μετά από διάλειμμα μιας ώρας, ο Κάραν ξεκίνησε να οδηγεί και έφτασαν στη Βαρκελώνη στις πέντε το απόγευμα. Η Αμάγια άνοιξε την πλαϊνή πόρτα του σπιτιού από το πάρκινγκ με το εφεδρικό κλειδί που της είχε δώσει ο Κάραν.

"Amaya, σε ευχαριστώ για το υπέροχο ταξίδι", είπε ο Karan μπαίνοντας στο σπίτι.

"Πρέπει να σ' ευχαριστήσω, Κάραν, για την αγάπη, τη συντροφικότητα και τη συντροφικότητα. Είναι υπέροχο να ταξιδεύω μαζί σου. Είσαι τόσο διακριτικός", είπε η Amaya φιλώντας τον στα μάγουλα.

Για μια ώρα πέρασαν στην πισίνα. Το νερό ήταν κρύο, παρόλο που το καλοκαίρι βρισκόταν στην κορύφωσή του. Η Αμάγια απολάμβανε να κολυμπάει γυμνή με τον Κάραν, πράγμα που είχε μια μοναδική γοητεία. Στη συνέχεια μαγείρεψαν λαχανικά pulav, κουνουπίδι και σπανάκι με πατάτες, και μετά το δείπνο, έπαιξαν πιάνο για μια ώρα. Ο Κάραν παρακολουθούσε με κατάπληξη τις κινήσεις των δαχτύλων της Αμάγια στο πληκτρολόγιο. Έπαιζε τον Σοπέν, τον αγαπημένο της, και ο Κάραν μπορούσε να καταλάβει τον συνθέτη από τη μουσική. Αργότερα, ο Κάραν έπαιξε Κλάρα Σούμαν.

Η Amaya σηκώθηκε από την καρέκλα όταν το βιβλίο της γλίστρησε από το χέρι. Η συνειδητοποίηση ότι βρισκόταν στο Κότσι και όχι στη Βαρκελώνη πριν από είκοσι πέντε χρόνια την εξέπληξε για μια στιγμή. Αφού ολοκλήρωσε τη δουλειά της, έψαξε τα ηλεκτρονικά της μηνύματα και αργότερα διάβασε τα δύο άρθρα της που δημοσιεύτηκαν στις τοπικές εφημερίδες γύρω στις έξι. Το ένα αφορούσε τα ίσα δικαιώματα των γυναικών στην περιουσία των πατεράδων τους- το δεύτερο την εκμετάλλευση των γυναικών στη θρησκεία. Περίμενε ένα τηλεφώνημα από το Τσαντιγκάρ και ανυπομονούσε να μάθει τι ήθελε να πει η Ποορνίμα. Μέσα σε πέντε λεπτά ήρθε το τηλεφώνημα.

"Κυρία μου, καλησπέρα- είμαι η Poornima".

"Γεια σου, Poornima", απάντησε η Amaya.

"Καθώς η συνομιλία μας διακόπηκε, δεν μπόρεσα να συνεχίσω την κουβέντα μου- δεν ήθελα να σας ενοχλήσω αργότερα", διευκρίνισε η Poornima.

"Χθες, ρωτούσα αν ήσασταν σε κάποιο πανεπιστήμιο της Βαρκελώνης- δώσατε καταφατική απάντηση ότι ήσασταν φοιτήτρια στο πανεπιστήμιο. Είδα μια σημείωση στο έγγραφο του πατέρα μου ότι σας συνάντησε", εξήγησε η Poornima.

"Τι λέει το σημείωμα; Ποιες είναι οι συγκεκριμένες λέξεις;" ρώτησε η Amaya.

"Συνάντησε την Amaya στην καφετέρια του πανεπιστημίου", διάβασε η Poornima από το σημείωμα.

"Αλλά αυτό δεν σημαίνει τίποτα- εκατοντάδες άνθρωποι επισκέπτονταν την καφετέρια κάθε μέρα- μπορεί να υπήρχαν δεκάδες γυναίκες με το όνομα Amaya, καθώς ήταν ένα συνηθισμένο όνομα όχι μόνο στο πανεπιστήμιο αλλά και σε όλη την Ισπανία", είπε η Amaya. Αλλά είχε μια βασανιστική αμφιβολία στο μυαλό της. "Μήπως η Poornima ψάχνει για την Amaya Menon; Ποια είναι η Poornima;" Η Amaya συζητούσε μέσα της. Αλλά δεν ήθελε να κάνει άλλες προσωπικές ερωτήσεις στην Πορνίμα. Ας την αφήσει να φέρει περισσότερες αποδείξεις για την ταυτότητα της Amaya.

"Ανυπομονώ να μάθω. Πιστεύω ότι η Amaya, την οποία ο πατέρας μου γνώριζε σε ένα πανεπιστήμιο της Βαρκελώνης, μπορεί να βοηθήσει τον πατέρα μου να ανακτήσει τις αισθήσεις του. Είναι απαραίτητο για μένα. Σας παρακαλώ, βοηθήστε με", παρακάλεσε η Poornima.

Το να δίνεται ψεύτικη ελπίδα στην Poornima ήταν λάθος, εκτός από το θέμα, ένα σοβαρό θέμα που σχετίζεται με την πραγματική ταυτότητα κάποιου. Η Amaya δεν ήθελε να ισχυριστεί ότι ήταν το πρόσωπο που συνάντησε τον πατέρα της στην πανεπιστημιακή καφετέρια της Βαρκελώνης ή να ενθαρρύνει την Poornima να επιβάλει τα συμπεράσματά της σε κάποιον χωρίς έγκυρες και επαληθεύσιμες αποδείξεις.

"Κυρία μου, επιτρέψτε μου να κοιτάξω όλα τα παλιά έγγραφα. Είναι δύσκολο να ψάξετε για χειρόγραφες σημειώσεις που έχουν ηλικία ενός τετάρτου αιώνα. Εξάλλου, δεν γνωρίζω ότι υπάρχουν τέτοιες σημειώσεις ή έγγραφα. Αλλά θα κάνω εγώ την αναζήτηση. Είμαι αποφασισμένη να βρω την Amaya, την οποία ο πατέρας μου γνώρισε στο πανεπιστήμιο. Μόνο αυτή μπορεί να βοηθήσει τον πατέρα μου. Διαφορετικά, δεν έχω καμία γαλήνη", δήλωσε η Poornima.

"Οι αδιάσειστες αποδείξεις είναι απαραίτητες σε τέτοιες περιπτώσεις", δήλωσε η Amaya.

"Κυρία μου, μπορώ να σας μιλήσω αύριο τέτοια ώρα;" Η Poornima παρακάλεσε.

"Παρακαλώ, Poornima", απάντησε η Amaya.

"Σας ευχαριστώ, κυρία- καληνύχτα".

"Καληνύχτα, Poornima."

Η Poornima υπέφερε και η Amaya είχε την αποφασιστικότητα να βοηθήσει την Poornima. Κάποτε υπέφερε από αφάνταστη θλίψη για χρόνια μαζί, αλλά την ξεπέρασε με τη βοήθεια της μητέρας της. Η επιμονή της ήταν τόσο έντονη, διεισδυτική και ελαφρυντική. Η Ρόουζ ήταν ήρεμη, προσωποποιημένη, και μπορούσε να αισθανθεί τις θλίψεις της κόρης της και να συμπάσχει μαζί της. Η αμέριστη ταύτιση της Rose με την κόρη της ανέβασε την Amaya σε έναν νέο κόσμο συνειδητοποίησης, που προέκυψε από την απόλυτη κατανόηση των αναγκών της. Το μυστικό ήταν να γνωρίζει τα συναισθήματα του ατόμου που υποφέρει χωρίς να κατηγορεί ή να κρίνει.

Το να θεωρεί τη Ρόουζ ισότιμη ήταν μια νέα γνώση που η Αμάγια δεν είχε βιώσει ποτέ ως παιδί ή νεαρή ενήλικη. Τα ευγενικά της λόγια, η δράση της, το ενδιαφέρον της για τον πόνο της κόρης της και η ετοιμότητά της να εκπαιδεύσει και να ελέγξει το μυαλό της άλλαξαν τα πάντα. Η Amaya θαύμασε τις δυνατότητες της Vipassana, που της πρότεινε η μητέρα της. Ήταν ένα διαφορετικό σύμπαν- παράξενο αλλά αληθινό, η Vipassana άλλαξε δραστικά το επίκεντρο της ζωής της Amaya, καθώς συνειδητοποίησε ότι τα προβλήματα υπήρχαν μέσα στο άτομο. Μια μεταμόρφωση πραγματοποιείται με τον έλεγχο του νου του ατόμου, στρώμα προς στρώμα, φύλλο προς φύλλο. Η Rose είπε στην Amaya ότι δεν ήταν μια ανακάλυψη, αλλά μια δημιουργία μέσα στον εαυτό μας, καθώς τίποτα δεν προϋπήρχε. Η εκμάθηση της ρύθμισης του νου ήταν ένα ταξίδι προς τη μοναξιά, ένας αγώνας ενάντια στη μοναξιά που διαμορφωνόταν από την απουσία ενός προσώπου που η Amaya αγαπούσε να συναντά.

Εκπαίδευσε τον εαυτό της να εξαλείφει τη δυστυχία και την αγωνία ζώντας μόνη της. Για χρόνια, η απουσία της Supriya αποτελούσε πλήγμα για τις ευαισθησίες και τα όνειρα της Amaya. Αφού αξιολόγησε τι συνέβη, η Amaya συνειδητοποίησε ότι δεν μπορούσε να αναιρέσει την έλλειψη της Supriya, μια ισχυρή συνειδητοποίηση της πραγματικότητας που αναγνώρισε χωρίς να αισθάνεται.

"Αποδεχτείτε τα γεγονότα στη γύμνια τους, μην το βάζετε στα πόδια, αντιμετωπίστε τα με τόλμη και αποφασιστικότητα, για να ζήσετε μια ειρηνική και παραγωγική ζωή", πρότεινε η Rose.

Δημιουργήστε νόημα στη ζωή και προσπαθήστε να το επιτύχετε με συνεχείς προσπάθειες. Η υιοθέτηση του φόβου, των ανησυχιών, των προβληματισμών, του θυμού και της εκδίκησης θα καταστρέψει την ειρήνη, θα ενισχύσει τον πόνο και θα αποτύχει να διακρίνει το πραγματικό από το εξωπραγματικό. Αυτή η επίγνωση ήταν δύναμη- κανείς δεν μπορούσε να τη συντρίψει καθώς γινόταν κανείς κύριος του πεπρωμένου της. Αν δεν ήταν σε εγρήγορση, η μοναξιά θα την καταβρόχθιζε ξανά, θα έκανε τη ζωή χωρίς νόημα και θα την οδηγούσε σε ένα μονοπάτι πόνου. Όταν αντιλαμβανόταν τέτοιες καταστάσεις, έλεγχε το μυαλό της από το να περιπλανιέται και έπαιζε πιάνο για ώρες μαζί, καθώς η μουσική μπορούσε να ηρεμήσει το μυαλό της και να τη συνδέσει με το σύμπαν. Η Amaya δημιουργούσε μουσική που ήταν καταπραϋντική και επικρατούσε.

Η μοναξιά που βίωσε ήταν καταστροφική πριν αρχίσει να διαλογίζεται πάνω στον εαυτό της, την ύπαρξή της, την εγρήγορση και το είναι. Αμέσως μετά την εξαφάνιση της Supriya, το συναίσθημα αφορούσε κυρίως την απουσία αγάπης και τη στέρηση της προσκόλλησης, γεγονός που δημιουργούσε δυστυχία, απογοήτευση και αγωνία στην καρδιά της. Δεν υπήρχε καμία έξοδος, καμία ακτίνα ελπίδας, καθώς ο ουρανός ήταν σκοτεινός και τρομακτικός. Μείωσε τις ικανότητες συλλογισμού της Amaya, καθώς επανειλημμένα αδυνατούσε να συγκεντρωθεί και να πάρει ακόμη και τις πιο απλές προσωπικές αποφάσεις. Η καθημερινότητα έγινε άθλια και βρώμικη και δημιουργούσε ναυτία για τα πάντα. Οι ικανότητες επίλυσης προβλημάτων μειώθηκαν, ωθώντας την προς την αρνητική αυτοπεποίθηση και την κατάθλιψη. Η εξαφάνιση του Karan, μαζί με τη Supriya, χάραξε αθεράπευτες μελανιές στην καρδιά της και τα φθίνοντα βήματά του ήχησαν την καμπάνα του θανάτου της οικογενειακής ζωής. Η Amaya προσπάθησε να ξεφύγει από τον εαυτό της, αλλά η σκιά του Karan την ακολουθούσε παντού- ο φόβος της πραγματικότητας μεγάλωνε σαν λεβιάθαν. Ο φόβος για τα πάντα την κυνηγούσε, και ταυτόχρονα η αλήθεια της ξέφευγε. Ήταν μια αναμέτρηση για την κατοχή της Σουπρίγια, πάλη με το τίποτα. Δημιούργησε τρόμο και φυγή που προέκυπτε από τον ακραίο τρόμο, την ντροπή και την αυτολύπηση.

Η Amaya απεχθανόταν τις σχέσεις και απεχθανόταν να εμπιστεύεται οποιονδήποτε, καθώς η συντροφικότητα ήταν μια μάταιη άσκηση γι' αυτήν. Η απομόνωσή της ήταν εξουθενωτική χωρίς να συνειδητοποιεί τη συντροφικότητά της με τη Supriya. Η Amaya ξεθώριαζε μέσα της. Μουτζούρωνε την ταυτότητά της, απεχθανόταν την ύπαρξή της και προκαλούσε τον εαυτό της με πληγωμένα συναισθήματα που εκρήγνυνταν όπως ο δυναμίτης που πυροδοτούσε επαναλαμβανόμενα. Η εξαπάτηση ξεπερνούσε τη φαντασία της και οι υποσχέσεις γίνονταν θρύψαλα. Ήταν μια καταστροφή, καθώς ο στόχος της ζωής της τραυματίστηκε μπροστά στα μάτια της. Παρόλο που έγινε μητέρα, δεν μπορούσε να αγγίξει την κόρη της και να την κρατήσει κοντά στην καρδιά της. Ένα εκατομμύριο φορές, φανταζόταν την κόρη της να μπουσουλάει, να κάνει τα μωρουδιακά της βήματα, να περπατάει και να τρέχει εδώ κι εκεί. Και η Amaya έγινε η κόρη της, και η Supriya έγινε η Amaya.

Αυτός ήταν ο λόγος που η Amaya ήθελε να βοηθήσει την Poornima να ξεπεράσει την αγωνία της. Αυτό ήταν το ίδιο κίνητρο που η Amaya ήθελε να επιτρέψει στις γυναίκες να αγωνιστούν για τη δικαιοσύνη, και ο νομικός της αγώνας ήταν πάντα ένα έπος αμεροληψίας για τις γυναίκες. Έχει βοηθήσει εκατοντάδες γυναίκες να σταθούν στα πόδια τους και να βιώσουν την ανεξαρτησία, την αυτοεκτίμηση και την αξιοπρέπεια τα τελευταία είκοσι χρόνια. Οι υποθέσεις που πάλεψε σε διάφορα δικαστήρια αντανακλούσαν την αποφασιστικότητά της να απελευθερώσει τις γυναίκες από τη σεξουαλική δουλεία, την εκμετάλλευση και την καταπίεση και να τις προετοιμάσει να αντιμετωπίσουν την πραγματικότητα και να αντιμετωπίσουν το απάνθρωπο περιβάλλον. Η αμεροληψία ήταν ανθρώπινη, η οποία έπρεπε να στέκεται υπεράνω σε όλες τις περιπτώσεις, και το σύνθημά της ήταν οι καλοπροαίρετες διακρίσεις υπέρ των γυναικών.

Το πρωινό της Κυριακής ήταν ηλιόλουστο- η Amaya είχε ήδη αποφασίσει να επισκεφθεί το σπίτι των γονιών της, τριάντα λεπτά με το αυτοκίνητο από την πόλη σε μια ημιαστική περιοχή. Η Rose και ο Shankar Menon ήταν στην κεντρική είσοδο και περίμεναν την Amaya, καθώς ήξεραν ότι θα επέστρεφε στο σπίτι γύρω στις δέκα το πρωί- αυτή ήταν η συνήθης πρακτική της. Η μητέρα της εργαζόταν ως αρχιτέκτονας όταν ο Σανκάρ Μένον ήταν σε εξωτερική υπηρεσία στην κυβέρνηση της Ινδίας. Αφού παραιτήθηκε από τη δουλειά του στην κυβέρνηση, η Ρόουζ επέστρεφε με τον σύζυγό της στην Ινδία. Στη Βομβάη, ο Shankar Menon ήταν ο εκδότης της εφημερίδας The Word για πολλά χρόνια, και η Rose εντάχθηκε ως αρχιτέκτονας πλήρους απασχόλησης σε μια εταιρεία στο Malabar Hills. Η Design-Glory, η εταιρεία στην οποία εργαζόταν η Rose, εκτιμούσε το μοναδικό της στυλ που συνδύαζε τη γοτθική αρχιτεκτονική και το νότιο ινδικό στυλ, το αρχέτυπο της Κεράλα, με τη σύγχρονη αρχιτεκτονική. Η Design-Glory ειδικευόταν μόνο στο σχέδιο και την ανάπτυξη σχεδίων και είχε πελάτες από όλη την Ινδία και το εξωτερικό. Μετά την είσοδο της Rose στην εταιρεία, το πελατολόγιο τριπλασιάστηκε.

Η Amaya αγκάλιασε με έκδηλη αγάπη τους ογδοντάρηδες γονείς της, οι οποίοι έδειχναν υγιείς και χορτασμένοι. Ενώ εργαζόταν ως συντάκτης του The Word, ο Shankar Menon ήταν επισκέπτης καθηγητής σε πολλές σχολές δημοσιογραφίας και συγγραφέας πολλών βιβλίων για την πολιτική, τη δημοσιογραφία και την ελευθερία. Τα βιβλία του, The Freedom to Write και The Editor Who Dares, αποτέλεσαν εξαιρετική συμβολή στη δημοσιογραφία. Είπε στην Amaya ότι είχε ήδη ολοκληρώσει το πρώτο προσχέδιο ενός άλλου βιβλίου με τίτλο The Unknown Journalist (Ο άγνωστος δημοσιογράφος) για τους δημοσιογράφους που εργάζονταν στο πεδίο. Ο Shankar Menon ήταν ένας ανθρωπιστής που αγωνιζόταν για τα ανθρώπινα δικαιώματα και την ισότητα- η Amaya τον γνώριζε από την παιδική της ηλικία και κληρονόμησε πολλές από τις ιδιότητές του. Θαύμαζε τα κύρια άρθρα και τις άλλες στήλες του, οι οποίες αποτελούσαν ισχυρή έκφραση της διαρκούς αναζήτησης της ανθρωπότητας για ελευθερία και δικαιοσύνη. Δεν λάτρευε κανέναν, δεν φοβόταν κανέναν και γελούσε με τους δικτάτορες και τους αυτοκράτορες που προέκυπταν από τη δημοκρατία. Αναλύοντας στατιστικά στοιχεία για πολλά χρόνια, αποκάλυψε ανθρώπους που υποκινούσαν τη βία, έβγαζαν λόγους μίσους, επιδίδονταν σε λιντσαρίσματα και πογκρόμ και απέδειξε ότι έγιναν ισχυροί υπουργοί. Ωστόσο, ήταν άδειοι άνθρωποι με σωρούς φόβου, που φοβόντουσαν τα πάντα, ακόμη και τις σκιές τους. Ως εκδότης, ο Menon αποκάλυψε τη σχέση εγκληματιών-πολιτικών και τους εγκληματίες που εξελίσσονταν σε πολιτικούς και στελέχη. Για την προστασία της δημοκρατίας, η διαμαρτυρία ήταν απαραίτητη, έγραψε. Κατέληξε στο συμπέρασμα ότι μια κοινωνία που ξεχνάει να διαμαρτύρεται είναι ένας αδαής και νεκρός πολιτισμός. Για τον Shankar Menon, η σημαντικότερη επιστημονική ανακάλυψη ήταν η ανίχνευση της ελευθερίας και της ισότητας.

Κατά τον ίδιο τρόπο, για τον Menon, ο πιο υγιής τρόπος για την προστασία της δημοκρατίας ήταν η δημόσια διαμαρτυρία. Οι πολιτικοί που ανέδειξαν τον εαυτό τους σε θεό έδιναν κοσμικό νόημα στην καθημερινή ρουτίνα και τις πράξεις τους- έκαναν τα πάντα για τη δόξα τους, ισχυρίζονταν. Κατά συνέπεια, για έναν υποτακτικό, κάθε λέξη του πολιτικού του αφέντη έφερε προφητικές δυνατότητες, και έτσι η αλήθεια εξαφανίστηκε στο περιθώριο της λατρείας των ηρώων, μια έκφραση της μετα-αλήθειας.

Κάθε εβδομάδα η Amaya επισκεπτόταν τους γονείς της. Και μια φορά το μήνα, πήγαιναν με την Amaya και έμεναν μαζί της στο Kochi για μερικές μέρες. Για την Amaya, οι γονείς της ήταν οι στενότεροι φίλοι της- την θεωρούσαν κι εκείνοι ως την καλύτερή τους φίλη. Η Rose και ο Shankar εξέφρασαν ιδιαίτερη χαρά που γνώρισαν την κόρη τους. Συχνά η Rose και ο Menon κάθονταν κοντά στην κόρη τους σε μια σφιχτή αγκαλιά, βάζοντας ο ένας τα χέρια του άλλου στους ώμους του άλλου, απολαμβάνοντας την ξεδιψαστική συντροφικότητα. Περνούσαν ώρες μοιραζόμενοι την κοσμοθεωρία τους, εξετάζοντας νομικά και κοινωνικά μεζεδάκια και συζητώντας για την τελευταία τεχνολογία, τις επιστημονικές εφευρέσεις, τα αρχιτεκτονικά θαύματα, τις δημοσιογραφικές έρευνες, τα βιβλία, τη μουσική, την τέχνη, τα ανθρώπινα δικαιώματα και την κοινωνική δικαιοσύνη. Μερικές φορές αναπολούσαν τη ζωή της Μαδρίτης, τις επισκέψεις τους στη Βαρκελώνη, τη χώρα των Βάσκων και διάφορες ευρωπαϊκές πόλεις. Πάντοτε, η συζήτησή τους κατέληγε στο να μοιραστούν την προσωπική τους ζωή, την υγεία, τις επιθυμίες, τη δουλειά και το μέλλον.

Η Amaya συνόδευε τους γονείς της στο μαγείρεμα του μεσημεριανού γεύματος, ένα χορτοφαγικό γεύμα τύπου Κεράλα, με appam, ρύζι, διάφορα πιάτα, sambar, papad και payasam. Η τραπεζαρία ήταν η προέκταση της κουζίνας και το να καθόμαστε μαζί, πρόσωπο με πρόσωπο, και να μοιραζόμαστε το φαγητό, ήταν δετικό και συναρπαστικό. Αφού έπιναν τσάι και σνακ μέχρι τις τέσσερις το απόγευμα, έκαναν μια βόλτα μέχρι τον καταρράκτη. Η Rose και ο Shankar Menon δεν είχαν κανένα πρόβλημα να ανέβουν τον λόφο. Ο μεγαλοπρεπής καταρράκτης και το πράσινο ήταν εκπληκτικά, καθώς ο μουσώνας ήταν ενεργός. Η Amaya μπορούσε να δει νέα ψηλά κτίρια στην άλλη πλευρά των λόφων. Φοβόντουσαν ότι τα νέα κτίρια θα έρχονταν πάνω από τους λόφους και θα κατέστρεφαν τη γαλήνη και τη σεργιάνι του καταρράκτη.

Η Rose και ο Shankar Menon αγκάλιασαν την κόρη τους πριν η Amaya βάλει μπροστά το αυτοκίνητό της για να αναχωρήσει.

"Μαμά, μπαμπά, σας αγαπώ", λέγοντας ότι τους φίλησε και τους δύο.

"Σ' αγαπώ, αγαπητή Mol", είπε η Rose.

"Σ' αγαπώ, Amaya", είπε ο Shankar Menon.

Καθώς επέστρεφαν στο Κότσι, η Rose και ο Shankar Menon και η ζωή τους στο χωριό κυριαρχούσαν στο μυαλό της Amaya. Ήταν ευτυχισμένοι με τον εαυτό τους και τη ζωή που ζούσαν. Τότε η Poornima εμφανίστηκε ζωηρά και ο τρόπος που μιλούσε, καθώς είχε ξεκάθαρο σκοπό, σαν ντετέκτιβ, η φωνή της είχε ακριβή τονισμό. Τα λόγια της Poornima ήταν χωρίς βιασύνη, και σεβόταν το πρόσωπο στο οποίο μιλούσε- δεν ήταν ποτέ αλαζονική, πάντα ταπεινή, σημάδι επαρκούς κοινωνικοποίησης και ανατροφής.

Η Amaya ήταν σίγουρη ότι η Poornima θα την καλούσε με κάποια απόδειξη. Στις οκτώ και μισή χτύπησε το τηλέφωνο- η Amaya ήξερε ότι η Poornima ήταν ελαφρώς ενθουσιασμένη από τη φωνή της.

"Κυρία μου, έχω αδιάσειστες αποδείξεις ότι ο πατέρας μου σας γνώρισε στην καφετέρια του πανεπιστημίου", είπε η Poornima.

"Ποια είναι αυτή η απόδειξη, Ποορνίμα;" ρώτησε η Amaya, με την καρδιά της να χτυπάει δυνατά. Υπήρχε μια ανυπομονησία να μάθει περισσότερα για την ιστορία της Poornima.

"Μπόρεσα να ξεθάψω μερικές σημειώσεις για την Αμάγια στα αρχεία του πατέρα μου και πιστεύω ακράδαντα ότι αφορούσαν εσένα". Τότε η Poornima διάβασε την πρώτη: "Συνάντησα την Amaya στις 2 Αυγούστου".

Υπήρξε ένα ρίγος σε όλο το σώμα της Αμάγια και μια συντριβή στην ιδέα ότι μια ανεξέλεγκτη οντότητα την έγλυφε μέσα από ένα στενό τούνελ. Μέσα σε ένα κενό απείρου κάλλους που είχε χείμαρρο, βίωσε την υπέρμετρη αφάνεια. Και κινούνταν μέσα στο απρόσκοπτο κενό, βιώνοντας απολιθωτική έλλειψη βαρύτητας, που διαπλέκεται σε μια κατακτητική πράξη μειωμένης δύσπνοιας.

Η Αμάγια κάθισε στην καρέκλα με τραβήγματα και πρόσταξε το μυαλό της να συμπεριφερθεί και να είναι ήρεμο. Καθισμένη στην καρέκλα, θυμήθηκε εκείνη την πρώτη συνάντηση. Ήταν την Τετάρτη, τη δεύτερη του Αυγούστου του δεκαεννιά ενενήντα πέντε.

"Ποορνίμα, ποια είναι η δεύτερη απόδειξη;" Αφού ανέκτησε την ψυχραιμία της, η Αμάγια ρώτησε.

"Πρόκειται για την επίσκεψή σας στο σπίτι του, τον Λωτό". Η Ποορνίμα σταμάτησε απότομα.

Η Αμάγια δεν πίστευε στα αυτιά της, καθώς είχε πάει να μείνει με τον Κάραν την Παρασκευή, στις πέντε Αυγούστου.

"Σε παρακαλώ, πες μου το πλήρες όνομα του πατέρα σου", ζήτησε η Αμάγια.

"Είναι ο Karan Acharya", απάντησε η Poornima.

Η Αμάγια κάθισε σιωπηλή για μερικά δευτερόλεπτα.

"Κυρία μου, κρατάτε κάποια μυστικά για τον πατέρα μου. Μόνο εσείς μπορείτε να τον βοηθήσετε. Απαγγέλλει συνεχώς το όνομά σας", η Poornima ήταν ανυπόμονη να παρακαλέσει για βοήθεια.

"Ποορνίμα, είσαι το μοναχοπαίδι του πατέρα σου;" ρώτησε η Amaya.

"Ναι, είμαι το μοναχοπαίδι της Δρ Εύα και του Κάραν Ατσάρια. Στις τριάντα μία Ιουλίου του δεκαεννιά ενενήντα έξι γεννήθηκα στη Βαρκελώνη", είπε η Ποορνίμα.

"Ποορνίμα", φώναξε η Αμάγια το όνομά της σαν να ήθελε να πει κάτι περισσότερο, αλλά σταμάτησε.

"Μάλιστα, κυρία", η απάντηση της Ποορνίμα ακούστηκε σαν ερώτηση.

"Ποορνίμα, είμαι η Αμάγια- με ψάχνεις. Πες μου, τι μπορώ να κάνω για σένα;" ρώτησε η Amaya.

"Κυρία μου, παρακαλώ ελάτε αμέσως στο Τσαντιγκάρ. Γνωρίστε τον πατέρα μου. Είμαι σίγουρη ότι ο πατέρας μου θα αναγνωρίσει την παρουσία σας. Θα ανακτήσει τις αισθήσεις του. Παρακαλώ, πάρτε μια ναυλωμένη πτήση, αν δεν υπάρχει απευθείας πτήση από το Κότσι στο Τσαντιγκάρ. Μπορώ να πληρώσω για τα πάντα. Ο πατέρας μου είναι ένας από τους πλουσιότερους ανθρώπους της χώρας, οπότε τα χρήματα δεν αποτελούν πρόβλημα". Η Poornima ήταν ανήσυχη για το αν θα μπορούσε να πείσει την Amaya.

"Πότε πρέπει να έρθω στο Τσαντιγκάρ;" ρώτησε η Amaya.

"Σε παρακαλώ, ξεκίνα σήμερα- διαφορετικά, αύριο. Μπορώ να έρθω στο Κότσι και να σε πάω στο Τσαντιγκάρ με το ιδιωτικό μας αεροπλάνο, αν δεν σε πειράζει". Η Poornima ήταν απολογητική.

"Είμαι δικηγόρος- περίπου σαράντα υποθέσεις είναι καταχωρημένες για ολόκληρη την εβδομάδα, αρχής γενομένης από τη Δευτέρα. Για τους πελάτες μου, οι αναφορές τους είναι προβλήματα ζωής και θανάτου. Η υπόθεση επηρεάζει και την οικογένειά τους και είμαι υπεύθυνη γι' αυτούς", εξήγησε η Αμάγια την κατάστασή της.

"Κυρία μου, ο πατέρας μου μπορεί να πεθάνει. Σας παρακαλώ, ελάτε", παρακάλεσε η Poornima.

"Θέλω να εξαλείψω τα βάσανα των πελατών μου, οι οποίοι αποτελούν προτεραιότητά μου. Αν επιμένετε, μπορώ να επισκεφθώ το σπίτι σας το Σάββατο". Η Amaya ήταν ακριβής.

"Σας είμαι ευγνώμων, κυρία μου. Υπάρχει ένας ακόμη λόγος για τον οποίο σας ζήτησα να έρθετε αμέσως στο Τσαντιγκάρ. Φοβάμαι για την ασφάλεια του πατέρα μου- η ζωή του βρίσκεται σε κίνδυνο. Πολλοί επαγγελματικοί αντίπαλοι δεν μπορούν να χωνέψουν την πρωτοφανή ανάπτυξη της φαρμακευτικής μας εταιρείας. Μπορεί να υπάρχει κάποιος μέσα στην εταιρεία μας που δουλεύει γι' αυτούς. Έχω διορίσει τους πιο έμπιστους γιατρούς και νοσηλευτές για να τον φροντίσουν. Εξάλλου, περνάω πολύ χρόνο με τον πατέρα μου". Υπήρχε κάποια αγωνία στα λόγια της Poornima.

"Πρέπει να είσαι εξαιρετικά προσεκτικός στην προστασία του πατέρα σου. Χαίρομαι που ξέρω ότι έχετε έμπιστους ανθρώπους γύρω του.

Παρεμπιπτόντως, μπορώ να πάρω μια πτήση από το Κότσι στο Δελχί και μετά μια πτήση με ανταπόκριση για το Τσαντιγκάρ. Μην ανησυχείτε για το ταξίδι μου- θα τα καταφέρω", είπε η Amaya.

"Βέβαια, κυρία μου, να σας τηλεφωνήσω αύριο στις οκτώ και μισή το βράδυ;"

"Βεβαίως, καληνύχτα, κυρία μου".

"Καληνύχτα, Poornima", απάντησε η Amaya.

Ξαφνικά, επικράτησε απόλυτη σιωπή. Το όνομα Eva ήταν το όνομα που ο Karan είχε καταχωρίσει στα αρχεία του νοσοκομείου αντί της Amaya- το αντίγραφο του διαβατηρίου, της βίζας, της ημερομηνίας γέννησης, της διεύθυνσης κατοικίας και άλλων εγγράφων. Το μωρό που γεννήθηκε ήταν η κόρη της Εύας και του Κάραν.

Η Amaya έκλαιγε. Ήταν μια κραυγή χωρίς θόρυβο, αλλά η καρδιά της έσπαγε, η αγωνία ήταν έντονη. Η Αμάγια έχασε τον έλεγχο του εαυτού της για πρώτη φορά μετά από είκοσι χρόνια- το μυαλό της υπαγόρευσε τους όρους. "Αφήστε με να κλάψω και να κλάψω, να ξεπλύνω τον πόνο και τη δυστυχία των τελευταίων είκοσι τεσσάρων χρόνων", είπε. Η Αμάγια κάθισε εκεί για περισσότερες από δύο ώρες χωρίς να σκεφτεί τίποτα, βιώνοντας μόνο το κενό και το απόλυτο σκοτάδι.

Για άλλη μια φορά, βρισκόταν σε μια σήραγγα με χιλιάδες συνδεόμενους λεπτούς άξονες. Η άβυσσος της αιωνιότητας καταβρόχθιζε τα πάντα. Όμως ένα βρέφος φώναξε από το πουθενά. Η Αμάγια ήθελε να φτάσει το παιδί και έτρεξε χωρίς ποτέ να φτάσει στον προορισμό του. Οι φωνές έγιναν πιο δυνατές- χιλιάδες λαχάνιαζαν, ούρλιαζαν και κράζανε σαν αλεπούδες κατά τη διάρκεια των διακοπτόμενων κακόφωνων βροντών των προμεσημεριανών χειμάρρων. Οι κραυγές έγιναν πιο δυνατές και τρομακτικές. Οι βρυχηθμοί ενός τσουνάμι κατέστειλαν τις κραυγές. Το ουρανοκατέβατο τείχος του νερού που πλησίαζε και η δύναμή του μπορούσε να καταστρέψει τα πάντα και να συντρίψει οτιδήποτε στεκόταν στο δρόμο του. Ήταν ανατριχιαστικό, και βίωσε να επιπλέει πάνω από τα κύματα για ώρες μαζί. Ήταν μια αίσθηση θανάτου που κιμωλίαζε τα ρουθούνια, το λαιμό, τους πνεύμονες και το στομάχι που έσκαγε.

Η Αμάγια μπορούσε να δει εκατοντάδες σπίτια αποκομμένα και προσπάθησε να φτάσει σε ένα από αυτά. Με κάποιο τρόπο, μπήκε σε ένα μεγάλο σπίτι όπου μόνο γυναίκες με λευκά σάρι και ξυρισμένα κεφάλια απέρριπταν τους ανθρώπους. Ως ανεπιθύμητες, οι γιοι τους τις πετούσαν σε έναν ναό.

"Οι μέρες μας είναι μετρημένες- δεν έχουμε δικαίωμα να ζούμε ως άνθρωποι επειδή είμαστε χήρες", φώναζαν ομόφωνα.

"Μα η χηρεία θα έρθει και σε σας μια μέρα- δεν έχετε διέξοδο", φώναξε μια τυφλή γυναίκα που θήλαζε το μωρό της.

"Μην την καταριέστε", θρηνούσε μια άλλη γυναίκα.

"Είναι αναπόφευκτο ότι πρέπει να γίνετε σήμερα ή αύριο. Ένα ρομπότ θα μαζέψει το σώμα σου, θα το πετάξει σε μια βαθιά σχισμή, όπου θα σαπίσεις σαν αρουραίος", είπε η πρώτη γυναίκα σαν να διάβαζε από ιερό βιβλίο. "Η ζωή είναι ένας αγώνας χωρίς νόημα. Αν προσπαθήσεις να της δώσεις κάποιο νόημα, κανείς δεν θα το δεχτεί", συνέχισε η τυφλή γυναίκα.

Η χηρεία θα ήταν σαν τον θάνατο, αλλά δεν φαίνεται να είναι ισοπεδωτική. Οι γυναίκες θα υπέφεραν και θα πέθαιναν- η Γη θα ήταν απαλλαγμένη από αυτές. Όταν οι γυναίκες θα εξαφανίζονταν, θα εξαφανίζονταν και οι άνδρες. Υπήρχαν αυτά τα ομιλούντα και σκεπτόμενα ζώα τα τελευταία τέσσερα εκατομμύρια χρόνια. Χρειάστηκαν μισό εκατομμύριο χρόνια για να περπατήσουν στα πόδια τους. Η δημιουργία μιας γλώσσας χρειάστηκε περισσότερα από ένα εκατομμύριο χρόνια. Αποίκισαν όλες τις γωνιές αυτού του πλανήτη, κυνήγησαν τους Νεάντερταλ, ερωτεύτηκαν τις γυναίκες τους, δημιούργησαν κάποια υβρίδια και κατέστρεψαν σχεδόν όλα τα ζώα στην Αυστραλία και την Αμερική. Ανακάλυψαν τη φωτιά, το σιδηρομετάλλευμα, τα όπλα, τη μαγειρική και τη γεωργία. Οι θρησκείες άνθισαν με θεούς, ενσαρκώσεις, παρθενογεννήσεις, θυσίες, λαμπερά σπαθιά, νυχτερινές επιδρομές σε εκατοντάδες οάσεις, σφαγές των Εβραίων, προσηλυτισμό των γυναικών τους, γάμους παιδιών, σταυροφορίες, τζιχάντ και Ταλιμπάν.

Οι ιδρυτές των θρησκειών οδήγησαν στρατούς, εισέβαλαν σε ειρηνικούς λαούς και έσφαξαν χιλιάδες. Οικειοποιούμενοι γυναίκες και μικρά κορίτσια ως συζύγους και παλλακίδες, διέδωσαν την πίστη και παντού πολλές χιλιάδες κεφάλια κόπηκαν με αιματοβαμμένα σπαθιά, σαν θυσιαζόμενα ζώα στο βωμό. Οι νικητές έχτισαν τόπους λατρείας για φανταστικές πραγματικότητες και τους ονόμασαν καλοκάγαθους. Αυτές οι φανταστικές οντότητες τρομοκρατούσαν τους ανθρώπους και άρχισαν να αποφασίζουν τα πάντα γι' αυτούς. Οι γυναίκες αποτελούσαν ιδιοκτησία των νικητών και υποσχέθηκαν τον παράδεισο όπου νεαρά κορίτσια υπεραγαπούσαν για σαρκική απόλαυση και έτρεχαν ρυάκια με ποτά. Πολλοί έχασαν το κεφάλι τους για βλασφημία που καθορίστηκε από ιερείς, maulvis και απατεώνες. Κωδικοποίησαν μύθους, ξαναέγραψαν θρύλους, μοίρασαν βιβλία μαγείας, εξαφάνισαν αρχαίους πολιτισμούς και αντικείμενα και εξόντωσαν όσους αρνούνταν να πιστέψουν. Τελικά, οι άνθρωποι είναι εδώ, περιμένοντας έναν πλανήτη χωρίς ανθρώπους. Η χήρα, της οποίας το μωρό ρουφούσε, συνέχισε να θρηνεί, θύμα των φανατικών θρησκόληπτων που της έβγαλαν τα μάτια ενώ ήταν έγκυος. Πυροβόλησαν τον σύζυγό της επειδή οι αστράγαλοί της ήταν ακάλυπτοι ενώ περπατούσε μαζί του.

Υπήρχε ένα τέρας σε μια παρακείμενη σήραγγα- η Αμάγια μπορούσε να δει μια αχτίδα φωτός πίσω του μακριά. Αλλά για εκείνη το να ξεπεράσει το τέρας που στεκόταν σαν βουνό, κουβαλώντας το τούνελ πάνω από το κεφάλι του ήταν ηράκλειο. Σύρθηκε προς το μέρος του για να ξεφύγει από τα άγρυπνα μάτια του, αλλά χρειάστηκαν πολλές ώρες για να περάσει κάτω από τα πόδια του. Το τέρας φρουρούσε ένα στρατόπεδο συγκέντρωσης για νεαρές γυναίκες που ήταν σκλάβες του σεξ. Πρέπει να πολεμήσετε ενάντια στο τέρας και να το σκοτώσετε για να σώσετε τους σκλαβωμένους ανθρώπους που ήταν κρυμμένοι στο στρατόπεδο. Ο κόσμος δεν γνώριζε- υπήρχε ένα στρατόπεδο συγκέντρωσης για σκλάβες του σεξ, με εκατομμύρια να σαπίζουν. Σκαρφάλωσε πάνω από τον τοίχο για να μπει στο χωράφι. Ήταν μια τρομακτική σκηνή, δεν είχε συναντήσει ποτέ τέτοια ανθρώπινη τραγωδία. Όλες οι γυναίκες ήταν γυμνές, με το κεφάλι με τόνο- καμία δεν είχε χέρια, τα πόδια ήταν αλυσοδεμένα σε σιδερένιους στύλους. Σε στάδια αποσύνθεσης, μπορούσε να δει τα κομμένα χέρια τους, το ένα πάνω στο άλλο, σαν βουνό, κοντά στην είσοδο. Το απεχθές σκηνικό την συνέτριψε.

Οι σκλάβες του σεξ άρχισαν να κλαίνε σαν τρομοκρατημένες μαϊμούδες, μια εμπειρία που της ράγισε την καρδιά. Έσπασε την αλυσίδα μία προς μία. Χρειάστηκαν αιώνες για να ολοκληρώσει το έργο της. Έτρεξαν προς την πύλη σαν τυφώνας και καταβρόχθισαν το τέρας, καθώς όλοι ήταν πεινασμένοι. Ο κατακλυσμιαίος θόρυβος που δημιουργήθηκε από τη φασαρία αντήχησε σε όλες τις γωνιές του στρατοπέδου συγκέντρωσης. Ήταν μια απελευθέρωση, ένας αγώνας ελευθερίας για τις εκμεταλλευόμενες και αλυσοδεμένες γυναίκες. Η Amaya ενώθηκε μαζί τους και κινήθηκαν σαν ένα τείχος από σύννεφα.

"Amaya," χτυπώντας τον ώμο της, μίλησε στον εαυτό της, σε βαθύ σοκ μετά τη συζήτηση με την Poornima. Ήταν μεσάνυχτα. Είχε χάσει τη Βιπασάνα για πρώτη φορά μετά από είκοσι ένα χρόνια, καθώς η αναταραχή στο μυαλό της ήταν τόσο ισχυρή. Ήταν πρόκληση να κάτσει οκλαδόν, να κρατήσει τα χέρια της σε στάση λωτού στους μηρούς της και να διαλογιστεί- ήταν δύσκολο και να κοιμηθεί, παρόλο που προσπαθούσε να κλείσει τα βλέφαρα της. Ήξερε ότι μιλούσε με την κόρη της, την οποία ονειρευόταν όλες τις ώρες της εγρήγορσής της τα προηγούμενα είκοσι τέσσερα χρόνια. Υπήρχε μια ατελείωτη λαχτάρα να τη συναντήσει πρόσωπο με πρόσωπο, να της μιλήσει, να την αγκαλιάσει. Όμως η εσωτερική χαρά της συνομιλίας με την Poopνίμα έλειπε.

Υπήρχε ένα αίσθημα αποστασιοποίησης, μια επιθυμία να κρατηθεί μια συναισθηματική απόσταση από την Poornima, επιτρέποντάς της να έχει τη ζωή της, την ευτυχία και την ολοκλήρωσή της. Ωστόσο, ήθελε η Poornima να εξαλείψει τον πόνο της, αν ήταν δυνατόν, συναντώντας τον πατέρα της. Το να μοιραστεί τη ζωή της με την Poornima δεν ήταν βιώσιμο, καθώς δεν μπορούσε να είναι κόρη της. Η Poornima δεν ήταν το ίδιο πρόσωπο που η μητέρα της χάιδευε στην καρδιά της, το οποίο ονειρευόταν για περίπου ένα τέταρτο του αιώνα. Η Supriya ήταν δική της για την Amaya, αλλά η Poornima ανήκε σε κάποια άλλη. Ξαφνικά ο Κάραν έγινε ένας ξένος, ένας παρείσακτος. Ο Κάραν, τον οποίο γνώρισε στο πανεπιστήμιο, ήταν τρυφερός, αγαπητός, δυναμικός, σύντροφος και φίλος. Αλλά ο Karan, που εξαφανίστηκε με την κόρη τους, ήταν ένας ξένος.

Στη συνέχεια η Αμάγια κοιμήθηκε και σηκώθηκε στις έξι μετά από τρεις ώρες διαταραγμένου ύπνου. Ήταν η πρώτη φορά μετά από πολλά χρόνια που κοιμήθηκε αργά. Θα μπορούσε να κάνει Βιπασάνα για μια ώρα και το μυαλό της θα ήταν υπό έλεγχο. Μετά το διαλογισμό, υπήρχε χαρά που αφαίρεσε μια τεράστια πέτρα από την καρδιά της για πάντα. Απόλαυσε αυτή την ελευθερία στην πληρότητά της.

Τα δικαιώματά της και η ζωή της

Αφού επέστρεψε από το Σαν Σεμπαστιάν, η Amaya βίωσε μια μοναδική εσωτερική χαρά και έναν βαθύτερο δεσμό με τον Karan. Η Amaya πίστευε ότι τον γνώριζε από την παιδική της ηλικία και ήταν παντού μαζί. Άρχισε να της αρέσει η ταύτισή του με το ποδόσφαιρο, τους ποδοσφαιρικούς συλλόγους, τις αγορές μετοχών, τις μοτοσικλέτες, τα αυτοκίνητα και η αξιολόγησή του για τους άλλους, αλλά εξακολουθούσε να απεχθάνεται τις ταυρομαχίες. Η ενότητά της και η συντροφικότητα μεγάλωναν πολλαπλά μέρα με τη μέρα. Η έκπληξη της Amaya δεν είχε τέλος όταν συνειδητοποίησε ότι είχαν τόσα πολλά κοινά. Αυτό τη βοήθησε να κατανοήσει καλύτερα την αγάπη του Karan. Έφτιαχνε καφέ στο κρεβάτι όταν ξυπνούσαν νωρίς το πρωί, κάτι που εκείνη εκτιμούσε. Ο Κάραν επέμενε να φτιάχνει κάτι ξεχωριστό για πρωινό κάθε μέρα. Τηγάνισε ένα μάτι ταύρου για πρωινό. Η Amaya προτιμούσε την ομελέτα με πιπεριά, κρεμμύδι σε φέτες, ένα κομμάτι κάσιους, γαρύφαλλο, κάρδαμο, μια γρατζουνιά κανέλα και μια πρέζα αλάτι. Είχε υπέροχη γεύση.

Η Αμάγια έφαγε το μάτι του ταύρου καθώς δεν ήθελε να πληγώσει τον Κάραν. Έτρωγε το μεσημεριανό της γεύμα στην καφετέρια του πανεπιστημίου κάθε φορά που πήγαινε στη Σχολή Δημοσιογραφίας. Ο Κάραν και η Αμάγια ετοίμαζαν το δείπνο μαζί- το φαγητό με τον Κάραν ήταν πάντα μια συγκινητική εμπειρία. Μοιραζόταν ιστορίες για τα πάντα κάτω από τον ήλιο, έκανε αστεία και τραγουδούσε ερωτικά τραγούδια Χίντι του Mohammed Rafi για τον Dev Anand στο Tere Ghar Ke Samne. Ο Karan ήταν ιδιαίτερος στο να καθαρίζει και να σφουγγαρίζει την κουζίνα μόνος του καθημερινά μετά το μαγείρεμα του τελευταίου γεύματος. Η Amaya πήγαινε στο πανεπιστήμιο κάθε πρωί- εκείνος ήταν απασχολημένος με την επιχείρησή του για τη μετοχή του για το υπόλοιπο της ημέρας.

Μια φορά την εβδομάδα άδειαζαν την πισίνα και την καθάριζαν με πράσινα απορρυπαντικά. Η συμβίωση με τον Κάραν ήταν μια ευχάριστη εμπειρία- δεν υπήρχε τίποτα για το οποίο να ανησυχεί και τίποτα κακό στη ζωή της μαζί του. Περιστασιακά, η Αμάγια βίωσε ότι ο Κάραν την αγαπούσε υπερβολικά. Ήθελε καβγάδες και καυγάδες μαζί του, κάτι που ήταν απαραίτητο για τη δια βίου συντροφικότητα, το μοίρασμα της πραγματικότητας της ζωής. Μια ζωή χωρίς διαφωνίες και τριβές δημιουργούσε ήπιες απογοητεύσεις στο μυαλό της. Όταν καθόταν μόνη της στη βιβλιοθήκη του πανεπιστημίου, πού και πού, υπέθετε ότι ο Κάραν ήταν ένα μυστήριο, καθώς κανείς δεν θα μπορούσε να είναι τόσο διακριτικός, τρυφερός και τέλειος. Περιστασιακά, ζητούσε από τον Κάραν να τσακώνεται μαζί της μια στο τόσο. Ακούγοντας την έκκληση της Αμάγια, ο Κάραν γελούσε.

"Πρέπει να διαφωνείς μαζί μου μερικές φορές, να πληγώνεις τον εγωισμό μου και να με κάνεις να κλαίω. Εσύ κάνεις τη ζωή μου απροβλημάτιστη και τη συντροφικότητά μας τέλεια. Είχα δει τους γονείς μου να τσακώνονται, αλλά μετά από μισή ώρα γίνονταν φίλοι. Υπήρχε ομορφιά σε τέτοιους καβγάδες", εξήγησε η Amaya.

Ενώ βρισκόταν σε περιοδεία, επισκεπτόμενη γραφεία εφημερίδων, τηλεοπτικά κανάλια, βιβλιοθήκες και αρχεία για να συλλέξει στοιχεία για την έρευνά της σχετικά με τα ανθρώπινα δικαιώματα, ο Karan τη συνόδευε, καθώς δεν ήθελε ποτέ να την αφήσει μόνη της. Ήταν άριστος στο να κανονίζει τις κρατήσεις ξενοδοχείων και τα προγράμματα ταξιδιών της Amaya. Έδειχνε την προθυμία του να κάνει τη δουλειά που έπρεπε. Η ζωή με τον Κάραν ήταν η τέλεια συμφωνία, αλλά εκείνη ένιωθε να φοβάται την τελειότητά της. Υπήρχε ένας βασανιστικός φόβος ότι τέτοιες συνθήκες θα οδηγούσαν σε τραγωδία και αφάνταστο πόνο. Όταν η Αμάγια μίλησε στον Κάραν για τον φόβο και την αγωνία της, εκείνος την αγκάλιασε σφιχτά, κρατώντας την κοντά στην καρδιά του. Η Αμάγια λάτρευε τη μυρωδιά του σώματός του. Ακουμπώντας τη μύτη της στη μασχάλη του, απολάμβανε την ευτυχισμένη έκσταση, υποπροϊόν της ενότητας της αγκαλιάς του. Στη συνέχεια, έκαναν έρωτα- το μοίρασμα ήταν ζαλιστικό. Μεγάλωναν ως οι καλύτεροι φίλοι. Ήταν ένας ρομαντισμός στη φιλία, μια οικειότητα στο μοίρασμα, μια συνοχή στην εμπιστοσύνη, και ο Karan εξελίχθηκε σταδιακά σε Amaya και η Amaya, Karan.

Ο Karan είπε στην Amaya ότι ήθελε να μεταφέρει κάποια χρήματα στον τραπεζικό της λογαριασμό για να αγοράσει ένα αυτοκίνητο για να πάει στο πανεπιστήμιο και να συλλέξει δεδομένα για την έρευνά της. Αφού έδωσε στον Karan τον αριθμό λογαριασμού, μια ολοκαίνουργια Mercedes Benz βρέθηκε στο γκαράζ τους μέσα σε δύο ημέρες. Η Amaya βρήκε αρκετά χρήματα για να αγοράσει κάτι εξίσου ακριβό όταν επαλήθευσε τα υπόλοιπα των τραπεζικών της λογαριασμών. Αλλά έμεινε κάπως σαστισμένη όταν είδε ότι η μεταφορά έγινε από έναν "φίλο που δεν ήθελε να αποκαλύψει την ταυτότητά του". Η Amaya γέλασε και αποκάλεσε τον Karan "τον μυστηριώδη άνδρα". Ο Κάραν γέλασε.

Πέρασαν πολλές ώρες στο νότιο μπαλκόνι με ένα πιάνο Disklavier. Ήταν ένα παραδοσιακό ακουστικό πιάνο σε συνδυασμό με σύγχρονη τεχνολογία. Η Amaya έκανε τα πρώτα της μαθήματα πιάνου σε ένα Upright που ανήκε στη Rose. Ένα Grand στη Σχολή Loreto στη Μαδρίτη έμοιαζε επιβλητικό, και η Amaya πέρασε αρκετό χρόνο στα υπέροχα πλήκτρα του. Ο Karan πίστευε ότι το παίξιμο του πιάνου βοηθούσε στον συγχρονισμό του συντονισμού χεριών-ματιών, βελτίωνε την ευκινησία και μείωνε την υψηλή αρτηριακή πίεση και τους αναπνευστικούς ρυθμούς. Το παίξιμο του πιάνου μείωσε σημαντικά τις καρδιακές παθήσεις και αύξησε τις αντιδράσεις του ανοσοποιητικού συστήματος και την επιδεξιότητα των δακτύλων, των παλαμών και των χεριών. Οξύνει τις ικανότητες συγκέντρωσης, κάνοντας τον εγκέφαλο πιο ενεργό και προσεκτικό. Η Amaya ήξερε ότι ο Karan μιλούσε από την καρδιά του, αλλά σαν γιατρός. Γνώριζε ότι το παίξιμο του πιάνου τη βοηθούσε να ακούει τη μουσική που παρήγαγε. Ο πιανίστας έκανε πολλά πράγματα ταυτόχρονα, διάβαζε το κομμάτι, άκουγε τις νότες που έπαιζες και δούλευε στο πεντάλ ταυτόχρονα. Ο Karan θα έλεγε ότι το πιάνο μπορούσε να σε διδάξει πώς να συντονίζεις τη ζωή, τις επιθυμίες και το μέλλον σου. Η Αμάγια υπέθεσε ότι μπορεί να είχε διαβάσει άρθρα και βιβλία για τα σωματικά και ιατρικά οφέλη του πιάνου.

Οι καλόγριες στη σχολή Λορέτο της Μαδρίτης επέμεναν στα ψυχικά ή πνευματικά οφέλη. Ήταν άριστες καθηγήτριες μουσικής που επικεντρώνονταν στην ανάπτυξη και την εσωτερίκευση της καλλιέργειας του πιάνου. Είπαν στην Amaya ότι το παίξιμο του πιάνου ήταν εύκολο- μπορούσε κανείς να παίξει καθισμένος και πατώντας τα πλήκτρα. Η μουσική ήταν ένα φυσικό φαινόμενο, η γλώσσα του Σύμπαντος. Οι καλόγριες εξήγησαν ότι οι γαλαξίες, τα αστέρια και οι πλανήτες επικοινωνούσαν με τη μουσική, καθώς ήταν η μόνη γλώσσα που μπορούσαν να καταλάβουν. Όταν ο Θεός δημιούργησε το Σύμπαν, μίλησε με μουσική, και το σύμπαν έμαθε κάθε νότα και την έπαιζε για τον εαυτό του επί δισεκατομμύρια χρόνια. Αυτή η μουσική αντηχούσε σε όλες τις γωνιές του Σύμπαντος, και όταν οι εξωγήινοι επισκέπτονταν τον πλανήτη μας, μιλούσαν με μουσικές νότες, έλεγαν οι καλόγριες χαμογελώντας. Το παίξιμο του πιάνου άλλαξε τον ανθρώπινο εγκέφαλο, είπε ο Karan. Ο Karan θεώρησε ότι όλα τα ζώα, συμπεριλαμβανομένων των δελφινιών, των χιμπατζήδων, των ελεφάντων, των αγελάδων, των σκύλων, των γατών, των παγώνων, των ορνίθων, ακόμη και των αρουραίων, εκφράζουν τη χαρά τους ακούγοντας μουσική πιάνου. Το παίξιμο του πιάνου και η μουσική του διεγείρουν τον εγκέφαλο, ανυψώνουν το μυαλό και ενθαρρύνουν όλους να απολαμβάνουν τη ζωή- η Amaya θυμήθηκε τα λόγια της μητέρας της.

"Το παίξιμο πιάνου βελτιώνει την ακουστική αντίληψη αναγνωρίζοντας τόνους, διαστήματα και συγχορδίες και αναπτύσσοντας την αίσθηση του ύψους", εξήγησε ο Karan.

"Αμάγια, τα επίπεδα ενέργειάς σου θα είναι πάντα υψηλότερα. Ενώ παίζοντας πιάνο, ως πιανίστας προσθέτει νέες νευρικές συνδέσεις", είπε ο Karan μια μέρα, καθισμένος στη βεράντα και πίνοντας βραδινό τσάι.

"Βοηθά τον εγκέφαλο και τις λειτουργίες του, όπως η υγιής σκέψη, η καλύτερη συγκέντρωση και η επιτυχημένη δράση", συνέχισε ο Karan.

Η Amaya τον κοίταξε σαν να μιλούσε σαν νευρολόγος. Κατά τη γνώμη του, ένας σφριγηλός εγκέφαλος ήταν η έδρα των ευχάριστων αναμνήσεων, της καταπραϋντικής επίγνωσης, της ελκυστικής ομιλίας, της ισχυρής γλώσσας και των ελεγχόμενων συναισθηματικών αντιδράσεων. Η Αμάγια κοίταξε τον Κάραν με θαυμασμό- η εξήγησή του ήταν ακριβής και επιστημονική.

"Παίζοντας πιάνο θα σε οδηγήσει να παραμείνεις πνευματικά σε εγρήγορση, νέα και ζωντανή", είπε κάποτε η Rose στην Amaya όταν βρίσκονταν στη Μαδρίτη. Η Rose ήταν η πρώτη της δασκάλα στο πιάνο, η οποία έπαιζε εξαιρετικά καλά, και ο Shankar Menon εκτιμούσε το ταλέντο της, καθόταν πολλές ώρες στο πλευρό της ενώ έπαιζε. Η Rose είχε ένα Upright, αγορασμένο από ένα κατάστημα πιάνων στο Bagley's Lane του Λονδίνου, με μια εκτεταμένη συλλογή πολύτιμων πιάνων. Το Upright ήταν ένα φανταστικό πιάνο- τα μέρη του σώματός του ήταν από διαφορετικά είδη ξύλου. Το ηχείο ήταν ερυθρελάτης, το πιο αντηχητικό λόγω της ελαστικότητάς του. Τα ηχοπετάσματα του πιάνου ήταν καμπυλωτά και είχαν μια κορώνα, όπως ο κώνος ενός ηχείου. Το σφενδάμι για pin-block, καθώς είχε υψηλό βαθμό σταθερότητας. Και τα ογδόντα οκτώ πλήκτρα ήταν από έλατο από ένα μόνο κομμάτι ξύλου. Η θήκη ήταν από δρυ και το χείλος ένας συνδυασμός σφενδάμου και μαόνι. Το εξωτερικό μέρος και οι οπίσθιοι στύλοι ήταν από έβενο.

"Οι μεγάλοι επιστήμονες ήταν εξαιρετικοί μουσικοί", είπε η Ρόουζ στην κόρη της, ενώ της μάθαινε πώς να διαβάζει τις νότες και να παίζει και με τα δύο χέρια. Η Amaya μάθαινε γρήγορα και οι μοναχές του σχολείου Loreto ενθάρρυναν την Amaya να κατακτήσει τις δεξιότητές της.

Αφού επέστρεψε από τη Βαρκελώνη και ανάρρωσε από την κατάθλιψη, η Amaya συνέχισε να παίζει πιάνο ενώ έμενε με τη μητέρα της στο σπίτι τους στο χωριό, με θέα τον καταρράκτη. Κατά τη διάρκεια των τριών ετών, που πέρασε με τη μητέρα της, η Rose προσπαθούσε με συνέπεια να δημιουργήσει ένα περιβάλλον μουσικής στη διαλυμένη ζωή της Amaya. Όταν η Amaya μετακόμισε στο Kochi για να αναλάβει τη δικηγορία, η Rose της χάρισε ένα καινούργιο πιάνο Steinway Art Grand. Η Amaya το έπαιζε για ώρες μαζί κάθε Σάββατο, αργία και Κυριακή βράδυ. Η μαγεία που δημιούργησε η μουσική στη ζωή της ήταν απίστευτη και μαζί με τη Βιπασάνα, άλλαξε εντελώς τη ζωή της. Ωστόσο, μια σκέψη συνέχιζε να υπάρχει στο μυαλό της σαν μια αχτίδα ελπίδας, η συνάντηση με την αγαπημένη της Supriya.

Το τηλεφώνημα ήρθε αυστηρά στις οκτώ και μισή. "Κυρία μου, θερμές ευχές από το Τσαντιγκάρ. Είμαι η Poornima", αντήχησε η φωνή.

"Γεια σου, Ποορνίμα", απάντησε η Αμάγια.

"Δεν μπορούσα να κοιμηθώ χθες το βράδυ- σκεφτόμουν την επίσκεψή σας στο Τσαντιγκάρ. Θα είναι το τέλος της αναζήτησής μου. Πίστευα ότι κάπου υπήρχες, ότι γνώριζες τον πατέρα μου και ότι μπορούσες να βοηθήσεις τον πατέρα μου. Αλλά ακόμα, δεν μπορώ να το χωνέψω- θα μπορούσα να σε βρω- σου μίλησα". Τα λόγια της Poornima ήταν γεμάτα αυτογνωσία και ελπίδα.

"Ποορνίμα, η μόνη μου πρόθεση είναι να σε βοηθήσω να ξεπεράσεις τον πόνο σου. Αν η επίσκεψή μου στον τόπο σου σε βοηθήσει από αυτή την άποψη, αξίζει τον κόπο". Η απάντηση της Amaya είχε μια έμμεση αποστασιοποίηση. Ήξερε ότι είχε ήδη ξεπεράσει τον κόσμο του πόνου, της θλίψης και της κατάθλιψης, όπου η ζωή ήταν μια έκφραση καθήκοντος, βοηθώντας τους άλλους να αποκτήσουν αυτοεκτίμηση. Η Poornima έπρεπε να φτάσει σε μια κατάσταση συνείδησης όπου θα μπορούσε να νιώσει την απουσία πόνου, άγχους και κατάθλιψης, και η Amaya ήθελε να βοηθήσει την Poornima.

"Κυρία μου, είστε τόσο ευγενική. Παρ' όλα αυτά, δεν ξέρω πώς σχετίζεστε με τον πατέρα μου ή σε ποιο πλαίσιο ο πατέρας μου συνδέθηκε μαζί σας. Αλλά ένα πράγμα είναι σίγουρο, ο πατέρας μου δεν μπορεί να σας ξεχάσει, καθώς είστε βαθιά ριζωμένη στη μνήμη και τη συνείδησή του. Μπορεί να είναι κάποια ανέκφραστη ευγνωμοσύνη ή το αποτέλεσμα ενός βυθισμένου αισθήματος ενοχής, ακόμη και κάτι άλλο. Είσαι μέσα του, είμαι σίγουρη", αφηγήθηκε η Poornima.

Η Amaya σκέφτηκε για μια στιγμή και αξιολόγησε τα λόγια που είπε η Poornima, τον τόνο, την πρόθεση και το υπόβαθρο τους. Παρόλο που σήμαινε ευθεία, υπήρχε η πρόθεση να δημιουργηθεί μια σχέση μεταξύ δύο προσώπων για τα οποία σήμαινε. Το νομικό μυαλό της Amaya έκανε μια υπόθεση. Αλλά ήταν περιττό να κάνει μια δήλωση σχετικά με αυτό ή να αντιδράσει, και επικράτησε μια μακρά σιωπή.

"Μπορώ να σας κάνω μια προσωπική ερώτηση;" Η Ποορνίμα παρακάλεσε με χαμηλή φωνή.

"Ναι", απάντησε η Αμάγια.

"Έχετε κόρη;"

"Ναι", απάντησε αμέσως η Amaya.

"Πώς την αποκαλείτε, πόσο χρονών είναι και τι κάνει;" Φαινόταν ότι η Poornima ήθελε να μάθει πολλά πράγματα για να δημιουργήσει μια θετική σχέση με την Amaya.

"Το όνομά της είναι Supriya. Είναι είκοσι τεσσάρων ετών, στην ηλικία σου. Και δεν ξέρω τι κάνει, πιθανώς είναι επαγγελματίας". Η Amaya ήταν όσο το δυνατόν πιο σύντομη και αντικειμενική.

Για άλλη μια φορά, επικράτησε σιωπή, σαν να μην υπήρχε τίποτα άλλο να συζητήσουν ή σαν να βρίσκονταν σε αδιέξοδο.

"Καληνύχτα, κυρία. Συγγνώμη που δεν ήμουν σαφής, αλλιώς μπορεί να είχα πληγώσει τα αισθήματά σας", άκουσε η Αμάγια από την άλλη άκρη. Το μυαλό της είχε αναστατωθεί καθώς μετάνιωσε που αποκάλυψε το όνομα και την ηλικία της κόρης της.

Η Amaya πέρασε προσεκτικά από τις καταχωρημένες υποθέσεις για την επόμενη μέρα. Υπήρχαν τέσσερις αιτήσεις για εισαγωγή, τρεις για αρχική και μία για τελική ακρόαση. Έψαξε όλους τους φακέλους και κράτησε σημειώσεις σχετικά με τα ζωτικά ζητήματα των επιχειρημάτων. Η υπόθεση για την τελευταία δίκη ήταν μιας εικοσάχρονης γυναίκας. Η Divya, η διάδικος, κατέθεσε αίτηση για την καταβολή της κατάλληλης αποζημίωσης για την ίδια και τη μονοετή κόρη της από τον Abdul Kunj, τριάντα δύο ετών. Εκείνος εγκατέλειψε τη Divya αφού είχε συνάψει δεσμό μαζί της. Η Divya άρχισε να μένει με τον Abdul Kunj, έναν πλούσιο επιχειρηματία, αφού είχε στενή σχέση μαζί του για δύο χρόνια. Ινδουιστές, οι γονείς της ήταν αντίθετοι στο να περιμένει με τον Abdul Kunj, έναν μουσουλμάνο, αλλά απρόθυμα συμφώνησαν όταν γνώριζαν ότι η Divya ήταν έγκυος για έξι μήνες. Ο Abdul Kunj ήταν παντρεμένος και είχε τέσσερα παιδιά- δεν μπορούσε να παντρευτεί νόμιμα τη Divya αλλά την κρατούσε σε ένα σπίτι δύο δωματίων κοντά στην αποθήκη του. Μετά τον τοκετό της, ο Abdul Kunj κακοποίησε σωματικά τη Divya επειδή γέννησε κορίτσι και μέσα σε δύο εβδομάδες εγκατέλειψε τη μητέρα και το παιδί. Οι γονείς της Divya αρνήθηκαν να τη δεχτούν και πέρασε πολλές νύχτες σε μια εγκαταλελειμμένη χωματερή, μολυσμένη από αδέσποτα σκυλιά, μέχρι που τη διέσωσαν οι μοναχές της Μητέρας Τερέζας. Η Amaya ήταν αποφασισμένη να δικαιωθεί η Divya, καθώς γνώριζε εκατοντάδες τέτοιες περιπτώσεις σε όλη την Κεράλα.

Η Amaya διασκέδασε ελαφρώς όταν είδε το ηλεκτρονικό μήνυμα της Poornima την επόμενη ημέρα. Ήταν ένα μακροσκελές γράμμα και η Poornima ξεκινούσε με μια συγγνώμη που δεν είχε πάρει την άδεια της Amaya για να της στείλει ένα email. Διευκρίνισε ότι πήρε τη διεύθυνση ηλεκτρονικού ταχυδρομείου της Amaya από ένα πρόσφατο άρθρο που είχε δημοσιεύσει η Amaya στο περιοδικό Women's Rights and Women's Life. Κατά την επίσκεψή της στο Chandigarh, η Poornima ήθελε να πει συγκεκριμένα γεγονότα για να βοηθήσει την Amaya να γνωρίσει την οικογένεια του Dr Acharya.

Υπήρχε μια σύντομη περιγραφή της οικογένειας της Poornima. Μεγάλωσε στο Τσαντιγκάρ με γονείς που αγαπούσαν και φρόντιζαν. Μέχρι τη δέκατη τάξη, φοιτούσε σε ένα σχολείο που διοικούνταν από μοναχές, οι οποίες τη δίδαξαν να είναι καλός άνθρωπος. Παρόλο που ήταν πλήρως απασχολημένη με το νοσοκομείο που υπάγεται στο Κέντρο Φαρμακευτικής Έρευνας Dr Acharya, η μητέρα της, γιατρός, έβρισκε αρκετό χρόνο για να φροντίζει την Poornima. Δεν ήταν υπερβολή- η Poornima έμαθε την έννοια της αγάπης από τη μητέρα της.

Ο πατέρας της, Dr. Karan Acharya, ήταν ο διευθύνων σύμβουλος της Dr. Acharya Pharmaceutical Company, και μετά το θάνατο του πατέρα του, ανέλαβε τις ευθύνες του προέδρου. Ως νεαρός, εκπροσώπησε τρεις φορές το Punjab στη νικηφόρα ποδοσφαιρική του ομάδα. Ο Dr Acharya ήταν ένας εξαιρετικός πιανίστας και το σπίτι τους αντηχούσε από τη μουσική των μεγαλύτερων ρομαντικών συνθετών. Ενώ έκανε το διδακτορικό του στη νευρολογία και ανέπτυσσε ένα φάρμακο για τη νόσο Αλτσχάιμερ, ερεύνησε τις επιδράσεις της μουσικής στη λειτουργία του εγκεφάλου.

Οι γονείς της Poornima ήταν αχώριστοι και η αγάπη τους είχε μια εκθαμβωτική ομορφιά. Γνωρίστηκαν νέοι, ερωτεύτηκαν ο ένας τον άλλον και παντρεύτηκαν. Η μητέρα της δεν μπορούσε να συλλάβει για περίπου επτά χρόνια, οπότε έπαθε κατάθλιψη. Το ζευγάρι πήρε μακρά άδεια για τρία χρόνια, ο Δρ Acharya, μαζί με τη σύζυγό του, πήγε στη Μασσαλία και η μητέρα της υποβλήθηκε σε θεραπεία εκεί. Ο Dr Acharya πέρασε ένα χρόνο μόνος του στη Βαρκελώνη, ενώ το δεύτερο έτος αγόραζε και πουλούσε μετοχές ποδοσφαιρικών συλλόγων. Καθώς ήταν ήδη δισεκατομμυριούχος και η φαρμακευτική εταιρεία πήγαινε καλά υπό την ηγεσία του πατέρα του, ήταν έκπληξη το γεγονός ότι μπήκε στην αγορά μετοχών. Λόγω άγνωστων λόγων, σχολίασε η Poornima, μπορεί να ενήργησε σαν να τον απασχολούσε η αγορά και η πώληση μετοχών ποδοσφαιρικών συλλόγων.

Η Amaya σταμάτησε να διαβάζει για ένα λεπτό. Τα ψέματα ενός έμπιστου προσώπου είχαν αλλοιώσει την ατομικότητα, την προσωπικότητα και την ανθρώπινη αξιοπρέπεια της. Η Amaya διάβασε για άλλη μια φορά την επόμενη παράγραφο. "Τους τελευταίους τρεις μήνες, σας έψαχνα και μόλις σας μίλησα, άρχισα να εξετάζω σοβαρά γραπτά έγγραφα, ακόμη και μια γρατσουνιά χαρτί, που ανέφερε συγκεκριμένα το όνομά σας. Μπόρεσα να βρω το όνομά σας στο περιθώριο ενός φακέλου που είχε γράψει ο πατέρας μου πριν από είκοσι πέντε χρόνια περίπου. Όταν με προκαλέσατε να σας δείξω αυθεντικά έγγραφα, έψαξα και βρήκα την πρώτη σας επίσκεψη στο σπίτι του πατέρα μου στην παραλία της Βαρκελώνης. Όμως δεν υπήρχαν αρχεία για οποιαδήποτε συναλλαγή που είχε γίνει σχετικά με την επιχείρηση μετοχών του. Υπήρχαν αρχεία σχετικά με την αποστολή χρημάτων από την Ινδία για ένα σπίτι, αυτοκίνητα και για την κάλυψη άλλων εξόδων, υπό τους τίτλους, επιχειρηματικά έξοδα για τη φαρμακευτική εταιρεία". Αφού διάβασε, ο Amaya έκανε και πάλι μια παύση. Η Poornima δεν μπόρεσε ποτέ να εντοπίσει κανένα αρχείο για τη μετοχική του επιχείρηση, πράγμα που ήταν γεγονός.

Στα μέσα του δεύτερου έτους της παραμονής των γονιών της στην Ευρώπη, η Poornima γεννήθηκε στη Βαρκελώνη. Αλλά δεν μπορούσε να καταλάβει γιατί η έγκυος μητέρα της ταξίδεψε στη Βαρκελώνη για τον τοκετό. Στη Μασσαλία υπήρχαν άρτια εξοπλισμένες εγκαταστάσεις φροντίδας μητέρας και παιδιού που υπάγονταν σε φημισμένα νοσοκομεία- η μητέρα της βρισκόταν εκεί υπό θεραπεία.

Ήταν μια καλοσχεδιασμένη εξαπάτηση, μια περίπτωση εξαπάτησης από το πρόσωπο που η Amaya εμπιστευόταν περισσότερο, φρόντιζε και αγαπούσε. Ένιωθε αγωνία καθώς διάβαζε- ο πόνος προσπαθούσε να την καταβάλει. "Να είσαι ήσυχη, να είσαι ήρεμη". Προσπάθησε να ελέγξει το μυαλό της.

"Κυρία μου, υπήρχε κάτι μυστηριώδες στη συμπεριφορά του πατέρα μου. Πώς μπόρεσε να αφήσει την έγκυο γυναίκα του στη Μασσαλία για να μείνει μόνος του στη Βαρκελώνη; Τότε άρχισε να συναντιέται μαζί σας. Δεν έχω καμία απόδειξη για να αποδείξω μια σχέση μεταξύ του πατέρα μου και εσάς. Αλλά ψάχνω για περισσότερα στοιχεία που μπορεί να κρύβονται κάπου στα αρχεία του πατέρα μου. Τα ξεθάβω, διαβάζω κάθε μουτζούρα. Θέλω να βοηθήσω τον πατέρα μου να ανακτήσει τις αισθήσεις του- οι μικρές σημειώσεις θα τον βοηθήσουν σε αυτή τη διαδικασία. Πιστεύω ακράδαντα ότι είστε ο μόνος άνθρωπος που μπορεί να τον βοηθήσει". Η Αμάγια τελείωσε την ανάγνωση του ηλεκτρονικού ταχυδρομείου με έναν αναστεναγμό.

Η Amaya χτύπησε το τραπέζι με τη σφιγμένη γροθιά της. Ένας αφόρητος πόνος διαπέρασε το σώμα της. Είχε βιώσει τον ίδιο πόνο χίλιες φορές όταν περιπλανιόταν στους δρόμους, τα πάρκα και τους σιδηροδρομικούς σταθμούς της Βαρκελώνης, του Λονδίνου, της Γενεύης, της Βιέννης και του Ελσίνκι για περισσότερο από ένα χρόνο. Είχε περάσει μια κόλαση αναζητώντας το νεογέννητο παιδί της. Ήταν ένα αιώνιο κυνήγι, μια θλιβερή αναζήτηση. Ανάμεσα στις σπαρακτικές παραμονές, το σκοτάδι που ήταν τόσο τρομακτικό γέμιζε το κενό της. Εξελίχθηκε σε έναν περιφρονημένο άνθρωπο, μια άσκοπη νομάδα που έχασε την ταυτότητά της. Κοιτάζοντας το πουθενά για ώρες καθισμένη στο Χάιντ Παρκ, περπατώντας άσκοπα στο σιδηροδρομικό σταθμό της Γενεύης, βογκώντας νανουρίσματα ενώ περπατούσε στην όχθη του Δούναβη της Βιέννης, κατέβασε τον εαυτό της σε ένα υποανθρώπινο επίπεδο. Ο πόνος που υπέφερε ήταν χίλιες φορές πιο έντονος από τη δυστυχία του Οίζυ, και κανένας άνθρωπος δεν θα μπορούσε να υποφέρει περισσότερο.

Η Αμάγια κλαψούρισε, κρατώντας το κεφάλι της στο τραπέζι. Στο Ελσίνκι, ένας φοιτητής κάθισε κοντά της και τη ρώτησε: "Γιατί είσαι τόσο απελπισμένη; Γιατί κλαις; Υπάρχει πολλή θλίψη στα μάτια σου". Βοήθησε την Amaya να καθαρίσει το πρόσωπό της με ένα μαντήλι. "Σε παρακαλώ, μην ξανακλαις. Μην κάθεσαι εδώ για πολλή ώρα- έχει αρχίσει να σκοτεινιάζει και να κάνει κρύο. Πώς μπορώ να σε βοηθήσω; Σε παρακαλώ, έλα μαζί μου να πιούμε έναν καφέ", ζήτησε. Η Amaya πήγε μαζί της. Το εστιατόριο ήταν ζεστό, ο καφές αχνιστός και θρεπτικός. Εκείνη συνόδευσε την Αμάγια στο λόμπι του ξενοδοχείου της. "Να προσέχεις, να είσαι ζεστή", είπε με ένα χτύπημα στον ώμο της Αμάγια. "Είμαι η Εσάμπελ- αν έχετε κάποιο πρόβλημα, είμαι στην πόλη, στη διάθεσή σας, ανά πάσα στιγμή". Η Εσάμπελ της έδωσε μια κάρτα. Ήταν προπτυχιακή φοιτήτρια και έκανε μερική απασχόληση σε ένα εστιατόριο. Η παρηγοριά που ένιωθε η Αμάγια στην παρέα της ήταν αιώνια, οδυνηρή. Η Αμάγια μπορούσε να αισθανθεί μια ζεστή καρδιά στην καρδιά του Ελσίνκι, μιας πόλης ευτυχισμένων ανθρώπων. Καθώς έτρωγε πρωινό, η Αμάγια θυμήθηκε το φιλικό πρόσωπο της Εσάμπελ.

Μετά το πρωινό, η Αμάγια πήγε στο γραφείο- οι νεότεροι θα ήταν εκεί μέχρι τις οκτώ το πρωί. Η Αμάγια είχε μια πολυάσχολη μέρα, καθώς εμφανιζόταν μπροστά σε διάφορα έδρανα. Η Sunanda βοήθησε την Amaya στην υπόθεση της Divya ενώπιον ενός διμελούς δικαστηρίου και οι αγορεύσεις συνεχίστηκαν για δύο ώρες το απόγευμα. Ο εναγόμενος είχε διορίσει έναν από τους πιο ακριβούς δικηγόρους από το Δελχί. Χαρακτήρισε τη ζωή της Divya άσεμνα, την έγδυσε και χρειάστηκε περίπου μια ώρα για να ρίξει λάσπη σε όλο της το σώμα, φλυαρώντας με νομική ορολογία. Η Amaya δεν χρειάστηκε πολύ χρόνο για να δείξει στο δικαστήριο το κακοποιημένο σώμα και το μελανιασμένο πρόσωπο της Divya- βασιζόμενη σε διάφορους νόμους, η Amaya αντέκρουσε τους διασυρμούς του αντιδίκου της και τεκμηρίωσε πειστικά τα δικαιώματα της Divya. Στην ετυμηγορία του, το δικαστήριο ήταν κατηγορηματικό και ζήτησε από τον Abdul Kunj να καταβάλει αποζημίωση, δέκα εκατομμύρια ρουπίες στη Divya, εκτός από την κατάθεση στο όνομα της Divya σε συγκεκριμένη τράπεζα άλλων δέκα εκατομμυρίων ρουπιών για τη φροντίδα, την προστασία και την εκπαίδευση του παιδιού.

Καθώς οδηγούσαμε στο σπίτι, υπήρχε η Βαρκελώνη. Κάθε μέρα ανυπομονούσε να επιστρέψει στο σπίτι της γύρω στις έξι το απόγευμα από το πανεπιστήμιο. Ο Κάραν θα ήταν στο γραφείο του, απασχολημένος με τις συναλλαγές σε μετοχές. "Amaya, σ' αγαπώ- πώς ήταν η μέρα; Έφαγες;" Συνήθιζε να κάνει πολλές ερωτήσεις τυλιγμένες σε στοργή. Κάθε βράδυ, μόλις η Amaya έφτανε στο σπίτι, ο Karan την αγκάλιαζε και τις φιλούσε στα χείλη. Έπιναν μαζί βραδινό τσάι- όπως ήξερε, ο Κάραν την περίμενε πάντα για να πιει τσάι και σνακ. Τα εστιατόρια Punjabi και Bengali στη Βαρκελώνη προμήθευαν τακτικά samosas, ψημένο namak para, bedmi puri raseela aloo, ή chatpati aloo chat για σνακ.

Η Amaya πίστευε ότι η ζεστασιά και η αγάπη που εξέφραζε ο Karan ήταν αμέριστη και απολάμβανε την εμπιστοσύνη στην αγκαλιά του, κάτι που της ήταν άγνωστο κατά τη διάρκεια των φοιτητικών της ημερών. Πολλοί νεαροί άνδρες εξέφρασαν την επιθυμία τους να είναι με την Amaya, να έχουν έναν μόνιμο δεσμό, αλλά η Amaya είπε ένα άνευ όρων "όχι" σε όλους. Δεν είχε φίλο ή σύντροφο για να μοιραστεί τη ζωή της, παρόλο που η σύνθετη ψυχολογία της το απαιτούσε κατά τη διάρκεια των εφηβικών της χρόνων. Προϊόν ανεξαρτησίας, η Amaya απέρριπτε το να δεθεί με κάποιον, να ζήσει μια ζωή συντροφικότητας, καθώς η Amaya δεν είχε κανένα λόγο να εγκαταλείψει τη μοναξιά της. Δεν ήταν μόνη ούτε βίωσε τη μοναξιά και δεν είχε σκεφτεί ποτέ να πειραματιστεί με το σεξ. Ποτέ δεν της πέρασε από το μυαλό να ακούσει το κάλεσμα της καρδιάς της να έχει έναν σύντροφο.

Χωρίς να γνωρίζει ότι η ανάπτυξη της ταυτότητας του ατόμου ενισχύει την αυτοεκτίμηση, δεν συνειδητοποίησε ποτέ ότι ήταν απαραίτητη η στενή συντροφικότητα, που οδηγεί στη σωματική, συναισθηματική και κοινωνική ανάπτυξη. Μετά την επιστροφή της από τη Βαρκελώνη, στα χρόνια της κατάθλιψης, η Amaya θυμήθηκε την πιθανή απογοήτευση που προκάλεσε σε κάποιους νέους άνδρες που την πλησίασαν για ερωτικές απολαύσεις ή άλλους με την επιθυμία να δημιουργήσουν μόνιμες σχέσεις. Ήταν αγενής προς πολλούς ή αλαζονική επειδή ήταν υπερβολικά σίγουρη για τα ταλέντα της, ιδίως στις συζητήσεις, στη δημόσια ομιλία, στην καθοδήγηση πολυγραφότατων συζητήσεων και στην ευχέρεια έκφρασης σε μισή ντουζίνα γλώσσες. Οι κολακείες και ο θαυμασμός που λάμβανε από τους άλλους έκαναν την Αμάγια να μην μπορεί να κατανοήσει τους νέους άνδρες. Είχε μόνο μία φίλη στο σχολείο, την Αλάσνε, η οποία της έμαθε να μιλάει την Euskera. Αλλά η Amaya δεν γνώριζε ότι η φιλία με άλλους συμμαθητές της θα την ενθάρρυνε να ενισχύσει τις υγιείς προσδοκίες στην επιλογή ενός κατάλληλου συντρόφου ζωής. Η άρνησή της να έχει φίλους την επηρέασε στο να δημιουργήσει το ισχυρό υπόβαθρο για επιτυχημένες σχέσεις ως ενήλικας. Έτσι, επηρέασε αρνητικά την επιλογή συντρόφου ζωής από πολλούς ανθρώπους. Η προσωπική της επιλογή ήταν δική της, καθώς δεν τη συζήτησε ποτέ με κανέναν, ούτε καν με τη Ρόουζ.

Ούτε μια φορά δεν κατάλαβε ότι μια στενή φιλία με μερικούς τουλάχιστον ανθρώπους θα τη βοηθούσε να τους προσεγγίσει σε ώρα ανάγκης και θα την εξόπλιζε με καλύτερες αντοχές. Όταν ήταν με τη μητέρα της στο χωριό για τρία χρόνια, της ήρθε μια συνειδητοποίηση: της έλειπε να έχει φίλους με διαφορετικά ενδιαφέροντα, ταλέντα, εμφάνιση, αξίες και πεποιθήσεις που θα μπορούσαν να τη βοηθήσουν να αξιολογήσει την Karan.

Υπήρχαν ζωντανές αναμνήσεις από τον Anurag, τον συμμαθητή της, όταν έκανε δημοσιογραφία στη Βομβάη ως προπτυχιακός φοιτητής. Ήταν ερμηνευτής, οργανωτής και ηγέτης σε όλα τα προγράμματα και τις δραστηριότητες. Οι μαθητές, καθώς και οι καθηγητές, τον συμπαθούσαν- κάποιοι τον θαύμαζαν και τον λάτρευαν. Κατά τη διάρκεια των σπουδών, ο Anurag είχε σαφώς καθορισμένα σχέδια για το μέλλον του, να εργαστεί με τον πατέρα του, ο οποίος είχε ένα ανερχόμενο τηλεοπτικό κανάλι ειδήσεων στην πόλη. Πολιτικοί, γραφειοκράτες, βιομήχανοι και αστέρες του κινηματογράφου ήταν επισκέπτες στο στούντιό του. Ο Anurag λάτρευε να βρίσκεται στο προσκήνιο με το να γίνεται δημιουργός γνώμης και υπεύθυνος λήψης αποφάσεων στην κοινωνία, καθορίζοντας τους μελλοντικούς πολιτικούς και τους υπεύθυνους χάραξης πολιτικής. Πολλοί άνδρες και γυναίκες φοιτητές ήταν πάντα γύρω του σαν η ακολουθία του. Ο Amaya κρατούσε φιλική απόσταση από τον Anurag, αλλά επανειλημμένα θαύμαζε την ακαδημαϊκή αριστεία του Amaya, τις ικανότητες δημόσιας ομιλίας, τις ικανότητες συζήτησης και τη συναισθηματική ωριμότητα.

Η Amaya αισθάνθηκε συγκλονισμένη με τις νέες ευκαιρίες του κολεγίου να κάνει μια νέα αρχή, καθώς ήταν ένα νέο μέρος που περιβαλλόταν από πολλά νέα πρόσωπα, αλλά το να κάνει φίλους μαζί τους δεν ήταν προτεραιότητά της. Παρ' όλα αυτά, ο Anurag έβαλε στόχο να έχει πολλούς φίλους, καθώς γνώριζε ότι τα κοινά ενδιαφέροντα και η προσωπικότητα είχαν ζωτικό λόγο στη διαμόρφωση του μέλλοντος. Ήθελε να μάθει από την Amaya να αναπτύσσει ιδέες και να τις εκφράζει πειστικά και δυναμικά, κάτι που θα μπορούσε να κάνει μόνιμη εντύπωση στο κοινό. Εξάλλου, ο Anurag εκτιμούσε την παρέα της Amaya, αλλά η Amaya προτιμούσε να κρατάει μια σεβαστή απόσταση και πίστευε σε μια επαγγελματική σχέση. Ο Anurag ήθελε να περνάει περισσότερο χρόνο με την Amaya και του άρεσε να κάνει κοινές δραστηριότητες μαζί της. Επιθυμούσε να αναπτύξει μια μόνιμη σχέση με την Amaya- ήταν σκόπιμο, να τον κάνει ευτυχισμένο. Προσπαθούσε με κάθε τρόπο να κάνει την Amaya να γελάει όποτε υπήρχε η ευκαιρία.

Ο Anurag είχε αυτοπεποίθηση- οι δύο πρώτοι μήνες του πρώτου έτους ήταν κρίσιμοι για τη δημιουργία μόνιμων σχέσεων. Έκανε τον εαυτό του διαθέσιμο στην Amaya ακόμη και για μικρές δουλειές και ήταν μαζί της στις εκδηλώσεις της πανεπιστημιούπολης. Σχεδόν σε όλες τις περιπτώσεις, ο Anurag συμμετείχε ενεργά, όπως στην εβδομάδα των καθηγητών όπου οι καθηγητές συστήνονταν και έδιναν ομιλίες εξοικείωσης για τα μαθήματα που προσέφεραν ή στις λέσχες καφέ όπου οι καθηγητές προσκαλούσαν τους φοιτητές που υπέβαλαν τις εργασίες τους. Ενθάρρυνε σιωπηρά την Amaya να του μιλήσει. Στα μουσικά φεστιβάλ, τις φιλανθρωπικές παραστάσεις, τις θεατρικές παραστάσεις, τα πικνίκ και άλλες κοινωνικές δραστηριότητες, ο Anurag ακολουθούσε την Amaya και τέτοιες εκδηλώσεις του έδιναν μια φυσική ευκαιρία αλληλεπίδρασης.

Υπήρχαν πολλές οργανώσεις της πανεπιστημιούπολης στις οποίες η Amaya ήταν μέλος και ο Anurag ήταν επιλεκτικός στην ένταξή του σε αυτές. Τέτοιες ενώσεις παρείχαν επανειλημμένες αλληλεπιδράσεις μεταξύ των μελών τους και ο Anurag προσπαθούσε να βρίσκεται κοντά στην Amaya εσκεμμένα. Οι μη δομημένες δραστηριότητες της πανεπιστημιούπολης είχαν περισσότερες ευκαιρίες για καλύτερη και στενότερη επικοινωνία και τα ομαδικά έργα παρείχαν άφθονες ευκαιρίες για ανταλλαγή ιδεών. Έτσι, ο Anurag προτιμούσε σκόπιμα έργα στα οποία ήταν μέλος η Amaya για να είναι πιο κοντά της. Στο τέλος του δεύτερου έτους, ο Anurag πρότεινε στην Amaya να κάνει την πρακτική της άσκηση στο τηλεοπτικό ειδησεογραφικό κανάλι του πατέρα του για ένα μήνα, καθώς ήξερε ότι θα μπορούσε να δημιουργήσει μια εξαιρετική ευκαιρία για να δημιουργήσει μια μόνιμη φιλία μαζί της. Πολλοί φοιτητές είχαν κάνει αίτηση για να κάνουν την πρακτική τους άσκηση εκεί, αλλά οι επιλεγμένοι ήταν λίγοι. Όταν η Amaya αποφάσισε να κάνει αίτηση για πρακτική άσκηση στο τηλεοπτικό κανάλι ειδήσεων, ο Anurag το γιόρτασε ως αποκάλυψη γι' αυτόν- δεν τον αντιπαθούσε.

Σταδιακά, ο Anurag άρχισε να αναπτύσσει ένα θερμό δέσιμο με την Amaya και την προσκαλούσε σε γιορτές και οικογενειακές συγκεντρώσεις, όπως γιορτές γενεθλίων, Deepawali, Ram Navami, Sri Krishna Jayanti, Πρωτοχρονιά και Ganesh Chaturthi στην εκτεταμένη βίλα των γονιών του. Ο Anurag έδειχνε πάντα ενδιαφέρον να παραλαμβάνει την Amaya από το σπίτι της στην Bandra, διασχίζοντας τους πολυσύχναστους δρόμους της Βομβάης μέχρι το Malabar Hills, όπου ζούσαν οι γονείς του, μαζί με τα δύο αδέλφια του. Ο Anurag ήταν περήφανος για το παμπάλαιο σπίτι του που έβλεπε προς τη Marine Drive. Η πρώτη επίσκεψη της Amaya ήταν για τον εορτασμό των γενεθλίων των δίδυμων αδελφών του, της Anupama και της Aparna, οι οποίες ήταν μαθήτριες λυκείου στο σπίτι του Anurag. Προσκαλώντας την Amaya μία εβδομάδα νωρίτερα για δείπνο, της είπε ότι θα παρευρίσκονταν μόνο μέλη της οικογένειας, καθώς ήξερε καλά ότι η Amaya αντιπαθούσε το πλήθος. Η Amaya συνάντησε για πρώτη φορά τον πατέρα του Anurag, ένα μορφωμένο άτομο. Έκανε την Amaya να νιώσει σαν στο σπίτι της, συζητώντας για την πολιτική κατάσταση στη χώρα. Η μητέρα του Anurag είχε μεταπτυχιακό στην επιστήμη των υπολογιστών και εργαζόταν σε μια μη κυβερνητική οργάνωση που παρείχε δωρεάν γνώσεις πληροφορικής σε γυναίκες σε διάφορες φτωχογειτονιές της Βομβάης. Αγκάλιασε απαλά την Amaya μόλις μπήκε στο σπίτι- η φιλικότητα, η απλότητα και η ανοιχτότητά της εξέπληξαν την Amaya. Η Anupama και η Aparna διηγήθηκαν πολλές ιστορίες για το σχολείο τους, τους δασκάλους και τις μοναχές που διοικούσαν το σχολείο και φίλησαν το μάγουλο της Amaya.

Ήταν ένας απλός εορτασμός γενεθλίων, αλλά μια πλούσια ανταλλαγή αγάπης. Στην Amaya άρεσε η παρέα της Anupama και της Aparna, οι οποίες τραγούδησαν λατρευτικά τραγούδια Marathi και μερικά τραγούδια ταινιών Hindi. Φαίνεται ότι όλοι απόλαυσαν το δείπνο και εκτίμησαν την παρουσία της Amaya. Η μητέρα του Anurag ρώτησε για τη Rose και με ικανοποίηση άκουσε ότι ήταν αρχιτέκτονας από το Cornell που εργαζόταν στο Λονδίνο, τη Μαδρίτη και τη Βομβάη. Ο πατέρας του Anurag είχε καλή γνώμη για τον Shankar Menon και το The Word, το οποίο επιμελήθηκε. Ο Anurag κράτησε σιωπή σεβασμού κατά τη διάρκεια του δείπνου, ακούγοντας τη συζήτηση των γονιών του με την Amaya. Παρόλο που επρόκειτο για ένα πάρτι γενεθλίων, η Amaya ήταν το επίκεντρο της προσοχής και η Anupama Aparna αντέδρασε ανάλογα.

"Amaya, έλα ξανά", είπε η μητέρα του Anurag όταν η Amaya τους ευχαρίστησε για την πρόσκληση. Παρουσίασε δύο πίνακες ζωγραφικής στην Anupama και την Aparna, μια κούρσα με βάρκα στην Alappuzha και το Kathakali.

Φτάνοντας στο σπίτι του στην Bandra, ο Anurag μίλησε με την Amaya και εξέφρασε την ευτυχία του να επισκεφθεί το σπίτι του. Μετά το πάρτι γενεθλίων, η Amaya επισκέφθηκε το σπίτι του Anurag πολλές φορές. Η

Anupama και η Aparna ήταν εξοικειωμένες με την Amaya και εξέφραζαν τη χαρά τους με την παρουσία της. Η μητέρα τους συμπεριφερόταν στην Amaya σαν να ήταν μέλος της οικογένειας.

"Amaya, η ζωή είναι αυτό που φτιάχνουμε- ταυτόχρονα, φτιάχνεται από τους φίλους. Είμαστε φίλοι τα τελευταία τρία χρόνια- σε προσκαλώ να φτιάξεις τη ζωή μου μαζί μου και είμαι έτοιμη να φτιάξω τη ζωή μου μαζί σου". είπε ο Anurag στην Amaya τον τελευταίο μήνα του τελευταίου εξαμήνου με προσδοκίες.

Ήταν μια παράκληση, συνειδητοποίησε η Amaya. Ο Anurag ήταν ένας καλός φίλος, ώριμος και αφοσιωμένος. Είχε τα συναισθήματά του, τις επιθυμίες και τις προοπτικές του, αλλά η Amaya δεν τα ανταπέδωσε ποτέ με αίσθημα συγγένειας και στοργής. Οι σχέσεις της με τον Anurag ήταν σαν φίλος και τίποτα πέρα από αυτό.

"Anurag, είσαι φίλος μου και θα παραμείνεις φίλος- ποτέ δεν σκέφτηκα κάτι πέρα από αυτό", είπε η Amaya.

"Μπορώ να σε περιμένω όλη μου τη ζωή. Δώσε μου μια λέξη- είσαι ένα πολύτιμο κόσμημα με μεγάλη τιμή. Μπορούμε να κάνουμε σπουδαία πράγματα στη ζωή- ως ομάδα, θα πετύχουμε. Έλα, ας χτίσουμε μια ζωή", παρακάλεσε ο Anurag.

"Λυπάμαι, Anurag. Οι συναλλαγές μου μαζί σου ήταν επαγγελματικές- δεν είχα άλλες προθέσεις. Σε παρακαλώ, κατάλαβέ με- είσαι υπέροχος, έξυπνος, όμορφος, εργατικός και ώριμος. Είσαι ένας άνθρωπος με τεράστια καλή θέληση, ελπίδα και ειλικρίνεια. Νιώθω την αγάπη σου για μένα, είναι ειλικρινής και δεν υπάρχει δόλος μέσα σου", εξήγησε η Amaya.

"Amaya, δεν μπορώ ποτέ να σε ξεχάσω. Θα είσαι για πάντα στην καρδιά μου- σε αγαπώ πάρα πολύ. Τα αισθήματά μου είναι για σένα και μόνο για σένα. Ποτέ δεν σκέφτηκα να ζητήσω από κανέναν άλλον να γίνει ο σύντροφός μου, ο σύντροφος της ζωής μου. Σε σένα, βλέπω την πληρότητα της ζωής- το μέλλον μας θα είναι λαμπρό. Αλλά ξέρω ότι έχεις άλλα σχέδια στη ζωή σου- δεν σκέφτεσαι να δημιουργήσεις μια μόνιμη συντροφιά προς το παρόν. Σου εύχομαι καλή τύχη, ένα λαμπρό μέλλον", δήλωσε ο Anurag. Η Αμάγια μπορούσε να αισθανθεί μια βαθιά θλίψη στη φωνή του.

"Σ' ευχαριστώ, Anurag, για την κατανόησή σου. Θα παραμείνουμε φίλοι για πάντα", είπε η Αμάγια.

"Αν αλλάξεις τις προθέσεις σου, σε παρακαλώ ενημέρωσέ με. Μπορώ να περιμένω για πάντα", είπε ο Anurag.

"Anurag, σε παρακαλώ προχώρα με τα σχέδιά σου- μην με περιμένεις. Αντίο", απάντησε η Amaya.

"Αντίο, Amaya", απάντησε ο Anurag.

Εκείνο το βράδυ, η Amaya έλαβε ένα τηλεφώνημα από τη μητέρα του Anurag. "Amaya, πάντα σε αγαπάμε και είσαι μέλος της οικογένειας για όλους μας. Σε όλους μας λείπεις τρομερά, καθώς δεν μπορούμε να σκεφτούμε κανέναν άλλον ως σύντροφο ζωής του Anurag. Είχαμε πολλά όνειρα, εσείς οι δύο να εργάζεστε στο τηλεοπτικό μας κανάλι ειδήσεων, να το εξελίσσετε σε έναν σπουδαίο θεσμό. Δεν μπορώ να σας ξεχάσω".

"Κυρία, σας αγαπώ όλους- ο σεβασμός μου για εσάς είναι πέρα από κάθε όριο. Αλλά η απόφασή μου είναι οριστική", απάντησε η Amaya.

"Σας αγαπώ για πάντα", είπε με ένα τρεμούλιασμα.

Η Αμάγια θυμόταν τα λόγια της για πολύ καιρό, κυρίως όταν ήταν με τη μητέρα της Ρόουζ στο σπίτι τους στο χωριό, και η Αμάγια παρατήρησε ότι ο καταρράκτης είχε τον ίδιο βροντερό ήχο τους καλοκαιρινούς μήνες. Έκλαιγε από την καρδιά του.

Ο Σούρια Ράο ήταν διαφορετικός, έμοιαζε ανόμοιος, συμπεριφερόταν ανόμοια και μιλούσε έξυπνα. Ήταν συμφοιτητής της Αμάγια στη νομική σχολή. Ψηλός και αδύνατος, είχε την πιο κοφτερή νοημοσύνη και μπορούσε να αναλύει σχολαστικά κοινωνικά και νομικά ζητήματα. Ο Surya ήταν ο σύντροφος της Amaya σε πολλούς διαγωνισμούς δικηγορίας και ταξίδευαν μαζί σε πολλές πόλεις. Μιλούσε χωρίς συναίσθημα, βασιζόμενος μόνο στο νόμο και στις υπάρχουσες αποφάσεις των ανωτάτων και ανώτατων δικαστηρίων.

Η Amaya συνάντησε τον Surya την πρώτη μέρα, να στέκεται μόνος του σε μια γωνιά στο διάδρομο της Νομικής Σχολής. Όπως και η Amaya, δεν είχε στενούς φίλους, περιπλανιόταν μόνος του στην πανεπιστημιούπολη ή καθόταν ώρες μαζί στη βιβλιοθήκη. Μπορούσε να κάνει τις πιο αιχμηρές ερωτήσεις, αναδεικνύοντας ποικίλα ζητήματα που κρύβονταν πίσω από ένα νομικό πρόβλημα. Οι καθηγητές έπρεπε να σκεφτούν για να απαντήσουν ή να διοχετεύσουν μια συζήτηση στην οποία συμμετείχε ο Surya. Ο Surya σπάνια αντέκρουε τα επιχειρήματά του, αντιμετώπιζε τους άλλους με ασήμαντα επιχειρήματα ή ταπείνωνε τους αντιπάλους του- δεν μίλησε ούτε μια φορά χωρίς τον απαιτούμενο σεβασμό. Οι εξηγήσεις του ήταν ανοιχτές, ώστε οι άλλοι να μπορούν να συνεχίσουν τη συζήτηση και να τις αναλύσουν ορθολογικά. Ο Surya ήταν ο τυπικός επαγγελματίας νομικός, ένας ήσυχος και σκεπτόμενος εσωστρεφής στις συναλλαγές.

Ο Surya δεν επιθυμούσε να δημιουργήσει φιλία με την Amaya ή να δείξει προτίμηση στην παρουσία της. Παρόλα αυτά, όταν ήταν μαζί για ένα δικαστήριο, ένα ντιμπέιτ ή μια δημόσια ομιλία ως ομάδα, έδειχνε ζωηρό ενδιαφέρον για την ευημερία της Amaya. Ήταν ένας ισχυρός ρήτορας, συζητούσε για τα ανθρώπινα δικαιώματα και τη δικαιοσύνη συνοπτικά με σαφώς καθορισμένους όρους και το ακροατήριο έδειχνε αμέριστο ενδιαφέρον για τη ρητορική και την επιστήμη του. Για εκείνον, η ευημερία της πλειοψηφίας δεν έπρεπε να υπερισχύει της δικαιοσύνης, καθώς η δικαιοσύνη δεν ήταν αντικείμενο πολιτικών διαπραγματεύσεων. Κάποτε, σε μια συζήτηση για το Σύνταγμα της Ινδίας, ο Surya υποστήριξε ότι το Σύνταγμα δεν ήταν ένα αυτάρκες ηθικό εργαλείο, επειδή οι αποφάσεις της συντακτικής συνέλευσης δεν εγγυήθηκαν ποτέ τη δικαιοσύνη της συνθήκης για όλους. Έφερε το παράδειγμα των φυλών της Ινδίας, καθώς κανείς δεν προσπάθησε να υπερασπιστεί τα δικαιώματά τους- ως εκ τούτου, η δικαιοσύνη τους αρνήθηκε. Το Σύνταγμα ήταν μια συμφωνία που έγινε από μια επιλεγμένη ομάδα ανθρώπων, αλλά δεν καθιέρωνε τους νόμους που συμφωνούνταν για όλους- ως εκ τούτου, μια εξέγερση των φυλών για την επίτευξη δικαιοσύνης θα ήταν σωστή. Το Σύνταγμα ήταν μια συμφωνία προς αμοιβαίο όφελος, καθώς ήταν μια εθελοντική πράξη, επίσης η απόφαση των ανδρών και των γυναικών που το έκαναν αυτόνομο. Όμως οι φυλές δεν ήταν ισότιμοι εταίροι αμοιβαίου οφέλους και δεν υπήρχε αμοιβαιότητα των υπηρεσιών- κατά συνέπεια, δεν υπήρχαν δίκαιοι όροι. Τα υπόλοιπα μέλη της Συνταγματικής Συνέλευσης είχαν υψηλή μόρφωση, καλή θέση, επιρροή, ευφράδεια και υπεροχή, κάτι που δεν είχαν οι φυλές. Ως εκ τούτου, οι φυλές δεν είχαν καμία υποχρέωση να σεβαστούν έναν άδικο νόμο. Για τις φυλές, το Σύνταγμα απέτυχε να υλοποιήσει τις λέξεις που γενικά έδιναν στις συμβάσεις την ηθική τους ισχύ- ως εκ τούτου, ήταν ηθικά αδύναμο. Η διαπραγματευτική δύναμη των μερών στο σώμα, το οποίο ενέκρινε το Σύνταγμα, δεν ήταν ισορροπημένη όσον αφορά τα οφέλη των φυλών. Οι διάφορες ομάδες που συνέταξαν το Σύνταγμα αγνόησαν τις φυλές, αρνούμενες τα ιδανικά της αυτονομίας και της αμοιβαιότητας της φυλής. Οι ομάδες που ψήφισαν το Σύνταγμα ήταν ανένδοτες στην άποψή τους, χωρίς να ασχολούνται με την άποψη των φυλών. Στο εξής, το Σύνταγμα δεν εγγυήθηκε την πραγματική ισότητα ή τις ίσες ευκαιρίες.

Οι προτάσεις του Surya δημιούργησαν έντονες διαφωνίες μεταξύ του ακροατηρίου- ορισμένοι τον αποκαλούσαν αντεθνικό, ένα πρόσωπο που εργαζόταν εναντίον της Ινδίας. Ο προπάππους του Surya, μέλος του Ινδικού

Εθνικού Κογκρέσου και αγωνιστής της ελευθερίας, πέρασε μερικά χρόνια με τον Μαχάτμα Γκάντι στο Sevagram. Ταξίδεψε μαζί του σε πολλά μέρη της Ινδίας και οργάνωσε τον κόσμο ενάντια στους Βρετανούς. Υποβλήθηκε σε φυλάκιση στις κεντρικές φυλακές της Yerawada για τέσσερα χρόνια επειδή συμμετείχε στον αγώνα για την ελευθερία. Έχοντας στην ιδιοκτησία του περισσότερα από χίλια στρέμματα γεωργικής γης στην Telangana, ως γαιοκτήμονας είχε την καλοσύνη να διανείμει εννιακόσια πενήντα στρέμματα μεταξύ των εργατών που εργάζονταν στο αγρόκτημά του και των ακτημόνων. Ο γιος του προσχώρησε στο Κομμουνιστικό Κόμμα της Ινδίας καθώς απογοητεύτηκε από τις πολιτικές της άρχουσας τάξης κατά των φτωχών και πέθανε στη φυλακή. Ο πατέρας του Surya προσχώρησε στο μαοϊκό κίνημα, το Επαναστατικό Κομμουνιστικό Κόμμα, για την κατάληψη της κρατικής εξουσίας μέσω της μαζικής κινητοποίησης και της ένοπλης εξέγερσης. Εργάστηκε μεταξύ των φυλών στην Άντρα Πραντές, την Οντίσα και το Μπαστάρ για πάνω από σαράντα χρόνια, πολεμώντας το κεντρικό παραστρατιωτικό προσωπικό. Η μητέρα του Surya δούλευε στο αγρόκτημα για οκτώ έως δέκα ώρες κάθε μέρα, φρόντιζε τα τρία παιδιά της, τα εκπαίδευε και τα κατηύθυνε με τις ιστορίες και τις ιδέες του πατέρα τους για την ισότητα, τις ίσες ευκαιρίες, τα ανθρώπινα δικαιώματα και τη δικαιοσύνη. Ο Surya έγινε αφοσιωμένος μαοϊκός, αποφασισμένος να αγωνιστεί για τη δικαιοσύνη για τις φυλές. Ο Surya πήρε γρήγορα υποτροφίες και εισήχθη σε φημισμένα εκπαιδευτικά ιδρύματα, καθώς ήταν λαμπρός στις ακαδημαϊκές σπουδές.

Η Amaya και ο Surya αποφάσισαν να πραγματοποιήσουν το μονομηνιαίο πρόγραμμα επιτόπιας έρευνας μεταξύ των φυλών στο Chhattisgarh. Ο Surya πρότεινε την περιοχή Sukma της περιφέρειας Dantewada, καθώς ο πατέρας του εργαζόταν εκεί για περισσότερα από δεκαπέντε χρόνια. Όταν ο Surya διηγήθηκε την ιστορία στην Amaya, εκείνη ένιωσε περιέργεια να γνωρίσει τις φυλές και εξέφρασε την επιθυμία της να εργαστεί. Μη γνωρίζοντας το μαοϊκό παρελθόν του Surya, η νομική σχολή ενθάρρυνε τον Surya και την Amaya να πραγματοποιήσουν το πρόγραμμα επιτόπιας εργασίας τους μεταξύ των φυλών. Ήταν τρομακτική η παρατήρηση της κοινωνικής και οικονομικής κατάστασης των ανθρώπων στη Sukma. Σχεδόν όλοι οι άνδρες, οι γυναίκες και τα παιδιά σε πολλά χωριά υπέφεραν από την απάνθρωπη εκμετάλλευση από την κυβέρνηση, τις εταιρείες εξόρυξης, τους επιχειρηματίες, τους δασικούς υπαλλήλους, τους καταστηματάρχες, τους γραφειοκράτες και τους πολιτικούς. Οι αβυσσαλέα φτωχοί άνθρωποι ζούσαν σε ετοιμόρροπες αδόμητες κατοικίες ή σπίτια από μπαμπού. Οι περισσότερες φυλές με Amaya και Surya έμειναν ήταν εκδιωγμένοι από άλλους οικισμούς. Η κυβέρνηση παρέδωσε την πατρογονική τους γη σε βαρόνους των ορυχείων, οι οποίοι έστησαν εργοστάσια εξόρυξης άνθρακα, σιδηρομεταλλεύματος, ασβεστόλιθου, δολομίτη, κασσίτερου, βωξίτη και τσιμέντου. Σε πολλά χωριά τους είπαν ότι οι κάτοικοι θα εκδιώκονταν από τη σημερινή τους κοινότητα σε σύντομο χρονικό διάστημα, καθώς η κυβέρνηση είχε ήδη παραχωρήσει τη γη για εξόρυξη. Χιλιάδες φυλές βρίσκονταν σε ακραία πείνα και φτώχεια, μια από τις χειρότερες περιπτώσεις παραβίασης των ανθρωπίνων δικαιωμάτων. Οι σωματικές επιθέσεις και οι βιασμοί ήταν συνηθισμένοι- πολλά παιδιά γεννήθηκαν σε τέτοιες καταστάσεις και η ανθρώπινη τραγωδία που είδε η Amaya ξεπερνούσε κάθε φαντασία της. Οι περισσότεροι άνθρωποι δεν είχαν τίποτα να φάνε- πολλές γυναίκες και παιδιά πέθαναν ψάχνοντας για βρώσιμες ρίζες και φύλλα στο δάσος. Ελλείψει σχολείου, πολλά παιδιά παρέμεναν αναλφάβητα. Οι εγκαταστάσεις υγειονομικής περίθαλψης δεν υπήρχαν και οι άνθρωποι έμοιαζαν σωματικά μικροί, αδύναμοι και δυστυχισμένοι.

Οι Amaya και Surya έμειναν με οικογένειες φυλών και πήγαιναν μαζί τους για να συλλέξουν ρίζες, φύλλα, σπόρους και μέλι από το δάσος. Μια στο τόσο, μάζευαν ξερά κλαδιά για το μαγείρεμα και τα κουβαλούσαν στο κεφάλι τους. Μαγείρευαν μαζί με τις γυναίκες ρίζες και φύλλα που είχαν συλλέξει από το δάσος στην ύπαιθρο πάνω σε καυσόξυλα ή σε μικροσκοπικές κουζίνες που ήταν προσαρτημένες στο σπίτι τους, όπου δεν υπήρχε εξαερισμός. Ένας τεράστιος πληθυσμός φυλών υπέφερε από ακραία εκμετάλλευση και καταπίεση από τις ελίτ της κυβέρνησης ή τους επιχειρηματίες. Η Amaya μίλησε με μεγάλο αριθμό γυναικών και παιδιών, ρωτώντας τις κυρίως για την υγεία τους και την ανατροφή των παιδιών τους

Μετά το πενιχρό βραδινό τους γεύμα, σχεδόν όλοι οι κάτοικοι του χωριού συγκεντρώθηκαν για να χορέψουν γύρω από μια φωτιά στο κεντρικό τμήμα του χωριού με άνδρες, γυναίκες και παιδιά. Ο Surya τους μίλησε στη διάλεκτό τους ανάμεσα στο τραγούδι και το χορό, εξηγώντας τους την ανάγκη εξέγερσης για διαρθρωτικές αλλαγές. Τα προγράμματα πρόνοιας της κυβέρνησης και το κοινωνικό έργο των ΜΚΟ είχαν ως αποτέλεσμα την περιφερειακή κοινωνική και οικονομική ανάπτυξη. Όμως οι αλλαγές που επέφεραν ήταν αναποτελεσματικές, καθώς απέτυχαν να επιτύχουν τα ανθρώπινα δικαιώματα και τη δικαιοσύνη. Ο Surya επιχειρηματολόγησε για εισόδημα, πλούτο, πολιτική δύναμη και ευκαιρίες για τις φυλές που ποτέ δεν απολάμβαναν.

Παρ' όλα αυτά, ο Surya επέμενε ότι δεν θα αντάλλασσαν θεμελιώδη δικαιώματα και ελευθερίες με οικονομικά πλεονεκτήματα. Λόγω των ακραίων κοινωνικών και οικονομικών ανισοτήτων, ήταν απαραίτητη η ισοκατανομή του εισοδήματος και του πλούτου. Άλλωστε, η γη στην οποία ζούσαν οι φυλές επί χιλιάδες χρόνια ήταν προγονική τους ιδιοκτησία και καμία κυβέρνηση δεν είχε τη δύναμη να τους εκδιώξει από εκεί. Καθώς ο πλούτος που δημιουργούνταν από τη γη των φυλών εκτρεπόταν σε πολιτικά ισχυρούς και πλούσιους, ο Surya απαίτησε την αρχή της ισότητας, όπως η διανομή του πλούτου προς όφελος όλων, ιδίως εκείνων που βρίσκονταν στη βάση της κοινωνίας. Η κατανομή του πλούτου και των ευκαιριών δεν θα έπρεπε να βασίζεται σε αυθαίρετους νόμους- ως εκ τούτου, ο πλούτος που δημιουργούσαν οι βαρόνοι των ορυχείων έπρεπε να λειτουργεί προς όφελος των λιγότερο εύπορων, όπως οι φυλές.

Οι άνθρωποι στριμώχνονταν μέσα στις μικροσκοπικές καλύβες τους με έντονες βροχές, κεραυνούς και ισχυρούς ανέμους. Ξαφνικά κάποιοι νέοι ήρθαν τρέχοντας και είπαν με χαμηλή φωνή: "Αστυνομία, αστυνομία". Οι γυναίκες και τα παιδιά άρχισαν να κλαίνε δυνατά, και οι άνδρες έτρεξαν και εξαφανίστηκαν στη ζούγκλα. Οι νέοι βοήθησαν την Amaya και τον Surya να τρέξουν όσο πιο γρήγορα μπορούσαν μέχρι να φτάσουν στη χαράδρα και κάτω από έναν βράχο κρύφτηκαν για όλη τη νύχτα. Ο Surya είπε στον Amaya ότι ένοπλοι αστυνομικοί εισέβαλαν στα χωριά τουλάχιστον μία φορά στους έξι μήνες, πυροβολούσαν αδιακρίτως τους νέους και στην πορεία κάθε χωριό είχε χάσει δεκάδες νέους. Δεν υπήρχε περιθώριο να διαμαρτυρηθούν, καθώς οι φυλές ήταν στο έλεος της κυβέρνησης. Ο σεβασμός της Amaya για τον Surya αυξήθηκε πολλαπλά κατά τη διάρκεια της παραμονής τους στα χωριά Sukma. Ήταν ένας άνθρωπος που αγωνιζόταν για τη δικαιοσύνη για την καταπιεσμένη ανθρωπότητα, εξεγέρθηκε ενάντια σε μια καταπιεστική κυβέρνηση που έκανε κατάχρηση της εξουσίας της για να υποτάξει τις φυλές αρνούμενη τη δικαιοσύνη.

"Amaya, αφού ολοκληρώσω τις νομικές μου σπουδές, θα επιστρέψω σε αυτό το μέρος, θα μείνω με αυτούς τους ανθρώπους και θα προσπαθήσω να τους ευαισθητοποιήσω. Θα αγωνιστώ για την ισότητα, τις ίσες ευκαιρίες και τη διανομή του πλούτου, την οποία θεωρώ δικαιοσύνη", είπε ο Surya καθισμένος κάτω από τους βράχους.

Η Amaya κοίταξε τον Surya. Τα μάτια του ήταν σαν πυρσοί που έβλεπε ενώ οι αστραπές έλαμπαν μέσα στο δάσος που έκαιγαν τις κορυφές των δέντρων καζουαρίνας. Ο Surya είχε ήδη γίνει μέλος της φυλής. "Surya, θαυμάζω την ειλικρίνεια, την αφοσίωση και το όραμά σου", απάντησε η Amaya.

"Το τι είμαι εγώ δεν είναι σημαντικό, αλλά αυτό που χρειάζονται αυτοί οι άνθρωποι είναι ζωτικής σημασίας. Σε προσκαλώ να είσαι μαζί μου για τον σκοπό αυτό και θα εργαστούμε μαζί. Εσείς και εγώ μπορούμε να γίνουμε μια τρομερή δύναμη- θα πετύχουμε με επιτυχία τη δικαιοσύνη για αυτές τις καταπιεσμένες και άφωνες μάζες". Τα λόγια του Surya ήταν ακριβή, δυναμικά και αντικειμενικά. Αντηχούσαν από το γρανιτένιο στέγαστρο, το οποίο έμοιαζε με το κορύφωμα ενός τεράστιου δέντρου μπανιάν στη μέση του χωριού. Η Αμάγια δεν ήξερε πώς να πει ή να αντιδράσει, παρόλο που αντηχούσαν στα αυτιά της.

"Σούρια, τρέφω μεγάλη εκτίμηση και θαυμασμό για σένα και το έργο σου, αλλά έχω τα σχέδιά μου. Ως δημοσιογράφος για τα ανθρώπινα δικαιώματα, μπορώ να διαφωτίσω το κοινό, τη γραφειοκρατία και την κυβέρνηση. Το κάλεσμά μου είναι διαφορετικό", εξήγησε η Amaya.

"Εντάξει, Αμάγια, αλλά το σκέφτηκα", είπε ο Σουρία.

Η ανάμνηση των ημερών με τον Surya ήταν σαν να μασουλάς φραγκοστάφυλα, πικρά-πικρά-ξινά-γλυκά. Η νύχτα μέσα στο κρησφύγετο κάτω από τους βράχους, στη μέση της νύχτας, όπου οι πυγολαμπίδες φώτιζαν τους γεμάτους δέντρα λόφους στο καρναβάλι της φύσης που συγχωνευόταν με τον ορίζοντα, νοικιασμένο από τις φυλές της Νταντεγουάντα, σαν εκατομμύρια διακοπτόμενα φώτα από ρόδες λούνα παρκ κατά τη διάρκεια του Ματαντέρο Μαδρίτης, είχε μια μοναδική γοητεία για πολλά ακόμη χρόνια.

Αλλά στη Βαρκελώνη, ο Καράν αιχμαλώτισε την Αμάγια με την εμφάνιση του Δία, την υπνωτίζει με τα δελεαστικά του λόγια και την παγιδεύει στη γοητευτική αγκαλιά του, χωρίς να αποκαλύπτει τις προθέσεις του. Η Amaya πίστεψε και τον εμπιστεύτηκε, κι εκείνος στάθηκε σαν φάρος, που έλαμπε ακόμα και τις βροχερές νύχτες, όπως η επισκιασμένη σπηλιά της Dantewada. Η Αμάγια ταξίδεψε με τον Κάραν στη Μαδρίτη για να συλλέξει στοιχεία για την έρευνά της από πέντε εφημερίδες που θα μπορούσαν να είναι ισάξιες με την εφημερίδα The Print, την οποία εξέδιδε ο πατέρας της, και από μισή ντουζίνα τηλεοπτικά κανάλια ειδήσεων που συναγωνίζονταν εκείνα του Ανουράγκ. Ως συνήθως, ο Karan έφτιαξε το δρομολόγιο, έκλεισε τα αεροπορικά εισιτήρια και τα δωμάτια του ξενοδοχείου, έθεσε ένα πρόγραμμα για τις επιτόπιες επισκέψεις, τις συνεντεύξεις, την επίσκεψη σε τουριστικά σημεία, τη διασκέδαση και, τέλος, την ταυρομαχία. Η Amaya αντιπαθούσε τις ταυρομαχίες, αλλά ήταν επιλογή του Karan. Ήθελε να πηγαίνει μαζί του όπου κι αν πήγαινε. Ο Κάραν αφιέρωσε πολύ χρόνο για να οργανώσει τις δραστηριότητες και τις επισκέψεις κάθε ημέρας για δέκα ημέρες στη Μαδρίτη.

Η ελευθερία της

Η Μαδρίτη είχε αλλάξει σημαντικά μέσα στα προηγούμενα δέκα χρόνια, παρατήρησε η Amaya. Το αεροδρόμιο είχε εκθαμβωτική εμφάνιση, οι δρόμοι ήταν εκπληκτικά καθαροί και η κυκλοφορία ρυθμιζόταν. Η πόλη έλαμπε από φώτα και διαφημίσεις, τα κτίρια ήταν απίστευτα όμορφα, η αρχιτεκτονική εκπληκτική και η τεχνολογία πανταχού ορατή. Το ξενοδοχείο τους βρισκόταν στην οδό Σεράνο στη Σαλαμάνκα, και η Αμάγια δεν είχε ξαναζήσει σε τόσο πολυτελές περιβάλλον, αλλά ο Κάραν ένιωσε αμέσως σαν στο σπίτι του. Ήταν άνετος με τα πάντα και φρόντιζε η Amaya να αισθάνεται άνετα. Αφού δείπνησαν σε ένα εστιατόριο με κήπο, περπάτησαν στην πόλη. Η Amaya μπορούσε να αναγνωρίσει το περιβάλλον όπου είχε περάσει τα παιδικά της χρόνια επί δεκατρία χρόνια. Οι δρόμοι ήταν γεμάτοι κόσμο- σε μερικούς δεν υπήρχε κίνηση, και σχεδόν σε όλες τις διασταυρώσεις επικρατούσε φεστιβαλική διάθεση με μουσική, χορό και άλλες διασκεδάσεις.

Η Αμάγια και ο Κάραν μιλούσαν ασταμάτητα, μοιράζονταν ιστορίες, έκαναν παρατηρήσεις και απολάμβαναν ο ένας την παρέα του άλλου. Το περπάτημα μαζί του ήταν μια υπέροχη εμπειρία- ήθελε να είναι μαζί του αιώνια, κινούμενη προς το άπειρο. Γύρω στα μεσάνυχτα, επέστρεψαν στο ξενοδοχείο. Η Torre Bankia, η Torre Picasso, η Torre de Madrid, το παρεκκλήσι Torre Espacio και τα καμπαναριά πολλών εκκλησιών και καθεδρικών ναών ήταν ορατά από το παράθυρο του δωματίου τους στον εικοστό όγδοο όροφο.

Όπως ήταν προγραμματισμένο, η Αμάγια πήρε συνέντευξη από έναν ανώτερο δημοσιογράφο που ασχολείται με θέματα ανθρωπίνων δικαιωμάτων σε μια εφημερίδα, μια από τις παλαιότερες της Ισπανίας. Ο δημοσιογράφος άρχισε να μιλάει αγγλικά, αλλά άλλαξε σε ισπανικά, γνωρίζοντας ότι η Amaya γνώριζε άπταιστα ισπανικά. Έκανε ερωτήσεις και ο δημοσιογράφος απάντησε αντικειμενικά σε όλες τις ερωτήσεις της προς ικανοποίησή της. Ο δημοσιογράφος πήγε την Amaya και τον Karan στο αρχείο και έδειξε πολλά άρθρα και ιστορίες γεγονότων που αφορούσαν τα ανθρώπινα δικαιώματα. Υπήρχε μια βιβλιοθήκη με περισσότερα από εκατό χιλιάδες βιβλία, διαφόρων θεμάτων και δημοσιογραφίας, πολιτικής, θρησκείας, τέχνης, πολιτισμού, οικονομίας και άλλων σχετικών θεμάτων. Το μουσείο που ήταν προσαρτημένο στη βιβλιοθήκη ήταν εξαιρετικό. Πέρασαν περίπου μια ώρα εξετάζοντας τα διάφορα εκθέματα. Ο δημοσιογράφος έδωσε έναν ψηφιακό κωδικό πρόσβασης στην Amaya για να χρησιμοποιεί τη βιβλιοθήκη για δώδεκα μήνες, γεγονός που τη βοήθησε να ανοίξει την ιστοσελίδα της εφημερίδας για τα ανθρώπινα δικαιώματα για τα προηγούμενα πέντε χρόνια. Η Amaya του χάρισε ένα εξαιρετικό αγαλματίδιο Kathakali από ξύλο Devadaru από την Κεράλα. Η επίσκεψή της στα γραφεία της εφημερίδας διήρκεσε περίπου τέσσερις ώρες. Καθώς η επόμενη στάση ήταν σε στούντιο τηλεοπτικού ειδησεογραφικού καναλιού το βράδυ, η Amaya και ο Karan επέστρεψαν στο ξενοδοχείο. Ο Karan είχε νοικιάσει ένα SUV για δέκα ημέρες- ήταν βολικό για να επισκέπτεται διάφορα μέρη.

Η επίσκεψη στο γραφείο του τηλεοπτικού καναλιού την έκανε να επανεξετάσει την αυθεντικότητα των ειδήσεων που εμφανίζονταν στα μέσα ενημέρωσης. Ο παρουσιαστής της τηλεόρασης είπε στην Αμάγια ότι οποιοδήποτε γεγονός θα μπορούσε να προβάλλεται με βάση τις απόψεις και τις ιδεολογίες αυτών που δημιούργησαν το πρόγραμμα. "Δεν υπάρχει αντικειμενική αλήθεια, καθώς τα διαστρεβλωμένα γεγονότα δημιούργησαν ψευδαισθήσεις, καθώς ένα γεγονός από μόνο του δεν υπάρχει ποτέ- αυτό που συμβαίνει είναι η ερμηνεία", εξήγησε ο παρουσιαστής. Είχε δεκαοκτώ χρόνια εργασιακής εμπειρίας στο ίδιο ειδησεογραφικό κανάλι και αμφισβήτησε την ύπαρξη της είδησης ως είδηση. Ακόμη και όσοι παρακολουθούσαν ένα τηλεοπτικό πρόγραμμα προτιμούσαν να παρακολουθούν μια εξήγηση. Μια εικόνα ή ένα βίντεο αποκτούσε νόημα μόνο με τη διευκρίνιση του παρουσιαστή ή του δημοσιογράφου. "Ένα γεγονός, χωρίς εξήγηση, στερούνταν νοήματος και αυθεντικότητας. Όπως ένας καλλιτέχνης δίνει όνομα στον πίνακά του με την υπογραφή του, έτσι και η τέχνη γίνεται άνευ αξίας χωρίς τέτοιες λεπτομέρειες. Σε μια τηλεοπτική εκπομπή, είτε πρόκειται για ένα πολιτικό γεγονός, είτε για μια έκρηξη βόμβας σε μια αγορά, είτε για μια θρησκευτική συγκέντρωση, οι εικόνες, ο συνδυασμός χρωμάτων, η οπτική γωνία κ.λπ. αποκτούν νόημα ανάλογα με την επεξήγηση. Ακόμα και μια σκηνή δολοφονίας μπορεί να είναι ένα γεγονός ανδρείας, μια πατριωτική αφήγηση ή προδοσία, όπως κι αν ερμηνεύεται. Έτσι, η αλήθεια βρίσκεται στον παρατηρητή- μόνο αυτός δημιουργεί την αξία, την αυθεντικότητα και το νόημά της", συνέχισε ο παρουσιαστής. Για τον ίδιο, δεν υπάρχουν ανθρώπινα δικαιώματα εκτός της έννοιας της ανθρώπινης ύπαρξης, δεν υπάρχει Θεός πέρα από την ανθρώπινη κατοικία και δεν υπάρχει έθνος πέρα από τις κοινωνικές ομάδες. Όταν κάποιος αποδίδει ένα νόημα, προϋποθέτει μια συγκεκριμένη ιδεολογία- ως εκ τούτου, δεν υπάρχουν αξίες εκτός από τους μεμονωμένους ανθρώπους.

Αφού δείπνησαν σε ένα εστιατόριο, η Amaya και ο Karan περπάτησαν μέχρι το πάρκο El Retiro, όπου εκατοντάδες νέοι έκαναν βόλτα σε ζευγάρια ή μικρές ομάδες. Η Amaya και ο Karan κάθισαν σε ένα παγκάκι απέναντι από ένα σιντριβάνι, αναλογιζόμενοι τα λόγια του τηλεοπτικού παρουσιαστή. Η Amaya δυσκολευόταν να δεχτεί πολλές από τις προτάσεις του. Αλλά για τον Κάραν, οι περισσότερες ιδέες που εξέφρασε ο παρουσιαστής αντιπροσώπευαν την πραγματικότητα, καθώς οι ατομικές ανάγκες ήταν το πρωταρχικό μέλημα. Η Amaya ένιωσε έκπληξη- η οπτική του Karan ήταν για πρώτη φορά διαφορετική από τη δική της. Παρ' όλα αυτά, σεβάστηκε τον Κάραν για την αγάπη του.

"Κάραν, για μένα, η δικαιοσύνη είναι μια έκφραση της αγάπης μας για την κοινωνία, για τους ανθρώπους που υποφέρουν εξαιτίας της καταπίεσης", έκανε μια δήλωση η Αμάγια όταν κάθισαν σε ένα παγκάκι.

"Δεν μπορούμε να έχουμε δικαιοσύνη σκεπτόμενοι με αφηρημένους όρους- είναι αυτό που ορίζει ένα άτομο- αυτό το άτομο είμαι εγώ", απάντησε ο Karan.

"Οι προτιμήσεις ενός ατόμου ή μιας κοινότητας μπορεί να είναι καταπιεστικές για ένα άλλο άτομο ή μια άλλη ομάδα", δήλωσε η Amaya.

"Η δικαιοσύνη ξεκινάει από εμένα και τελειώνει σε εμένα. Προτεραιότητά μου είναι ο σύντροφός μου, τα παιδιά, οι γονείς, τα αδέλφια και τα άλλα μέλη της οικογένειάς μου. Σε μεταγενέστερο στάδιο, επεκτείνεται στην κοινότητα και την κοινωνία. Έτσι, η προτίμηση του ατόμου είναι το απόλυτο κριτήριο", εξήγησε ο Karan.

"Είναι δυνατόν να διατηρηθούν οι εγγενείς αξίες της ανθρωπότητας; Αν η δικαιοσύνη ήταν θέμα του ατόμου και της οικογένειάς του, τι θα συνέβαινε στην ευρύτερη κοινωνία και την ύπαρξή της; Αν απορρίψετε την ανθρωπότητα, ενώ δέχεστε τις ατομικές, και τις κοινοτικές ανησυχίες, η ελευθερία, η ισότητα και οι ίσες ευκαιρίες θα εξαφανιστούν για πάντα", εξέφρασε τους φόβους της η Amaya.

"Δεν υπάρχει άλλη ελευθερία εκτός από την ατομική ελευθερία. Η ισότητα και οι ίσες ευκαιρίες δεν έχουν νόημα σε μια κοινωνία όπου τα άτομα χάνουν την ταυτότητά τους. Ένα άτομο αγαπάει την οικογένειά του και κάθε άτομο έχει αυτή την έννοια της ευημερίας του λαού του. Η αγάπη για την ανθρωπότητα δεν έχει νόημα και κανείς δεν μπορεί να την κάνει, καθώς είναι ουτοπική- δεν μπορεί να υπάρξει. Όταν υπάρχει άτομο, υπάρχει οικογένεια, κοινότητα και έθνος". Ο Karan ήταν κατηγορηματικός.

"Εννοείτε ότι η ελευθερία, η ισότητα και η δικαιοσύνη περιορίζονται στο άτομο και δεν έχουν κανένα νόημα στο ευρύτερο πλαίσιο;" Η Amaya έθεσε ένα ερώτημα.

"Βεβαίως, σε όλα τα πλαίσια, το άτομο έρχεται πρώτο. Δίνω χρώματα, ήχους, γεύσεις και νόημα στο Σύμπαν. Το Σύμπαν υπάρχει επειδή υπάρχω εγώ. Αν δεν είμαι εκεί, εξαφανίζεται. Έτσι, όλα είναι ατομοκεντρικά", κοιτάζοντας την Amaya, ο Karan εξήγησε.

"Πώς διακρίνεις το καλό των άλλων από το δικό σου;" ρώτησε η Amaya.

"Τα άγχη, οι ανησυχίες, οι πόνοι, οι λύπες, η ευτυχία, οι χαρές και η ελπίδα μου είναι δικά μου. Κανείς δεν μπορεί να καταλάβει το πλήρες νόημα επειδή εγώ δίνω χροιά και ένταση. Όταν το μοιράζομαι με τους ανθρώπους μου, το αντιλαμβάνονται εν μέρει. Ως άτομο, διαμορφώνω τα συναισθήματά μου και βλέπω τους άλλους στη σιλουέτα του πλαισίου που αναπτύσσω. Αυτό που είμαι και αυτό που μου συμβαίνει είναι δική μου υπόθεση με βάση το νόημα των αντιλήψεών μου- κανείς δεν μπορεί να το μοιραστεί στο σύνολό του. Αν οι άλλοι βρουν την εκπλήρωση μέσα στη δομή που δημιούργησα, μπορεί να με καταλάβουν καλύτερα. Αλλά είμαι μοναδικός, και οι άλλοι είναι ελεύθεροι να αναπτύξουν τη δομή τους σύμφωνα με τις επιθυμίες και τις ελπίδες τους. Να πληρώνετε τους άλλους για τις υπηρεσίες τους στο ακέραιο, πολύ περισσότερο απ' ό,τι περιμένουν ή αξίζουν. Σε αυτή τη διαδικασία, ο καθένας θα απολαμβάνει την ελευθερία, την ισότητα και τη δικαιοσύνη του, με τον τρόπο του", ανέλυσε ο Karan.

"Θέλεις να πεις ότι το άτομο είναι πρωταρχικό μέλημα και η κοινωνία είναι άσχετη;" διερωτήθηκε η Αμάγια.

"Πέρα από αυτό, για μένα, εγώ έρχομαι πρώτος σε όλα τα συμφραζόμενα. Περιλαμβάνω τους ανθρώπους μου, την κοινότητά μου και τη χώρα μου. Όταν αγαπώ τον εαυτό μου, τους αγαπώ κι αυτούς. Καμία αγάπη δεν υπάρχει αναιρώντας το πρόσωπο που αγαπάει. Εγώ είμαι ο πρωταγωνιστής των ιστοριών μου, ο ήρωας των πράξεών μου- όλες οι αφηγήσεις αφορούν τους ανθρώπους μου και εμένα", δήλωσε ο Karan.

"Πώς βλέπετε τους ανθρώπους με τους οποίους είστε κοντά;"

"Βλέπω τον εαυτό μου με τους οποίους είμαι κοντά. Τα πράγματα που τους είναι αγαπητά είναι σημαντικά για μένα και θα κάνω τα πάντα για να τα πετύχω, οπότε το τι είναι σωστό και τι λάθος είναι άσχετο σε αυτό το πλαίσιο". Ο Κάραν ήταν ανεπιφύλακτος στην απάντησή του.

"Πώς εξηγείτε την ευθύνη σας απέναντι στην ανθρωπότητα στο σύνολό της;" διερωτήθηκε η Αμάγια.

"Δεν έχω καμία ευθύνη απέναντι στην ανθρωπότητα, καθώς η ανθρωπότητα ως μονάδα δεν υπάρχει. Είναι μια έννοια χωρίς σχήμα, μήκος, πλάτος ή πυκνότητα. Αυτό που υπάρχει είναι το άτομο, εσύ κι εγώ. Αν κάθε άτομο φροντίζει τον εαυτό του, δεν θα μείνει κανένα πρόβλημα. Εξάλλου, δεν μπορώ να αγαπήσω ένα άτομο που δεν γνωρίζω- δεν υπάρχει. Για παράδειγμα, δεν έχω κανένα συναίσθημα για ένα λουλούδι που πιθανώς υπάρχει στην ερημιά της Σιβηρίας, για ένα δελφίνι στον κόλπο της Βεγγάλης ή για τους πιγκουίνους στην Ανταρκτική. Η έννοια της αγάπης για την ανθρωπότητα είναι ένας μύθος. Ενώ βομβάρδιζε τη Χιροσίμα και το Ναγκασάκι, ο Χένρι Τρούμαν δεν σκέφτηκε την ανθρωπότητα. Ο Στάλιν σκότωσε πάνω από δέκα εκατομμύρια ανθρώπους με σάρκα και οστά. Ο Χίτλερ δεν είχε κανέναν ενδοιασμό να εξοντώσει εκατομμύρια Εβραίους στους θαλάμους αερίων στο Άουσβιτς, την Τεμπίνκα, το Μπέλζεκ και το Χέλμνο. Υπό τον Μάο, πολλά εκατομμύρια πέθαναν στην ύπαιθρο της Κίνας. Μετά τον διαμελισμό της Ινδίας, Ινδουιστές και Μουσουλμάνοι σφαγίασαν πάνω από δέκα εκατομμύρια συνανθρώπους τους. Ο Τσώρτσιλ ήταν υπεύθυνος για τον θάνατο περισσότερων από έξι εκατομμυρίων Ινδών κατά τη διάρκεια του λιμού της Βεγγάλης και οι Ισπανοί σκότωσαν πολλά εκατομμύρια στη Λατινική Αμερική τον δέκατο έκτο αιώνα. Οι Γάλλοι, οι Βέλγοι και οι Γερμανοί έκαναν το ίδιο στην Αφρική. Αυτό που κάνει το Ιράν στην Υεμένη και τη Συρία είναι το ίδιο. Αυτός που υποφέρει εξαιτίας του εγκλήματος, της τρομοκρατίας, του πολέμου και της κατοχής είναι το άτομο, όχι η ανθρωπότητα", εξήγησε ο Karan.

"Είναι η ελευθερία επιλογής για ένα άτομο προϋπόθεση για μια δίκαιη κοινωνία;" ρώτησε η Amaya.

"Η ελευθερία είναι μια ατομική επιλογή, καθώς προϋποθέτει υπευθυνότητα. Για ορισμένους ανθρώπους, η ελευθερία είναι σκλαβιά, καθώς προτιμούν να παραμένουν συκοφάντες ή υποδουλωμένοι. Δεν υπάρχουν αρχές της ελευθερίας έξω από το άτομο. Το να ζω τη ζωή για να επιτύχω την ευτυχία είναι η ελευθερία μου, πράγμα που δεν σημαίνει ότι η ζωή έχει έναν σταθερό σκοπό. Κάθε στιγμή που δημιουργούμε έναν σκοπό, το άτομο είναι ελεύθερο να σκεφτεί, παρόλο που δεν γνωρίζει τι θα συμβεί στο μέλλον.

"Παρ' όλα αυτά, προσπαθούμε να φτάσουμε στο μέλλον, ξεχνώντας ότι το μέλλον προϋπάρχει μέσα μας. Έτσι, το να ζούμε μια ζωή είναι σαν να θεσπίζουμε μια αναζήτηση, μια επιθυμία που γνωρίζει τη χρησιμότητά της. Όταν αντιμετωπίζω οδοφράγματα και αδιέξοδα, την επανασχεδιάζω κατάλληλα, ώστε να ταιριάζει καλύτερα στο νόημα των επιλογών μου. Ο σκοπός μου περιλαμβάνει μόνο τους ανθρώπους μου και εμένα. Δεν υπάρχει ηθική έξω από την επιλογή μου, καθώς η ηθική δεν μπορεί να υπάρξει χωρίς τη δράση ενός ατόμου. Οποιαδήποτε ηθική έξω από ένα άτομο είναι εξίσου αφηρημένη με την ανθρωπότητα, και μια ηθική που υπάρχει έξω από εμένα δεν με ενοχλεί. Αυτό που με ενδιαφέρει είναι η δική μου ερμηνεία της ζωής", εξήγησε ο Karan. Η Amaya θεώρησε ότι το επιχείρημά του ήταν διαυγές, έννοιες που βασίζονταν σε ορισμένες πεποιθήσεις που είχε αγαπήσει.

"Πώς εξηγείτε τις επιλογές που κάνετε; Για παράδειγμα, αποφασίσατε να με καλέσετε να μείνω μαζί σας και τώρα είμαστε συνεργάτες. Αγαπάμε και εμπιστευόμαστε ο ένας τον άλλον". Η Αμάγια ήταν περίεργη να μάθει.

"Οι επιλογές μου είναι ερμηνευτικές, αυτό που νιώθω καλό για τους ανθρώπους μου με τους οποίους βιώνω την ενότητα. Ήσουν ένας ξένος- τώρα, είσαι μέρος της ζωής μου. Ήταν μια συνειδητή απόφαση- φυσικά, όλες οι αποφάσεις είναι εγωιστικές, καθώς τα άτομα αξιολογούν τα οφέλη που έχουν από τέτοιες επιλογές. Μπορεί και εσείς να αισθανθήκατε έτσι, και οι αποφάσεις σας ήταν επίσης αποτέλεσμα των εγωιστικών σας κινήτρων, επειδή μπορεί να αισθανθήκατε ότι η επιλογή σας θα σας ωφελούσε. Το εγωιστικό κίνητρο είναι η σανίδα σωτηρίας σε μια σχέση. Η αγάπη, η εμπιστοσύνη και η ενσυναίσθηση είναι προϊόν αποφάσεων που ωφελούν τον εαυτό σας. Η αγάπη ως αγάπη ή η εμπιστοσύνη ως εμπιστοσύνη δεν υπάρχουν. Μπορεί να έχετε ενσυναίσθηση για κάποιον ή την κοινωνία, αλλά η ενσυναίσθηση εκφράζει την ανωριμότητα και την αδυναμία σας. Είναι επώδυνη και πληγώνει, επηρεάζει την προσωπικότητά σας, καταστρέφει την αυτοεκτίμησή σας. Το να αισθάνεστε συνεχώς θλιμμένοι και να αναπτύσσετε αρνητικές τάσεις στη ζωή είναι προϊόν της ενσυναίσθησης. Αρχικά, σκοπεύατε να βοηθήσετε κάποιον, αλλά σταδιακά αρχίζετε να μισείτε ακόμη και αυτό το άτομο λόγω του θυμού και της κατάθλιψής σας. Πρέπει να αναπτυχθούμε πέρα από την ενσυναίσθηση, διότι μια επαγγελματική σχέση ωφελεί πάντα όλους. Η αγάπη για ένα μέλος της οικογένειας είναι το αποτέλεσμα της αυτο-αγάπης. Εδώ αγάπη σημαίνει σεβασμός. Η επιλογή μου να σε αποκτήσω ήταν μια σκέψη του εαυτού μου για το τι είναι καλό για την οικογένειά μου και για μένα".

"Κάραν, τώρα μπορώ να καταλάβω καλύτερα. Με αγαπάς επειδή αγαπάς τον εαυτό σου", απάντησε η Αμάγια.

"Ακριβώς. Είμαι σίγουρη ότι αυτό ισχύει και στη δική σου περίπτωση. Αν δεν αγαπάς τον εαυτό σου, δεν μπορείς να αγαπήσεις ούτε εμένα ούτε κανέναν άλλον. Ο εαυτός μας είναι το κέντρο της ύπαρξής μας. Δημιουργώ ιστορίες για τις ανάγκες μου και υπάρχω- εσύ υπάρχεις μόνο στις ιστορίες που δημιουργώ για τον εαυτό μου. Σε κάθε δευτερόλεπτο της ζωής μου, αξιολογώ και αναδημιουργώ τις ιστορίες και τις ανάγκες των άλλων. Μπορώ να αισθανθώ την ύπαρξή μου με ένα άλλο άτομο αδιαχώριστο, το οποίο καθιστά τη ζωή μου ολιστική. Αυτό είναι το μυστικό του ανήκειν, η απόλυτη επιλογή στη ζωή κάποιου. Ονομάστε το οικείο μέλος της μικρότερης ομάδας από δύο άτομα. Amaya, αυτές τις μέρες, είσαι αυτό το άτομο στη ζωή μου. Αλλά αυτό μπορεί να αλλάξει". Τα λόγια του Κάραν ήταν σαφή και συνεπή, σκέφτηκε η Αμάγια.

"Οπότε, Κάραν, δεν εξετάζεις αξίες, ταυτότητες και προσανατολισμούς, που μπορεί να σε οδηγήσουν στο να αναλάβεις τις ευθύνες άγνωστων ανθρώπων;" ρώτησε η Αμάγια.

"Όχι, Αμάγια, δεν μου αρέσει να αναλαμβάνω τέτοιες ευθύνες. Εκτιμώ τους ανθρώπους που βρίσκονται κοντά μου, τους οποίους μπορώ να νιώσω, να αγγίξω, να δω και να ακούσω. Οι αγωνίες και οι χαρές τους είναι δικές μου- δεν μπορώ να αποχωριστώ από αυτούς. Το σύμπαν μου περιορίζεται στους κοντινούς μου ανθρώπους και σε μένα- κανείς δεν υπάρχει πέρα από αυτό, επειδή δεν τους γνωρίζω. Μέχρι να τους γνωρίσω, δεν είχα μια συγγένεια μαζί τους- δεν υπήρχαν για μένα. Ιστορικά, το σύστημα των καστών υπήρχε για περισσότερα από πέντε χιλιάδες χρόνια, και ορισμένα τμήματα των ανθρώπων είχαν χειρότερη μεταχείριση από τα ζώα σε κλουβί. Αλλά δεν είμαι υπεύθυνος γι' αυτό, καθώς δεν συναίνεσα ούτε συνδέθηκα με αυτό. Σε ένα ευρύτερο πλαίσιο, δεν είμαι υπεύθυνος για τα εγκλήματα των προγόνων μου, της χώρας ή της θρησκείας μου. Κανείς δεν μπορεί να θεωρήσει υπεύθυνους τους σημερινούς Άραβες για τον αποκεφαλισμό των ανδρών της φυλής Banu Qurayza και τη σφαγή και τον αφανισμό των εβραϊκών κοινοτήτων που διασκορπίστηκαν στις αραβικές οάσεις από τον Μωάμεθ και τον στρατό του σε νυχτερινές επιδρομές. Ομοίως, δεν μπορείτε να κατηγορήσετε τον Πάπα Φραγκίσκο για τις σταυροφορίες εναντίον των μουσουλμάνων. Άλλωστε, το να κάνω αυτό που είναι σωστό για μένα δεν είναι έγκλημα, καθώς είναι ο νόμος της επιβίωσης".

Τουλάχιστον σε ορισμένα σημεία, οι απόψεις του Karan ήταν ανάρμοστες για την Amaya, αλλά εκείνη δεν έκανε καμία παρατήρηση. Μετά από τρεις μήνες ερωτοτροπίας, ήταν η πρώτη φορά που ο Κάραν μιλούσε για τις προσωπικές του πεποιθήσεις, και αυτό ήταν μια αποκάλυψη για την Amaya. Έζησε ανέκφραστες ανησυχίες και άγχη για το μέλλον, τυλιγμένα με φόβο. Ωστόσο, η Amaya αγαπούσε τον Karan και εμπιστευόταν τη γνησιότητά του. Όταν επέστρεψαν στο ξενοδοχείο γύρω στα μεσάνυχτα, ο Karan αγκάλιασε την Amaya και είπε: "Σ' αγαπώ, Amaya". Και κοιτάζοντας τον Karan, η Amaya χαμογέλασε και τον φίλησε στο μάγουλο.

Η παρουσία του Karan απογείωσε την Amaya, αλλά η συζήτηση μαζί του μετά τη συνάντηση με την παρουσιάστρια των τηλεοπτικών ειδήσεων την ενοχλούσε σαν κάτι να μην πήγαινε καλά με την αντίληψή του για τα ανθρώπινα δικαιώματα και τη δικαιοσύνη. Η Amaya ήρθε αντιμέτωπη με δύο πεποιθήσεις αντίθετες εσωτερικευμένες αξίες, διαμορφώνοντας ασυνεπείς ερωτήσεις και αντικρουόμενες απαντήσεις. Το αποτέλεσμα ήταν ένας αιώνιος αγώνας για την αποδοχή των ιδεολογιών του Karan, αλλά τον αγαπούσε ως άνθρωπο. Η Amaya γνώριζε ότι ήταν ειλικρινής, γενναιόδωρος, αγαπητός και εμπνευσμένος και μπορούσε να αισθανθεί τη διαφωνία με τα συστήματα αξιών του. Από την παιδική της ηλικία, η Amaya βίωσε μια βαθιά διαισθητική νοημοσύνη λόγω της επιρροής των γονέων της. Η Rose αγαπούσε την ανθρωπότητα σε όλες τις διαστάσεις, τις εκφράσεις και τα χρώματά της, όπως η μουσική, ο χορός, η τέχνη, η αρχιτεκτονική, τα ρούχα, το φαγητό, ο πολιτισμός, οι γιορτές, τα φεστιβάλ, οι ομάδες και τα πλήθη. Συμπάσχει με τους άλλους και τις λύπες τους.

Ο Shankar Menon αντιμετώπιζε ορθολογικά τα προβλήματά του. Η επιτυχία του ως στελέχους της εξωτερικής υπηρεσίας και αργότερα ως συντάκτη οφειλόταν στην αντικειμενική, επιστημονική ανάλυση των γεγονότων και στη θετική του στάση. Σεβόταν τη γνώση που δημιουργήθηκε μέσω της έρευνας και ερμήνευε την ανθρώπινη συμπεριφορά εφαρμόζοντας επιστημονικές μεθόδους. Απορρίπτοντας την κυριαρχία του μυαλού, συμβουλευόταν την καρδιά του και αποδεχόταν τις έξυπνες αποφάσεις του μυαλού. Η Rose και ο Shankar Menon πίστευαν ακράδαντα ότι η καρδιά τους έφερε ανώτερη νοημοσύνη, απαραίτητο συστατικό για τη γνώση των συνανθρώπων και των συναισθημάτων τους. Ήταν λεπτή και αφηρημένη, αλλά μπορούσε να αναγνωρίσει τις ανθρώπινες προσδοκίες, τις ανάγκες και την αίσθηση της συντροφικότητας. Η νοημοσύνη της καρδιάς καθιστά τον άνθρωπο μοναδικό και διαφορετικό από τα άλλα ζώα, η οποία ορίζει την ενσυναίσθηση, τη φιλανθρωπία, την κοινωνική υπηρεσία, την επικοινωνία και μια πιο βαθιά δέσμευση για την επίτευξη δικαιοσύνης για όλους. Η αλήθεια εξελίχθηκε μέσα στην καρδιά, φύτρωσε μέσα από τις επιθυμίες να βοηθήσει τους συνανθρώπους και να θρέψει καλοπροαίρετες πράξεις. Γι' αυτούς, η καρδιά ήταν η μήτρα όπου η ηθική βλαστάνει και ανθίζει ακούγοντας τη μουσική της συμπόνιας. Χωρίς την προσοχή στην καρδιά, τα άτομα θα γίνονταν ανικανοποίητα και μη αυθεντικά. Μια ζωή χωρίς καρδιά ήταν χαοτική, άσκοπη, χωρίς αγάπη και σπατάλη. Η Rose έλεγε συχνά στην Amaya ότι οι φασίστες, οι τρομοκράτες, οι διεφθαρμένοι πολιτικοί, οι θρησκευτικοί φονταμενταλιστές και οι εγωιστές άνθρωποι δεν είχαν καρδιά. Ο Shankar Menon θεωρούσε ότι η ισορροπία ανάμεσα στην καρδιά και το μυαλό ήταν απαραίτητη για μια επιτυχημένη ζωή. "Ακούστε ταυτόχρονα την καρδιά και το κεφάλι σας", έλεγε στην Amaya. Όταν δεν υπήρχε ισορροπία μεταξύ της καρδιάς και του κεφαλιού, προέκυπταν συγκρούσεις.

Η Amaya μεγάλωσε σε ένα περιβάλλον όπου η καρδιά και το κεφάλι είχαν υψηλή θέση και εσωτερικεύει τις αξίες που κληρονόμησε από τη Rose και τον Shankar Menon. Άλλωστε, η εκπαίδευσή της βασίστηκε σε ηθικές και δεοντολογικές αξίες στο Λορέτο. Xavier's και στη Νομική Σχολή χάραξε ακλόνητο ανθρωπισμό. "Όσο πιο σμιλεμένες είναι οι πεποιθήσεις, οι ιδέες, οι προσδοκίες, οι επιθυμίες και τα όνειρα κάποιου, τόσο μεγαλύτερη είναι η πιθανότητα συγκρούσεων", είπε ο Shankar Menon στην κόρη του όταν εκείνη εξέφρασε την επιθυμία της να ασχοληθεί με τη δημοσιογραφία για την αποφοίτησή της. "Ένας ευσυνείδητος δημοσιογράφος μπορεί εύκολα να αναγνωρίσει την ακολασία στις ανθρώπινες κοινωνίες, ιδίως στην πολιτική, τα οικονομικά, τη νομική πρακτική και τη θρησκεία. Ασχολήσου με ένα επάγγελμα μόνο αν το επιθυμεί η καρδιά σου και το υποστηρίζει το μυαλό σου", προειδοποίησε ο πατέρας της. Η Amaya ήταν έτοιμη να αντιμετωπίσει τον κόσμο με θάρρος και η Rose και ο Shankar Menon ήταν τα ιδανικά και οι ήρωές της.

Τα λόγια του Karan αμφισβήτησαν τα πρότυπα που τηρούσε η Amaya. Ήξερε ότι δεν έκανε τίποτα για να μειώσει την αγάπη της ή να ωθήσει σε διαπροσωπικές συγκρούσεις. Αντιθέτως, η στοργή του ήταν πολύ περισσότερο από ό,τι περίμενε και είχε ήδη φτάσει σε ένα στάδιο τελειότητας. Ωστόσο, υπήρχε ένα αίσθημα δυσφορίας και σύγχυσης σχετικά με τις αξίες τους, καθώς υπήρχαν δύο αντίθετες πεποιθήσεις σχετικά με την κοινωνική ευθύνη και την ανθρωπιά. Η Αμάγια ήξερε ότι η δυσφορία της ήταν μάλλον αφηρημένη και δεν είχε καμία σχέση με την καθημερινή ζωή με τον Κάραν. Η ανάλυσή της ήταν ότι ο Κάραν ήθελε να ζήσει τη ζωή στο έπακρο και ενθάρρυνε την Αμάγια να κάνει το ίδιο, αγνοώντας τι συνέβαινε γύρω τους και παραβλέποντας τον πόνο της ανθρωπότητας. Ο Κάραν δεν ήθελε να κάνει καμία αλλαγή για να βγει από τη ζώνη άνεσής του, αγκαλιάζοντας τους λιγότερο τυχερούς ως αναπόσπαστο μέρος της ζωής του.

Αυτό δημιούργησε έναν πόλεμο στο μυαλό της Αμάγια και συνειδητοποίησε τη σύγκρουση μέσα της. Ήθελε να ακούσει την καρδιά της, τη διαισθητική φωνή- ωστόσο, δεν επιθυμούσε η καρδιά να την κυριαρχήσει, να την κάνει συναισθηματική. Η Amaya ζήτησε από το κεφάλι της να ακούσει τη φωνή της καρδιάς της και να απορρίψει συνολικά το μυαλό. Πίστευε ότι η αποδοχή των τελικών στρωμάτων της καρδιάς ήταν απαραίτητη, μαζί με μια ορθολογική απόφαση βασισμένη σε αντικειμενικές πραγματικότητες. Αποφάσισε να εγκαταλείψει το ευμετάβλητο μυαλό της, να ζυγίσει τους άσσους και τα όχι, να καταλάβει τις προτεραιότητές της και να εντοπίσει ποιες λανθασμένες πεποιθήσεις τροφοδοτούσαν και επηρέαζαν τις αποφάσεις της. Με έμφαση, αξιολόγησε τα σήματα της καρδιάς της ως τους λόγους των εσωτερικών της συγκρούσεων και τελικά αποφάσισε να ανταποδώσει την αγάπη που έλαβε από τον Κάραν, για να ζήσει μια ευτυχισμένη και ικανοποιητική ζωή μαζί του. Ήταν μια συνειδητοποίηση ότι οι απόψεις του για την αποδέσμευση από την ανθρωπότητα στο σύνολό της δεν επηρέαζαν τη ζωή της- αντίθετα, τη βοήθησαν να κατανοήσει τον Karan ως άτομο.

Η Amaya απολάμβανε κάθε στιγμή που περνούσε με τον Karan. Μετά από πέντε ημέρες συνεντεύξεων και συλλογής δεδομένων, αποφάσισαν να επισκεφθούν το βράδυ το σχολείο Loreto, όπου η Amaya ολοκλήρωσε το δημοτικό της σχολείο. Αφού στάθμευσαν το αυτοκίνητο, περπάτησαν μέχρι την κεντρική είσοδο και από εκεί η Amaya μπορούσε να δει τα κτίρια γοτθικού ρυθμού που χτίστηκαν τον δέκατο έκτο αιώνα. Ένιωσε μια ιδιαίτερη χαρά μπαίνοντας στους χώρους του, βιώνοντας μια εσωτερική ευχαρίστηση που ο Κάραν ήταν μαζί της. Μπορούσε να δει μισή ντουζίνα καλόγριες και ξεκίνησε συζήτηση με μια μάλλον ηλικιωμένη, η οποία χάρηκε που έμαθε ότι η Amaya ήταν φοιτήτρια του Λορέτο. Ενώ της σύστηνε την Κάραν, οι δυο τους αντάλλαξαν ευχάριστες κουβέντες. Η καλόγρια τους είπε ότι ήταν Γαλλίδα, νεοφερμένη στη Μαδρίτη και ότι στο παρελθόν είχε εργαστεί στη Γαλλία, την Ελβετία και την Αυστρία. Η μοναχή τους οδήγησε εκεί όταν η Amaya εξέφρασε την επιθυμία της να επισκεφθεί την αίθουσα μουσικής και να παίξει πιάνο. Η Amaya φίλησε το Grand στο οποίο έμαθε κλασική μουσική. Η Amaya προσκάλεσε τον Karan να παίξει μαζί της και οι δυο τους έπαιξαν για λίγο. Η Amaya είχε μια υπέροχη/νοσταλγική εμπειρία και ευχαρίστησε τη μοναχή για την καλοσύνη της. Στη συνέχεια η Amaya έδειξε στον Karan τις διάφορες αίθουσες διδασκαλίας στις οποίες σπούδασε, τη βιβλιοθήκη, το εργαστήριο και την παιδική χαρά. Ενώ έπινε καφέ και bizcocho στην καφετέρια του σχολείου, μοιράστηκε πολλές ιστορίες με τον Karan.

Στην Amaya άρεσε να περπατάει στο λαβύρινθο της πόλης με τον Karan. Σε μια διασταύρωση με έναν μικρό κήπο, είδαν ένα ζευγάρι να παίζει βιολί- η γυναίκα είχε τον πρωταγωνιστικό ρόλο.

"Πόσο όμορφα παίζουν", είπε ο Κάραν.

"Ναι, πράγματι, ακούγεται σαν ερωτικό τραγούδι, η αγάπη ενός κοριτσιού και ενός αγοριού", απάντησε η Αμάγια.

"Ναι, Αμάγια, μπορείς να το αισθανθείς καλά. Είναι πράγματι ένα ερωτικό τραγούδι με μια πρέζα ιπποτισμού. Ίσως το τραγούδι ενός στρατιώτη που ερωτεύεται ένα κορίτσι του χωριού ή ενός αγοριού που γνωρίζει ένα κορίτσι στην αγορά. Αλλά ακούγεται καταπληκτικό", δήλωσε ο Karan.

Ένα μικρό πλήθος άκουγε τη μουσική σε σιγή καρφίτσας. Η κόρη του βιολιστή θα μπορούσε να είναι δέκα ή δώδεκα ετών και στεκόταν στην είσοδο του κήπου με ένα λευκό κουπόνι. Η Αμάγια είδε ανθρώπους να πληρώνουν το πολύ διακόσιες πεσέτες. "Μπορείτε να πληρώσετε οποιοδήποτε ποσό. Είστε ελεύθεροι να μπείτε χωρίς να πληρώσετε", είπε το κοριτσάκι χαμογελώντας. Όταν ο Κάραν της έδωσε τρεις χιλιάδες πεσέτες, το κορίτσι εξεπλάγη.

"Senora, senor, gracias (Κυρία, κύριε, σας ευχαριστώ)", είπε το κορίτσι.

"Dios bendiga (Ο Θεός να σας ευλογεί)", απάντησε ο Karan.

"Senor, deje que lenga un hijo pronto (Κύριε, αφήστε σας να αποκτήσετε σύντομα ένα παιδί)", είπε η κοπέλα.

"Una nina como tu (Ένα κορίτσι σαν εσένα)", απάντησε ο Karan.

Η Amaya κοίταξε τον Karan με ένα χαμόγελο. Και ο Κάραν χαμογέλασε.

Ο Κάραν ήταν πράγματι ένα μυστήριο. Αγαπούσε τους πάντες, βοηθούσε τους άπορους και ήταν γενναιόδωρος.

Στάθηκαν εκεί, ακούγοντας μουσική για μια ώρα. Ήταν μια θαυμάσια παράσταση- η Amaya ένιωσε να ζαλίζεται από τη μουσική που έπαιζαν.

"Η μουσική συνδέει τους ανθρώπους, τα ζώα και τα πουλιά. Είναι μια έκφραση της φύσης- τελικά, ανήκει στο σύμπαν", σχολίασε ο Κάραν ενώ επέστρεφε στο ξενοδοχείο.

"Ακούστε προσεκτικά- υπάρχει μουσική παντού- αγκαλιάζει τα πάντα και επεκτείνεται στην αιωνιότητα, στο άπειρο", είπε η Amaya.

"Συμφωνώ μαζί σου, Amaya- η μουσική διαμορφώνει τη συμπεριφορά των ανθρώπων, διεγείρει τη νοημοσύνη, ενεργοποιεί το μυαλό και επαναπροσδιορίζει τη ζωή", εξήγησε ο Karan.

"Εκφράζοντας συναισθήματα, η μουσική μας κάνει υγιείς, μας οδηγεί στην ανάπτυξη, δημιουργεί συνείδηση και ενσταλάζει σταθερότητα. Η δύναμη της μουσικής εισέρχεται άμεσα στο μυαλό του ακροατή, μαλακώνει την εσωτερική του δομή και οδηγεί σε χαρούμενες διαμορφώσεις. Εμφανίζεται μια σταδιακή αλλαγή στον ακροατή, η οποία γίνεται ουσιαστική με την ηρεμία του νου. Η μουσική μπορεί να υπάρξει χωρίς ακροατή, αλλά μόνο ο ακροατής μπορεί να δώσει στη μουσική νόημα και ολοκλήρωση. Έτσι, υπάρχει μια αμοιβαία εξάρτηση μεταξύ της βιολονίστριας, της μουσικής που παράγει και του ακροατή", ανέλυσε η Amaya.

Ο Karan κοίταξε την Amaya και χαμογέλασε. "Σε θαυμάζω, Amaya- τα λόγια σου είναι υπέροχα. Εμείς οι άνθρωποι δίνουμε νόημα στα πάντα. Το νόημα της μουσικής διαφέρει από άτομο σε άτομο. Η παιδική ηλικία είναι η καλύτερη εποχή για να προκαλέσουμε την αγάπη για τη μουσική, η καταλληλότερη περίοδος για να δημιουργήσουμε νόημα, επειδή οι εκφράσεις της μπορούν να εισχωρήσουν βαθιά στο μυαλό ενός παιδιού χωρίς καμία αντίσταση". Τα λόγια του Karan ήταν απλά και αυθεντικά, σκέφτηκε η Amaya.

Η Amaya γνώριζε ότι ο πολιτισμός επηρεάζει τη μουσική και ανέπτυξε ένα σκηνικό, εισάγοντας τη γαλήνη, δημιουργώντας την απεραντοσύνη, το βάθος και την άπειρη ομορφιά της μουσικής. Καθώς περιλάμβανε κάθε τέχνη, τα πρωταρχικά συναισθηματικά χαρακτηριστικά της μουσικής ήταν παρόμοια σε κάθε κοινωνία, παρόλο που οι αντιδράσεις διέφεραν. Αυτό οφειλόταν στις διαφορετικές αντιλήψεις των ανθρώπινων συναισθημάτων και των νοημάτων τους. Σε ορισμένους πολιτισμούς, το συναισθηματικό περιβάλλον ήταν διαφοροποιημένο- και οι μουσικές εκφράσεις ήταν πιο συγκεκριμένες. Η Amaya γνώριζε ότι η μουσική δομή της ρυθμικής άρθρωσης, της ανάδειξης και του ρυθμού επηρεάζε το μυαλό των ανθρώπων και τις αλληλεπιδράσεις σε μια κοινωνία. "Τα συναισθήματα δημιουργούν σωματικές και ψυχολογικές αλλαγές σε ένα άτομο", είπε η Amaya, κοιτάζοντας τον Karan.

"Είναι αλήθεια. Η μουσική μπορεί να μειώσει το άγχος, τον πόνο, την αγωνία, τις ανησυχίες, τις τάσεις αυτοκτονίας και πολλά άλλα αρνητικά συναισθήματα σε ένα άτομο", απάντησε ο Karan.

Όταν έφτασαν στο ξενοδοχείο, ο Karan αγκάλιασε την Amaya και είπε: "Αποκαλύπτεις τον μουσικό που κρύβεται μέσα στην καρδιά μου".

"Με αναδιαμορφώνεις και ξεμπερδεύεις την αγάπη μου", ατενίζοντας το πρόσωπό του, απάντησε η Amaya.

Οι συνεντεύξεις και οι επισκέψεις σε τηλεοπτικά κανάλια, αρχεία και βιβλιοθήκες πήγαν καλά. Η Amaya συνέλεξε αρκετά δεδομένα για την αρχική της εργασία και ο Karan εξέφρασε το ενδιαφέρον του να τα κωδικοποιήσει για να τα μετατρέψει σε πίνακες προς ερμηνεία. Ένιωσε ευτυχής γνωρίζοντας ότι ο Karan μπορούσε να αναλύσει στατιστικά δεδομένα και να εφαρμόσει διάφορα τεστ.

Είχαν απομείνει άλλες δύο ημέρες- η τελευταία ημέρα ήταν για την ταυρομαχία. Ο Κάραν είχε αγοράσει δύο εισιτήρια για την πρώτη σειρά κάτω από τη σκιά, κοντά στους ματαντόρους και τη δράση, και ο ταύρος ήταν ένας Toro Bravo, ένας ταύρος μάχης. Η προτελευταία ημέρα της παραμονής τους στην πόλη ήταν για να επισκεφθούν ιστορικά σημαντικά μέρη μέσα και γύρω από τη Μαδρίτη. Το πρώτο το πρωί ήταν ο ναός του Ντεμπόντ, ένα ιερό για τον αιγυπτιακό θεό Άμμωνα γύρω στον δεύτερο αιώνα π.Χ.. Η Αμάγια γνώριζε ότι η Αίγυπτος δώρισε τον ναό στην Ισπανία το εννιακόσιο εξήντα οκτώ. Η Amaya και ο Karan περπάτησαν γύρω από το μεγαλοπρεπές οικοδόμημα για περίπου δύο ώρες και στη συνέχεια θέλησαν να δουν το Estacion De Atocha. Ξαφνικά η Amaya ένιωσε ανησυχία, ναυτία και κόπωση. "Κάραν", φώναξε. Αμέσως ο Karan την πήρε στο χέρι του και περπάτησε προς το πάρκινγκ των αυτοκινήτων. Όταν μπήκε στο αυτοκίνητο, σκούπισε το πρόσωπο της Amaya με μια πετσέτα, καθώς προσπαθούσε να κάνει εμετό. "Amaya, φαίνεται ότι είσαι έγκυος", είπε ο Karan ενώ οδηγούσε προς έναν μαιευτήρα.

Αφού έκανε κάποιες εξετάσεις και έρευνες για περίπου είκοσι λεπτά, ο μαιευτήρας βγήκε έξω και είπε στον Κάραν με χαμόγελο: "Θα γίνεις πατέρας, συγχαρητήρια".

"Σας ευχαριστώ, γιατρέ, για τα καλά νέα. Ήμουν τόσο ανυπόμονος να το μάθω. Είναι τα πιο χαρμόσυνα νέα για εμάς", είπε ο Κάραν με ενθουσιασμό.

"Περάστε, παρακαλώ", είπε ο γιατρός στον Κάραν ενώ γύριζε.

"Γεια σου, Αμάγια, συγχαρητήρια. Είμαι τόσο ευτυχισμένος", είπε ο Κάραν, ενώ τη φιλούσε στα μάγουλα. Η Αμάγια χαμογέλασε.

"Σ' ευχαριστώ, Κάραν, για την αγάπη σου", απάντησε.

"Είμαι ο πιο ευτυχισμένος άνθρωπος στον κόσμο". Τη φίλησε ξανά.

"Χρειάζεται περισσότερη ξεκούραση, αφήστε την να μείνει εδώ για περίπου τρεις ώρες", είπε ο γιατρός στον Κάραν.

"Βεβαίως, γιατρέ", απάντησε ο Κάραν.

Ο Κάραν περίμενε έξω. Όταν η Αμάγια βγήκε έξω, χαμογελούσε. "Κάραν, είμαι καλά, σε αγαπώ", είπε.

"Σ' αγαπώ, αγαπημένη μου Αμάγια. Δεν μπορώ να το πιστέψω. Κουβαλάς, το μωρό μας μας ακούει". Ο Κάραν την αγκάλιασε. Ήταν ενθουσιασμένος, παρατήρησε η Αμάγια.

Τον πρώτο μήνα, ο Karan αποθάρρυνε την Amaya από το να πάει στο πανεπιστήμιο. Καθ' όλη τη διάρκεια του δεύτερου μήνα, έφτασε την Amaya στη Σχολή Δημοσιογραφίας, περίμενε στον κοινόχρηστο ξενώνα για τους επισκέπτες όλη την ημέρα και ήταν προσεκτικός όταν έπαιρνε γεύματα με την Amaya. Από τον τρίτο μήνα, ενθάρρυνε την Amaya να οδηγήσει. Ο Karan τη βοήθησε να κάνει ένα ζεστό ντους και στέγνωσε τα μαλλιά και το σώμα της με μια καθαρή πετσέτα. Τα βράδια έκαναν βόλτα στην παραλία χέρι-χέρι και εκείνος παρέμενε πάντα στο πλευρό της. Μετά τις βόλτες, ο Karan βοηθούσε την Amaya να κολυμπήσει μαζί του στην πισίνα τους γυμνή, ώστε το μωρό να νιώσει την ομορφιά και την ευκινησία του νερού. Για τους τρεις πρώτους μήνες, ο Karan απείχε εντελώς από το σεξ. Μόλις άρχισαν να κάνουν έρωτα, ήταν προσεκτικός για να μην πληγώσει την Amaya και το αγέννητο παιδί. Σταδιακά μείωσε τη συχνότητα του έρωτα μια φορά στις δύο εβδομάδες και από την εικοστή έκτη εβδομάδα υπήρξε πλήρης αποχή.

Ο Κάραν επέλεξε το κορυφαίο νοσοκομείο με το καλύτερο μαιευτήριο για τις εξετάσεις και την ιατρική φροντίδα της Αμάγια. Η Amaya επισκεπτόταν τον μαιευτήρα μία φορά κάθε τέσσερις εβδομάδες μέχρι την εικοστή έκτη εβδομάδα. Από την εικοστή έκτη έως την τριακοστή δεύτερη εβδομάδα, η επίσκεψη γινόταν μία φορά κάθε τρεις εβδομάδες, και από την τριακοστή δεύτερη έως την τριακοστή έκτη εβδομάδα, κάθε δύο εβδομάδες, και μία φορά κάθε εβδομάδα για τις τριάντα έξι εβδομάδες μέχρι τον τοκετό. Ο μαιευτήρας μίλησε στην Amaya και τον Karan για την προετοιμασία για τον ερχομό του μωρού τους. Τους έδωσε τη δυνατότητα να μετρήσουν την εγκυμοσύνη της Amaya από την πρώτη ημέρα της τελευταίας της περιόδου και τους ζήτησε να περιμένουν το μωρό οποιαδήποτε στιγμή μετά την τριακοστή έβδομη εβδομάδα. Ο γιατρός είπε στην Amaya ότι η σύλληψη έγινε δύο εβδομάδες μετά την πρώτη ημέρα της τελευταίας της περιόδου και ότι χρειάζονται πέντε έως επτά ημέρες για να εγκατασταθεί το γονιμοποιημένο ωάριο στη μήτρα. Μετά την εξέταση με υπερηχογράφημα την ενάτη εβδομάδα και την επαλήθευση του μεγέθους της μήτρας, του κόλπου και της κοιλιάς, ο γιατρός είπε στην Amaya και τον Karan ότι μπορούσαν να περιμένουν το μωρό στις αρχές της πρώτης εβδομάδας του Αυγούστου.

Τα Σαββατοκύριακα, η Amaya και ο Karan έκαναν μεγάλες διαδρομές, βαθιά μέσα στα χωριά της Καταλονίας, στα σύνορα της Γαλλίας, στη χώρα των μηλοειδών και των αμπελώνων. Μια από αυτές τις μέρες, ο Karan είπε στην Amaya ότι θα πήγαιναν για γευσιγνωσία κρασιού και ντύθηκαν άνετα σαν να επρόκειτο για μια ανεπίσημη εκδήλωση- πρόσεξαν να μην φορέσουν κανένα άρωμα. Ο Karan είχε ένα σχέδιο γευσιγνωσίας, αλλά η Amaya δεν είχε κανένα ως αρχάρια. Παρόλο που δεν είχε συμμετάσχει ποτέ σε γευσιγνωσία κρασιού, η Αμάγια ένιωσε ενθουσιασμένη.

"Υπάρχουν εκατοντάδες αμπελώνες εκεί που η Καταλονία συναντά το Ρουσιγιόν", είπε ο Karan στην Amaya ότι οι Καταλανοί και στις δύο πλευρές είναι εξαιρετικοί οινοποιοί, ενώ έμπαινε σε ένα οινοποιείο.

"Τι θα κάνουμε εδώ;" ρώτησε η Amaya.

"Θα κάνουμε γευσιγνωσία κρασιού", απάντησε ο Karan.

"Αλήθεια; Αν δοκιμάσω κόκκινο κρασί, θα επηρεάσει το μωρό μας;" Η Amaya εξέφρασε την ανησυχία της.

"Δοκιμάζετε μόνο λευκό κρασί, το οποίο καταναλώνετε καθημερινά. Μια ελάχιστη ποσότητα από το καλύτερο κόκκινο κρασί δεν δημιουργεί κανένα πρόβλημα", απάντησε ο Karan.

"Υπάρχουν επιστημονικά ευρήματα;" διερωτήθηκε η Αμάγια.

"Δεν υπάρχουν ακόμη εξακριβωμένα ευρήματα, αλλά κάποιες μελέτες έχουν αποδείξει ότι το κόκκινο κρασί δεν προκαλεί αρνητικές επιπτώσεις στη μητέρα και στο αγέννητο. Εκατομμύρια γυναίκες καταναλώνουν καθημερινά κρασί στην Ιταλία, την Ισπανία, τη Γαλλία και την Καλιφόρνια- πολλές από αυτές είναι μέλλουσες μητέρες. Φυσικά, το κρασί δεν κάνει κακό ούτε στον πατέρα". Ο Κάραν γέλασε.

Η Αμάγια και ο Κάραν μπορούσαν να δουν δεκάδες νεαρές γυναίκες και άνδρες να ασχολούνται με τη γευσιγνωσία κρασιού λίγο πιο πέρα σε μια ανοιχτή αίθουσα.

"Πώς γευόμαστε το κρασί;" διερωτήθηκε η Amaya.

"Υπάρχουν τέσσερα βήματα: κοιτάμε, μυρίζουμε, δοκιμάζουμε και κρίνουμε", είπε ο Καράν.

"Πρέπει να είσαι ειδικός σε όλες αυτές τις κατηγορίες", έκανε μια δήλωση η Amaya.

"Όλοι ξεκινούν ως αρχάριοι χωρίς καμία προηγούμενη γνώση. Αναπτύσσετε τις γνώσεις, τις δεξιότητες και τη στάση σας στη γευσιγνωσία κρασιού για μεγάλο χρονικό διάστημα. Πρώτα εξετάζετε το χρώμα, την αδιαφάνεια και το ιξώδες, δηλαδή το πάχος του κρασιού, την κολλώδη, κολλώδη και γλοιώδη κατάσταση. Όταν εμφιαλώνουν το κρασί, κάθε φιάλη έχει το όνομα, τα στοιχεία του αμπελώνα, της τοποθεσίας και της ποικιλίας σταφυλιών και μπορεί κανείς να τα βρει μέσα σε πέντε λεπτά. Αλλά όταν δοκιμάζεις κρασί από ένα ποτήρι, δεν δίνονται λεπτομέρειες", εξήγησε ο Karan.

"Πώς να διακρίνεις το άρωμα του κρασιού;" διερωτήθηκε η Amaya.

"Η μυρωδιά σας λέει για το είδος των σταφυλιών που χρησιμοποιήθηκαν- μπορεί να είναι πρωτογενής, δευτερογενής και τριτογενής σε διαφορετικές διαστάσεις πλούσια και αδύναμη, δελεαστική ή καθηλωτική", πρόσθεσε ο Karan.

"Αυτό ακούγεται υπέροχο. Θαυμάζω τις γνώσεις σου για το κρασί", είπε εκτιμώντας τον Κάραν η Αμάγια.

"Οι γευστικοί σας κάλυκες μπορούν να διαφοροποιήσουν οποιαδήποτε γεύση. Η ξινή γεύση είναι βασική ανάλογα με διάφορες παραμέτρους, καθώς τα σταφύλια είναι κάπως όξινα- η γεύση αλλάζει από αμπελώνα σε αμπελώνα, από περιοχή σε περιοχή και από ήπειρο σε ήπειρο. Κάποιος μπορεί να αποφασίσει την υφή από τη γλώσσα, καθώς ορισμένες γεύσεις είναι μόνιμες, αλλά κάποιες άλλες εφήμερες", εξήγησε ο Karan.

"Καράν, πώς αποφασίζεις για την ποιότητα ενός κρασιού;" ρώτησε η Αμάγια.

"Η απόφασή σας για το κρασί εξαρτάται από πολλά χαρακτηριστικά του. Πρώτον, πρέπει να αποφασίσετε αν είναι ισορροπημένο ή ανυπόφορο, πολύ όξινο ή αλκοολούχο, τονωτικό ή μουσκεμένο. Αποφασίζετε αν το κρασί που δοκιμάσατε είναι μοναδικό, εφαπτόμενο ή παροδικό. Η πιο ζωτική απόφαση είναι τα λαμπερά χαρακτηριστικά του και το αν σας αρέσει. Είναι σαν να κρίνεις μια γυναίκα". Ο Κάραν κοίταξε την Αμάγια και χαμογέλασε. "Έλα, πάμε να κάνουμε τη δοκιμή κρασιού", είπε ο Κάραν και οδήγησε την Αμάγια στην αίθουσα γευσιγνωσίας.

Δοκίμασαν πολλές διαφορετικές κατηγορίες κρασιών και αποφάσισαν τις σημειώσεις αξιολόγησης. Ο Karan σύστησε την Amaya στους οινοποιούς και συζήτησε το κρασί που δοκίμασε, ενώ υπέβαλε τις σημειώσεις του στους οινοποιούς. Πριν φύγει, αγόρασε είκοσι κουτιά με κόκκινο και λευκό κρασί που περιείχαν τέσσερις φιάλες.

Καθώς στάθμευε το αυτοκίνητο στο γκαράζ επιστρέφοντας από το δικαστήριο, ο Amaya θυμήθηκε αυτές τις φιάλες που αγόρασε από ένα οινοποιείο στα σύνορα Καταλονίας-Γαλλίας. Παρέμειναν στο γκαράζ τους στη Βαρκελώνη για δύο ημέρες, καθώς ο Καράν μπόρεσε να μεταφέρει μόνο πέντε κουτιά στο κελάρι της τραπεζαρίας τους την πρώτη ημέρα.

Εκείνο το βράδυ η Amaya είχε δύο νέους πελάτες. Η Ελίζαμπεθ είναι μια τριαντάχρονη πτυχιούχος οικιακής επιστήμης και μητέρα δύο παιδιών ηλικίας πέντε και τριών ετών. Ο σύζυγός της, ο Τόμας, τριάντα πέντε ετών, επικεφαλής ενός μικρού ταξιδιωτικού γραφείου, ήταν πάντα απασχολημένος με την οργάνωση επισκέψεων στους Αγίους Τόπους. Τέσσερις φορές το χρόνο, στην Ευρώπη για ομάδες αποτελούμενες από σαράντα πέντε έως πενήντα άτομα. Οργάνωνε όλες τις επισκέψεις και ταξίδευε με την ομάδα. Πριν από περίπου επτά χρόνια, ο Thomas ξεκίνησε το ταξιδιωτικό γραφείο με την οικονομική υποστήριξη του James, ενός καθολικού ιερέα από μια θρησκευτική κοινότητα. Ο Τζέιμς ενέπνευσε τον Θωμά, τον συμφοιτητή του, ο οποίος έδωσε την ιδέα του ταξιδιωτικού πρακτορείου, καθώς ο Τζέιμς είχε θεολογικές και εκκλησιαστικές σπουδές στην Ιταλία, τη Γερμανία και το Βέλγιο. Είχε διασυνδέσεις στους Αγίους Τόπους και στην Ευρώπη. Ο Ιάκωβος επισκεπτόταν συχνά το γραφείο του ταξιδιωτικού πρακτορείου, ένα δωμάτιο που ήταν προσαρτημένο στο σπίτι του Θωμά. Στα πρώτα χρόνια, ο Θωμάς και ο Ιάκωβος έκαναν σχέδια για ώρες μαζί, κάθε επίσκεψη σχολαστικά, και το πρακτορείο σημείωσε αλματώδη επιτυχία. Καθώς οι υπηρεσίες έλαμπαν, εκατοντάδες άνθρωποι ήταν στη λίστα αναμονής μέσα σε δύο χρόνια, και ο Thomas έγινε ευτυχισμένος και πλούσιος.

Εν τω μεταξύ, ο Τζέιμς ξεκίνησε σχέση με την Ελίζαμπεθ και οι δυο τους απολάμβαναν καθημερινά τη σεξουαλική τους οικειότητα. Κάθε φορά που ο Τόμας πήγαινε με την ομάδα στους Αγίους Τόπους και την Ευρώπη, ο Τζέιμς περνούσε τις νύχτες με την Ελισάβετ και εκείνη ήταν σίγουρη ότι ο Τζέιμς ήταν ο πατέρας και των δύο παιδιών της. Στη συνέχεια, ο Τζέιμς μετατέθηκε στη Βιέννη και εργάστηκε με τον γενικό προϊστάμενο στο διεθνές γραφείο της θρησκευτικής του κοινότητας. Πριν από την αναχώρηση, ο Τζέιμς υποσχέθηκε στην Ελίζαμπεθ ότι ήταν έτοιμος να την παντρευτεί και ότι θα την έπαιρνε μαζί του και τα παιδιά τους στην Ευρώπη, με την προϋπόθεση ότι ο Τόμας δεν θα υπήρχε πια. Η Ελισάβετ ήθελε να ζήσει με τον Τζέιμς στην Ευρώπη, αλλά δεν ήθελε να εξαλείψει τον Τόμας. Η Αμάγια άκουσε την Ελίζαμπεθ υπομονετικά. Όταν η Ελίζαμπεθ ολοκλήρωσε την αφήγησή της, η Αμάγια σκεφτόταν βαθιά για αρκετή ώρα. Στη συνέχεια, με χαμηλή φωνή, συμβούλεψε την Ελίζαμπεθ να συναντήσει το συντομότερο δυνατό έναν κλινικό ψυχολόγο.

Η Φάτιμα, είκοσι πέντε ετών, είχε ένα τρομακτικό βλέμμα. Έτρεμε και ήταν υστερική σαν να φοβόταν κάτι, όταν η Amaya της ζήτησε να καθίσει. Καθισμένη στην άκρη της καρέκλας, η Φάτμα διηγήθηκε την ιστορία της. Η Φατίμα ήταν δασκάλα δημοτικού σε ένα σχολείο της δημοτικής επιχείρησης για πέντε χρόνια- παντρεύτηκε τον Γιουσούφ Μοχάμεντ όταν ήταν δεκαέξι ετών. Μέσα σε έξι μήνες από τον γάμο τους, ο Γιουσούφ πήγε στο Κατάρ για να εργαστεί σε μια μεγάλη μονάδα ψύξης με καλό μισθό. Επισκεπτόταν την πατρίδα του μία φορά κάθε χρόνο και περνούσε ένα μήνα με τη Φατίμα, αλλά δεν απέκτησαν παιδί ούτε μετά από εννέα χρόνια. Ο Γιουσούφ είχε γονείς, τέσσερις αδελφές παντρεμένες και τέσσερα αδέλφια στο Ντουμπάι και το Κουβέιτ που έμεναν με την οικογένειά τους.

Καθώς η Φατίμα ήταν δασκάλα σε σχολείο και έπαιρνε μισθό από την πολιτειακή κυβέρνηση, ο Γιουσούφ δεν ήθελε να πάρει τη Φατίμα στο Κατάρ. Εξάλλου, ως το μικρότερο παιδί, ο Γιουσούφ ήταν κοντά στους γονείς του και ήξερε ότι, στην απουσία της Φατίμα, οι ηλικιωμένοι γονείς του, ιδίως η κατάκοιτη μητέρα του, θα έμεναν μόνοι, καθώς ήταν πάνω από εξήντα πέντε ετών. Αφού ο Γιουσούφ έφυγε για το Κατάρ, ο πατέρας του άρχισε να κακοποιεί σεξουαλικά τη Φατίμα, βιάζοντάς την καθημερινά. Όταν αυτό γινόταν ανυπόφορο για εκείνη, εκείνη αντιστεκόταν και σε τέτοιες περιπτώσεις, υποσχόταν να μεταβιβάσει το σπίτι στο όνομα της Φατίμα και του Γιουσούφ. Αργότερα, την απείλησε- έλεγε στον γιο του ότι η Fatima ενοχλούσε σεξουαλικά τον ηλικιωμένο άνδρα, αναγκάζοντάς τον να κοιμηθεί μαζί της. Η Fatima δεν ήθελε να αποκαλύψει τον λόγο της αγωνίας της στον σύζυγό της, καθώς εκείνος αρνιόταν να την πιστέψει. Για εκείνον, οι γονείς του ήταν απίστευτα δώρα από τον Αλλάχ. Η Fatima είπε στον Amaya ότι ήθελε να ζητήσει διαζύγιο και να ζήσει μόνη της. Αλλά φοβόταν τον πεθερό της και τους ισλαμιστές φονταμενταλιστές για θανατηφόρες επιθέσεις, ακόμη και στο χώρο του σχολείου. Η Amaya έδωσε εντολή στον κατώτερό της να συγκεντρώσει όλα τα σχετικά έγγραφα- να καταθέσει αίτηση στο δικαστήριο ζητώντας αστυνομική προστασία για τη Fatima εκτός από το διαζύγιο και την κατάλληλη διατροφή.

Μετά από μια ώρα Βιπασάνα, η Αμάγια έψαξε τα emails της από την Ποορνίμα. Αφορούσε τη διδακτορική έρευνα του πατέρα της σε ένα πανεπιστήμιο στην Καλιφόρνια. Ο Δρ Acharya άρχισε να ερευνά μια θεραπεία για τη νόσο Αλτσχάιμερ μετά την αποφοίτησή του στο Ηνωμένο

Βασίλειο και τελικά ανέπτυξε ένα αποτελεσματικό φάρμακο κατά τη διάρκεια της διδακτορικής του διατριβής. Το δοκίμασε σε πολλές χώρες σε διάφορες καταστάσεις σε άτομα που είχαν άνοια. Αφού διαλύσει το φάρμακο σε λευκό κρασί, το χορηγεί στους ασθενείς κατά τη διάρκεια ή μετά το δείπνο. Το αποτέλεσμα των δοκιμών ήταν θετικό παντού και η φαρμακευτική εταιρεία Dr Acharya βρισκόταν στα πρόθυρα της κυκλοφορίας του στην αγορά. "Ο πατέρας μου είναι σπουδαίος επιστήμονας- το φάρμακο που δημιούργησε ήταν μια αποτελεσματική θεραπεία για τη νόσο Αλτσχάιμερ. Είμαι σίγουρη ότι θα είχε πάρει το υψηλότερο βραβείο για την ιατρική", έγραψε η Poornima.

Μια ομάδα ερευνητών διαπίστωσε ότι το φάρμακο θα μπορούσε να χρησιμοποιηθεί καταχρηστικά για να δελεάσει τον εγκέφαλο των απλών ανθρώπων, με αποτέλεσμα να προκαλεί έκσταση, ευφορία και ψευδαισθήσεις. Έτσι, υπήρχαν τρομακτικές πιθανότητες γιατροί, πολιτικοί ηγέτες, θρησκευτικοί φανατικοί ή ψυχοπαθείς να το καταχραστούν, αναλαμβάνοντας την εξουσία και τη δύναμη να διαμορφώσουν τον ανθρώπινο εγκέφαλο όπως επιθυμούσαν. Οι συνέπειες θα ήταν φρικτές και καταστροφικές, κατέληξαν. Αυτό είχε ως αποτέλεσμα την απόσυρση του φαρμάκου από την κυκλοφορία, την απαγόρευση της διαδικασίας παρασκευής και την απαγόρευση της δημοσιοποίησης του περιεχομένου του.

"Ειλικρινά, ο πατέρας μου δεν ήταν υπεύθυνος για την κακή χρήση του", κατέληξε η Poornima.

"Αγνοείς την αλήθεια, Poornima", σκέφτηκε η Amaya. Ήταν σκεπτική μετά την ανάγνωση του ηλεκτρονικού ταχυδρομείου. Για άλλη μια φορά, σκέφτηκε εκείνες τις φιάλες λευκού κρασιού που αγόρασε ο Κάραν από ένα οινοποιείο στη βόρεια Καταλονία, στα σύνορα με το Ρουσιγιόν, τις οποίες είχε τακτοποιήσει στο κελάρι της τραπεζαρίας τους στη Βαρκελώνη.

Έγκυος με μια κόρη

Η εγκυμοσύνη ήταν μια όμορφη συμμετοχή της αγάπης του Karan, η εμπειρία της μεταμόρφωσής του στη μήτρα της Amaya, ξεκινώντας με μια σπίθα, διογκώνοντας μια νέα ζωή. Ήταν μια καταπληκτική στιγμή- η Amaya αναστοχάστηκε την πρώτη της συνάντηση με τον Karan, τη σύλληψη του μωρού τους μέσα της και τη διαδικασία ανάπτυξής του. Επανειλημμένα, η Amaya σκεφτόταν την ενότητά της με τον Karan, έναν αδιαχώριστο δεσμό, και τα νήματα ελπίδας του που τη συνέδεαν μαζί του όλες τις στιγμές της εγρήγορσής της. Η ηρεμία της παρουσίας του, μέσα και γύρω της, ήταν ζαλιστική. Ο Καράν εκλεπτύνει τη συνείδησή της, εστιάζει τις αντιλήψεις της, αναζωογονεί τις ενέργειες και λαμπρύνει τις ελπίδες της, υπερφορτίζοντας την εμπιστοσύνη της σ' αυτόν. Όπου κι αν κινούνταν, ό,τι κι αν κοίταζε, νέα χρώματα την ενθουσίαζαν και οράματα ζωής μεγάλωναν μέσα της. Ήταν παντού σαν το δροσερό αεράκι, το άρωμα της Ανδαλουσίας, το νυχτερινό ανθισμένο γιασεμί με το χαρακτηριστικό του άρωμα. Η Amaya αποσύρθηκε σε έναν κόσμο του Karan, μυστηριώδης από τη μαγική του παρουσία, και σπάνια σκεφτόταν τη ζωή που μεγάλωνε μέσα της.

Η Amaya δεν νοιάστηκε για τη συχνή ναυτία της κατά τους πρώτους μήνες, πιστεύοντας ότι ο Karan ήταν εκεί για να τη φροντίσει- το στοργικό του άγγιγμα θα μετρίαζε όλες τις κακές συνέπειες της επαναλαμβανόμενης σωματικής δυσφορίας. Όταν άκουσε για πρώτη φορά τους χτύπους της καρδιάς του μωρού, η Amaya νόμιζε ότι ήταν του Karan, καθώς κρυβόταν στην κοιλιά της. Παρόλο που αντιμετώπιζε χρόνιους πόνους στην πλάτη, αλλαγές στη διάθεση και μια συνεχή άμπωτη συναισθημάτων σαν σε τρενάκι του λούνα παρκ, ο Karan ήταν εκεί φιλώντας τα μάγουλα, τον λαιμό, τις παλάμες και την κοιλιά της και κάνοντάς της μασάζ με βαμβάκι εμποτισμένο σε ζεστό νερό. Έπαιζε πιάνο για πολλές ώρες και βοηθούσε την Amaya να καθίσει δίπλα του για να παίξει μαζί του. Καθώς δεν ήταν μόνη της, βίωσε την εμπιστοσύνη στην άνευ όρων αγάπη του Karan και τη συνεχή παρουσία του. Κάθε φορά που ήταν συναισθηματικά αναστατωμένη για άγνωστους λόγους ή σωματικά απροσάρμοστη, την παρηγορούσε καθισμένος δίπλα της, κρατώντας τα χέρια της, κάνοντας μασάζ στα πόδια της και ακούγοντας τις κινήσεις του μωρού κρατώντας το αυτί του στη φουσκωμένη κοιλιά της.

Η Amaya απολάμβανε την εγγύτητα του Karan και λαχταρούσε το απαλό του άγγιγμα, καθώς τα ίχνη του ήταν καταπραϋντικά και μείωναν τις μυϊκές εντάσεις και τη συναισθηματική αναταραχή. Ο Karan είπε στην Amaya ότι η κόρη τους που μεγάλωνε μέσα της θα έμοιαζε στην Amaya με αστραφτερά μάτια. Ήξερε ότι το μωρό θα ήταν πολύτιμο για τον Κάραν, καθώς ήταν περήφανος για την εγκυμοσύνη της, τη σχέση της και την οικειότητα μαζί του. Ήταν σίγουρη ότι και οι δύο ήταν οικονομικά υγιείς και θα προσέφεραν στο παιδί τους ένα ευτυχισμένο μέλλον. Ο Karan ενθάρρυνε την Amaya να είναι χαρούμενη και να παραμείνει υγιής, αν και με αδέσποτα συναισθήματα αμφιβολιών, ανησυχιών, θλίψης, αγωνίας και δυσφορίας. Την παρότρυνε να σκέφτεται ευχάριστες εμπειρίες, να φαντάζεται το πρόσωπο του αγέννητου παιδιού να χαμογελάει, να κινεί τα χέρια και τα πόδια του. Ο Karan εξήγησε στην Amaya πώς να προετοιμαστεί εκ των προτέρων για τον τοκετό και εκείνη νόμιζε ότι ο Karan ήταν η Amaya, αυτή που περνούσε την εγκυμοσύνη. Παρήγγειλε εξαίσια αρώματα- η μυρωδιά τους ξύπνησε όμορφες ερωτικές αναμνήσεις με ανεπανάληπτα συναισθήματα ενότητας και εμπιστοσύνης. Ο Karan βοήθησε την Amaya να καθίσει στη θέση του λωτού στη γιόγκα και να διαλογιστεί από τον πρώτο μήνα. Κάθισε επίσης μαζί της και εκείνη υπέστη μια ηλεκτρισμένη εγγύτητα με τον Karan, εξαλείφοντας το άγχος, ελέγχοντας το άγχος και ενισχύοντας την αυτογνωσία. Ενώ έκανε πραναγιάμα, η Amaya ένιωθε μόνο τρεις ανθρώπους στο σύμπαν: Karan, το μωρό και τον εαυτό της. Μπορούσε επίσης να νιώσει την καλοσύνη να ρέει από τον Karan σαν ένα ατελείωτο ρεύμα, που επεκτείνεται σε όλες τις γωνιές του σύμπαντος.

Η Amaya έμεινε έκπληκτη όταν πληροφορήθηκε από την τράπεζα μια μεταφορά διακοσίων χιλιάδων δολαρίων στο λογαριασμό της από έναν "φίλο που δεν ήθελε να αποκαλύψει το όνομά του". "Γιατί μεταφέρετε τέτοια τεράστια ποσά στο λογαριασμό μου; Τι θα τα κάνω;" ρώτησε η Amaya τον Karan.

"Θα τα χρειαστείς", είπε ο Κάραν χαμογελώντας.

"Είσαι πάντα μαζί μου, δεν έχω έξοδα", απάντησε η Αμάγια.

"Τα χρήματα θα σου δώσουν δύναμη. Σε μια κατάσταση που δεν μπορούμε να προβλέψουμε, θα σε κρατήσουν ασφαλή", είπε ο Κάραν.

"Έτσι, μπορούμε να τα χρησιμοποιήσουμε για τα έξοδα του νοσοκομείου", υποστήριξε η Amaya.

"Για αυτό, έχω επαρκή κεφάλαια", απάντησε ο Κάραν.

Η Αμάγια χαμογέλασε, κοιτάζοντας τον Κάραν. Όμως υπήρχε άγνωστη αγωνία στο μυαλό της, αλλά την ξέχασε γρήγορα.

Το σπιτικό φαγητό προτιμούσε η Αμάγια, και ο Κάραν μαγείρευε πρωινό, μεσημεριανό και βραδινό. Της άρεσε να τον βλέπει να μαγειρεύει και τον συνόδευε στο να κόβει πλούσια χοντρά λαχανικά. Παρόλο που ο Karan επέλεξε αρχικά ταυρομαχία, της άρεσε να φτιάχνει ομελέτα, αλλά και εκείνος άλλαξε σε ομελέτα κατά τη διάρκεια της εγκυμοσύνης της. Χτύπησε τα αυγά με αλάτι, πιπέρι, από ένα κομμάτι γαρύφαλλο, κάρδαμο, πράσινο τσίλι, πιπεριά και μερικά φύλλα κόλιανδρου. Αφού έριξε ελαιόλαδο σε ένα αντικολλητικό τηγάνι, άδειασε τα χτυπημένα αυγά μέσα σε αυτό και όταν φάνηκε να χρυσαφίζει, γύρισε την ομελέτα δύο φορές για να γίνει τραγανή. Ο Karan και η Amaya την έφαγαν από το τηγάνι και την απόλαυσαν και οι δύο. Ο Karan δεν ξέχασε ποτέ να βάλει στο στόμα της Amaya μικροσκοπικά κομμάτια ομελέτας τυλιγμένα με ψωμί και τυρί. Για μεσημεριανό γεύμα υπήρχαν τηγανητά ψάρια, μαγειρεμένα αρνίσια παϊδάκια, καστανό ρύζι και ζουμερά λαχανικά.

Το βράδυ υπήρχε τσάι Darjeeling με samosa ή kachori, τα οποία έπαιρναν όρθιοι στο ανατολικό μπαλκόνι. Μετά από μια βόλτα στην παραλία, μια ώρα κολύμπι στην πισίνα ήταν αναζωογονητική και έπαιζαν πιάνο όποτε ήθελαν. Η ακρόαση απαλής μουσικής κατά τη διάρκεια του δείπνου ήταν τακτική, καθώς και οι δύο πίστευαν ότι θα άρεσε στο μωρό. Παρακολουθούσαν τις ειδήσεις για μισή ώρα μετά το δείπνο και ο Karan ήταν πολύ ιδιαίτερος. Η Amaya κοιμήθηκε καλά. Μερικές φορές, της έκανε μασάζ στο μέτωπο, τα χέρια και τα πόδια και της τραγουδούσε ερωτικά τραγούδια Χίντι με χαμηλή φωνή, ενώ ακουμπούσε το κεφάλι της στην αγκαλιά του. Συνέχισαν να πίνουν ένα φλιτζάνι αχνιστό καφέ στο κρεβάτι κάθε πρωί μόλις η Αμάγια σηκωνόταν, που ετοίμαζε ο Κάραν.

Από την εικοστή έκτη έως την τριακοστή δεύτερη εβδομάδα, ο Κάραν πήγαινε με την Αμάγια στο πανεπιστήμιο κάθε μέρα και περνούσε όλη τη μέρα στον κοινόχρηστο ξενώνα της Σχολής Δημοσιογραφίας. Βοήθησε την Amaya να κωδικοποιήσει τα δεδομένα σε πίνακες, να τα αναλύσει με στατιστικά τεστ και να μηχανογραφήσει ολόκληρη τη διατριβή. Η Amaya είχε διεξοδικές συζητήσεις με τον επιβλέποντα της έρευνάς της πριν από την οριστικοποίηση της εργασίας. Μετά την τριακοστή δεύτερη εβδομάδα, η Amaya βρισκόταν στο σπίτι και κάθε εβδομάδα μαζί με τον Karan επισκέπτονταν τον μαιευτήρα. Ο Karan σημείωνε κάθε λέξη του γιατρού και συγκέντρωνε τα φάρμακα που συνταγογραφούσε από το φαρμακείο του νοσοκομείου. Από την αρχή της εγκυμοσύνης της Amaya, ο Karan ακολουθούσε σχολαστικά όλες τις οδηγίες, χορηγώντας φάρμακα στην Amaya. Η Amaya δεν ασχολήθηκε με το ποιο φάρμακο έπρεπε να πάρει και πότε, καθώς ο Karan γνώριζε τα πάντα, το διαχειρίστηκε σαν μια άγρυπνη και αφοσιωμένη νοσοκόμα που φροντίζει τον ασθενή της.

Εν τω μεταξύ, η Amaya ολοκλήρωσε την έρευνά της και υπέβαλε τη διατριβή για αξιολόγηση στο πανεπιστήμιο, αφού έλαβε την έγκριση του επιβλέποντα καθηγητή της. Το όνομα του Karan αναβόσβησε στις ευχαριστίες και το όνομα του επιβλέποντα. Από την παιδική της ηλικία, η Amaya ολοκλήρωνε σχολαστικά την εργασία της καλά και στην ώρα της. Η έγκαιρη ολοκλήρωση της εργασίας της βοήθησε την Amaya να λάμψει ως μία από τις εξαιρετικές δικηγόρους του Ανωτάτου Δικαστηρίου. Οι δικαστές τη θεωρούσαν έντιμη δικηγόρο, η οποία δεν προσπάθησε ποτέ να παραπλανήσει το δικαστήριο ή δεν είπε ούτε μία φορά κάτι πέρα από το νόμο στις αγορεύσεις.

Αφού έφτασε στο γραφείο της το βράδυ, η Amaya συνάντησε όλους τους πελάτες της και έδωσε εντολή στους νεότερους να ετοιμάσουν φακέλους υποθέσεων για νέους πελάτες, να φτιάξουν έναν κατάλογο για την ακρόαση της επόμενης ημέρας και να παρακολουθήσουν τις υποθέσεις που είχαν καταχωρηθεί για την τελική ακρόαση. Ενώ έλεγχε τα email της, βρήκε ένα από την Poornima πριν πάει για ύπνο- η Amaya ανυπομονούσε να το διαβάσει.

"Γεια σας, κυρία", ξεκίνησε. "Σήμερα θέλω να σας πω περισσότερα για τους γονείς μου, κάτι που θα σας βοηθήσει να γνωρίσετε τον πατέρα μου. Η μητέρα μου αγαπούσε τον πατέρα μου πέρα από κάθε περιγραφή, καθώς η γλώσσα αδυνατεί να εξηγήσει την ένταση της αγάπης, της εμπιστοσύνης και της οικειότητάς της. Ήθελε να αποκτήσει ένα κορίτσι και ο πατέρας μου τη διαβεβαίωσε ότι η επιθυμία της θα γίνει πραγματικότητα. Η μητέρα μου έκλαιγε και γελούσε για μέρες μαζί, βλέποντας το πρόσωπό μου, καθώς δεν πίστευε στα μάτια της- η χαρά της ήταν απέραντη. Ένα χρόνο μετά τη γέννησή μου, όταν επέστρεψαν στην Ινδία από την Ευρώπη, η μητέρα μου γιόρτασε τη γέννησή μου με την οικογένεια, τους συγγενείς και τους φίλους της για πολλές ημέρες. Τα γενέθλιά μου κάθε χρόνο ήταν ένα σημαντικό γεγονός στη φαρμακευτική εταιρεία Dr Acharya, και η μητέρα μου δεν ξεχνούσε ποτέ να ανακοινώσει μια επιπλέον αύξηση σε όλο το προσωπικό της εταιρείας.

"Η χαρά του να έχει ένα αντίγραφο του συζύγου της ταυτόχρονα με το φύλο της ήταν ασύλληπτη στην καρδιά της μητέρας μου. Συχνά αναλογιζόμουν την προτίμησή της για ένα κορίτσι που θα έμοιαζε με τον σύζυγό της.

Σκέφτηκα ότι μπορεί να οφείλεται στο γεγονός ότι ένας πατέρας που παρατηρεί την ομοιότητα του παιδιού με εκείνον έχει μεγαλύτερη αυτοπεποίθηση- το μωρό είναι δικό του και περνάει περισσότερο χρόνο με το παιδί, το φροντίζει και το αγαπάει. Αλλά ήταν περιττό για τη μητέρα μου να διαβεβαιώσει έμμεσα τον σύζυγό της ότι το μωρό θα του έμοιαζε, επειδή εμπιστεύονταν και αγαπούσαν ο ένας τον άλλον. Δεν μπορώ καν να φανταστώ τον πατέρα μου να αμφιβάλλει για την αγνότητα της γυναίκας του. Αλλά γιατί η μητέρα μου ήθελε να αποκτήσει ένα κορίτσι που να μοιάζει με τον σύζυγό της; Μια μητέρα, στις περισσότερες περιπτώσεις, φροντίζει το μωρό που γέννησε επειδή ξέρει ότι είναι δικό της. Είναι επίσης μια εξελικτική ανάγκη, αλλά ένας άνδρας δεν είναι σίγουρος αν είναι ο βιολογικός πατέρας του παιδιού. Έτσι, το παιδί που μοιάζει με τον πατέρα έχει πλεονέκτημα, καθώς το παιδί μπορεί να πείσει τον πατέρα ότι είναι ο βιολογικός πατέρας, γιατί ένας άνδρας πρέπει να φροντίζει το παιδί ενός άλλου άνδρα που γέννησε η γυναίκα του. Μπορεί να είναι αλήθεια- ο πατέρας έχει ζωτικό συμφέρον να διασφαλίσει ότι το παιδί είναι δικό του. Μόλις γεννηθεί ένα μωρό, ο πατέρας κοιτάζει το μωρό, αναζητώντας σωματική ομοιότητα. Η μητέρα πρέπει να πείσει τον πατέρα- ότι αυτός είναι ο βιολογικός πατέρας. Αλλά γιατί η μητέρα μου δεν προτίμησε ένα αγόρι που έμοιαζε με τον σύζυγό της; Ακόμα ψάχνω να βρω μια πειστική απάντηση".

Η Amaya σταμάτησε να διαβάζει για λίγο. Πουορνίμα, αυτό συνέβη επειδή η μητέρα σου δεν ήταν η βιολογική σου μητέρα. Ήθελε να αποκτήσει το παιδί του συζύγου της, το οποίο θα μπορούσε να κληρονομήσει τον πλούτο τους με οποιοδήποτε κόστος. Αλλά για να έχει φυσική συγγένεια και άνευ όρων αγάπη για σένα, επιδίωξε το παιδί να είναι του δικού της φύλου, ώστε να μπορεί να το διεκδικήσει, να μοιραστεί τη φυσική ταυτότητα και να πείσει τον εαυτό της ότι το μωρό ήταν δικό της. Για άλλη μια φορά, άρχισε να διαβάζει: "Η μητέρα μου ήταν η μεγαλύτερη αδελφή μου, φίλη και μέντοράς μου, ταυτόχρονα. Η σχέση μας αναπτύχθηκε με αγάπη και εμπιστοσύνη. Μου έμαθε πώς να είμαι ανεξάρτητη και να παίρνω ρίσκα. Αγαπούσαμε η μία την άλλη και καταλαβαίναμε τα συναισθήματα της καθεμιάς- δεν υπήρχε φόβος απόρριψης. Στην παιδική μου ηλικία, ήταν η μαζορέτα μου.

"Ο πατέρας μου έπαιξε έναν εμπνευσμένο ρόλο στη ζωή μου που κανείς άλλος δεν θα μπορούσε να αντισταθμίσει, είμαι σίγουρη. Με βοήθησε να διαμορφώσω το όραμα, τα ιδανικά και τις αντιλήψεις μου, στεκόμενος πάντα δίπλα μου ως πυλώνας της συναισθηματικής, γνωστικής, πνευματικής και πνευματικής μου ανάπτυξης. Βοηθώντας να διαμορφώσει τους κανόνες της ζωής μου, επέβαλε τους κανόνες αυτούς στις καθημερινές του δραστηριότητες. Η συναισθηματική και σωματική ασφάλεια που παρείχε ήταν αξιοσημείωτη, καθώς συμμετείχε στη συνολική ανάπτυξη και αποστολή μου. Όντας στοργικός και υποστηρικτικός, με οδήγησε να αποκτήσω την επιθυμητή επαγγελματική εκπαίδευση και τα προσόντα. Έγινα κι εγώ χειρουργός ιατρός στη νευρολογία, όπως οι γονείς μου. Η παρουσία του με βοήθησε να διακρίνω τις σχέσεις μου με τους ανθρώπους, ιδίως με την οικογένεια, τους συγγενείς, τους δασκάλους, τους φίλους και άλλους. Εξαιτίας του, μπόρεσα να αντιληφθώ τις λεπτές αποχρώσεις και το νόημα στις ανθρώπινες σχέσεις σε διάφορες διαστάσεις, καταστάσεις και στρώματα".

Για άλλη μια φορά, η Amaya σταμάτησε να διαβάζει. Ναι, φορούσε διάφορες μάσκες, εκφράζοντας έντονα συναισθήματα προς όφελός του. Ήταν αδύνατο να διακρίνει κανείς τι ήταν πραγματικό και τι ψευδαισθητικό.

Η ανάγνωση συνεχίστηκε: "Ως έφηβος και νεαρός ενήλικας, εξαρτιόμουν από τον πατέρα μου για συναισθηματική υποστήριξη και ασφάλεια. Ήταν πρόθυμος να μου δείξει τι είναι μια καλή σχέση και τι είδους σχέση θα ανέπτυσσα στην ενήλικη ζωή μου. Αγαπητικός και ευγενικός, ο πατέρας μου ήταν ο ιδανικός μου γονιός και αναζήτησα τέτοιες ιδιότητες στον μελλοντικό σύντροφο της ζωής μου. Ο ρόλος που έπαιξε στην ψυχολογική μου προσαρμογή ήταν τεράστιος, ο οποίος ξεκίνησε όταν ήμουν νήπιο και συνεχίστηκε στην παιδική μου ηλικία, την εφηβεία, τη νεότητα και ως ενήλικη γυναίκα. Συνειδητοποίησα την τεράστια επιρροή που είχε στη ζωή μου. Ο πατέρας μου συμπεριφέρθηκε ως το πρότυπο μου, το θεμέλιο της ασφάλειας, της αγάπης και της εμπιστοσύνης μου, καθώς είναι η λυδία λίθος μου σε όλες τις καταστάσεις. Η αυτοπεποίθησή μου, η αυτοεκτίμησή μου και τα κίνητρα επίτευξης εξελίχθηκαν μέσα από διάφορα γεγονότα στην οικογένειά μας και αντανακλούσαν την προσωπικότητα του πατέρα μου. Καθώς έδειχνε απαράμιλλο ενδιαφέρον για την εκπαίδευσή μου, τα πήγα καλύτερα από άλλα κορίτσια των οποίων οι πατέρες δεν φρόντιζαν τις κόρες τους. Ο πατέρας μου ήταν μη επικριτικός και δεν είπε ποτέ μια κακή λέξη για τους άλλους. Με ενθάρρυνε να είμαι συνετή και ώριμη στην ανάπτυξη υγιών σχέσεων με τους ξένους και μου επέτρεψε να γνωρίσω τις ποικίλες φιλοσοφίες της ζωής και τις πτυχές των ανταλλαγών".

Η Αμάγια σταμάτησε να διαβάζει για ένα λεπτό. "Πρέπει να είστε συνετοί στην επιλογή του συντρόφου της ζωής σας που δεν θα σας εξαπατήσει ποτέ. Ποορνίμα, σου εύχομαι καλή τύχη", μουρμούρισε η Αμάγια. Ξαφνικά θυμήθηκε τις προετοιμασίες που είχε κάνει ο Κάραν για να υποδεχτεί το μωρό.

Ο Κάραν ήταν άγρυπνος την τριακοστή έκτη εβδομάδα της εγκυμοσύνης και ακολουθούσε την Αμάγια στην κρεβατοκάμαρα, την κουζίνα, την τραπεζαρία, την τουαλέτα, το γραφείο και τα μπαλκόνια. Καθάριζε και αποστείρωνε όλο το σπίτι, συμπεριλαμβανομένου του κελαριού όπου φύλαγε τις φιάλες κρασιού, τα αυτοκίνητα και το γκαράζ. Ο Karan αγόρασε μαλακά ρούχα, μάλλινα, ένα βρεφικό κρεβάτι που το ονόμασε κούνια και όλα τα απαραίτητα πράγματα για την Amaya και πακετάρισε τα ρούχα της ίδιας και του μωρού σε διάφορες τσάντες. Κάθε μέρα ο Karan μιλούσε με τον μαιευτήρα, ο οποίος παρείχε εξειδικευμένη ιατρική φροντίδα στην Amaya από την εγκυμοσύνη της. Ανέφερε ακόμα και την παραμικρή αλλαγή στην κατάσταση της Amaya και κρατούσε λεπτομερή γραπτή αναφορά για τις υποδείξεις του γιατρού. Ο Κάραν έκαψε τα ανεπιθύμητα φάρμακα, συμπεριλαμβανομένων των περιτυλίξεων, και επέστρεψε όλα τα άδεια μπουκάλια κρασιού, αφού τα καθάρισε σχολαστικά με απορρυπαντικό, στο οινοποιείο από όπου τα αγόρασε. Όταν η Amaya ρώτησε τον Karan γιατί πλένει τις φιάλες κρασιού, της είπε ότι ήταν ευγενική συμπεριφορά εκ μέρους του και ότι το château θα το εκτιμούσε. Η Amaya θυμήθηκε ότι ο Karan καθάριζε και σφουγγάριζε το σπίτι, διατηρώντας τα πάντα σε τάξη καθώς ήταν σχολαστικός- το σπίτι έπρεπε να είναι τακτοποιημένο και ασφαλές γι' αυτόν.

Ξαφνικά άρχισε να βρέχει- βροντές πάνω από τον ορίζοντα και η Amaya έλεγξε για άλλη μια φορά αν είχε κλειδώσει την κύρια πόρτα του σπιτιού της που γειτνιάζει με το γραφείο της και αν είχε κλείσει τα παράθυρα πριν κάνει Βιπασάνα.

Η Amaya ήταν απασχολημένη την επόμενη μέρα, καθώς υπήρχαν πολλές ακροάσεις σε διάφορα δικαστήρια. Όταν επέστρεψε στο γραφείο της το βράδυ, μια νεαρή γυναίκα με δύο βρέφη βρισκόταν στην αίθουσα αναμονής. Η Liza Thomas, κάτοικος του Wayanad, είχε μεταπτυχιακό στην επιστήμη των υπολογιστών και εργαζόταν σε μια διεθνή εταιρεία στο Bengaluru για τέσσερα χρόνια με έναν ικανοποιητικό μισθό. Η Liza γνώρισε έναν νεαρό άνδρα ονόματι Abdul Aziz από το Kasargod στο τέταρτο έτος σπουδών της. Είπε στη Liza ότι ήταν υψηλόβαθμο στέλεχος σε μια εταιρεία στο Ντουμπάι, βρισκόταν στο Bengaluru για επιχειρηματικές συμφωνίες και θα έμενε εκεί για ένα χρόνο. Αργότερα, συναντήθηκαν συχνά, ερωτεύτηκαν και αποφάσισαν να παντρευτούν. Η Liza γνώριζε ότι οι ορθόδοξοι χριστιανοί γονείς της ήταν αντίθετοι με τον γάμο με μουσουλμάνο- ως εκ τούτου, θα παντρεύοταν τον Abdul χωρίς να τους ενημερώσει. Ο Αμπντούλ είχε μερικούς φίλους στην πόλη και κανόνισαν μια γαμήλια τελετή σύμφωνα με τους ισλαμικούς νόμους.

Μετά το γάμο, ο Αμπούλ είπε στη Λάιζα ότι θα έπαιρναν πλοίο από τις ακτές του Γκουτζαράτ για την Υεμένη και το Ντουμπάι, καθώς είχε χάσει το διαβατήριο και τη βίζα του. Προς έκπληξή της, η Liza διαπίστωσε ότι ο Αμπντούλ μπορούσε εύκολα να δωροδοκήσει τους κυβερνητικούς αξιωματούχους στο Γκουτζαράτ, όπου οι φίλοι του κανόνισαν ένα πλοίο. Αλλά μετά από λίγες ώρες επιβιβάστηκαν σε ένα πακιστανικό πλοίο με πολλούς μορφωμένους άνδρες και γυναίκες, κυρίως απόφοιτους μηχανικούς από την Ινδία, που πήγαιναν στο Αφγανιστάν και την Υεμένη για να πολεμήσουν σε έναν πόλεμο. Μέσα σε δύο ημέρες, έφτασαν σε ένα ετοιμόρροπο λιμάνι στην Υεμένη. Μόλις έφτασαν στην Υεμένη, ο Αμπντούλ εξαφανίστηκε. Η Liza δεν τον ξαναείδε ποτέ και έμεινε σε έναν καταυλισμό με περισσότερα από διακόσια άτομα που συμμετείχαν σε τρομοκρατικές δραστηριότητες. Η ζωή στον καταυλισμό ήταν κολασμένη- η Liza έπρεπε να ικανοποιεί συχνά τουλάχιστον μισή ντουζίνα άνδρες σεξουαλικά.

Η κύρια εργασία της ήταν να χειρίζεται έναν υπολογιστή, αποκωδικοποιώντας μηνύματα από το Ιράν και μεταφέροντάς τα σε όσους πολεμούσαν κατά της Σαουδικής Αραβίας. Σχεδόν κάθε μέρα δούλευε δώδεκα με δεκαπέντε ώρες. Η Λάιζα δεν γνώριζε τι συνέβαινε έξω, καθώς δεν είχε την ελευθερία να βγει έξω, αλλά άκουγε συχνά πολεμικά αεροπλάνα να βρυχώνται. Τα παιδιά της γεννήθηκαν εκεί χωρίς ιατρική βοήθεια- ως αγόρια γλίτωσαν τον αποκεφαλισμό, αλλά τα κορίτσια δεν είχαν τύχη. Οι φύλακες του στρατοπέδου αποκεφάλισαν τα κορίτσια την ίδια μέρα της γέννησής τους. Η Liza δεν ήξερε ποιοι ήταν οι πατέρες των παιδιών της.

Τον τέταρτο χρόνο, η Liza γνώρισε έναν άνδρα ονόματι Abu από το Mangalore, ο οποίος προμήθευε με τρόφιμα ανάλογα με τη διαθεσιμότητα. Ο Αμπού υποσχέθηκε στη Λάιζα να βοηθήσει εκείνη και τα παιδιά της να δραπετεύσουν από τον καταυλισμό εντός έξι μηνών. Μια νύχτα σημειώθηκαν σποραδικοί βομβαρδισμοί κοντά στη βάση, οι οποίοι προκάλεσαν χάος και πολλοί άνθρωποι τραυματίστηκαν ή σκοτώθηκαν. Ο Αμπού πήρε τα παιδιά στην αγκαλιά του και έτρεξε προς τη θάλασσα- η Λάιζα έτρεξε πίσω του. Εκεί τους περίμενε μια μικρή βάρκα και την τρίτη μέρα αποβιβάστηκαν στο Beypore στο Malabar. Η Liza έμεινε με μια οικογένεια στο Kozhikode για ένα μήνα- με τη βοήθειά τους ταξίδεψε στο Kochi για να συναντήσει την Amaya.

Η Amaya δήλωσε ότι η Liza θα πρέπει να ενημερώσει αμέσως την αστυνομία σχετικά με το ταξίδι της στην Υεμένη χωρίς έγκυρα ταξιδιωτικά έγγραφα και την επιστροφή της με δύο παιδιά χωρίς βίζα. Η Amaya τη διαβεβαίωσε ότι θα βοηθούσε τη Liza και τα παιδιά της να βρουν ένα ασφαλές μέρος για να μείνουν- επιπλέον, θα ρωτούσε για την κατάλληλη εργασία.

Μια άλλη πελάτισσα, η Deepa, από μια κοινότητα φυλών στην περιοχή Palakkad, ήρθε με τη μητέρα της. Έξυπνο άτομο, η Deepa ολοκλήρωσε το γυμνάσιο και προετοιμάστηκε για τις εισαγωγικές εξετάσεις σε ένα επαγγελματικό μάθημα. Οι γονείς της εργάζονταν στο δασαρχείο ως φύλακες και η Deepa ήταν το μεγαλύτερο από τα τρία παιδιά τους. Πριν από περίπου οκτώ μήνες, ένας διδακτορικός φοιτητής ανθρωπολογίας από ένα πανεπιστήμιο του Δελχί, ο Krishnan Namboodiri, βρέθηκε στο χωριό τους για έξι μήνες για να ερευνήσει τις φυλές. Ζήτησε από τους γονείς της Deepa, στέγαση και σίτιση, υποσχόμενος ότι θα προπονούσε την Deepa στις εισαγωγικές εξετάσεις για την επαγγελματική της κατάρτιση και τα δύο αδέλφια της στις σπουδές τους, εκτός από την καταβολή των εξόδων του. Εκείνοι επέτρεψαν με χαρά στον Krishnan να μείνει στο σπίτι τους, μοιραζόμενοι το φαγητό που μαγείρευε η μητέρα της Deepa.

Καθώς ήταν καλοκαιρινές διακοπές για την Deepa, ο Krishan της ζήτησε να τον συνοδεύσει για να επισκεφθεί διάφορα σπίτια και να συλλέξει δεδομένα με συνεντεύξεις, συμπληρώνοντας ερωτηματολόγια και παρατηρώντας τα χρονοδιαγράμματα έναντι ημερήσιας αμοιβής τετρακοσίων ρουπιών. Η Deepa απόλαυσε πολύ τη δουλειά, καθώς μπορούσε να μάθει περισσότερα για τον λαό της χρησιμοποιώντας επιστημονικά εργαλεία και μεθόδους ανάλυσης ανθρωπολογικών δεδομένων. Συν τοις άλλοις, η Deepa γοητεύτηκε από την προσωπικότητα του Krishan, την ερευνητική του οξυδέρκεια και τις ανθρώπινες εκτιμήσεις του, και σταδιακά η σχέση της μαζί του έγινε στενή. Μετά από έξι μήνες διαμονής μαζί της και ολοκλήρωσης της συλλογής δεδομένων, ο Krishnan επέστρεψε στο Δελχί, υποσχόμενος στη Deepa ότι θα της τηλεφωνούσε κάθε μέρα και θα την παντρευόταν όταν θα ολοκλήρωνε το διδακτορικό του. Αλλά η Deepa δεν έλαβε ούτε ένα τηλεφώνημα ούτε ένα μήνυμα από τον Krishnan μετά την αναχώρησή της. Περίπου ένα μήνα πριν από τη συνάντηση με την Amaya, η Deepa συνειδητοποίησε ότι ήταν έγκυος και οι γονείς της βρίσκονταν σε βαθιά συναισθηματική στενοχώρια, καθώς η Deepa ήταν ανήλικη, κάτω των δεκαοκτώ ετών. Έπρεπε να εμφανιστεί στις εισαγωγικές εξετάσεις και να κάνει ένα επαγγελματικό μάθημα. Η μητέρα της Deepa ήθελε να μάθει αν η Deepa μπορούσε να κάνει έκτρωση του αγέννητου.

Σύμφωνα με τον νόμο περί ιατρικής διακοπής της εγκυμοσύνης, η Amaya είπε στη μητέρα της Deepa ότι η συγκατάθεση της Deepa ήταν επαρκής για την άμβλωση. Καθώς ήταν ανήλικη, η έγκριση του κηδεμόνα της ήταν επίσης έγκυρη και, και στις δύο περιπτώσεις, η άμβλωση ήταν δυνατή έως και είκοσι εβδομάδες όταν η εγκυμοσύνη προκλήθηκε από βιασμό. Υπήρχε πρόβλεψη για την αύξηση του ορίου κύησης για ασφαλή άμβλωση σε επιζώντες βιασμού, ανύπαντρες γυναίκες και άλλες ευάλωτες γυναίκες μέχρι είκοσι τέσσερις εβδομάδες, καθώς η Deepa ήταν ανήλικη και ανύπαντρη.

Η Deepa είπε στην Amaya ότι η σεξουαλική της οικειότητα με τον Krishnan Namboodiri συναινούσε και δεν αποτελούσε έγκλημα βιασμού. Η Amaya εξήγησε στην Deepa και τη μητέρα της ότι η συναίνεση της Deepa ήταν άσχετη, διότι, ως ανήλικη, δεν ήταν σε θέση να δώσει συναίνεση. Έτσι, το σεξ με την Deepa, ανεξάρτητα από τη συναίνεσή της, ήταν βιασμός ανηλίκου από τον Krishnan Namboodiri. Η νομοθεσία για την προστασία των παιδιών από τα σεξουαλικά αδικήματα παρείχε δικαιοσύνη σε ανήλικο που εμπλέκεται σε οποιαδήποτε σεξουαλική πράξη και ο Krishna Namboodiri ήταν ένοχος για την παραβίαση της νομοθεσίας. Η Amaya τους ενημέρωσε περαιτέρω ότι ο νόμος καθιστούσε υποχρεωτικό για τους γονείς ή τους κηδεμόνες να καταγγείλουν το αδίκημα στην ειδική μονάδα της αστυνομίας ανηλίκων ή στην τοπική αστυνομία. Η παράλειψη αυτή αποτελούσε αδίκημα. Η Amaya προέτρεψε τη μητέρα της Deepa να καταγγείλει την παράβαση στην αστυνομία.

Ακούγοντας αυτό, η Deepa άρχισε να κλαίει, λέγοντας ότι εξακολουθεί να αγαπά τον Krishnan Namboodiri και ότι ήταν αντίθετη με την καταγγελία του περιστατικού στην αστυνομία. Η Amaya της είπε ότι ο Krishnan Namboodiri γνώριζε ότι η Deepa ήταν ανήλικη. Επίσης, έδωσε μια ψεύτικη υπόσχεση γάμου- η σεξουαλική του οικειότητα συνδύασε μια ζωή μακράς ταλαιπωρίας για το θύμα. Ως εκ τούτου, η τιμωρία δεν ήταν μόνο νομική αλλά και κοινωνική και ψυχολογική αναγκαιότητα. Η ποινή δεν ήταν εκδίκηση ή αποτροπή, ωστόσο ήταν μια ηθική επιταγή και του άξιζε.

Όπως περίμενε η Amaya, υπήρξε ένα μήνυμα ηλεκτρονικού ταχυδρομείου από την Poornima. Υπενθύμιζε στην Amaya ότι ήταν Τετάρτη, με μόνο τρεις ημέρες να απομένουν για να επισκεφθεί το Δελχί, και ότι θα περίμενε με ανυπομονησία να συναντήσει την Amaya στο αεροδρόμιο. Η Poornima ήταν σίγουρη ότι ο πατέρας της θα αναγνώριζε την Amaya ακόμη και στο κώμα του και ότι η παρουσία της θα οδηγούσε στην ανάρρωση. Την προηγούμενη μέρα, βρήκε μια μουντζούρα στα αρχεία του ότι η Amaya ήταν εξαιρετική πιανίστρια- τα δάχτυλά της κινούνταν κομψά, μαγικά στο πληκτρολόγιο παράγοντας μελωδική μουσική. Ανέφερε ότι οι αγαπημένοι συνθέτες της Amaya ήταν ο Μότσαρτ, ο Μπετόβεν και ο Σοπέν. Ο πατέρας της Poornima βρισκόταν σε ένα ειδικά προετοιμασμένο δωμάτιο στην κατοικία τους, όπου μια ομάδα γιατρών από τη φαρμακευτική τους εταιρεία, συμπεριλαμβανομένης και της ίδιας, τον παρακολουθούσε όλες τις ώρες. Είχε τοποθετήσει ένα πιάνο στο δωμάτιο σε συνεννόηση μαζί τους, ελπίζοντας ότι η Amaya θα το έπαιζε για κάποιο χρονικό διάστημα. Όπως πίστευαν οι γιατροί, η μουσική θα βοηθούσε αναμφίβολα στην ανάρρωση του πατέρα της. Η Αμάγια θυμόταν ότι εκείνη και ο Κάραν κάθονταν στο νότιο μπαλκόνι και έπαιζαν πιάνο για πολλές ώρες, ειδικά όταν κουβαλούσαν. Η Amaya καθόταν συχνά στη δεξιά πλευρά του Karan και έπαιζε μαζί του. Συχνά, σταματούσε να παίζει και άκουγε τη μουσική της Amaya- ο θαυμασμός του γι' αυτήν ήταν απίστευτος. Παρόλο που δεν ξέχασε ποτέ να φιλάει και να αγκαλιάζει την Amaya ενώ έπαιζε πιάνο, ο Karan εξέφρασε την αγάπη και τη στοργή του μέσω της εξαιρετικής μουσικής του. Ο χρόνος που πέρασαν μαζί ήταν εξαιρετικός- ακόμη και όταν γνώριζε ότι ο Karan την εξαπάτησε, η Amaya δεν είχε καμιά κακία γι' αυτόν. Η Amaya τον απάλλαξε αφού υποβλήθηκε στην εκπαίδευση Vipassana, πιστεύοντας ότι μπορεί να είχε τον ψυχαναγκασμό του, αλλά υπήρχε μια άσβεστη επιθυμία να συναντήσει την κόρη της. Η Amaya δεν ένιωθε ενθουσιασμένη με τον Karan, καθώς είχε εκπαιδεύσει το μυαλό της να είναι ήρεμο. Η Poornima ανέφερε ακόμη ότι είχε ζητήσει από μερικούς πιανίστες να παίξουν για λίγο- παρ' όλα αυτά, δεν υπήρχε καμία αλλαγή στην κατάσταση του πατέρα της.

Η Poornima ανέφερε επίσης στο ηλεκτρονικό μήνυμα ότι βρήκε σημειώσεις ότι η Amaya έμενε με τον Karan για μήνες μαζί, γεγονός που πόνεσε πολύ την Poornima. Αναρωτήθηκε γιατί ο πατέρας της έφυγε από τη Μασσαλία, όπου η μητέρα της έμεινε μόνη της κατά τη διάρκεια της εγκυμοσύνης της, ενώ χρειαζόταν την άνευ όρων αγάπη και δέσμευση του συζύγου της. Η μητέρα της είχε απόλυτη εμπιστοσύνη στον πατέρα της, καθώς η Poornima ήξερε ότι κανείς στον κόσμο δεν θα μπορούσε να αγαπήσει ο ένας τον άλλον όπως αυτοί και ότι ο πατέρας της ήταν έτοιμος να κάνει τα πάντα για τη γυναίκα του. Η Poornima εξήγησε ότι σκεφτόταν τον χωρισμό τους, ιδίως κατά την κρίσιμη περίοδο της εγκυμοσύνης της μητέρας της. Η Poornima δεν μπορούσε να καταλάβει γιατί ο πατέρας της προσκάλεσε την Amaya στο σπίτι του και έμεινε μαζί της. Μια τέτοια συντροφικότητα οδηγούσε συχνά σε σεξουαλική οικειότητα και γιατί ο πατέρας της ανέπτυξε παράνομη σχέση με μια άλλη γυναίκα; Το σεξ ήταν μια βιολογική ανάγκη και η αγάπη ήταν συναισθηματική. Αλλά η εμπιστοσύνη αναπτυσσόταν λόγω συνειδητών πεποιθήσεων και πράξεων λόγω ρητής δέσμευσης προς ένα άλλο πρόσωπο.

Ως παντρεμένος άνδρας, ο πατέρας της αδίκησε και παραβίασε ασυγχώρητα την εμπιστοσύνη που του παρείχε η μητέρα της.

Ξαφνικά η Amaya σταμάτησε να διαβάζει. Ήταν πράγματι μια παραβίαση της εμπιστοσύνης, ένα φαινομενικά αδικαιολόγητο αδίκημα που διαπράχθηκε εναντίον της συζύγου του. Όμως και η σύζυγός του ήταν επίσης μέρος της διάπραξης μιας τέτοιας πράξης, στοιχειοθετούσε ένα έγκλημα σε βάρος ενός τρίτου προσώπου, και ο ξένος υπέφερε αναρίθμητα επί χρόνια, εξευτελίζοντας τα ανθρώπινα δικαιώματά της με την άρνηση απονομής δικαιοσύνης. Ήταν εύκολο για την Poornima να κατηγορήσει τη γυναίκα που έμενε με τον πατέρα της στη Βαρκελώνη, αλλά η γυναίκα αυτή τον εμπιστευόταν πέραν πάσης αμφιβολίας. Η Poornima ήταν έξυπνη, περίεργη, αναλυτική και με ακαταμάχητη επιθυμία να βρει την αλήθεια, αλλά η γνώση της αλήθειας θα δημιουργούσε πόνο και θα κατέρριπτε την εμπιστοσύνη της στην ανθρωπότητα.

Η Poornima έγραψε ότι δεν μπόρεσε να εντοπίσει κανένα περιστατικό σύγκρουσης μεταξύ του πατέρα και της μητέρας της- ποτέ με λόγια η Δρ Eva δεν κατηγόρησε τον σύζυγό της ή δεν τον κατηγόρησε ότι εξαπάτησε, παραβιάζοντας την εμπιστοσύνη της. Είχε αναφέρει ότι η ζωή τους στην Ευρώπη ήταν η χρυσή εποχή, καθώς απέκτησαν μια κόρη, εκπληρώνοντας τα όνειρά τους. Η Δρ Εύα επανειλημμένα επαίνεσε τον σύζυγό της και εξήρε τις επίμονες προσπάθειές του να αποκτήσουν παιδί. Αυτό μπορεί να δείχνει ότι είχε πλήρη επίγνωση των ενεργειών του συζύγου της στη Βαρκελώνη για ένα χρόνο, έκανε δήλωση η Poornima.

Παρ' όλα αυτά, η Δρ Εύα δεν θα τον ενθάρρυνε ποτέ να αναπτύξει σχέση με άλλη γυναίκα. Η Poornima ήταν σίγουρη ότι υπήρχαν ειδικευμένοι γιατροί και νοσοκόμες στη Μασσαλία για να φροντίσουν τη μητέρα της κατά τη διάρκεια της εγκυμοσύνης, καθώς τα χρήματα δεν αποτελούσαν πρόβλημα για τον πατέρα της. Η φαρμακευτική τους εταιρεία είχε ήδη αναπτύξει ένα φάρμακο για τη νόσο Αλτσχάιμερ, παρόλο που οι αρχές το είχαν απαγορεύσει. Ήταν στα πρόθυρα της ανάπτυξης και άλλων θεραπειών για νευρολογικές παθήσεις. Το όνομα και η φήμη της εταιρείας αυξάνονταν, και όταν ο πατέρας της ανέλαβε την εταιρεία μετά τον θάνατο του πατέρα του, αυτή αναπτύχθηκε εκθετικά, αποκτώντας φήμη και συσσωρεύοντας πλούτο.

Ο Κάραν πειραματίστηκε με το φάρμακο για να δημιουργήσει έναν φανταστικό κόσμο απόλυτης εμπιστοσύνης και θαυμασμού, παρόλο που δεν είχε βλάψει σωματικά την Αμάγια. Η αγάπη που του κληροδότησε ήταν αδιαμφισβήτητη. Ποτέ δεν αμφισβήτησε την ακεραιότητα, την ειλικρίνεια και τη μεγαλοψυχία του. Μήνες αργότερα, συνειδητοποίησε ότι τα χρήματα που μετέφερε στο λογαριασμό της, το σπίτι και το αυτοκίνητο, ήταν οι τιμές της κόρης του. Ταυτόχρονα, έκανε μια απίστευτη επιστροφή χρημάτων, πληγώνοντας ανεπανόρθωτα την καρδιά της μητέρας του μωρού. Έτσι, ο πλούτος που μετέφερε έγινε άχρηστος, ανάξιος και κατάπτυστος.

Ο πατέρας της συνεισέφερε το είκοσι πέντε τοις εκατό του εισοδήματός τους σε φιλανθρωπικές οργανώσεις, κυρίως για την ευημερία των παιδιών και των γυναικών, έγραψε η Poornima. Μετά τη γέννηση της κόρης του, ο Δρ Εύα δήλωσε ότι άλλαξε άνθρωπος, ξαναγράφοντας τη φιλοσοφία της ζωής του και δωρίζοντας τεράστια ποσά για την εξάλειψη της πείνας, της φτώχειας, του αναλφαβητισμού και της κακής υγείας.

Οι άνθρωποι ήταν ικανοί να αλλάξουν λόγω της εξελικτικής διαδικασίας- κανείς δεν παραμένει για πάντα όπως είναι. Πριν πέσει σε βαθύ ύπνο, η Amaya ανέλυσε.

Την επόμενη ημέρα, έγινε η τελική ακρόαση της Annamma, και τα παιδιά της υπέβαλαν αίτηση. Η Annamma προερχόταν από μια οικογένεια της ανώτερης μεσαίας τάξης που ανήκε στην εκκλησία Syro-Malabar υπό τον Πάπα της Ρώμης. Ο σύζυγός της Mathai ήταν αγρότης που κατείχε δώδεκα στρέμματα εύφορης γεωργικής γης στις αγροτικές περιοχές της περιφέρειας Ernakulam, καλλιεργώντας φοίνικες καρύδας, καρύδια areca, καουτσούκ και κασιόδεντρα. Το εισόδημα από τη γη επαρκούσε για τις πρωτογενείς και δευτερογενείς ανάγκες της οικογένειας. Ο Mathai, η Annamma και τα παιδιά τους είχαν μια ευτυχισμένη και ευημερούσα ζωή. Έκαναν δωρεές σε μετρητά και ευγενική προσφορά στην εκκλησία όποτε ο ιερέας της επισκοπής και ο επίσκοπος ζητούσαν οικονομική στήριξη. Καθώς ήταν σχετικά εύποροι, πολλές μοναχές και ιερείς επισκέπτονταν τα σπίτια τους και τους ζητούσαν να παρακολουθήσουν θρησκευτικά προγράμματα και δραστηριότητες που διοργάνωνε η εκκλησία. Μιλούσαν επανειλημμένα για το πάθος και τον θάνατο του Ιησού. Παρόλο που ο Ιησούς ήταν ο γιος του Θεού, ταπεινώθηκε, υπέφερε για την ανθρωπότητα, για τις αμαρτίες της, και πέθανε σε έναν σταυρό, είπαν οι μοναχές και οι ιερείς στον Mathai και στην Annamma. "Κάντε πλούτο στον ουρανό ακολουθώντας τα βήματα του Ιησού, όπως σας καθοδηγεί η εκκλησία", έλεγαν. Οι μοναχές και οι ιερείς συχνά διοργάνωναν μηνιαίες συναντήσεις προσευχής στο σπίτι τους, προσκαλώντας τους γείτονες και ενθαρρύνοντας την αφοσίωση στην Παναγία, προσευχόμενοι με το κομποσκοίνι και ζητώντας τους να το απαγγέλλουν κάθε βράδυ. Μια βαθιά προσευχητική ατμόσφαιρα άρχισε να κατακλύζει την οικογένεια της Annamma και του Mathai- τα παιδιά επικεντρώνονταν στις προσευχές, παραμελώντας τα μαθήματα. "Σταυρώνετε τον Ιησού κάθε φορά που αμαρτάνετε. Ο Κύριος μας αγαπάει όλους- γι' αυτό είμαστε νύφες του", είπαν οι μοναχές στην Annamma και τον Mathai. Η Annamma προσευχόταν πολλές φορές την ημέρα, πριν και μετά το πρωινό, το μεσημεριανό και το δείπνο, καθώς μισούσαν την αμαρτία- δεν ήθελαν να πληγώσουν τον Ιησού ή να πάνε στην κόλαση.

Μια ομάδα ιερέων επισκεπτόταν το σπίτι τους για πεντηκοστιανές προσευχές. Μετά από λίγες ημέρες, πρότειναν στην Annamma και τον Mathai να παρακολουθήσουν ένα δεκαήμερο dhyanam ή μια μεγάλη πεντηκοστιανή προσευχή που διεξήχθη σε ένα dhyana-kendram, ένα κέντρο προσευχής, όπου χιλιάδες πιστοί μπορούσαν να συγκεντρωθούν και να προσευχηθούν. Το σύνθημα του dhyana-kendram ήταν "σώστε τον εαυτό σας από την αιώνια καταδίκη, επιστρέψτε στον Ιησού για να σώσετε την ψυχή σας". Αφού ζήτησαν από τη μεγαλύτερη κόρη τους να προσέχει τα αδέλφια της, η Annamma και ο Mathai παρακολούθησαν το dhyanam για δέκα ημέρες. Ήταν μια νέα εμπειρία για το ζευγάρι, να ζει και να προσεύχεται μαζί με χιλιάδες πιστούς. Τραγουδώντας δυνατά, χορεύοντας ξέφρενα, απαγγέλλοντας προσευχές σε κατάσταση παραισθήσεων και φλυαρώντας σε άγνωστες γλώσσες, δοξολογούσαν τον Ιησού και τη Μαρία. Με την έμπνευση του Αγίου Πνεύματος, πίστευαν ότι οι πεντηκοστιανές προσευχές άλλαξαν τις προοπτικές τους.

Το dhyanam άρχισε γύρω στις επτά και συνεχίστηκε μέχρι τις οκτώ το βράδυ. Οι ιερείς κανόνιζαν κατάλυμα και σίτιση έναντι αμοιβής. Παρόλο που το φαγητό ήταν πενιχρό και οι εγκαταστάσεις διαμονής υποβαθμισμένες, κανείς δεν παραπονέθηκε, καθώς οι προσευχές τους προετοίμαζαν να πάνε στον ουρανό για να συναντήσουν τον Ιησού και την Παναγία. Η μαζική υστερία γέμισε τους χώρους όταν ο πρωτοπρεσβύτερος άγγιξε τα κεφάλια ενός εκλεκτού αριθμού ανθρώπων στο εκκλησίασμα. Μέσα σε μια ξέφρενη ατμόσφαιρα προσευχής, ρουμπρίκας, θυμιάματος, μαγείας και χτυπημένων κουδουνιών που κρατούσαν τα χέρια και υποδείκνυαν υπερφυσικά γεγονότα ανάμεσά τους, ο ιερέας φώναζε "αλληλούια, αλληλούια", ζητώντας επανειλημμένα από το άγιο πνεύμα να κατέβει πάνω τους με τη μορφή περιστεριού. Πέφτοντας στο έδαφος, κυλώντας συνεχώς και μιλώντας σε γλώσσες, γυναίκες και άνδρες συμπεριφέρονταν σαν δαιμονισμένοι άνθρωποι. Όταν οι ιερείς έσπασαν το ψωμί και ήπιαν κρασί, που υποτίθεται ότι ήταν το σώμα και το αίμα του Ιησού, πολλοί άνθρωποι είδαν τον αναστημένο Ιησού στο θυσιαστήριο.

Τα πιο κρίσιμα γεγονότα στο dhyana-kendram ήταν ο εξορκισμός από ιερείς που έδιωχναν τον διάβολο κυρίως από τις γυναίκες, χτυπώντας τις με ένα μπαστούνι και απαγγέλλοντας προσευχές στη συριακή, λατινική και ασαφή γλώσσα. Η θεραπεία των αρρώστων γινόταν από τον κύριο τελετάρχη.

Η Annamma και ο Mathai ένιωθαν σαν να βρίσκονταν με τον Ιησού και τη Μαρία στον ουρανό και μετά την επιστροφή τους στο σπίτι παρέμειναν σε ατμόσφαιρα προσευχής. Η Annamma συνόδευσε τον Mathai για να συμμετάσχει σε τέσσερις ακόμη πεντηκοστιανές συναντήσεις προσευχής, καθεμία από τις οποίες διήρκεσε δέκα ημέρες σε διαφορετικά μέρη της Κεράλα, αφήνοντας τα παιδιά τους μόνα τους μέσα σε τρεις μήνες. Σταδιακά η Annamma συνειδητοποίησε τον όλεθρο που δημιουργούσαν τα επαναλαμβανόμενα dhyanams στην οικογένειά της, καθώς τα παιδιά σταμάτησαν να πηγαίνουν στο σχολείο και οι αγελάδες και τα πουλερικά παρέμεναν πεινασμένα και άρρωστα. Το πιο οξυμένο ήταν η κακή διαχείριση της φάρμας τους· κατά συνέπεια, οι αποδόσεις μειώνονταν. Η πείνα και η κακή υγεία κρυφοκοίταζαν, τα παιδιά έγιναν αλήτες, οι οικογενειακοί καβγάδες ξέσπασαν συχνά, και ο Mathai συμπεριφερόταν βίαια και έγινε αλκοολικός και ναρκομανής. Η Annamma ζήτησε από τον Mathai να σταματήσει να παρακολουθεί τις συναντήσεις προσευχής και να συμβουλευτεί έναν ψυχίατρο. Όμως εκείνος γινόταν συχνότερα dhyanams για να ξεπεράσει τον αλκοολισμό του και ταξίδευε σε διάφορα κέντρα προσευχής. Στον Mathai άρεσαν οι τεράστιες συγκεντρώσεις πιστών, οι δυνατές προσευχές, η γλωσσολαλιά, η εκδίωξη των δαιμόνων, η θεραπεία των αρρώστων χωρίς φάρμακα, η ικεσία στην παρθένα Μαρία να κάνει θαύματα και ο παραισθησιογόνος χορός. Ο Mathai παρέμεινε σε έναν φανταστικό κόσμο προλήψεων και μαγείας της μετατροπής του ψωμιού και του κρασιού σε σώμα και αίμα του Ιησού, όπως οι αρχαίοι κανίβαλοι. Άρχισε να πουλάει τα χωράφια του για να ταξιδεύει σε διάφορα κέντρα προσευχής και οι ιερείς τον ενθάρρυναν να μείνει με τη Μαρία και τον Ιησού για να ζήσει μια αγνή ζωή. Προσεύχονταν μαζί, βάζοντας τα χέρια τους στο κεφάλι του για να θεραπεύσουν τον αλκοολισμό του. Εν τω μεταξύ, η μεγαλύτερη κόρη του το έσκασε με κάποιον από το Coimbatore που επισκεπτόταν το χωριό τους, πουλώντας έτοιμα συνθετικά ρούχα.

Η Annamma σκέφτηκε ότι φτάνει πια, συνάντησε την Amaya και αφού συζήτησε διεξοδικά το πρόβλημα, κατέθεσε αίτηση με την οποία περιόριζε τον Mathai από το να πουλήσει άλλη γη και να σταματήσει να παρακολουθεί τις συναντήσεις προσευχής. Επιπλέον, η Annamma ζήτησε από το δικαστήριο να διατάξει τον ιερέα του κέντρου διαλογισμού και τον τοπικό επίσκοπο να καταβάλουν αποζημίωση ενός εκατομμυρίου ρουπιών για την καταστροφή της ειρήνης στην οικογένειά τους και της οικονομικής τους ασφάλειας. Κατά τη διάρκεια της τελικής ακροαματικής διαδικασίας, η Amaya εξήγησε λεπτομερώς την υπόθεση και έπεισε το δικαστήριο να περιορίσει τον Mathai από το να πουλήσει τα υπόλοιπα τρία στρέμματα γης και το σπίτι. Το δικαστήριο είπε στον Mathai ότι ήταν δική του ευθύνη να μείνει στο σπίτι, να εργαστεί στο χωράφι, να φροντίσει τα παιδιά του και να τους παρέχει σωστή τροφή, εκπαίδευση και ασφάλεια. Το δικαστήριο έδωσε εντολή στον Mathai να μην πουλήσει τη γη και το σπίτι.

Επιπλέον, το δικαστήριο διέταξε τους ιερείς και τον επίσκοπο να αποζημιώσουν την Annamma με ένα εκατομμύριο ρουπίες. Η εκκλησία σκόπιμα και με κακές προθέσεις κατέστρεψε την ειρήνη, την αρμονία και την οικονομική ευημερία. Η μεταστροφή ανθρώπων σε θρησκευτική δουλεία αποτελούσε σοβαρό αδίκημα και επέβαλε φυλάκιση και το δικαστήριο επέβαλε τριετή αυστηρή φυλάκιση στον πεντηκοστιανό ιεροκήρυκα.

Φτάνοντας στο γραφείο το βράδυ, η Amaya συνάντησε έναν νέο πελάτη. Το όνομά της ήταν Kalyani Nambiar, μια συνταξιούχος κυβερνητική υπάλληλος που εργαζόταν ως επικεφαλής επιστημονικός υπεύθυνος στην ωκεανογραφία. Η Kalyani είχε πάρει το διδακτορικό της στη θαλάσσια οικολογία από το Πανεπιστήμιο της Βοστώνης και εργαζόταν στην κυβέρνηση για περισσότερα από τριάντα τέσσερα χρόνια. Ο σύζυγός της, ένας στρατιώτης που σκοτώθηκε κατά τη διάρκεια του πολέμου Kargil, και η κόρη της, περίπου σαράντα ετών, το μοναχοπαίδι, είχαν διανοητική αναπηρία. Στο τέλος της καριέρας της Καλιάνι, χρειάστηκε να πάρει παρατεταμένη άδεια για τρία χρόνια για να θεραπεύσει την κόρη της, η οποία ήταν ανύπαντρη και έμενε με την Καλιάνι από παιδί. Όταν η Kalyani αποχώρησε από την υπηρεσία, η κυβέρνηση αρνήθηκε να της καταβάλει τη σύνταξη, λέγοντας ότι η Kalyani είχε εγκαταλείψει την εργασία της. Η Kalyani δεν είχε κανένα άλλο εισόδημα. Είχε απόλυτη ανάγκη από οικονομική ασφάλεια για να φροντίσει την κόρη της. Συνειδητοποιώντας την εξαιρετική σοβαρότητα της κατάστασης, η Amaya ζήτησε από τους νεότερους να ετοιμάσουν έναν φάκελο για να κινηθεί άμεσα στο δικαστήριο.

Πριν πέσει για ύπνο, η Amaya βρήκε ένα μήνυμα από την Poornima, καθώς έψαχνε τα emails. Ήταν σύντομο.

"Γεια σας, κυρία- σήμερα, μπόρεσα να εντοπίσω κάποια δυσάρεστα γεγονότα από τις γραφίδες του πατέρα μου. Κατέρριψαν σε μεγάλο βαθμό την πίστη μου στον πατέρα μου, καθώς έγραφε: "Καθώς η Amaya είχε επανειλημμένες ναυτίες, την πήγα σε έναν μαιευτήρα στη Μαδρίτη. Ο γιατρός επιβεβαίωσε ότι η Amaya ήταν έγκυος". Κυρία μου, ένιωσα ντροπή να το διαβάζω, όχι επειδή ήσασταν έγκυος, αλλά επειδή ο πατέρας μου απάτησε τη μητέρα μου και εξαπάτησε μια αθώα γυναίκα, μια ασυγχώρητη παραβίαση της εμπιστοσύνης της. Αδίκησε τη μητέρα μου και δεν μπορώ να τον συγχωρήσω. Είχες κάθε δικαίωμα να είσαι έγκυος, αλλά είμαι σίγουρη ότι ήξερες ότι ο πατέρας μου ήταν παντρεμένος και ότι η γυναίκα του κυοφορούσε. Ήταν λάθος εκ μέρους σας να προκαλέσετε τον πατέρα μου, μένοντας μαζί του για μήνες μαζί, να μείνετε έγκυος στο παιδί του, μια ύπουλη απόφαση. Πού κρύψατε τις φιλοσοφίες σας για τη δικαιοσύνη και τα ανθρώπινα δικαιώματα; Πρέπει να ντρέπεστε για την απεχθή πράξη που διαπράξατε. Δεν θέλω να ξέρω πού βρίσκεται η Supriya, η ετεροθαλής αδελφή μου. Παρόλο που δεν τη μισώ, σας απεχθάνομαι για την απαξιωτική σας συμπεριφορά. Ενεργήσατε κακώς. Δεν έχω κανένα σεβασμό για σένα. Καληνύχτα. Poornima."

Η Αμάγια κάθισε σιωπηλή καθώς η καρδιά της έσπασε- έκλαιγε, αλλά προσπάθησε να ελέγξει τα συναισθήματά της. Η νύχτα ήταν βασανιστική- παρ' όλα αυτά, ως συνήθως, άσκησε τη Βιπασάνα για μια ώρα. Όπως ήταν αναμενόμενο, ήταν η πιο καταπραϋντική εμπειρία πριν πέσει σε βαθύ ύπνο.

Οι ελπίδες της

Η Amaya είχε μια πολυάσχολη μέρα, καθώς οκτώ υποθέσεις βρίσκονταν σε διαφορετικά δικαστήρια από το πρωί, και η Sunanda ήταν εκεί για να την βοηθήσει. Για την τελική ακρόαση, υπήρχε η αίτηση της Vanaja, στα τέλη της δεκαετίας του τριάντα, που είχε κατατεθεί πριν από ένα χρόνο, μια από τις χειρότερες περιπτώσεις παραβίασης των ανθρωπίνων δικαιωμάτων. Ζήτησε αποζημίωση, καθώς οι δασικοί υπάλληλοι κατέστρεψαν ανελέητα το βιοπορισμό μιας αγρότισσας, καίγοντας τα χωράφια της, κατεδαφίζοντας το σπίτι της και φέρονται να σκότωσαν ένα αγριογούρουνο. Η αντίδραση των δασικών υπαλλήλων ήταν απάνθρωπη και παραβίαζε τα θεμελιώδη δικαιώματα που κατοχυρώνονται στο Σύνταγμα της Ινδίας, υποστήριξε η Amaya. Οι συνέπειες της σκληρής μεταχείρισης της Vanaja και της οικογενείας της ήταν καταστροφικές. Κατέστρεψε την ελευθερία, την ισότητα, τις ίσες ευκαιρίες και την ανθρώπινη αξιοπρέπεια. Η Amaya προσπάθησε να πείσει το δικαστήριο, υπογραμμίζοντας τα διάφορα τμήματα των θεμελιωδών δικαιωμάτων του ινδικού συντάγματος και την Οικουμενική Διακήρυξη των Ανθρωπίνων Δικαιωμάτων του ΟΗΕ, την οποία έχει υπογράψει η Ινδία. Οι παραβιάσεις των ανθρωπίνων δικαιωμάτων που διαπράχθηκαν από τους δασικούς υπαλλήλους ήταν απαράδεκτες σε μια πολιτισμένη κοινωνία, εξήγησε, αναφέροντας περιστατικά στο αγρόκτημα του Vanaja. Η Amaya έστησε συστηματικά ενέδρα στα επιχειρήματα του κυβερνητικού συνηγόρου- η Vanaja και ο σύζυγός της καταπάτησαν το προστατευόμενο δάσος, κόβοντας δέντρα και σκοτώνοντας άγρια ζώα, μετατρέποντας έτσι τρία στρέμματα σε φάρμα. Η Amaya προσκόμισε ενώπιον του δικαστηρίου όλα τα απαραίτητα αποδεικτικά έγγραφα από το γραφείο του χωριού, το Panchayat, το γραφείο εσόδων και το γραφείο του κτηματολογικού γραμματέα, αποδεικνύοντας ότι η Vanaja και ο Gopalan ήταν νόμιμοι ιδιοκτήτες της γης και του σπιτιού που είχε κατασκευαστεί σε αυτήν. Ο τίτλος γης και η κυριότητα που αναφερόταν στο αγρόκτημα ανήκε στη Vanaja και τον σύζυγό της. Ταυτόχρονα, οι ισχυρισμοί του δασαρχείου ήταν ψευδείς, κατασκευασμένοι και στερούμενοι έγκυρων αποδείξεων. Ως εκ τούτου, η πυρπόληση της γεωργικής γης και του σπιτιού τους παραβίασε το νόμο.

Η Amaya εξήγησε στο δικαστήριο ότι ο παππούς του Gopalan είχε αγοράσει τρία στρέμματα και ένα μικρό σπίτι στους λόφους, δίπλα στο δάσος, πριν από περίπου εβδομήντα χρόνια. Η γη είχε όλα τα απαραίτητα έγγραφα που είχαν εκδοθεί από την κυβέρνηση. Ο Gopalan και η Vanaja ήταν εργατικοί- παρήγαγαν σχεδόν τα πάντα στο αγρόκτημά τους. Οι κύριες καλλιέργειες ήταν ένα στρέμμα ρυζιού, το οποίο καλλιεργούσαν δύο φορές το χρόνο, που επαρκούσε για την κατανάλωσή τους για ένα χρόνο. Μισό στρέμμα ταπιόκα, ένα τέταρτο του στρέμματος με διάφορα είδη λαχανικών και μπανανιές τους απέφεραν περίπου διακόσιες χιλιάδες ρουπίες ετησίως. Τα έσοδα από το καουτσούκ, το κάσιους, τις καρύδες και τις καρυδιές areca για την υπόλοιπη γεωργική γη ήταν αρκετά για να έχουν ένα τραπεζικό υπόλοιπο εκατό χιλιάδων ρουπιών ετησίως για την εκπαίδευση των κοριτσιών τους. Είχαν επίσης μερικά δέντρα μάνγκο και τζάκφρουτ, τα οποία παρείχαν τις καλύτερες ποικιλίες φρούτων κατά τη διάρκεια του καλοκαιριού. Η Vanaja πουλούσε περίπου τριάντα λίτρα γάλα από δύο αγελάδες και ένα βουβάλι και όλη την ημέρα, αφού έστελνε τα παιδιά τους στο σχολείο, ήταν απασχολημένη με το κόψιμο πράσινου χόρτου και τη συλλογή ζωοτροφών. Μισή ντουζίνα κατσίκια ήταν πάντα στο μαντρί της, και το κατσικίσιο γάλα που δεν πουλούσε αλλά χρησιμοποιούσε στο σπίτι ήταν υγιεινό για τα παιδιά της. Τα πουλερικά της έδιναν αρκετά αυγά και κρέας για την καθημερινή τους κατανάλωση. Η Vanaja εκτιμούσε όλη τη δουλειά της και αγαπούσε την Gopalan και τις κόρες της.

Η Amaya είπε στο δικαστήριο ότι ο Gopalan ήταν ένας ιδανικός αγρότης. Πρότυπο ανθρώπου, δεν πήρε ποτέ δάνειο από τράπεζα ή χρηματοπιστωτικό ίδρυμα, πίστευε στο να στέκεται στα πόδια του και συνέβαλε ευσυνείδητα στην ευημερία της χώρας. Ο Gopalan, που δεν ήταν ποτέ βάρος για κανέναν, ζούσε μια ζωή χωρίς ελαττώματα και αγαπούσε τη γυναίκα και τα παιδιά του. Δούλευε στο χωράφι από τις επτά έως τις τέσσερις το απόγευμα. Είχε άριστη αντίληψη όλων των πτυχών της γεωργίας, συγκέντρωνε το νερό της βροχής σε μικρές δεξαμενές αποθήκευσης και διέθετε άφθονο νερό- ως εκ τούτου, μπορούσε να αρδεύει τα χωράφια του το καλοκαίρι. Στη γωνία της ιδιοκτησίας του υπήρχε μια μικρή λίμνη όπου καλλιεργούσε ψάρια. Ο Vanaja και ο Gopalan κατασκεύασαν ένα σπίτι με κεραμίδια και σύγχρονες εγκαταστάσεις, ζώντας μια ευτυχισμένη και ευημερούσα ζωή. Είχαν όνειρα να στείλουν τα παιδιά τους για ανώτερες σπουδές σε επαγγελματικές σχολές. Καθώς το σπίτι τους βρισκόταν δίπλα στο δάσος, τουλάχιστον μερικές φορές το χρόνο, κυρίως κατά τη διάρκεια των μουσώνων, αγριογούρουνα εισέβαλαν στο αγρόκτημά τους κατά τη διάρκεια της νύχτας και κατέστρεφαν την καλλιέργεια, ιδίως την ταπιόκα. Ο

Ο Gopalan γνώριζε ότι τα αγριογούρουνα έρχονταν σε μεγάλους αριθμούς και δρούσαν επικίνδυνα, αλλά δεν πλησίαζαν ποτέ το σπίτι τους. Μια νύχτα κατά τη διάρκεια των μουσώνων, πριν από περίπου πέντε χρόνια, ο Gopalan και η Vanaja άκουσαν τον σκύλο τους να γαβγίζει συνεχώς και ο Gopalan σκέφτηκε ότι μπορεί να υπάρχει αλεπού ή πύθωνας για να πιάσει τα πουλερικά. Η Amaya σταμάτησε για λίγο την αφήγησή της, αλλά το δικαστήριο ήθελε να μάθει περισσότερα για τον Vanaja και τον Gopalan και ζήτησε από την Amaya να συνεχίσει την αφήγησή της.

Ο Gopalan σηκώθηκε, άνοιξε την κύρια πόρτα του και πήγε κοντά στο κοτέτσι για να μάθει γιατί ο σκύλος γαύγιζε για πολλή ώρα. Ο σκύλος ήταν μαζί του. Ξαφνικά ο Gopalan είδε κάτι να ορμάει προς το μέρος του και μέσα σε μια στιγμή του επιτέθηκε- ο σκύλος προσπάθησε να τον σώσει. Ήταν ένας γιγάντιος αγριόχοιρος. Ακούγοντας τη φασαρία, ο Vanaja και τα παιδιά άνοιξαν την πόρτα και έτρεξαν προς τον Gopalan. Είδαν έναν βαριά τραυματισμένο Γκοπαλάν και τον σκύλο στο έδαφος. Με τη βοήθεια των γειτόνων της, η Vanaja μετέφερε τον Gopalan σε ένα νοσοκομείο περίπου τριάντα χιλιόμετρα από το σπίτι τους.

Τα τραύματα του Gopalan στην κοιλιά του ήταν σοβαρά- δεν μπορούσε να κουνήσει τα χέρια ή τα πόδια του. Ο σκύλος πέθανε μέσα σε δύο ώρες, καθώς σε όλο του το σώμα υπήρχαν βαθιές πληγές. Μέσα σε μια εβδομάδα, οι εξαγριωμένοι χωρικοί παγίδευσαν το αγριογούρουνο σε ένα κλουβί και έφαγαν το κρέας του. Όταν οι δασικοί υπάλληλοι έμαθαν για το περιστατικό, κατέθεσαν μια πρώτη πληροφορία εναντίον του Gopalan, του Vanaja και κάποιων άγνωστων χωρικών. Καθώς η Vanaja βρισκόταν στο νοσοκομείο με τον σύζυγό της, δεν έμαθε ποτέ τι συνέβαινε στο σπίτι της.

Η Amaya κατέθεσε ενώπιον του δικαστηρίου νοσοκομειακά έγγραφα, σύμφωνα με τα οποία ο Gopalan παρέμεινε στο νοσοκομείο καθώς είχε υποστεί σοβαρό τραυματισμό της σπονδυλικής στήλης και ήταν κατάκοιτος όταν οι χωρικοί έπιασαν το αγριογούρουνο. Μετά από τρεις μήνες, η Vanaja πήρε τον Gopalan στο σπίτι της. Η ανικανότητά του ήταν πλήγμα για τη Vanaja και τα παιδιά της. Έπρεπε να πληρώσουν ένα σημαντικό ποσό στο νοσοκομείο και τα καθημερινά ιατρικά έξοδα ήταν δυσβάστακτα. Τα όνειρα της Vanaja κατέρρευσαν μπροστά στα μάτια της, αλλά εκείνη δεν ήταν έτοιμη να δεχτεί την ήττα. Αφού έστειλε τα παιδιά της στο σχολείο και τάιζε τον σύζυγό της, εργαζόταν στο αγρόκτημα για περίπου οκτώ ώρες καθημερινά. Παρόλο που δεν μπορούσε να ολοκληρώσει όλες τις εργασίες στην ώρα τους, η εργατικότητά της βοηθούσε και οι αποδόσεις από τη φάρμα ήταν ενθαρρυντικές. Η Vanaja δούλευε σαν σκλάβα και έπρεπε να φροντίζει τα παιδιά και τον σύζυγό της. Η φροντίδα των αγελάδων, των κατσικιών και των πουλερικών ήταν η πιο δύσκολη εργασία. Υπήρχε αρκετό πράσινο γρασίδι στο αγρόκτημα και η Vanaja ξόδευε περίπου τρεις ώρες μαζεύοντας τροφή για τα βοοειδή. Είχε επίσης κρατήσει ένα σακί με σιτηρά για τα πουλερικά.

Τρεις δασικοί υπάλληλοι ήρθαν στο σπίτι του Vanaja μια μέρα μέσα σε ένα χρόνο από τη θανάτωση του αγριογούρουνου. Την ενημέρωσαν ότι θα καταθέσουν μήνυση στο δικαστήριο- αυτή και ο σύζυγός της σκότωσαν ένα αγριογούρουνο, μια σοβαρή παραβίαση της νομοθεσίας για την προστασία της άγριας ζωής. Οι επανειλημμένες εκκλήσεις της Vanaja -δεν έβαλε το χέρι της στη θανάτωση του αγριογούρουνου και βρισκόταν στο νοσοκομείο με τον σύζυγό της- απέτυχαν να πείσουν τους δασικούς υπαλλήλους. Της είπαν ότι θα απέσυραν το όνομά της από το έγκλημα αν μπορούσε να τους καταβάλει διακόσιες χιλιάδες ρουπίες. Η Vanaja δεν είχε χρήματα για να πληρώσει τους δασικούς υπαλλήλους, καθώς είχε ήδη ξοδέψει ένα σημαντικό ποσό για τη νοσηλεία και τη θεραπεία του συζύγου της, ο οποίος παρέμενε ανάπηρος. Μετά από δύο μήνες, οι δασικοί υπάλληλοι επισκέφθηκαν το σπίτι της Vanaja- ισχυρίστηκαν ότι η καλλιεργήσιμη έκταση ήταν μέρος του δάσους. Η Vanaja και ο σύζυγός της το κατείχαν παράνομα. Το κτίριο που κατασκεύασαν ήταν μη εγκεκριμένο και παράνομο- ως εκ τούτου, έπρεπε να εκκενώσουν το σπίτι και τη γη μέσα σε ένα μήνα.

Η Vanaja πήγε στο γραφείο του χωριού, στο Panchayat και στο τοπικό αστυνομικό τμήμα, αποδεικνύοντας ότι αυτή και ο σύζυγός της ήταν ιδιοκτήτες της καλλιεργήσιμης γης. Το σπίτι δεν βρισκόταν σε παράνομα κατεχόμενη δασική έκταση. Το γραφείο του χωριού και το Panchayat δεν έδειξαν καμία προσοχή στην αγωνία της- αντίθετα, ήταν αγενείς. Η αστυνομία την έβρισε, λέγοντας ότι κατέλαβε παράνομα τη δασική γη, την καλλιέργησε για πολλά χρόνια, έχτισε ένα σπίτι και σκότωσε άγρια ζώα- της άξιζε φυλακή για πολλά χρόνια. Η Vanaja αισθάνθηκε συντετριμμένη- δεν έλαβε καμία βοήθεια από τους γείτονες και τους χωρικούς της. Φοβόντουσαν να σταθούν στο πλευρό της, πιστεύοντας ότι οι δασικοί υπάλληλοι θα μπορούσαν να τους εμπλέξουν για τη θανάτωση του αγριογούρουνου. Μια μέρα, οι δασικοί υπάλληλοι και δέκα με δεκαπέντε δασοφύλακες ήρθαν με χωματουργικά μηχανήματα, γκρέμισαν το σπίτι χωρίς προειδοποίηση, έκοψαν τις καλλιέργειες και τα οπωροφόρα δέντρα στα χωράφια και τα έκαψαν. Η Vanaja και τα παιδιά της έκλαιγαν δυνατά και αβοήθητα. Η καρδιά της ράγισε, βλέποντας τη φωτιά να καταπίνει το αγρόκτημά τους και το σπίτι.

Η οικογένεια δεν είχε πουθενά να πάει και στριμώχτηκε στη γωνία ενός δρόμου σε μια πόλη που βρισκόταν περίπου είκοσι χιλιόμετρα μακριά. Παρέμειναν στην ύπαιθρο για μια εβδομάδα πεινασμένοι, τα κορίτσια αρρώστησαν και ο Γκοπαλάν πέθανε τη δέκατη μέρα. Ένας κοινωνικός λειτουργός πήγε να δει τη Vanaja, ρώτησε για την αξιοθρήνητη κατάστασή της, εξέφρασε την προθυμία του να τη βοηθήσει και κατέθεσε μήνυση κατά των δασικών υπαλλήλων. Μέσα σε μια εβδομάδα, ο κοινωνικός λειτουργός πήγε τη Vanaja στην Amaya. Ήταν Σάββατο, δεν υπήρχε γραφείο. Παρόλα αυτά, η Amaya πήγε στο γραφείο της, άκουσε τη Vanaja για τρεις ώρες και εξέφρασε την προθυμία της να πάει με τη Vanaja και την κοινωνική λειτουργό να δουν την καμένη αγροτική γη και το μέρος όπου έμεναν η Vanaja και τα παιδιά της.

Η Amaya ξεκίνησε αμέσως με τη Vanaja και την κοινωνική λειτουργό- η καμένη αγροτική γη και το κατεδαφισμένο σπίτι ήταν σαν μια βομβαρδισμένη μικρογραφία του My Lai. Η Amaya τράβηξε μερικές φωτογραφίες από το καμένο αγρόκτημα και το σπίτι. Ο Vanaja είπε στην Amaya ότι ήταν επίτευγμα της ζωής τους- ο Gopalan, ο πατέρας και ο παππούς του, έμειναν εκεί και εργάστηκαν για εβδομήντα χρόνια. Παρόλο που η Amaya έμεινε άφωνη βλέποντας την καταστροφή, πήγε στο δασαρχείο για να συναντήσει τον αξιωματικό, αλλά εκείνος αρνήθηκε να της δώσει ακρόαση. Στη συνέχεια πήγε να δει πού έμεναν η Vanaja και τα κορίτσια της. Ήταν μια αξιοθρήνητη σκηνή- τα πεινασμένα παιδιά έμοιαζαν δυστυχισμένα- υπέφεραν από πυρετό. Ακόμα και αν γνώριζε ότι ήταν ενάντια στην επαγγελματική της δεοντολογία, η Amaya δεν μπορούσε να συγκρατήσει τα δάκρυά της. Με την άδεια της Vanaja, η Amaya τράβηξε μερικές φωτογραφίες και μαζί με κοινωνικούς λειτουργούς μετέφερε τα κορίτσια σε ένα νοσοκομείο στο Kochi. Μια ΜΚΟ βοήθησε την Amaya να βρει ένα μέρος για να μείνει η Vanaja κοντά στο νοσοκομείο και να κανονίσει εργασία σε μια αγορά λαχανικών.

Η Amaya παρακάλεσε τους δικαστές να τους δείξουν κάποιες φωτογραφίες από την καμένη γεωργική γη και το κατεδαφισμένο σπίτι της Vanaja, και το δικαστήριο εξέφρασε την προθυμία του. Οι ασπρόμαυρες φωτογραφίες έδειχναν ρητά τις παραβιάσεις των ανθρωπίνων δικαιωμάτων από τους δασικούς υπαλλήλους. Το δικαστήριο εξέφρασε σοκ για τις κατάφωρες παραβιάσεις των θεμελιωδών ανθρωπίνων δικαιωμάτων μιας άτυχης οικογένειας. Η άρνηση της Vanaja της ελεύθερης επιλογής να ζήσει ανεξάρτητα και η άρνηση της ισότητας με την καταστροφή των μέσων διαβίωσής της είχε ως αποτέλεσμα την τρομοκρατία των δασικών υπαλλήλων. Η εξάλειψη της σκληρής δουλειάς εβδομήντα ετών τριών γενεών ανθρώπων, η δεσποτική μέθοδος που υιοθέτησαν οι δασικοί υπάλληλοι και η κυβέρνηση, ωθώντας μια γυναίκα και τα τρία κοριτσάκια της στην εξαθλίωση, ήταν ένα έγκλημα αφάνταστης φρίκης. Το έγκλημα άξιζε αυστηρές τιμωρίες. Το δικαστήριο επέβαλε δεκαετή φυλάκιση και στους τρεις δασικούς υπαλλήλους και διέταξε την κυβέρνηση να τερματίσει τις υπηρεσίες τους. Το δικαστήριο επέβαλε στους δασικούς υπαλλήλους πρόστιμο εκατό χιλιάδων ρουπιών στον καθένα για την απαίτηση δωροδοκίας, ενώ παράλληλα τους ζήτησε να καταβάλουν αποζημίωση τριακοσίων χιλιάδων ρουπιών στα τέσσερα θύματα εντός ενός μηνός. Σε περίπτωση μη καταβολής του διακανονισμού καλούσαν σε πέντε ακόμη χρόνια φυλάκισης.

Η κυβέρνηση θα πλήρωνε δέκα χιλιάδες ρουπίες στη Vanaja και τα παιδιά της μέσα σε ένα μήνα. Το δασαρχείο θα παρείχε οικονομική βοήθεια σε κάθε παιδί, εκατό χιλιάδες ρουπίες ετησίως, μέχρι να ολοκληρώσουν τις σπουδές τους στο κολέγιο. Το δικαστήριο έδωσε επίσης εντολή στην κυβέρνηση να επιστρέψει τη γεωργική γη στη Vanaja και να κατασκευάσει ένα σπίτι με όλες τις σύγχρονες εγκαταστάσεις εντός έξι μηνών. Η ετυμηγορία ήταν μια ηχηρή νίκη για την Amaya και τη Vanaja, καθώς υποστήριξε την αξία της ελευθερίας, των ανθρωπίνων δικαιωμάτων και της δικαιοσύνης.

Η Amaya είχε μια ακόμη υπόθεση για την τελική ακρόαση εκείνη την ημέρα. Η αίτηση που κατέθεσε η Sulu ήταν εναντίον ενός υπουργού του υπουργικού συμβουλίου της πολιτείας για εξαπάτηση. Την ημέρα που το γραφείο της Amaya έστειλε αντίγραφο της αίτησης στον δικηγόρο του υπουργού, έλαβε ένα τηλεφώνημα από τον προσωπικό γραμματέα του υπουργού, ζητώντας από την Amaya να μην εξετάσει την υπόθεση του Sulu. Η Amaya του είπε ότι δεν είχε δικαίωμα να παρεμβαίνει στις επαγγελματικές της υποχρεώσεις. Της εξήγησε ότι επρόκειτο για αίτημα του υπουργού και ότι ήταν έτοιμος να της παράσχει οποιαδήποτε βοήθεια. Η Amaya ήταν κατηγορηματική- δεν περίμενε συμβουλές από τον υπουργό. Εντός της ημέρας, ένα τηλεφώνημα από τον υπουργό πρότεινε στην Amaya να μην δεχτεί τον Sulu ως πελάτη της. "Κοίτα τη δουλειά σου, κύριε υπουργέ", απάντησε η Amaya. Εκείνη τη νύχτα και τις επόμενες νύχτες, η Amaya δέχτηκε τηλεφωνήματα από άγνωστους ανθρώπους που απειλούσαν να της δώσουν ένα μάθημα. Μετά από μια εβδομάδα, η Amaya άκουσε ένα δυνατό χτύπημα στο πίσω τζάμι του παραθύρου της ενώ πήγαινε στο δικαστήριο. Αμέσως σταμάτησε το αυτοκίνητο στην άκρη του δρόμου και είδε το σπασμένο πίσω τζάμι να πέφτει. Η Amaya έστειλε γραπτή καταγγελία στο αστυνομικό τμήμα για να φτάσει στο δικαστήριο εξηγώντας το περιστατικό. Παρόλο που η Amaya είχε καταγράψει το τηλεφώνημα του υπουργού, αποφάσισε να μην το αναφέρει στην καταγγελία της.

Στο δικαστήριο, η Amaya εξήγησε την αίτηση της Sulu, μιας χήρας με δύο βρέφη. Όταν βρισκόταν στο Άμπου Ντάμπι, ο σύζυγός της έχασε τη ζωή του πέφτοντας από ένα πολυώροφο κτίριο ενώ έφτιαχνε τζάμια παραθύρων. Η Sulu είχε ένα σπίτι τεσσάρων υπνοδωματίων σε ένα οικόπεδο τριάντα εκατοστών, απέναντι από την όχθη του ποταμού Manimala, περίπου μισή ώρα οδήγησης από το Kottayam. Νοίκιαζε δύο δωμάτια για φιλοξενία σε τουρίστες από την Ευρώπη, μαγείρευε μοσχάρι, ψάρι και άλλα πιάτα τύπου Κεράλα σε μέτριες τιμές και οι τουρίστες απολάμβαναν τη φιλοξενία της Sulu. Τα δωμάτιά της είχαν πληρότητα καθ' όλη τη διάρκεια του έτους και η ίδια έβγαζε αρκετά χρήματα από την επιχείρησή της. Η Sulu κατέθετε τακτικά ένα ποσό στην τράπεζα για την εκπαίδευση των παιδιών της και φρόντιζε τη μητέρα της. Η τελευταία έμενε μαζί της, εκτός του ότι βοηθούσε τη Sulu στο νοικοκυριό και το μαγείρεμα.

Το τοπικό μέλος της νομοθετικής συνέλευσης (MLA) απέκτησε περίπου πενήντα στρέμματα γης δίπλα στο σπίτι της Sulu για την κατασκευή ενός θεματικού πάρκου νερού, δύο εστιατορίων και πενήντα ανεξάρτητων βίλες με δύο υπνοδωμάτια για τους τουρίστες. Σχεδίαζε να επενδύσει περίπου πεντακόσιες ρουπίες στο έργο και έλαβε συνεργασία από βιομήχανους των χωρών του Κόλπου. Ο MLA γνώριζε ότι ήταν αδύνατο να κατασκευάσει δρόμο προσέγγισης στο πάρκο του χωρίς να αποκτήσει τη γη του Sulu. Ένα βράδυ, πήγε στη Sulu, ζητώντας της να πουλήσει τη γη και το σπίτι της, προσφέροντας τρεις crore ρουπίες. Έγραψε τον αριθμό τρία σε ένα κομμάτι χαρτί, ακολουθούμενο από επτά μηδενικά, σαν να προσπαθούσε να πείσει τη Sulu για το πόσο τεράστιο ποσό ήταν έτοιμος να της πληρώσει. Η Sulu είπε στον MLA ότι δεν ενδιαφερόταν να πουλήσει το κομμάτι γης και το σπίτι που κατείχε, καθώς εξαρτιόταν εξ ολοκλήρου από αυτά για να ζήσει. Το εισόδημα που λάμβανε από αυτό βοηθούσε στη διατροφή της οικογένειας και στη μόρφωση των παιδιών της. Ο MLA απείλησε τη Sulu, λέγοντάς τους ότι το πτώμα της θα επέπλεε στον ποταμό Manimala μέσα σε λίγες ημέρες, αν αρνιόταν να παραδώσει τη γη. Η Sulu ήταν ανένδοτη ότι δεν θα αποχωριζόταν την περιουσία της. Το ίδιο βράδυ, μπράβοι επιτέθηκαν στο σπίτι της με πέτρες και ξύλα, τραυματίζοντας τη Sulu, τα παιδιά της και τους τουρίστες που κοιμόντουσαν εκεί. Την επόμενη μέρα, η Sulu πήγε στο αστυνομικό τμήμα και ζήτησε από τον αστυνομικό να καταθέσει μια πρώτη αναφορά εναντίον του MLA, κάτι που αρνήθηκε να κάνει. Ο αστυνομικός κακοποίησε λεκτικά τη Sulu και της είπε: "Μην προσπαθήσεις ποτέ να κάνεις καταγγελία εναντίον του MLA". Όμως οι ρίψεις πέτρας και το σπάσιμο των τζαμιών συνεχίστηκαν τις νυχτερινές ώρες και η Sulu δυσκολεύτηκε να λειτουργήσει την επιχείρησή της στο σπίτι. Καθώς οι τουρίστες σταμάτησαν να προσλαμβάνουν το homestay της Sulu, η επιχείρησή της κατέρρευσε μέσα σε ένα μήνα.

Η Amaya εξήγησε στο δικαστήριο ότι η Sulu έπρεπε να συμφωνήσει να πουλήσει το οικόπεδο και το σπίτι έναντι τριών εκατομμυρίων ρουπιών στον MLA, ο οποίος της κατέβαλε ένα εκατομμύριο ρουπίες με επιταγή, υποσχόμενος να καταβάλει το υπόλοιπο ποσό εντός μιας εβδομάδας. Στο γραφείο κτηματολογίου, η Sulu υπέγραψε το συμβόλαιο πώλησης που έδειχνε ότι έλαβε ένα crore ρουπίες για τη γη και το σπίτι. Ο MLA ανάγκασε τη Sulu να εκκενώσει το σπίτι όταν η Sulu υπέγραψε το συμβόλαιο πώλησης. Η Sulu αγόρασε πέντε σεντς γης και ένα σπίτι τριών υπνοδωματίων περίπου πέντε χιλιόμετρα από εκεί για το ποσό των ενενήντα πέντε λακχ ρουπίες, αλλά ακόμη και μετά από έξι μήνες δεν μπορούσε να βρει τουρίστες για φιλοξενία, καθώς ήταν μακριά από τα κύρια τουριστικά σημεία. Η Sulu πήγαινε συχνά στο γραφείο του MLA για να πάρει το υπόλοιπο, αλλά δεν μπορούσε ποτέ να τον συναντήσει. Απογοητεύτηκε καθώς δεν είχε εισόδημα για να συντηρήσει την οικογένειά της.

Εν τω μεταξύ, ο MLA έγινε υπουργός. Αλλά δεν πλήρωσε ποτέ το υπόλοιπο των δύο crore ρουπίες στον Sulu. Το δικαστήριο ήταν διακριτικό, αλλά ο Sulu δεν πήρε καμία προσωρινή ανακούφιση για την αποδοχή του. Κατά τη διάρκεια της τελικής ακροαματικής διαδικασίας, ο Amaya έπεισε το δικαστήριο ότι ο υπουργός είχε υποσχεθεί στον Sulu ότι θα πλήρωνε τρία crore ρουπίες ως τίμημα για το σπίτι και το οικόπεδο, αλλά πλήρωσε μόνο ένα crore. Ο Amaya προσκόμισε ενώπιον του δικαστηρίου το κομμάτι χαρτί στο οποίο ο υπουργός είχε γράψει τον αριθμό τρία ακολουθούμενο από επτά μηδενικά ως αποδεικτικό στοιχείο. Ο Amaya κατέθεσε στο δικαστήριο τρία πιστοποιητικά για να αποδείξει τη γνησιότητα του γράφοντος. Το πρώτο ήταν ενός γραφολόγου, που πιστοποιούσε ότι ο γραφικός χαρακτήρας του χαρτιού ήταν του υπουργού. Ο ιατροδικαστής γραφής, με πολλά παραδείγματα που επιβεβαιώνουν σταθερά τη γραφή, ανήκε στον υπουργό στο δεύτερο πιστοποιητικό. Ένας άλλος ιατροδικαστής μπορούσε να αναγνωρίσει τα δακτυλικά αποτυπώματα του υπουργού στο χαρτί. Η Amaya εξήγησε τη νομιμότητα και τη νομιμότητα των επιχειρημάτων της. Το δικαστήριο ζήτησε από τον υπουργό να καταβάλει δύο εκατομμύρια ρουπίες με δεκαπέντε τοις εκατό ετήσιο τόκο για τρία χρόνια και δέκα λίρες ρουπίες για τα έξοδα των υποθέσεων στη Sulu εντός δύο εβδομάδων. Το δικαστήριο παρατήρησε ότι ένας υπουργός που εξαπατά μια χήρα δεν αξίζει να συνεχίσει.

Η Sulu χάρηκε που άκουσε την ετυμηγορία και είπε στην Amaya ότι θα αγοράσει ένα σπίτι τεσσάρων υπνοδωματίων κοντά στη λίμνη Vembanad, ένα τουριστικό σημείο, για να αναζωογονήσει την επιχείρησή της για φιλοξενία σε σπίτι.

Ήταν αργά το βράδυ- όλοι οι νεότεροι είχαν φύγει. Πριν πέσει για ύπνο, η Amaya βρήκε ένα email από την Poornima. Καθισμένη στην πολυθρόνα της, η Anaya άρχισε να το διαβάζει:

"Γεια σας κυρία,

Ζητώ συγγνώμη για τα αγενή λόγια μου και τον υποβιβασμό της αξιοπρέπειάς σας στην προηγούμενη επικοινωνία μου. Ήταν αναξιοπρεπές να εκφράσω την ψυχική μου κατάσταση με αγένεια, χωρίς να νοιάζομαι για τα συναισθήματά σας, αγνοώντας πώς θα πλήγωνε την καρδιά σας. Αυτά που είχα γράψει ήταν αυθεντικά, αλλά δεν έπρεπε να τα εκφράσω, κατηγορώντας σας χωρίς να γνωρίζω ακριβώς τις συνθήκες που σας ανάγκασαν να ζήσετε με τον πατέρα μου. Δεν γνώριζα τις διαστάσεις των σχέσεων του πατέρα μου μαζί σας. Η φαντασία των καταστάσεων που μου φάνηκαν μπορεί να μην είναι πραγματική. Ακόμη και ένας φαινομενικά έντιμος άνθρωπος όπως ο πατέρας μου μπορεί να μην είχε ευγενείς προθέσεις όταν σας γνώρισε και σας κάλεσε να μείνετε μαζί του στο σπίτι του. Εκτός αυτού, μπορεί να μην γνωρίζατε το ιστορικό, τις προθέσεις και τα σχέδιά του.

Σας παρακαλώ, συγχωρήστε με για τα ανάρμοστα λόγια- επιτρέψτε μου να είμαι ειλικρινής μαζί σας- δεν μισώ κανέναν, ειδικά αφού δεν μπορώ ποτέ να σας μισήσω. Ήσουν πάντα ξεχωριστή και είχα μια νοερή εικόνα σου, ενώ σε έψαχνα. Χωρίς ποτέ να σε συναντήσω από κοντά, μπορούσα να προβάλλω πώς εμφανιζόσουν στη συνείδησή μου- μου έμοιαζες και μου άρεσες. Δεν ήταν μόνο μια υπόθεση, αλλά μια ψυχολογική προβολή του εαυτού μου σε σένα. Μπορώ να σας πω το γιατί. Μπορεί να εκπλαγείτε- αμοιβαίες σχέσεις μπορούν να υπάρξουν μεταξύ ατόμων που δεν έχουν συναντηθεί ποτέ, αισθανόμενοι σταθερά ότι το άλλο άτομο είναι κάπου. Αντιλαμβάνονται ο ένας τον άλλον και έλκουν ο ένας τον άλλον. Έχουν συνείδηση του ποιος είναι το άλλο άτομο. Επιτρέψτε μου να το ονομάσω ψυχική έλξη, η οποία είναι ακριβής, ταυτόχρονα, φαινομενολογική. Αυτή είναι η αμοιβαία αναγνώριση της ύπαρξης του άλλου εν τη απουσία, τόσο έντονη και περιεκτική. Μπορείς να το νιώσεις, να το αισθανθείς και να το βιώσεις μέσα σου- χωρίς να δεις, να αγγίξεις, να μυρίσεις και να ακούσεις τον άλλον, ξέρεις ποιος είναι ο άλλος.

Στις περισσότερες περιπτώσεις, τα συναισθήματα, η λαχτάρα και τα προαισθήματά σας αποδεικνύονται σωστά. Από τη στιγμή που γεννήθηκα, ήξερα ότι ήσουν εκεί- ήσουν με κάποιο τρόπο σωματικά, ψυχολογικά ή πνευματικά συνδεδεμένος μαζί μου. Υπήρχε μια προσωπική εξάρτηση μεταξύ μας, ωστόσο ήμασταν ελεύθεροι, αλλά υπήρχε μια βαθιά λαχτάρα να συναντηθούμε και να μοιραστούμε την ύπαρξη και την αγάπη μας. Αυτό ονομάζεται συγγένεια των καρδιών. Η εσωτερική μου φωνή μου λέει ότι είσαι κοντά μου και αδιαχώριστος- τα συναισθήματα, τα συναισθήματα, οι επιθυμίες και τα οράματά μας είναι αλληλένδετα και αιώνια δεμένα. Χθες το βράδυ, προσπάθησα να σε ξεχάσω. Παρ' όλα αυτά, ήταν ένα αδύνατο εγχείρημα, καθώς κάθε φορά που ήθελα να σε ξεχάσω ή να απομακρυνθώ από κοντά σου, εσύ ερχόσουν πιο κοντά μου με μεγαλύτερη δύναμη και πιο φωτεινό πρόσωπο. Είσαι το ρεύμα της συνείδησής μου, που ποτίζει τα βαθύτερα συναισθήματά μου.

Έζησα κάποιον κοντά μου από την παιδική μου ηλικία σαν μια καθοδηγητική δύναμη, μια χειροκίνητη λάμπα. Ήξερα ότι δεν ήταν η μητέρα μου, αλλά ισάξια με τη μητέρα μου- η παρουσία της ήταν φωτεινή, συνεχής, καταπραϋντική και διεγερτική. Τραγουδούσε νανουρίσματα, μου έλεγε ιστορίες, διάβαζε παραμύθια πριν κοιμηθώ και με περίμενε κοντά στο κρεβάτι μου για να μη νιώθω μοναξιά ή θλίψη όταν σηκωνόμουν. Το άγγιγμά της ήταν απαλό, ευγενικό και στοργικό, επιτρέποντάς μου να μιλήσω πριν μιλήσει εκείνη. Όταν δεν με άγγιζε, βίωνα την απαλότητά της και ποτέ δεν ένιωσα να στερούμαι την εγγύτητά της. Ήταν μαζί μου στο παιδικό μου σχολείο, ποτέ δεν παρενέβαινε, ούτε μία δεν με ανάγκαζε να κάνω κάτι που δεν ήθελα να κάνω, και παρέμενε μαζί μου, μόνιμα μια ευχάριστη εμφάνιση.

Όταν ήμουν στο σχολείο, καθόταν μαζί μου σαν να την έβλεπα, αλλά να ήταν αόρατη για τους άλλους- με βοηθούσε να μάθω κάθε μάθημα που διδασκόταν, έπαιζε μαζί μου και έμπαινε με τους φίλους μου, παρόλο που ήταν ανεπαίσθητη. Μοιραζόμασταν σοκολάτες, κέικ και καραμέλες που έπαιρνα από άλλους. Περπατούσε στο πλευρό μου αλλά σταδιακά έγινε η σκιά μου, δίνοντάς μου προβάδισμα αλλά και μόνιμη συντροφιά μου. Την άκουγα να μιλάει μαζί μου, να με φωνάζει, και μου άρεσε το βλέμμα της, το χαμόγελο και οι κινήσεις της κάθε φορά που κοιτούσα πίσω. Προσπαθούσα να μιμηθώ τη γλώσσα του σώματός της, τις χειρονομίες, τις εκφράσεις του προσώπου της, ακόμα και τον τρόπο που ανέπνεε, μια συνειδητή προσπάθεια να τη μιμηθώ. Λαχταρούσα να περάσω περισσότερο χρόνο μαζί της στο λύκειο, καθώς ένιωθα ότι ήταν φυσική και όχι φασματική. Ό,τι κι αν σκεφτόμουν για το μέλλον μου, ήξερα ότι με επηρέασε και με διαμόρφωσε. Όταν πίστευα ότι ήταν γνήσια και ευγενική, ήθελε να είμαι ειλικρινής και γενναιόδωρος- δεν φερόμουν εχθρικά ή αγενώς στους άλλους επειδή δεν έβλεπα ανεπιθύμητα χαρακτηριστικά σε εκείνη.

Στην εφηβεία μου, μπορούσε να νιώσει τα συναισθήματά μου- μπορούσα να βιώσω τις ευνοϊκές αντιδράσεις της, επειδή ήθελε να είμαι ευτυχισμένη. Συνειδητοποίησα ότι ήταν ένα διακριτικό άτομο, ζεστό στα συναισθήματά της, οπότε μπορούσα να την εμπιστευτώ ότι ήξερε πώς να ζήσω μια ευτυχισμένη ζωή. Κατά καιρούς, μου έλεγε, δεν ήταν απαραίτητο να είμαι τέλειος, καθώς η τελειότητα δεν υπάρχει, και ήμουν ευτυχής που άκουσα τα λόγια της. Με προειδοποίησε επίσης ότι έπρεπε να προσέχω να μην είμαι ευάλωτη. Μου άρεσε η επιλογή των λέξεών της και μου άρεσαν τα μικρά λάθη και τα μειονεκτήματά της, τα οποία με βοήθησαν να συνειδητοποιήσω ότι ήταν άνθρωπος και ότι το να είσαι άνθρωπος είναι όμορφο. Όταν άρχισα να μου αρέσουν τα αγόρια και η παρέα τους, με ενθάρρυνε να το πω- οι φίλοι θα μπορούσαν να με βοηθήσουν να αναπτυχθώ, πράγμα που με βοήθησε να καταλάβω ποιος θα μπορούσε να είναι ένας αξιόπιστος φίλος, ένας σύντροφος ζωής σε μεταγενέστερα στάδια της ζωής. Οι αξίες της ήταν παρόμοιες με τις δικές μου και μου άρεσε επειδή είχε παρόμοιες αξίες, στάσεις και προοπτικές. Μερικές φορές, με άγγιζε διακριτικά εκείνες τις μέρες, μια μεγαλειώδης εμπειρία, καθώς το άγγιγμά της παρήγαγε πολλή ζεστασιά. Λαχταρούσα το άγγιγμά της μέρα με τη μέρα.

Το χαμόγελό της ήταν φιλικό και το θυμόμουν ακόμη και στον ύπνο μου. Έτσι, η σχέση μου μαζί της κυλούσε σαν ρεύμα αβίαστα, επειδή είχε ένα χαμογελαστό πρόσωπο. Μια στο τόσο, μου έλεγε μυστικά για εκείνη, πράγμα που ήταν σημάδι ότι με εμπιστευόταν, και η σχέση μας γινόταν πιο βαθιά και στιβαρή. Μερικές φορές μου έκανε προσωπικές ερωτήσεις για τα συναισθήματα, τις στάσεις, τις αξίες και τις αντιπάθειές μου. Μου άρεσε η ειλικρίνειά της- γινόταν όλο και πιο προσωπική, και βίωσα έναν πιο στενό δεσμό. Μίλησε για τον εαυτό της και ξεκίνησε μια συζήτηση από καρδιάς για τη φιλία, τις σπουδές, την καριέρα, τα χρήματα, το φαγητό, τις σεξουαλικές φαντασιώσεις, τους συντρόφους και τον σύντροφο της ζωής. Τη φανταζόμουν ως την ιδανική μου φίλη και κατά καιρούς συμπεριφερόμουν σαν να ήμουν ο δάσκαλος, ο μέντορας και ο οδηγός της. Τη συμβούλευα για το πώς να φροντίζει την υγεία της, την ανάγκη για τακτική σωματική άσκηση, τι δεν πρέπει να τρώει και πόσο πρέπει να κοιμάται. Ήταν συναισθηματικά ανοιχτή, ειλικρινής και αξιόπιστη. Όταν μου είπε ότι μπορούσε να με εμπιστευτεί και να κρατήσει τα μυστικά της, αισθάνθηκα απέραντη ικανοποίηση γιατί τα λόγια της μου έδιναν αυτοπεποίθηση. Κατά καιρούς είχε χιούμορ και έκανε αστεία, ακόμη και για το σεξ. Μου άρεσε επειδή με αγαπούσε- ήταν τόσο απλό. Ποτέ δεν μπορώ να αντιπαθήσω κάποιον που με αγαπάει- φυσικά, αγαπώ αυτό το άτομο που με αγαπάει. Δεν μπορώ να μισήσω κάποιον επειδή εκείνη δεν μισούσε κάποιον, και ενστερνίστηκα τις αξίες της και εμπέδωσα όσα μου δίδαξε. Ήταν ζεστή μαζί μου, δείχνοντάς μου ότι έπρεπε να είμαι ευγενική με τους άλλους.

Μεγαλώνοντας ως νεαρή ενήλικη, μου φερόταν ισότιμα- ήμασταν πανομοιότυποι σε πολλά πράγματα. Σεβόμενη εμένα, τα λόγια, τις στάσεις και τις απόψεις μου, εξέφραζε χαρά για τη συντροφιά μου, απέφευγε να ρωτάει για τις προσωπικές μου σχέσεις, ιδίως με το άλλο φύλο, αλλά έδειχνε ενδιαφέρον για την ευημερία μου και σύνεση στη λήψη αποφάσεων. Μπορούσα να αισθανθώ τη βαθιά συγγένειά της μαζί μου στην παρουσία της- τα ίχνη της συνεχίζονταν ακόμη και κατά την απουσία της, ενθαρρύνοντάς με να γίνω ανεξάρτητη και να σέβομαι τον εαυτό μου. Η εμπέδωση της αξιοπρέπειας να έχω τις δικές μου απόψεις και αποφάσεις ήταν ένα υποπροϊόν της σχέσης μου μαζί της. Τέλος, συνειδητοποίησα την προσωπικότητά μου, την κοινωνική προοπτική, τους ψυχολογικούς προσανατολισμούς, τις συναισθηματικές διαμορφώσεις και τα συστήματα αξιών μου. Μου ανήκε σε μεγάλο βαθμό.

Όταν σας μίλησα για πρώτη φορά, άκουσα αυτή τη φωνή- ήταν η φωνή της, οικεία και προσωπική, που με διαμόρφωσε ως άτομο τα τελευταία είκοσι τέσσερα χρόνια. Νόμιζα ότι εσύ ήσουν εκείνη και εγώ ήμουν ξεχωριστός- ήμουν μαζί της αλλά και ανεξάρτητος. Με βοήθησε να αναπτυχθώ παίρνοντας τις δικές μου αποφάσεις. Ακόμη και περπατώντας μέσα από το τούνελ, τη συνάντησα με μια λάμπα χειρός στο απόλυτο σκοτάδι. Μετά έγινες εκείνη, μια φωνή ελπίδας, και σε φώναζα ξανά και ξανά. Η ευτυχία που βίωνα όταν μου μιλούσες ήταν το υπέρτατο παράδειγμα της ανόθευτης έκφρασης της ύπαρξής μου. Υπήρχε μέσα μου η επιθυμία να σου μιλάω, να σε ακούω για πάντα.

Περιμένω με ανυπομονησία να σας δω. Υπάρχει μια διαφορετική επιθυμία να σας συναντήσω προσωπικά, να σας δω, να σας αγγίξω και να σας βιώσω. Μέχρι να σας μιλήσω για πρώτη φορά, το μεγαλύτερο πάθος μου στη ζωή ήταν η ανάρρωση του πατέρα μου. Τώρα η συνάντησή σας έχει γίνει ένας εξίσου ισχυρός πόθος. Δεν σας φαντάζομαι γιατί σας βλέπω με τα εσωτερικά μου μάτια εδώ και πολλά χρόνια και ξέρω πώς φαίνεστε, πώς μιλάτε, πώς περπατάτε και πώς αντιδράτε. Είμαι σίγουρος ότι σας μοιάζω- αυτές τις μέρες κοιτάζομαι στον καθρέφτη για να σας δω και να βιώσω την παρουσία σας. Σου μιλάω για ώρες μαζί όταν είμαι μόνη μου. Οι άνθρωποι μπορεί να νομίζουν ότι είμαι τρελή. Αλλά για μένα είναι ανάγκη- το να σου μιλάω είναι μια έκφραση της καρδιάς μου, μιας υπέροχης καρδιάς που έχεις κρατήσει στην κατοχή μου.

Κυρία μου, ποια είστε; Πώς συνδεόμαστε;

Poornima."

Πριν κοιμηθεί, η Amaya έστειλε ένα μήνυμα ηλεκτρονικού ταχυδρομείου στην Poornima.

"Γεια σου, Poornima. Έμεινα άφωνη όταν διάβασα το μήνυμά σου. Υπήρχε ένα δίλημμα μέσα μου σχετικά με το πώς να αντιδράσω. Μπορείς να με θεωρείς φίλη σου. Η σχέση μου μαζί σου είναι η πιο απλή που βλέπεις σε κάθε οικογένεια. Καληνύχτα.

Amaya."

Την επόμενη μέρα, ένα email περίμενε την Amaya, και το βρήκε αφού έκανε τη Βιπασάνα της.

"Αγαπητή κυρία,

Σας ευχαριστώ που μου γράψατε- το πρώτο email που έχω λάβει ποτέ από εσάς. Ένιωσα χαρούμενη που το διάβασα. Η πιο απλή σχέση σε μια οικογένεια είναι αυτή του δεσμού μητέρας-κόρης. Αλλά έχω ήδη μια μητέρα, το πιο στοργικό άτομο που έχω γνωρίσει ποτέ. Επομένως, δεν μπορείτε να είστε εξ ολοκλήρου η βιολογική μου μητέρα.

Παρ' όλα αυτά, μπορώ να υποθέσω ότι ο πατέρας μου πήρε το μισό ωάριο σας, ενώνοντάς το με το μισό ωάριο της μητέρας μου- έτσι, γεννήθηκα έχοντας δύο μητέρες- γι' αυτό νιώθω εξίσου δεμένος και με τις δύο σας. Αυτή είναι μια επιστημονική επιλογή- στα καλύτερα πανεπιστήμια των ΗΠΑ, της Σιγκαπούρης και του Ισραήλ διεξάγονται έρευνες σχετικά με τη συνένωση ωαρίων από δύο γυναίκες με σπέρμα από έναν μόνο άνδρα, ώστε να παραχθεί ένα παιδί με τρεις βιολογικούς γονείς, συγχωνεύοντας τα καλύτερα χαρακτηριστικά τους. Έχω διαβάσει δύο άρθρα σχετικά με τέτοιες πιθανότητες σε διεθνή περιοδικά με κριτές.

Είχατε αναφέρει κάποτε για την κόρη σας Supriya, στην ηλικία μου. Δεν γνωρίζατε πού βρισκόταν και τι έκανε. Καμία κόρη δεν μπορεί να μείνει μακριά σας, καθώς έχετε μια τόσο στοργική και ελκυστική προσωπικότητα. Προσπάθησα να συναντήσω την ύπαρξη της Supriya στη συνείδησή μου, αλλά μάταια. Εμφανίστηκα όταν αντανακλούσα πάνω της, την επίγνωση του εαυτού μου. Η συνείδηση μπορεί να ελέγξει την εγκυρότητα των συναισθημάτων. Όπως και ο νους, η συνείδηση είναι υποπροϊόν του ανθρώπινου εγκεφάλου, που ανήκει σε ένα ανώτερο πεδίο. Ο νους μπορεί να σας οδηγήσει σε λάθος δρόμο με επικίνδυνες παγίδες, ενώ η συνείδηση αντανακλά ακριβώς τη χαρά της ύπαρξης, αν καλλιεργηθεί σωστά. Έτσι, υπάρχει ένας κόσμος πέρα από το φυσικό, όχι γνώση ή πνευματικός, αλλά καθαρή επίγνωση της παρουσίας του εαυτού, που οδηγεί στην ανυπαρξία πέρα από το σώμα ή το υλικό σύμπαν. Καθώς πρόκειται για μια νέα επιστήμη, η μελέτη της συνείδησης στη νευρολογία βρίσκεται στο ζυγωτικό στάδιο- με ενδιαφέρει βαθύτατα.

Καθώς είχα επίγνωση του εαυτού σας μέσα μου, μπορούσα να σας αναγνωρίσω όταν σας μίλησα για πρώτη φορά. Αυτό δεν είναι τίποτε άλλο παρά η κατανόηση της συνειδητότητας κάποιου. Όταν βλέπετε το είδωλό σας σε έναν καθρέφτη, ξέρετε ότι το αντίγραφο είναι δικό σας, αλλά μπορείτε να προχωρήσετε πέρα από το να ξέρετε ότι ξέρετε. Αυτή η επίγνωση σας οδηγεί στο να ταξιδεύετε πέρα από τους φυσικούς σας περιορισμούς σε μακρινές χώρες. Στο μέλλον, δεν χρειάζεται να κινείστε με το σώμα σας- η συνείδησή σας μπορεί να χοροπηδάει, να συναντά τη συνείδηση άλλων ανθρώπων και να ανταλλάσσει έννοιες, ιδέες και οράματα. Έτσι, υπάρχει μια ύπαρξη πέρα από αυτό που αισθανόμαστε εδώ και τώρα. Δεν υπάρχει θάνατος σε αυτή την κατάσταση, καθώς η συνείδηση δεν πεθαίνει ποτέ- είναι ενέργεια αυτή καθαυτή.

Στον καθρέφτη, δεν μπορούσα να προβάλω τη Supriya. Κάθε φορά που την έψαχνα, εμφανιζόταν κάθε φορά το πρόσωπό μου, αντί για δύο άτομα. Αλλά αυτό που εμφανίστηκε μπροστά στη συνείδησή μου ήταν μόνο το πρόσωπό μου, όχι το πρόσωπο της Supriya. Οι τελευταίες νευρολογικές μελέτες προσπαθούν να αποδείξουν την υπόθεση ότι η συνείδηση θα μπορούσε να ελεγχθεί και να επαληθευτεί χρησιμοποιώντας την ανθρώπινη διαίσθηση. Αυτή η μέθοδος δεν έχει καμία σχέση με την πνευματικότητα, τον μυστικισμό ή τη μαγεία. Οι βουδιστές μοναχοί εφαρμόζουν αυτή τη μέθοδο για να επιβεβαιώσουν την αλήθεια στο πλαίσιο της ανυπαρξίας, καθώς η ανυπαρξία δεν είναι ανυπαρξία. Είναι η ύπαρξη του κενού στην πληρότητά του και τίποτε άλλο. Πριν από τη Μεγάλη Έκρηξη, υπήρχε το τίποτα, αλλά αυτό το τίποτα δεν ήταν άδειο ή κενό, αυτό το τίποτα ήταν ένα Σύμπαν πριν από το Σύμπαν μας. Έτσι, το τίποτα έχει τη δυνατότητα να εξελιχθεί, να γίνει μια οντότητα. Η Σουπρίγια είναι κάτι πολύ περισσότερο από τη φυσική ύπαρξη, καθώς η καθαρά υλική ύπαρξη μπορεί να μην έχει το νου, τη συνείδηση και έναν πλήρως ανεπτυγμένο εγκέφαλο. Οι άνθρωποι έχουν συναισθήματα, ένα προϊόν της καρδιάς. Κατά τη διάρκεια του μεταπτυχιακού μου στη νευρολογία, προσπάθησα να επαληθεύσω πολλές υποθέσεις, με κυριότερη ότι η ύπαρξη είναι πριν από την ουσία. Με απλά λόγια, η ύπαρξη κάποιου πράγματος προηγείται των λεπτομερειών του. Έτσι, η ύπαρξη της Supriya είναι αισθητή μέσω της συνείδησης- αυτή είναι η θεωρία μου. Αν δεν υπάρχει ως ανεξάρτητη οντότητα, η δυνατότητα αίσθησης της Supriya θα λείπει. Στα πειράματά μου, βίωσα την ύπαρξη της Supriya ως την ύπαρξή μου.

Το δεύτερο φαινόμενο που ήθελα να δοκιμάσω ήταν η γνώση από ένα αντικείμενο στη συνείδηση. Υπέθεσα ότι η γνώση είναι το προϊόν της επίγνωσης ενός αντικειμένου από ένα άτομο. Έτσι, η γνώση προϋποθέτει ένα αντικείμενο και ένα υποκείμενο. Κάθε γνώση έχει τα χαρακτηριστικά του αντικειμένου και τα χαρακτηριστικά της κατανόησης της οντότητας που γνωρίζει. Ως εκ τούτου, η γνώση δεν είναι εξ ολοκλήρου αντικειμενική ή υποκειμενική- δεν αντανακλά την πληρότητα του υποκειμένου. Όμως στους ανθρώπους, η αρχική γνώση των αντικειμένων μετασχηματίζεται σε μια ανώτερη διάσταση, όπου το πρόσωπο που γνωρίζει το αντικείμενο αναπτύσσει μια επίγνωσή της. Το υποκείμενο γνωρίζει, γνωρίζει ότι γνωρίζει, αυτό που γνωρίζει. Με απλά λόγια, έχω συνείδηση της συνείδησής μου.

Από αυτή τη συνείδηση, οι άνθρωποι μπορούν να μεταβούν σε μια ανώτερη σφαίρα συνείδησης πέρα από τη φυσική ύπαρξη, ή μπορούν να απορρίψουν την ουσία τους, όπου δεν υπάρχουν συναισθήματα. Είναι ένα στάδιο χωρίς επιθυμίες, αγωνία, λύπες, πόνους ή ευτυχία. Ουσιαστικά, δεν υπάρχει νους, συναισθήματα, χαρά και διανοητική σκέψη. Υπάρχει μόνο ευδαιμονία, καθαρή και απλή, και την ονομάζω Νιρβάνα. Το μελλοντικό μου διδακτορικό θα είναι σε αυτόν τον τομέα.

Κυρία μου, δεν έχω ακούσει ποτέ τον πατέρα μου να αναφέρει το όνομα της Supriya. Αν ήταν κόρη του, είμαι σίγουρη ότι δεν θα μπορούσε να την ξεχάσει, θα συνέχιζε να μιλάει γι' αυτήν και θα τύλιγε τη Σουπρίγια με αγάπη, την οποία βίωσα από εκείνον. Μια σχέση πατέρα-κόρης ξεπερνάει τα χρονικά- χρειάζεται να ψάξει την απεραντοσύνη της συνείδησης για να συναντήσει την ύψιστη χαρά. Όταν η σχέση δύο ατόμων περιορίζεται στο φυσικό, δεν μπορεί να υπάρξει αγάπη, καθώς η αγάπη είναι της συνείδησης- πρέπει να ξεπεράσει τον υλικό κόσμο. Η φιλοσοφία της ζωής μου είναι απλή: αλυσοδέστε το μυαλό σας, ελευθερώστε τη συνείδησή σας, πετάξτε σαν γλάρος σε ένα μακρινό νησί και βιώστε την ατρόμητη εμπειρία και την ελευθερία από το θάνατο. Όλες οι ανθρώπινες προσπάθειες είναι μια προσπάθεια να ξεπεραστεί ο θάνατος. Έτσι, υπάρχει μια ακόμη πιθανότητα, ένα προαίσθημα, είμαι η Supriya σας- η μητέρα και ο πατέρας μου με ονόμασαν Poornima. Η Supriya είμαι εγώ. Αυτή την υπόθεση μπορώ να την ελέγξω με επαληθεύσιμα γεγονότα.

Σύντομα θα φτάσετε στο Τσαντιγκάρ. Θα είμαι στο αεροδρόμιο για να σας υποδεχτώ. Νιώθω φρεσκάδα στην καρδιά μου επειδή η παρουσία σας μου δίνει ελπίδα- βοηθάτε τον πατέρα μου να ανακτήσει τις αισθήσεις του. Όπως σας είπα, το πιάνο βρίσκεται στο δωμάτιό του- μπορείτε να το παίξετε για λίγο και θα αναγνωρίσει τη μουσική σας.

Σας εύχομαι καλή σας μέρα.

Poornima."

"Supriya, διαβάζοντας το email σου ήταν μια εμπειρία Vipassana, καθώς το μυαλό μου ήταν ήρεμο- η καρδιά μου ήταν γεμάτη αγάπη για σένα- η συνείδησή μου πετούσε σε άγνωστες χώρες για να σε συναντήσει, βιώνοντας την πληρότητα της ζωής. Έχεις μεγαλώσει πολύ περισσότερο από ό,τι νόμιζα για σένα και έχεις ωριμάσει πέρα από τις προσδοκίες μου. Οι ιδέες σου ήταν καλά ανεπτυγμένες, προϊόν χρόνων αντανακλαστικής συνείδησης, ότι ήξερες τι έλεγες, μια επίγνωση της γνώσης σου". Η Άμαγια βίωσε την ύπαρξή της και την ύπαρξη της Ποορνίμα, και ξαφνικά η Άμαγια θυμήθηκε τη συνομιλία της με τον Κάραν. "Σε σένα, έχω την ολότητα της ύπαρξής μου". Ακούγοντάς το, ο Κάραν είχε χαμογελάσει.

Πριν το σούρουπο, περπάτησαν στην παραλία. Η Amaya μπορούσε να δει λίγο πιο πέρα τον Λωτό τους, όπου πέρασε ένα χρόνο με τον Karan. "Το περπάτημα είναι καλό για τη διατήρηση της ισορροπίας του σώματος και βοηθά στην έναρξη ενός φυσιολογικού τοκετού", είπε ο Κάραν. Ο Κάραν ήταν ιδιαίτερα προσεκτικός καθώς περπατούσε, καθώς ήταν η τριακοστή έκτη εβδομάδα της εγκυμοσύνης. Ήταν πάντα στο πλευρό της. Φορούσε ένα λευκό ρέον φόρεμα με φωτεινά λουλούδια. Ο Κάραν φορούσε το μπλουζάκι του και τις φαρδιές πιτζάμες του- φαινόταν η προσωποποιημένη ηρεμία. Της άρεσε να κοιτάζει το πρόσωπό του καθώς ο βραδινός ήλιος αντανακλούσε πάνω του. Υπήρχαν εκατοντάδες τουρίστες, άνδρες, γυναίκες και παιδιά, όλοι σε εορταστική διάθεση.

Η Amaya και ο Karan κάθονταν απέναντι από τη θάλασσα, εστιάζοντας στα αδιάκοπα κύματα. Η θάλασσα είχε κάτι να κάνει με τα συναισθήματά της. Η μυρωδιά του αέρα από τις μακρινές ακτές ήταν σαγηνευτική, το αεράκι χτένιζε τα μαλλιά της, το ζεστό φως του ήλιου τύλιγε το σώμα της και ο σταθερός ήχος της θάλασσας αντηχούσε στα αυτιά της.

"Η Amaya, το αμνιακό υγρό στη μήτρα, δημιουργεί μια βιολογική σχέση με το νερό, καθώς πάνω από το εξήντα τοις εκατό του σώματος και το εβδομήντα επτά τοις εκατό του εγκεφάλου μας είναι νερό. Πολλοί επιστήμονες πιστεύουν ότι το νερό έχει μια συμβιωτική σχέση με όλους τους ζωντανούς οργανισμούς και επηρεάζει τα έμβια όντα για να έχει μια ηρεμιστική επίδραση, ειδικά στο ανθρώπινο μυαλό", δήλωσε ο Karan.

"Karan, έχω διαβάσει κάπου ότι το μπλε χρώμα της θάλασσας έχει μια ανακουφιστική επίδραση, όχι μόνο στο μυαλό αλλά και στην καρδιά", απάντησε η Amaya.

"Αυτό είναι αλήθεια, Αμάγια. Εκτός αυτού, η απεραντοσύνη της θάλασσας και η γαλήνη της παραλίας δίνουν μια αίσθηση ασφάλειας. Το μυαλό μας μπορεί εύκολα να αναγνωρίσει την απουσία κρυμμένων εχθρών στον ανοιχτό χώρο. Οι άνθρωποι κουβαλούν πάντα μέσα τους μια αίσθηση σπηλιάς, καθώς ζούσαν σε σπηλιές για εκατομμύρια χρόνια, προστατεύοντας τον εαυτό τους από άγνωστους κινδύνους στα σκοτεινά δάση και τις ύπουλες σαβάνες", εξήγησε ο Κάραν.

Η Αμάγια κοίταξε τον Κάραν και γέλασε. "Όταν είμαι μαζί σου, νιώθω ασφαλής- είσαι η θάλασσά μου, αγαπητέ Κάραν- είσαι και η δική μου ακτή. Με προστατεύεις από όλους τους κρυμμένους κινδύνους", είπε η Amaya και χαμογέλασε. Κοιτάζοντας την Αμάγια, ο Κάραν χαμογέλασε κι αυτός. "Όταν βρισκόμαστε σε μια ακτή, νιώθουμε ευτυχισμένοι καθώς είμαστε με τους αγαπημένους μας, μοιραζόμαστε ευχάριστες αναμνήσεις και χρησιμοποιούμε σπάνια ηλεκτρονικές συσκευές", πρόσθεσε η Amaya.

"Αυτό είναι αλήθεια, Αμάγια- συμφωνώ μαζί σου. Οι επιστήμονες έχουν αποδείξει, ότι λόγω της ηλιακής ακτινοβολίας, το δέρμα μας παράγει και απελευθερώνει σε αφθονία βιταμίνη D και σεροτονίνη, παράγει άπειρες χημικές ουσίες που προκαλούν ευεξία στον ανθρώπινο εγκέφαλο και φυσικά νιώθουμε ευτυχισμένοι σε μια παραλία", είπε ο Karan, ενώ έμπαινε σε ένα εστιατόριο.

Αφού έφαγαν τα αγαπημένα πιάτα της Amaya, ανέβηκαν στο Lotus, το ζεστό τους σπίτι, αλλά η Amaya δεν φανταζόταν ποτέ ότι δεν θα επισκεπτόταν ξανά την παραλία και ένα εστιατόριο με τον Karan.

Μετά το πρωινό, η Amaya αισθάνθηκε ξαφνικά πόνους στο κάτω μέρος της πλάτης και την επόμενη μέρα παρουσίασε συσπάσεις. Υπήρχαν κράμπες στο κάτω μέρος της κοιλιάς και μικρή διαρροή υγρών με ήπια ναυτία. Μπορούσε να αισθανθεί την πίεση στη λεκάνη.

"Karan", φώναξε η Amaya.

"Ναι, αγαπητή μου", της απάντησε.

"Ήρθε η ώρα", είπε.

"Ω, αγαπητή μου, ας πάμε στο μαιευτήριο", απάντησε ο Κάραν. "Κρατάω το εφεδρικό κλειδί για το σπίτι και το αυτοκίνητο στην τσάντα σου". Τη φίλησε στα μάγουλα.

Ο Κάραν μετακίνησε τις αποσκευές στο καρότσι. Υπήρχαν τρεις τσάντες, μία για την Αμάγια και δύο για το μωρό. Η Αμάγια ένιωσε έναν ελαφρύ πονοκέφαλο- έφτασαν στο νοσοκομείο μέσα σε δέκα λεπτά. Η Αμάγια επισκεπτόταν τακτικά το μαιευτήριο του νοσοκομείου, συμβουλευόταν τον μαιευτήρα από την αρχή της εγκυμοσύνης της και ήταν στο σπίτι μαζί της. Ο Κάραν έσπρωξε το αναπηρικό καροτσάκι της Αμάγια, και εκεί ήταν ο γιατρός- η Αμάγια ένιωθε ευτυχισμένη αλλά βαριά στο κεφάλι, μια αίσθηση ότι γλιστρούσε σε έναν κόσμο θολότητας.

"Κάραν", φώναξε η Αμάγια- η φωνή της ήταν θολή, ήθελε να πει κάτι περισσότερο, αλλά η γλώσσα της στριφογύριζε μέσα στο στόμα της. Μπορούσε να δει το πρόσωπο του Κάραν θολό, να λιώνει, σαν υδρατμοί από το παρμπρίζ. "Αμάγια", φώναξε- τον άκουσε να φωνάζει το όνομά της για τελευταία φορά. Και η Αμάγια γλίστρησε στο απόλυτο σκοτάδι.

Γέννηση μιας κόρης

Ήταν Παρασκευή, η τελευταία εργάσιμη ημέρα της εβδομάδας, και η Amaya έψαξε νωρίς το πρωί τις αιτήσεις που ήταν καταχωρημένες για την ακρόαση της ημέρας. Υπήρχαν επτά υποθέσεις, τρεις για αποδοχή, τρεις για προσωρινή διαταγή και μία για τελική ακρόαση, σε τέσσερα δικαστήρια. Η Amaya πέρασε από όλους τους φακέλους, σημείωσε την ουσία κάθε αίτησης και τηλεφώνησε στη Sunanda για να τη βοηθήσει στο δικαστήριο, αν ήταν ελεύθερη.

Η Amaya εμφανίστηκε για την αίτηση της Susan Jacob που κατατέθηκε κατά του Balu, ιδιοκτήτη γραφείου ευρέσεως εργασίας, για τελική ακρόαση ενώπιον των δύο δικαστικών εδρών. Αναλυτικά, η Amaya εξήγησε το ιστορικό της υπόθεσης τονίζοντας τις παραβιάσεις του νόμου, τους λόγους για τις νομικές ενέργειες κατά του Balu και την ανάγκη αποζημίωσης και αποκατάστασης του θύματος. Η Σούζαν ήταν εκπαιδευμένη νοσοκόμα με προπτυχιακό πτυχίο στη νοσηλευτική- υπέβαλε αίτηση για εργασία σε νοσοκομείο στη Σαουδική Αραβία μέσω του γραφείου ευρέσεως εργασίας του Balu πριν από επτά χρόνια. Η Susan είχε τρία χρόνια εργασιακής εμπειρίας πριν υποβάλει αίτηση για τη θέση εργασίας. Ο Balu της υποσχέθηκε μια θέση εργασίας με άριστες αποδοχές σε νοσοκομείο που διοικεί πλούσιος αγρότης εκατοντάδων στρεμμάτων χουρμαδοκαλλιέργειας στην Buraydah. Μετά από μια συνέντευξη και καταβάλλοντας μια σημαντική δέσμευση στο γραφείο ευρέσεως εργασίας, η Σούζαν πήγε με τον Μπαλού στη Σαουδική Αραβία. Ο Balu γνώριζε τον Abdulla, ιδιοκτήτη χουρμαδοτροφείου, ο οποίος επισκεπτόταν την Κεράλα για θεραπεία Αγιουρβέδα μία φορά στα δύο χρόνια.

Φτάνοντας στην Μπουραΐντα, η Σούζαν συναντήθηκε με τον Αμπντούλα, αλλά υπήρχε μόνο μια κλινική για εργάτες αγροκτήματος με δύο άνδρες γιατρούς. Αποφάσισε να ενταχθεί στην κλινική επειδή ο μισθός που της υποσχέθηκαν ήταν δεκαπλάσιος από αυτόν που έπαιρνε στην Κεράλα. Δεν υπήρχε ξενώνας για γυναίκες, και ο Abdulla προσέφερε φαγητό και διαμονή στη Susan στην παλατιανή κατοικία του, υποσχόμενος ότι θα ήταν ασφαλής μαζί με τις δύο συζύγους και τα εννέα παιδιά του. Μόλις η Σούζαν άρχισε να μένει στο σπίτι του, ο Αμπντούλα άρχισε να πιέζει τη Σούζαν να τον παντρευτεί, και μέσα σε λίγες μέρες το εξαναγκαστικό σεξ έγινε καθημερινή υπόθεση. Η Σούζαν λαχταρούσε την ελευθερία και ονειρευόταν να ξεφύγει από τον έλεγχο του Αμπντούλα, αλλά έχασε σταθερά την επαφή με τους γονείς της και τον έξω κόσμο πριν γεννήσει το πρώτο της παιδί και προσηλυτιστεί στο Ισλάμ.

Η Amaya κατέθεσε ενώπιον του δικαστηρίου την επιστολή διορισμού της Susan που είχε εκδοθεί από τον Balu και τα ταξιδιωτικά έγγραφα της Susan για τη Σαουδική Αραβία μαζί με αυτόν. Η Amaya εξήγησε ότι ο Balu παγίδευσε μια ειδικευμένη νοσοκόμα σε σεξουαλική δουλεία, υποσχόμενος της μια εξαιρετικά αμειβόμενη εργασία σε ένα σύγχρονο νοσοκομείο στην Buraydah με κακή πρόθεση. Η Amaya προσκόμισε επίσης αποδείξεις ότι ο Balu ενεργούσε ως νταβατζής ενώπιον του δικαστηρίου κάθε φορά που ο Abdulla επισκεπτόταν την Κεράλα. Το δικαστήριο εξέφρασε σοκ συνειδητοποιώντας τη σοβαρότητα του εγκλήματος του Balu και τη βία που υπέστη η Susan. Μέσα σε τέσσερα χρόνια, η Susan έφερε στον κόσμο δύο παιδιά και καθώς η υγεία της κατέρρευσε, ο Abdulla μετέφερε τη Susan στο Ριάντ για εξειδικευμένη ιατρική περίθαλψη. Έμεινε στο νοσοκομείο για έξι μήνες και δεν υπήρχε θεραπεία για την ασθένεια της Susan. Τελικά, ο Abdulla συμφώνησε η Susan να επιστρέψει στην Κεράλα, αφήνοντας τα παιδιά της στη Σαουδική Αραβία, και μετά από πέντε χρόνια, η Susan επέστρεψε στο σπίτι των γονιών της στο Thiruvalla.

Η Amaya επικαλέστηκε στο δικαστήριο ότι ο Balu ήταν υπεύθυνος για εμπορία ανθρώπων, βιασμό, βίαιο προσηλυτισμό μιας γυναίκας σε άλλη θρησκεία και γονιμοποίησή της χωρίς τη συγκατάθεσή της. Επρόκειτο για εγκλήματα κατά της Susan και της πολιτείας, που κατέστρεφαν την ψυχολογική ευημερία του θύματος και την έριχναν σε οξείες συναισθηματικές κρίσεις και σωματική ανικανότητα. Η ψυχική οδύνη, η σωματική ταλαιπωρία, οι προσωπικές συγκρούσεις που βίωσε η Susan και η ταλαιπωρία από τη σεξουαλική δουλεία υπό την επιτήρηση του Abdullah απoανθρώπισαν και ανάγκασαν τη Susan να εξετάσει την αυτοκτονία ως επιλογή. Λόγω της καθαρής δύναμης της θέλησης, μπόρεσε να επιβιώσει από την ακραία αγωνία και τη δοκιμασία των πέντε ετών στο χαρέμι ενός σεξουαλικού αρπακτικού, σε μια άγνωστη χώρα, στη μέση του πουθενά. Η Σούζαν είχε μια βαθιά συναισθηματική σύνδεση με τα παιδιά της και το να τα αφήσει για πάντα στο σπίτι του βιαστή ήταν οδυνηρό. Ήταν προφανές ότι, αφού έφτανε στην Κεράλα, θα αντιμετώπιζε χλευασμό και περιφρόνηση ακόμη και από μορφωμένους ανθρώπους. Η Amaya υποστήριξε ότι η εμπορία ανθρώπων, ο εγκλεισμός σε ένα σεργιάνι, ο βιασμός και η αναγκαστική τεκνοποίηση αποτελούσαν κατάπτυστα εγκλήματα κατά της Susan, καθώς παραβίαζαν τα θεμελιώδη δικαιώματα και τα ανθρώπινα δικαιώματά της.

Ο Balu χρειαζόταν τιμωρία για την παραβίαση της ελευθερίας, της ισότητας, της προσωπικής ασφάλειας και της ανθρώπινης αξιοπρέπειας της Susan, καθώς η Susan πίστευε ότι το γραφείο ευρέσεως εργασίας του Balu ήταν αυθεντικό, εκτός του ότι δεχόταν σημαντικό ποσό προμήθειας. Η Amaya υποστήριξε ότι ο Balu είχε ελεύθερη βούληση και μπορούσε να λάβει λογικές αποφάσεις, αλλά παραβίασε συνειδητά τους κανόνες, τις αξίες και τους νόμους της χώρας, αναγκάζοντας το θύμα να υποφέρει πάρα πολύ. Το θύμα είχε νόμιμο δικαίωμα να προστατεύσει την ελευθερία της να εργάζεται σε ένα αξιοπρεπές περιβάλλον, αλλά ο δράστης παραβίασε τα δικαιώματά της και επιδόθηκε στο έγκλημα για ίδιον όφελος. Η απονομή της κατάλληλης ποινής στον δράστη ήταν επιβεβλημένη, καθώς η ποινή αντανακλούσε την απέχθεια της κοινωνίας για τα εγκλήματα του δράστη.

Η τιμωρία της Balu ήταν έκφραση της κοινωνικής καταδίκης, υποστήριξε η Amaya. Το δικαστήριο θεωρούσε ότι η εγκληματική συμπεριφορά άξιζε τιμωρίας καταδικάζοντας τις πράξεις του δράστη. Ο δράστης εκμεταλλεύτηκε αθέμιτα το πλεονέκτημα της παράβασης του νόμου, καθώς ο νόμος προστάτευε τον πολίτη από το έγκλημα. Αυτό όμως ήταν εφικτό μόνο όταν οι πολίτες αποδέχονταν τον νόμο, αποστασιοποιούμενοι από την παραβίασή του. Όταν κάποιος τον ατίμαζε, απολάμβανε αδικαιολόγητο πλεονέκτημα από την κοινωνία. Η ισορροπία της κοινότητας διατηρούσε μόνο αυστηρή τιμωρία που μετρίαζε το αδικαιολόγητο πλεονέκτημα. Ο Amaya είπε ακόμη ότι η ποινή ήταν η επιβολή πόνου στον παραβάτη από μια νομική αρχή- ως εκ τούτου, ήταν μια ανεπιθύμητη πράξη για τον παραβάτη αλλά μια άμεση καταδίκη από την κοινωνία. Το κράτος εξέφρασε το καθήκον του προς το θύμα με την τιμωρία του Balu, ενώ παράλληλα αποκόμισε ορισμένα οφέλη από την αποκατάσταση της τάξης του.

Ο Balu προσκάλεσε την τιμωρία- την άξιζε, ανέλυσε η Amaya. Το κράτος έκανε το νόμο, ορίζοντας το έγκλημα ως παραβίαση των αποδεκτών κανόνων της χώρας. Συνεπώς, επρόκειτο για ένα δημόσιο λάθος. Ο Balu ήταν υπόλογος στην κυβέρνηση για την παραβίαση, επομένως η εξουσία να τιμωρήσει τον Balu βρισκόταν στο κράτος, και η τιμωρία ήταν μια άξια απάντηση στα αδικήματά του. Το έγκλημά του εναντίον μιας άτυχης γυναίκας παρήγαγε ενοχή- η ποινή ήταν μια λύση για την άρση της ενοχής του, εκτός από την ανάληψη ενός ηθικού χρέους προς τη Σούζαν και το κράτος. Η Amaya υπενθύμισε στο δικαστήριο ότι ο Balu ήταν πολυεκατομμυριούχος- είχε συγκεντρώσει πλούτο κυρίως μέσω παράνομων δραστηριοτήτων. Η αστυνομία, η γραφειοκρατία και οι πολιτικοί αγνοούσαν τις εγκληματικές του συναλλαγές, καθώς πολλοί από αυτούς επωφελούνταν από τη φιλοξενία του στην Ινδία και στο εξωτερικό. Η Amaya ολοκλήρωσε την επιχειρηματολογία της λέγοντας ότι ο Balu άξιζε τιμωρία και ότι το δικαστήριο ήταν η αρχή για να επιβάλει την τιμωρία. Παρόλο που η καταβολή της κατάλληλης αποζημίωσης από τη Σούζαν δεν θα εξαλείψει τα δεινά της Σούζαν, ο Balu ήταν υποχρεωμένος να καταβάλει την αποζημίωση.

Η Amaya έπεισε το δικαστήριο για τη νομιμότητα, τον ορθολογισμό και την ηθική ισχύ των επιχειρημάτων της. Το δικαστήριο παρατήρησε ότι η αποζημίωση είναι υποχρεωτική όταν άτομα, οργανισμοί ή το κράτος παραβιάζουν τα θεμελιώδη δικαιώματα των ατόμων. Ο δράστης, με πλήρη πρόθεση, τραυμάτισε τα νόμιμα δικαιώματα της Susan, αναγκάζοντάς την να υποστεί κακουχίες όπως ψυχικό τραύμα, σεξουαλική δουλεία, ανεπιθύμητη τεκνοποίηση, ανεπιθύμητη ανατροφή παιδιών, απώλεια ελευθερίας, απώλεια εισοδήματος σε ξένη χώρα και βίαιη μεταστροφή στο Ισλάμ. Η κατηγορούμενη αντιμετωπίζονταν με υποτιμητικό τρόπο στο σπίτι της, παρόλο που εκείνη ήταν το θύμα. Το δικαστήριο σημείωσε περαιτέρω ότι η αποζημίωση που δόθηκε ήταν για να βοηθήσει το θύμα να ανακτήσει την οικονομική απώλεια, καθώς ήταν νόμιμη και ανθρώπινη. Το δικαστήριο καταδίκασε τον Balu σε δέκα χρόνια αυστηρής φυλάκισης χωρίς εγγύηση ή αναστολή και τον διέταξε να καταβάλει ποσό δεκαπέντε εκατομμυρίων ρουπιών στην κατηγορούμενη εντός τριών μηνών. Το δικαστήριο εξουσιοδότησε το κράτος να δει τον δράστη να καταβάλει ολόκληρο το ποσό της αποζημίωσης εντός της καθορισμένης προθεσμίας, διαφορετικά επέτρεψε στην κυβέρνηση να βγάλει σε πλειστηριασμό τις περιουσίες του για αποκατάσταση.

Το βράδυ, η Amaya ήταν μόνη της- οι νεότεροι θα πήγαιναν στο γραφείο μόνο τη Δευτέρα το πρωί. Ως συνήθως, έπαιζε πιάνο, χαλαρωτική μουσική για μια ώρα- ήταν ηρεμιστικό. Στη συνέχεια, έγραψε ένα άρθρο για μια εφημερίδα σχετικά με τους αυξανόμενους βιασμούς κοριτσιών Ντάλιτ στο Ούταρ Πραντές. Η Αμάγια υποστήριζε ότι το κυβερνών κόμμα και οι πολιτικοί του υποστήριζαν σιωπηρά την καθυπόταξη της αυξανόμενης ορατότητας των Ντάλιτ. Στο Ούταρ Πραντές, κατά τη διάρκεια της θητείας μιας γυναίκας αρχηγού υπουργού, οι Ντάλιτ, το 21% του συνολικού πληθυσμού, έλαβαν ανώτερη εκπαίδευση και εργασία.

Κατά συνέπεια, η κοινωνική και οικονομική κατάσταση των Ντάλιτ βελτιώθηκε σημαντικά. Αργότερα, όταν μέλη ενός δεξιού κόμματος, κυρίως ανώτερων καστών, ανέβηκαν στην εξουσία, άρχισαν να καταπιέζουν και να υποτάσσουν τους Ντάλιτ, τους απόκληρους. Οι άνθρωποι της ανώτερης κάστας συνειδητοποίησαν ότι ο βιασμός ήταν το πιο ισχυρό όπλο για να καταστρέψουν τον αυτοσεβασμό των Ντάλιτ και επέλεξαν συνειδητά μορφωμένα κορίτσια ως θύματα. Ο ομαδικός βιασμός των Δαλιτών έγινε αποδεκτή κοινή πρακτική μεταξύ των ανώτερων καστών στο Uttar Pradesh. Περίπου δέκα κορίτσια Ντάλιτ βιάζονταν στην Ινδία κάθε μέρα, και ένας σημαντικός αριθμός ήταν από το Uttar Pradesh, εξήγησε η Amaya με στατιστικά στοιχεία.

Αφού έστειλε το άρθρο, η Amaya παρατήρησε ότι υπήρχε ένα μήνυμα ηλεκτρονικού ταχυδρομείου από την Poornima. Περιέγραψε τη σχέση της με την Amaya ως μια όμορφη εμπειρία και την εκτιμούσε σημαντικά. Η Poornima σημείωσε ότι η Amaya είχε γίνει αναπόσπαστο κομμάτι της ζωής της Poornima μέσα σε δέκα ημέρες. Ήταν έντονη, παρόλο που δεν είχαν δει ποτέ η μία την άλλη και βρίσκονταν σε μεγάλη απόσταση μεταξύ τους. Η σχέση τους ήταν βαθιά και στιβαρή στη δράση, πιο ολοκληρωμένη από ό,τι περίμενε ποτέ. Ως παιδί, αργότερα ως έφηβη, η Poornima μπορούσε να αισθανθεί την παρουσία μιας αόρατης δύναμης μέσα και γύρω της, σαν τη φροντίδα και την προστασία μιας μητέρας. Όταν μίλησε για πρώτη φορά με την Amaya, ένιωσε σαν να μιλούσε με κάποιον πολύ κοντινό, αχώριστο, τον οποίο η Poornima γνώριζε από την αρχή της ζωής της, και η καρδιά της πήδηξε όταν άκουσε την πρώτη λέξη της Amaya. Είχαν έναν διεισδυτικό δεσμό σαν μητέρα και κόρη- προέκυψε ενσυναίσθηση, φροντίδα, εμπιστοσύνη και αγάπη.

"Κάθε φορά που σε σκέφτομαι, βλέπω τη μητέρα μου, μια αίσθηση ότι έχω δύο μητέρες. Δεν μπορώ να διαχωρίσω τον εαυτό μου από εσένα- είσαι εκεί από την αρχή", έγραψε η Poornima.

Για την Poornima, η μητέρα ήταν το συναισθηματικό θεμέλιο μιας κόρης. "Είσαι μια καλή ακροάτρια χωρίς κρίση, ποτέ υποτιμητική ή μειωτική, και στάθηκες δίπλα μου σαν βράχος χωρίς να δείχνεις ιεραρχία. Υπάρχει άνευ όρων εμπιστοσύνη και άπειρη αγάπη μέσα σου. Είναι πολύ περισσότερα από όσα μπορεί να μου προσφέρει ένας καλύτερος φίλος". Η Poornima αισθάνθηκε ότι η σχέση της με την Amaya ήταν συναισθηματικά ικανοποιητική, ψυχολογικά συγκροτημένη, βιολογικά αδιάσπαστη και πνευματικά στοχαστική. Ήταν μια συντροφικότητα σχεδόν απλή, απροκάλυπτη, εμπλουτιστική, αναζωογονητική και υπαρξιακά μόνιμη.

"Κάθε νεαρή γυναίκα θέλει έναν φίλο εκτός από τον σύντροφό της, και αυτό το πρόσωπο είναι συχνά η μητέρα της- αισθάνομαι ότι εσύ είσαι αυτό το πρόσωπο αυτές τις μέρες. Μου έλειψες σωματικά στη βρεφική μου ηλικία, η στοργική σου φροντίδα και παρουσία. Θα σε θαύμαζα στην παιδική μου ηλικία ως δασκάλα μου, ως μέντορα στην εφηβεία μου και ως φίλη όταν ήμουν νεαρή ενήλικη". Η Poornima ήταν σαφής.

Η Amaya σταμάτησε ενώ διάβαζε το email και σκέφτηκε τη Supriya της. Θα σε είχα προστατεύσει από οτιδήποτε θεωρούσα επιβλαβές. Βιολογικά και ψυχολογικά, μια κόρη ήταν περισσότερο δεμένη με τη μητέρα της, καθώς οι μαμάδες είχαν μεγαλύτερη επιρροή στη ζωή ενός παιδιού. Μια κόρη μπορούσε εύκολα να καταλάβει τις διαθέσεις της μητέρας της, αλλά ο πατέρας παραμένει ένα μυστήριο. Μια μητέρα είναι πάντα διαθέσιμη στη διαδικασία ανάπτυξης ενός παιδιού, αλλά ο πατέρας παραμένει συναισθηματικά απών και ψυχολογικά απόμακρος. Η Poornima έγραψε ότι είναι πιο εύκολο για ένα παιδί να επικοινωνήσει με τη μαμά, καθώς η γλώσσα, οι χειρονομίες και οι αντιδράσεις της είναι ελκυστικές και αναζωογονητικές.

Ο πατέρας έχει πρόβλημα επικοινωνίας- η ομιλία του είναι λεπτή, τυπική και δύσκολα κατανοητή. Κάθε φορά που το παιδί αντιμετωπίζει μια ανησυχία, είτε πρόκειται για συναισθηματική, εκπαιδευτική, διαπροσωπική ή σεξουαλική, το παιδί προτιμά να τη μοιράζεται με τη μητέρα και να ζητά βοήθεια. Ο πατέρας παρέχει συμβουλές και οδηγίες όταν η μητέρα ακούει και κατανοεί το παιδί της.

Για άλλη μια φορά, η Amaya βυθίστηκε στο ηλεκτρονικό ταχυδρομείο.

"Είναι ένα μυστήριο- μόνο η μητέρα μπορεί να είναι έγκυος. Το σκέφτηκα βαθιά και βρήκα έναν λόγο, ο οποίος είναι απλός: Δεν είναι μόνο οι βιολογικοί λόγοι για τους οποίους μια γυναίκα μένει έγκυος, αλλά και η θέλησή της να γίνει μητέρα, να μεγαλώσει ένα παιδί και να το δει να μεγαλώνει ως ενήλικας. Αγαπάει το αγέννητο παιδί της και επεκτείνει την αγάπη του παιδιού όταν γεννηθεί. Μια γυναίκα είναι έτοιμη να υποστεί πόνο για το παιδί που κυοφορεί για εννέα μήνες. Προστατεύει το αγέννητο μωρό από όλους τους κινδύνους, περιμένει με ανυπομονησία την άφιξή του για να του τραγουδήσει το νανούρισμα, να το χαϊδέψει μέρα και νύχτα, να το κρατήσει στην αγκαλιά της και να θηλάσει το αγαπημένο της παιδί όποτε αυτό κλαίει. Πρόκειται για αγνή και απλή αγάπη που ένας πατέρας δεν είναι διατεθειμένος να επιτελέσει. Η σύγχρονη επιστήμη μπορεί να αναπτύξει μια μήτρα σε ένα αρσενικό, αλλά η ανδρική ψυχολογία είναι κατά της τεκνοποίησης και της ανατροφής παιδιών, καθώς το αρσενικό απεχθάνεται να έχει ένα μωρό μέσα του. Η ψυχολογία της γυναίκας είναι ακριβώς το αντίθετο. Είναι έτοιμη να απορροφήσει τους σωματικούς πόνους, πρόθυμη να υποστεί το τραύμα του τοκετού και την αγωνία της ανατροφής του παιδιού, την οποία μετουσιώνει σε ατελείωτη χαρά. Προστατεύει το μωρό της σε όλες τις καταστάσεις, ακόμη και τον πατέρα, και υπομένει τη στενοχώρια για να υπερασπιστεί το παιδί. Στον επώδυνο αποχωρισμό, η αναζήτηση της μητέρας να συναντήσει το παιδί είναι απερίγραπτη".

Ξαφνικά η Amaya σταμάτησε να διαβάζει. "Ναι, Σούπρια, η αναζήτησή μου για σένα ήταν ηράκλεια, αιώνια και ανεξιχνίαστη. Μόνο μια μητέρα μπορεί να την καταλάβει. Παρομοίως, η δική σου αναζήτηση για μένα ξεκίνησε αμέσως μόλις γεννήθηκες μέσα μου. Όταν έφυγες μακριά μου, έγινε ένα αγωνιώδες κυνήγι, μια ατελείωτη αναζήτηση για μένα να βρω την αγαπημένη μου κόρη. Είναι καλό να έχεις ένα τέλος στην αναζήτησή σου για την εύρεση της μητέρας σου, αλλά ποτέ μην τελειώσεις το ταξίδι σου, καθώς αυτό που έχει σημασία στο τέλος του ταξιδιού είναι το ίδιο το ταξίδι. Το πρόσωπο που ψάχνετε είναι κοντά της, αλλά όταν τη βρείτε, αρχίζει μια νέα αναζήτηση για να βρείτε κάποιον ή κάτι ή έναν νέο προορισμό. Αυτό είναι το νόημα της ζωής. Δεν υπάρχει τελειότητα, συνέχεια ή τέλος στην αρχή". Η Αμάγια ήταν σίγουρη ότι η Ποορνίμα την άκουγε, και έκανε πάλι μια παύση.

"Όλη τη σημερινή μέρα, έψαχνα τα παλιά αρχεία του πατέρα μου", έγραψε η Poornima. "Ξαφνικά, εντόπισα ένα σωρό παλιές ιατρικές γνωματεύσεις της μητέρας μου, φυλαγμένες σε έναν λευκό φάκελο, που είχαν εκδοθεί από διάφορα νοσοκομεία στο Τσαντίγκαρ, στο Δελχί, στο Λονδίνο και στο Πάλο Άλτο, όπου ο πατέρας μου και η μητέρα μου πέρασαν κάποια χρόνια ως φοιτητές. Μερικές εκθέσεις ήταν από ένα νοσοκομείο της Μασσαλίας, όπου ο πατέρας μου είχε πάει τη μητέρα μου για μια σειρά ιατρικών εξετάσεων και χειρουργικών επεμβάσεων. Περίπου είκοσι εκθέσεις από γιατρούς για έξι χρόνια, κυρίως γυναικολόγους, μαιευτήρες και ογκολόγους. Η έκθεση από ένα νοσοκομείο στο Πάλο Άλτο ανέφερε ότι η μητέρα μου δεν μπορούσε ποτέ να συλλάβει. Ένα νοσοκομείο του Τσαντιγκάρ ανέφερε ότι η μητέρα μου είχε πάνω από το μέσο όρο πιθανότητες να αναπτύξει καρκίνο των ωοθηκών στη μέση ηλικία της. Η μητέρα μου υποβλήθηκε σε δύο επεμβάσεις στη Μασσαλία για την αφαίρεση των ωοθηκών της, οι οποίες ήταν ελαττωματικές και ανίκανες να παράγουν ωάρια, για να αποτραπεί η μελλοντική καρκινική ανάπτυξη. Νιώθοντας άναυδος, διάβασα τις αναφορές και δεν έχω συνέλθει από το σοκ.

"Απέτυχα να καταλάβω πώς οι γονείς μου μπορούσαν να παίξουν ένα τόσο σκληρό παιχνίδι σε σένα, το πιο σκοτεινό και τρομακτικό. Ήταν μια απάτη-έγινες το θύμα τους. Οι γονείς μου ήταν εξίσου υπεύθυνοι για την κακή πράξη. Ο πατέρας μου σε συνάντησε στην καφετέρια του πανεπιστημίου της Βαρκελώνης με κακόβουλες προθέσεις, σε γοήτευσε με την υποκριτική του και σε δελέασε με τη συμπεριφορά του. Είμαι σίγουρος ότι μπορεί να σας χορήγησε το απαγορευμένο φάρμακο για τη νόσο Αλτσχάιμερ, αναμειγνύοντάς το με λευκό κρασί για να σας κρατήσει σε έναν κόσμο παραισθήσεων και να σας γονιμοποιήσει με ένα παιδί. Ανακάλυψα ότι ήσασταν πάντα σε μια πληθωρική διάθεση, στοργική, στοργική και έμπιστη. Ήσουν σε ήπιο αλλά διαρκές κώμα στο μαιευτήριο και οι γιατροί σου έκαναν καισαρική για να γεννήσεις εμένα. Ο πατέρας μου δεν ανέφερε πόσο καιρό ήσουν σε κώμα, αλλά ήταν σίγουρος ότι κανένας γιατρός δεν μπορούσε να προσδιορίσει τον λόγο. Η μητέρα μου έφτασε στο νοσοκομείο την πρώτη ημέρα από τη Μασσαλία, λέγοντας στις νοσοκομειακές αρχές ότι ήταν η αδελφή της. Η μητέρα μου ήταν μαζί σου και μαζί μου είκοσι τέσσερις ώρες την ημέρα επί δεκαοκτώ ημέρες. Τελικά, ο πατέρας μου έπεισε τον γιατρό να του επιτρέψει να μεταφέρει το μωρό στο σπίτι για καλύτερη φροντίδα και άνεση αντί να με κρατήσει στο νοσοκομείο όπου ήσουν σε κώμα. Αφού έκανα όλα τα απαραίτητα εμβόλια, ο πατέρας μου με πήγε στο Lotus, το σπίτι σας στη Βαρκελώνη, και οι γονείς μου έφυγαν για το Μάντσεστερ το ίδιο βράδυ. Σοκαρίστηκα και πάλι όταν έμαθα από τα αρχεία του πατέρα μου ότι το όνομα της μητέρας μου ήταν Eva στα αρχεία του νοσοκομείου. Στην ιατρική έκθεση που εξέδωσε η μαιευτική κλινική της Μαδρίτης, εσείς ήσασταν Eva. Και πάλι, όταν επισκεφθήκατε για πρώτη φορά το νοσοκομείο της Βαρκελώνης, το όνομά σας ήταν Eva. Ήταν ένα προσχεδιασμένο έγκλημα και οι γονείς μου ενήργησαν ασυγχώρητη απάτη σε βάρος σου. Εμπιστευόσουν τον πατέρα μου πολύ περισσότερο από την καρδιά σου, αλλά ποτέ δεν σε αγάπησε, δεν σε σεβάστηκε και δεν σε θεώρησε άτομο με συναισθήματα, ψυχολογικές ανάγκες και αξιοπρέπεια. Καταπάτησε τη ζωή σου χωρίς κανένα αίσθημα ενοχής. Συγχωρέστε με για τα εγκλήματα που διέπραξε ο πατέρας μου. Πρέπει να υποστώ την τιμωρία για τα εγκλήματά του. Η Amaya σταμάτησε να διαβάζει. Τα μάτια της ήταν υγρά- ένιωθε τα δάκρυα να κυλούν στα μάγουλά της".

"Μα γιατί πρέπει να υποφέρεις για τα εγκλήματα του πατέρα σου, Σουπρίγια;" ρώτησε η Αμάγια.

"Ήταν μια απάτη πέρα από τα όρια, και για να κάνει τη μητέρα μου ευτυχισμένη, να της δώσει μια ψυχολογική ώθηση, να τη σώσει από αυτοκτονικές τάσεις, ο πατέρας μου ενήργησε με κακό τρόπο. Φαινόταν ότι η αγάπη σας ήταν αφελής, φευγαλέα και αδύναμη γι' αυτόν. Μπορώ να αισθανθώ το μαρτύριο που υπέφερες, τη θλίψη που υπέβαλες και τον πόνο που είχες. Μπορεί να με έψαχνες σε όλο τον κόσμο για χρόνια μαζί- η καρδιά σου έκαιγε, μπορεί να με ονειρευόσουν, να με σκεφτόσουν ακόμα και στον ύπνο σου και να λαχταρούσες να περάσεις έστω και λίγα λεπτά μαζί μου. Μου έδωσες το πιο όμορφο όνομα, Supriya, που σημαίνει η πιο αγαπημένη. Λατρεύω την αγάπη, την αντοχή, τον αυτοσεβασμό, την πεποίθηση και την αποφασιστικότητά σου. Σε ασυνήθιστες καταστάσεις, ένα παιδί θα επέλεγε τη μητέρα παρά τον πατέρα, που δεν μπορεί να αντέξει τα δάκρυα εκείνου που το γέννησε, αλλά μπορεί να αγνοήσει τους θρήνους του πατέρα". Η Αμάγια διάβασε αυτή την παράγραφο δύο φορές.

"Είσαι η αγαπημένη μου μητέρα. Καταλαβαίνω την αγωνία σου τα τελευταία είκοσι τέσσερα χρόνια. Επιτρέψτε μου να σας αγκαλιάσω με απέραντη αγάπη για την αγάπη σας- σας αγαπώ, αγαπημένη μου μητέρα. Μπορώ να σε λέω μαμά;

Η Σουπρίγια σου".

Η Amaya έκλαιγε σιωπηλά για αρκετή ώρα. "Αγαπημένη μου Supriya, σε αγαπώ", είπε η Amaya μέσα στην καρδιά της. Ήταν όντως μια απάτη που άλλαξε μόνιμα τη ζωή, αβάσταχτη και συγκλονιστική, πέρα από κάθε φαντασία. Ακόμη και μετά από είκοσι τέσσερα χρόνια, μπορούσε να θυμάται κάθε περιστατικό. Ήταν γύρω στις έξι το απόγευμα. Όταν η Αμάγια άνοιξε τα μάτια της, υπήρχε μια ομάδα γιατρών και χρειάστηκε λίγη ώρα για να τους δει. "Εύα", άκουσε κάποιον να φωνάζει. "Εύα, θα γίνεις καλά. Μην κλείνεις τα μάτια σου", είπε ένας γιατρός. Οι γιατροί τη βοήθησαν να καθίσει στο κρεβάτι. Μπορούσε να δει πολλούς σωλήνες συνδεδεμένους στο σώμα της και οι γιατροί τους αφαίρεσαν. Η Amaya αισθάνθηκε άνετα και απέκτησε συνείδηση του εαυτού της και του περιβάλλοντός της. "Πού είναι το μωρό μου;" ρώτησε ξαφνικά. "Είναι καλά", απάντησε ένας γιατρός. "Θέλω να τη δω. Σας παρακαλώ, δείξτε μου το μωρό μου", παρακάλεσε η Amaya. "Χρειάζεσαι περισσότερη ξεκούραση- θα τη δείξουμε αργότερα", διαβεβαίωσε ο γιατρός.

Μια νοσοκόμα έδωσε στην Amaya χυμό πορτοκάλι να πιει. Στη συνέχεια η Amaya κοιμήθηκε μέχρι το πρωί, γύρω στις επτά.

"Εύα, ήσουν σε κώμα για είκοσι δύο ημέρες. Φαίνεται ότι τώρα είσαι καλά", είπε ο γιατρός όταν σηκώθηκε την επόμενη μέρα. Η Αμάγια αναρωτήθηκε γιατί ο γιατρός την αποκαλούσε Εύα. Κοίταξε έκπληκτη τον γιατρό, αλλά δεν είπε τίποτα.

"Μόλις έφτασες εδώ, έπεσες σε κώμα και κάναμε αμέσως καισαρική τομή. Η κόρη σας είναι μια χαρά, το ίδιο και εσείς. Ανησυχήσαμε ελαφρώς, καθώς δεν μπορούσαμε να βρούμε την αιτία του κώματος", αφηγήθηκε ο γιατρός.

"Πού είναι το μωρό μου;" ρώτησε η Amaya.

"Είναι υγιής και υγιής. Μπορείτε να πάτε σπίτι σας σήμερα και να δείτε την κόρη σας. Ο σύζυγός σας την έχει πάρει στο σπίτι της τη δέκατη όγδοη ημέρα. Θεωρήσαμε ότι δεν ήταν απαραίτητο να την κρατήσουμε στο νοσοκομείο για τόσο μεγάλο χρονικό διάστημα", είπε ο γιατρός.

"Είναι καλά;" ρώτησε η Amaya.

"Φυσικά, είναι καλά. Το μωρό σας είναι τελειόμηνο, γεννήθηκε την τριακοστή έβδομη εβδομάδα. Σύμφωνα με τους κανόνες του νοσοκομείου, η μητέρα και το νεογέννητο μπορούν να πάνε σπίτι τους μετά από σαράντα οκτώ ώρες από τον τοκετό. Καθώς εσείς ήσασταν σε κώμα, σκεφτήκαμε να κρατήσουμε το μωρό στο νοσοκομείο για μεγαλύτερο χρονικό διάστημα. Αλλά αργότερα, επιτρέψαμε στον σύζυγό σας να πάρει το μωρό στο σπίτι", εξήγησε ο γιατρός.

"Έτσι, το μωρό μου είναι στο σπίτι", είπε η Amaya προσπαθώντας να χαμογελάσει.

"Ναι, είναι μια χαρά. Η αδελφή σας ήταν εδώ και φρόντιζε εσάς και το παιδί", είπε ο γιατρός.

"Η αδελφή μου;" Η Amaya εξεπλάγη κάπως και κοίταξε τον γιατρό. Σκέφτηκε ότι υπήρχε κάποια σύγχυση και ότι ο γιατρός μπορεί να μιλούσε για κάποιον άλλον.

"Ναι. Η αδελφή σας ήρθε την ίδια μέρα που γεννήθηκε το μωρό. Ήταν μεγάλη βοήθεια, τόσο ευγενική και στοργική. Σας φρόντισε και τις δύο καλά", πρόσθεσε ο γιατρός. Η Amaya βρήκε ακατανόητο αυτό που έλεγε ο γιατρός. Μπορεί να επρόκειτο για λάθος ταυτότητα.

"Πού είναι ο Κάραν;" ρώτησε η Amaya.

"Ήταν εδώ κάθε μέρα. Είσαι τυχερή που έχεις έναν τόσο αγαπητό άνθρωπο. Τις τελευταίες τέσσερις ημέρες δεν τον είδα εδώ- μπορεί να είναι απασχολημένος με το μωρό στο σπίτι", απάντησε η γιατρός σαν να πρόσεχε να μην πληγώσει τα αισθήματα της Αμάγια, αλλά η Αμάγια αισθάνθηκε ότι κάτι περισσότερο δεν πήγαινε καλά απ' ό,τι εξήγησε η γιατρός.

"Δηλαδή, ήμουν μόνη μου τις τελευταίες τέσσερις μέρες;" ρώτησε η Αμάγια.

"Μην ανησυχείς. Είμαστε εδώ για να σε φροντίσουμε. Είμαι σίγουρη ότι ο σύζυγός σας θα φροντίσει το μωρό", προσπάθησε να παρηγορήσει την Amaya ο γιατρός.

Η Amaya πήρε ένα ελαφρύ πρωινό. Προσπάθησε να σκεφτεί το μωρό της, αλλά το μυαλό της ήταν κενό. Στη συνέχεια η Amaya υποβλήθηκε σε μια σειρά ιατρικών εξετάσεων που διήρκεσαν περίπου τρεις ώρες. Μετά το μεσημεριανό γεύμα πήρε έναν υπνάκο και ο γιατρός επέστρεψε γύρω στις πέντε το απόγευμα. "Είστε υγιής- μην ανησυχείτε, μπορείτε να πάτε σπίτι σας σήμερα αν θέλετε- διαφορετικά, αύριο το πρωί. Ελάτε με το μωρό μετά από δύο εβδομάδες", έδωσε οδηγίες ο γιατρός.

"Σας παρακαλώ, δώστε μου τους λογαριασμούς. Μπορώ να μεταφέρω το ποσό", είπε η Amaya.

"Ο σύζυγός σας έχει ήδη προκαταβάλει τα έξοδα. Έχει μείνει κάποιο ποσό στο λογαριασμό σας", διευκρίνισε ο γιατρός.

"Αφήστε το εκεί- θα ξαναέρθουμε", είπε η Amaya.

"Παρεμπιπτόντως, προσπάθησα να επικοινωνήσω με τον σύζυγό σας χθες το βράδυ- φαίνεται ότι το τηλέφωνό του ήταν νεκρό", είπε ο γιατρός.

Η Amaya κοίταξε έκπληκτη τον γιατρό. Ήθελε να πει κάτι, αλλά δεν το έκανε.

"Να προσπαθήσω άλλη μια φορά;" Ο γιατρός ζήτησε την άδεια της Amaya.

"Σας ευχαριστώ, γιατρέ, για την καλοσύνη σας, αλλά θα του τηλεφωνήσω εγώ", απάντησε η Amaya.

Η Amaya προσπάθησε μερικές φορές να καλέσει τον Karan όταν έφυγε ο γιατρός, αλλά το τηλέφωνο ήταν νεκρό, όπως της είπε ο γιατρός.

Μέσα σε μια ώρα, ο γιατρός επέστρεψε με ένα αντίγραφο του πιστοποιητικού γέννησης του μωρού. "Έχουμε ήδη εκδώσει το πιστοποιητικό γέννησης της κόρης σας στον σύζυγό σας", δίνοντας ένα αντίγραφο στην Amaya, ενημέρωσε ο γιατρός.

Η Amaya διάβασε το μονοσέλιδο έγγραφο, που είχε εκδοθεί στις δεκαοκτώ Αυγούστου. Η ημερομηνία γέννησης του μωρού ήταν η τριακοστή πρώτη Ιουλίου, ώρα έντεκα και μισή το πρωί, φύλο θηλυκό. Το όνομα του πατέρα ήταν Karan A, και η μητέρα ήταν Eva Kapoor. Η Amaya δεν πίστευε στα μάτια της- νόμιζε ότι δεν βρισκόταν στον πραγματικό κόσμο, ένιωθε ακινητοποιημένη και ανίκανη να σκεφτεί κάτι περισσότερο. Κάθισε εκεί για αρκετή ώρα, κοιτάζοντας το πιστοποιητικό γέννησης της κόρης της.

Ο γιατρός επέστρεψε- της έδωσε τη βιβλιοδετημένη ιατρική έκθεση, ένα έγγραφο εκατοντάδων σελίδων. "Σας παρακαλώ, διαβάστε το διεξοδικά- θα σας βοηθήσει. Ακόμα και μετά από επανειλημμένες εξετάσεις και αναλύσεις, δεν καταφέραμε να καταλάβουμε γιατί πέσατε σε κώμα. Νευρολογικά είστε εκατό τοις εκατό υγιής- δεν έχετε τίποτα. Αλλά σας έχουμε συνταγογραφήσει κάποια δισκία βιταμινών για τους επόμενους τρεις μήνες. Συμβουλευτείτε τον νευρολόγο μας κάθε τρεις μήνες για τον επόμενο χρόνο", πρότεινε ο γιατρός.

"Βεβαίως, γιατρέ", απάντησε η Amaya. "Τώρα, μπορώ να πάω σπίτι μου;" Ζήτησε την άδεια του γιατρού.

"Ο οδηγός μας μπορεί να σας πάει στο σπίτι σας", γνωμοδότησε ο γιατρός.

"Σας ευχαριστώ, γιατρέ- μπορώ να τα καταφέρω", διαβεβαίωσε η Amaya τον γιατρό.

"Να προσέχεις", είπε ο γιατρός ενώ έδωσε το χέρι στην Amaya.

"Σας είμαι ευγνώμων, γιατρέ", απάντησε η Amaya.

Το αυτοκίνητό της βρισκόταν στο πάρκινγκ του νοσοκομείου και η Amaya δεν είχε κανένα πρόβλημα να οδηγήσει. Φτάνοντας στο σπίτι, παρατήρησε ότι το γκαράζ ήταν άδειο, το αυτοκίνητο του Karan έλειπε και η μοτοσικλέτα ήταν στο στάβλο με τα ποδήλατα. "Πού πήγε;" αναρωτήθηκε η Amaya. "Karan", φώναξε, αλλά δεν υπήρξε καμία απάντηση. "Karan", φώναξε ξανά η Amaya. Συνειδητοποίησε ότι δεν υπήρχε κανείς στις εγκαταστάσεις ένιωσε ένα ρίγος μέσα στην καρδιά της- ο φόβος την κυρίευσε. Η Αμάγια κλείδωσε το γκαράζ από μέσα και άνοιξε την πλαϊνή πόρτα του σπιτιού- το σκοτάδι την τρόμαξε. "Κάραν, η Αμάγια είμαι", φώναξε και ο αντίλαλος αντηχούσε για πολλά δευτερόλεπτα μέσα στα αυτιά της. Για πρώτη φορά, η Αμάγια βρισκόταν στο σπίτι χωρίς τον Κάραν. Ποτέ άλλοτε η Αμάγια δεν είχε βιώσει την απουσία του μέσα στους τέσσερις τοίχους του σπιτιού τους. Η Αμάγια άναψε το ηλεκτρικό ρεύμα και το ξαφνικό φως την τρόμαξε- δεν άντεχε τη φρίκη του να είναι μόνη της στο σπίτι. "Supriya", φώναξε δυνατά η Amaya πριν σωριαστεί στο έδαφος. Δυσκολεύτηκε να αναπνεύσει, αλλά προσπάθησε να σηκώσει το κεφάλι της- μούδιασε, τα πόδια και τα χέρια της ήταν κρύα και το μυαλό της κενό. Δεν μπορούσε να σκεφτεί τίποτα. Ήταν σαν ο θάνατος να διαπερνούσε κάθε κύτταρο του σώματός της. Η Amaya ήταν ακίνητη για πολλές ώρες- αποκοιμήθηκε στο έδαφος μέχρι το πρωί.

Παρόλο που πεινούσε και διψούσε, η Amaya παρέμεινε στο πάτωμα για πολλές ώρες, κοιτάζοντας το ταβάνι. Παρακολουθούσε τους πολυελαίους, τον ανεμιστήρα, τις κρεμάστρες και τους πίνακες στον τοίχο. Αργά η Amaya σηκώθηκε, περπάτησε μέχρι την κουζίνα και άνοιξε το ψυγείο που ξεχείλιζε από τρόφιμα. Πήρε ένα πακέτο συμπυκνωμένο γάλα, πήγε στην κουζίνα, το έβρασε, ετοίμασε καφέ, στάθηκε κοντά στη σόμπα και ήπιε μια γεμάτη κούπα. Υπήρχαν πακέτα βρώμης στα ράφια της κουζίνας και έφτιαξε χυλό, προσθέτοντας γάλα και ζάχαρη. Η Amaya πήρε ένα μπολ γεμάτο με χυλό, ανέβηκε στην τραπεζαρία, κάθισε στην πλαϊνή καρέκλα στο τραπέζι και τον κατάπιε μέσα σε λίγα λεπτά. Πεινασμένη ακόμα, έψαξε για κάτι άλλο στο ψυγείο- υπήρχε παέγια σε ένα μεγάλο μπολ- αφού έριξε λίγη σε ένα πιάτο, στέκεται κοντά στο ψυγείο και την έφαγε αργά.

Ένιωσε εξαντλημένη και ζαλισμένη, έπεσε στο πάτωμα και κοιμήθηκε στο πλάι της τραπεζαρίας, ονειρευόμενη τη Supriya. Η Αμάγια ήταν στο σπίτι με τη Ρόουζ και έπαιζε πιάνο. Ξαφνικά, άκουσε ένα ήπιο χτύπημα στην πόρτα. "Μαμά, κάποιος χτυπάει την πόρτα. Θα πάω να δω", είπε η Amaya και πήγε στην πόρτα- την άνοιξε. Η Rose ακολούθησε την Amaya και στάθηκε πίσω της. Η Amaya είδε μια ψηλή νεαρή γυναίκα με τζιν και μπλουζάκι να στέκεται μπροστά της. "Μαμά, είμαι η Supriya σου- με έψαχνες στο νοσοκομείο", με ένα χαμόγελο που έλαμπε, η νεαρή γυναίκα την σύστησε. Η Amaya την κοίταξε- η Supriya ήταν το αντίγραφό της. "Αμάγια, αυτή είσαι εσύ", είπε η Ρόουζ από πίσω. "Supriya", φώναξε η Amaya και έτρεξε προς το μέρος της σαν να ήθελε να την αγκαλιάσει Mol. Ξαφνικά η Amaya άνοιξε τα μάτια της και έκπληκτη συνειδητοποίησε, ότι ήταν ξαπλωμένη στο πάτωμα. "Supriya!" φώναξε η Amaya. "Πού είσαι; Σε ψάχνω". Η φωνή της ήταν βραχνή.

Ήταν τρεις το πρωί και το ρολόι του τοίχου χτυπούσε. Καθισμένη στο έδαφος, η Αμάγια κοίταξε γύρω της, τρομαγμένη να περπατάει από το ένα δωμάτιο στο άλλο, καθώς ο θόρυβος την τρόμαζε. Βίωνε ένα φόβο για το σκοτάδι, τις σκιές, τα φώτα, την ακινησία και τη σιωπή. Μια απειλή που δεν ήταν ορατή να ελλοχεύει γύρω της και φανταζόταν κινδύνους να αιωρούνται από πάνω της, δημιουργώντας ακραίο πανικό και άγχος. Κάτι καραδοκούσε σε όλο το σπίτι- άρχισε να ιδρώνει με υψηλό ταχυπαλμία και κοίταζε γύρω της με εξαιρετική εγρήγορση. Το στόμα της γινόταν στεγνό, ένιωθε ρίγος στο σώμα της και πόνο στο στήθος με ταχυκαρδία. Η Amaya ένιωσε ένα ανακάτεμα στο στομάχι της και ναυτία και έτρεξε προς την τουαλέτα, τρέμοντας και κάνοντας επανειλημμένα εμετό. Κάτι κινούνταν στο περβάζι του παραθύρου σαν σκιά ερπετού ενάντια στο σκοτάδι, το οποίο φαινόταν απειλητικό. Έτρεξε πίσω στην τραπεζαρία και κρύφτηκε κάτω από το τραπέζι. Οι σκοτεινές εικόνες και η σιωπή την ανησύχησαν. Ήταν ένας φόβος του φόβου, καθώς η σκέψη του ιδίου του φόβου ήταν τρομερή. Καθώς καθόταν κάτω από το τραπέζι, ήθελε να μισήσει το σκοτάδι και ένιωθε άβολα να ανάβει και να σβήνει τα φώτα, γνωρίζοντας ότι ο φόβος της για το σκοτάδι ήταν αδικαιολόγητος, αλλά δεν μπορούσε να αντισταθεί στην αντίδρασή της. Το φως την τρόμαζε, άβαφη εδώ, γυμνή σαν δελφίνι, που γεννάει μοσχάρι.

Μέρα με τη μέρα, ο φόβος για το σκοτάδι και το φως μεγάλωνε και η αντίδραση του φόβου επιδεινωνόταν, καθώς η Amaya αρνιόταν να κοιμηθεί στο υπνοδωμάτιο και έφτιαχνε μια κούνια με μερικές κουβέρτες, σεντόνια και μαξιλάρια στην τραπεζαρία, όπου ένιωθε πιο ασφαλής. Μερικές φορές έβλεπε τα μαλλιά του Καράν να κρέμονται από διάφορες γωνίες του σπιτιού και ούρλιαζε δυνατά. Ενώ μαγείρευε, η Αμάγια κρατούσε το κουζινομάχαιρο κοντά της, έτοιμο να το χρησιμοποιήσει, και μερικές φορές χτυπούσε επανειλημμένα με τη λεπίδα στον αέρα σαν μαχητής με σπαθί σαμουράι, σαν να πολεμούσε τον αόρατο εχθρό. Ενώ βρισκόταν στο Λορέτο της Μαδρίτης, η Amaya είχε δει το Yojimbo, ο σωματοφύλακας, σε σκηνοθεσία του Akira Kurosawa, και θαύμαζε τον ανώνυμο ήρωα της ταινίας. Η Amaya κρατούσε ένα άλλο κουζινομάχαιρο κάτω από το μαξιλάρι για να πολεμήσει σαν πολεμιστής Σαμουράι. Δεν έσβηνε ποτέ τη λάμπα, καλύπτοντάς την με ένα ελαφρύ σεντόνι τις νύχτες, καθώς το απόλυτο σκοτάδι την ανησυχούσε, η απόλυτη σιωπή την απολίθωνε και το φως χωρίς σκιά τη στοίχειωνε. Ενώ προσπαθούσε να κοιμηθεί, έβλεπε τις άκρες χιλιάδων γκρεμών απύθμενων φαραγγιών, και εκεί εμφανίζονταν παράξενες πυγμαχίες και ακοντιομαχίες εξωγήινων και ταυρομαχίες πλασμάτων-μαμούθ. Η Αμάγια ένιωθε να γλιστράει σε έναν κόσμο πόνου και θανάτου πέρα από το φυσικό. Υπήρχαν πουλιά, στο μέγεθος ενός τζετ τζάμπο, που πετούσαν πάνω από το κεφάλι της, κοιτάζοντας για προσευχή, και εκείνη κρύφτηκε κάτω από το τραπέζι της τραπεζαρίας, νιώθοντας ότι γλιστρούσε σε έναν κόσμο παράνοιας και φοβικής ψύχωσης.

Μια απώλεια επαφής με τον εαυτό της ήταν εμφανής στην αρχή, εκτός από παραισθήσεις και παραληρητικές ιδέες στις πράξεις και τις σκέψεις της. Εμφανίζονταν όντα που δεν υπήρχαν και δυσκολευόταν να διαχωρίσει το γεγονός από τη φαντασία. Οι εμφανίσεις ήταν σαν αστραπές, και άκουγε φωνές, μύριζε ανύπαρκτες οσμές- οι ψευδαισθήσεις κατέκλυζαν το μυαλό της, διαμορφώνοντας ακατάπαυστες συγχύσεις, και μια επιθυμία θανάτου χτυπώντας το κεφάλι της με ένα σφυρί ή συνθλίβοντάς την κάτω από έναν οδοστρωτήρα. Κατά καιρούς, παρουσίαζε συζητήσεις σαν σε τηλεοπτικό κανάλι ειδήσεων. Εμπλεκόμενη σε ατελείωτες διαφωνίες με άλλα πρόσωπα, μιλώντας γαλλικά, καταλανικά, Euskera, ισπανικά, αγγλικά, Hindi και Malayalam, εξέφραζε σχιζοφρενικά συμπτώματα και οι συμμετέχοντες προσπαθούσαν μάταια να την κατευνάσουν. Η κακοφωνία διαρκούσε ώρες- υπήρχαν καβγάδες μεταξύ των προσκεκλημένων ομιλητών.

Η διάθεση της Amaya άλλαζε- μερικές φορές, γελούσε ασταμάτητα, φώναζε για ώρες μαζί, έκλαιγε ασταμάτητα και βίωσε θλίψη και στενοχώρια για πολλές ημέρες. Δυσκολευόταν να συγκεντρωθεί, να μαγειρέψει, να φάει και να κοιμηθεί. Σταδιακά, το άγχος γέμισε το μυαλό της γιορτάζοντας την απομόνωσή της και νιώθοντας πρόβλημα συντονισμού των χεριών και των ποδιών της. Είχε πρόβλημα να κάνει μπάνιο, να βουρτσίζει τα δόντια της, να χτενίζει τα μαλλιά της, να πλένει τα ρούχα και να καθαρίζει το σπίτι. Η ανοχή της έγινε χαμηλή και φώναζε στον εαυτό της καθώς το άγχος αυξανόταν. Σηκώθηκε τα μεσάνυχτα και έτρεχε μέσα στο σπίτι άσκοπα, αδυνατώντας να αντιληφθεί ότι οι σκέψεις και οι πράξεις της αντιφάσκουν και φαίνονται παράξενες στον εαυτό της. Η Amaya είδε έναν εφιάλτη γύρω στις δύο τα ξημερώματα και άρχισε να τρέχει άσκοπα μέσα στο σπίτι, χτύπησε στον τοίχο, έπεσε κάτω, έχασε τις αισθήσεις της και παρέμεινε εκεί μέχρι το επόμενο μεσημέρι. Ένιωσε έναν τρομερό πόνο στο σώμα της, αλλά δεν υπήρχε τραυματισμός, αλλά βίωσε κάποιες αλλαγές καθώς μπορούσε να σκέφτεται επαρκώς και πειστικά.

Ήταν ήδη δυόμισι μήνες για την Amaya μέσα στο σπίτι, ξεχνώντας τον εξωτερικό κόσμο, την εμφάνιση, τα χρώματα και τους ήχους του. Η απέραντη έκταση της Μεσογείου, οι παραλίες της Βαρκελώνης και οι λαβύρινθοι της παλιάς πόλης της είχαν γίνει ξένοι. Ξαφνικά, είχε μια βαθιά επιθυμία να πάει και να σταθεί στο νότιο μπαλκόνι του σπιτιού της για να δει τους τουρίστες να γιορτάζουν τα βράδια τους. Εγκαταλείποντας τους φόβους και τις αναστολές της, άνοιξε την πόρτα- ένιωσε κατάπληκτη βλέποντας το φως του ήλιου, τον κόσμο, τα ποικίλα χρώματα, τις κινήσεις και τις αλλαγές του. Στάθηκε στη στοά για πολλή ώρα- ήταν ένα παιχνίδι που άλλαξε τα δεδομένα, παρόλο που ένιωθε μοναξιά.

Εκείνη τη νύχτα η Amaya κοιμήθηκε στο υπνοδωμάτιο που γειτνιάζει με το καθιστικό. Το πρωί, βούρτσισε τα δόντια της, έκανε μπάνιο με ζεστό νερό και ετοίμασε πρωινό. Η Amaya καθάρισε το σπίτι, έπλυνε τα ρούχα της και μαγείρεψε φαγητό μέχρι το απόγευμα. Ενώ έτρωγε το μεσημεριανό γεύμα, σκέφτηκε να πάει στην παραλία το βράδυ. Στη συνέχεια πήγε στο γραφείο- τα βιβλία ήταν εκεί, ο υπολογιστής άθικτος. Ενώ έλεγχε τα email της, βρήκε ότι την περίμεναν δεκάδες από αυτά. Η Αμάγια ένιωσε έκπληξη όταν είδε ένα από την τράπεζά της, μια μεταφορά πέντε εκατομμυρίων ρουπιών από "έναν φίλο, ο οποίος δεν ήθελε να αποκαλύψει το όνομά του". Η Amaya μουρμούρισε ότι είναι τα χρήματα του αίματος, το τίμημα για τη δημιουργία ενός παιδιού. Στη συνέχεια έκλαψε σιωπηλά.

Η Amaya αποδέχτηκε ότι ο πατέρας του μωρού έκλεψε τη Supriya της. "Αλλά δεν μπορεί να σκεφτεί- αγόρασε το μωρό", μουρμούρισε.

Το βράδυ, η Amaya βγήκε έξω. Ο κόσμος έμοιαζε καινούργιος και περπατούσε γοργά. Χρειάστηκαν περίπου είκοσι λεπτά για να φτάσει στην παραλία. Η θάλασσα ήταν γαλάζια και ήρεμη, τα κύματα απαλά, το αεράκι απαλό. Η ακτή ήταν πολύχρωμη, με εκατοντάδες παιδιά, γυναίκες και άνδρες. Η Amaya περπατούσε, προσπαθώντας να απολαύσει την ύπαρξή της- ένιωθε ένα με τη θάλασσα, το κύμα, την ακτή, τον ουρανό, τα αστέρια και ολόκληρο το σύμπαν. Ήταν μια νέα, ήπια εμπειρία, και σκεφτόταν να κρατήσει το κεφάλι της ήρεμο, να μη θυμώσει με χαμένες ευκαιρίες, θλιμμένες σχέσεις, απάτες και εξαπατήσεις. Περπάτησε πολλά χιλιόμετρα και ένιωσε ευτυχισμένη. Το δείπνο ήταν σε ένα περίπτερο, τηγανητά ψάρια, κοτόπουλο και παέγια- όρθια, έφαγε το φαγητό και το απόλαυσε. Η Αμάγια ήθελε να ξεχάσει όλα όσα είχαν συμβεί. Στη συνέχεια, επέστρεψε με τα πόδια στο σπίτι της και κοιμήθηκε μέχρι τα μεσάνυχτα περίπου.

Μετά το πρωινό, η Amaya έπαιξε πιάνο- η μουσική άγγιξε την καρδιά της. Έμεινε έκπληκτη όταν είδε τα δάχτυλά της να κινούνται στο πληκτρολόγιο. Το πιάνο ήταν το σώμα και το μυαλό της άρρηκτα συνδεδεμένα μεταξύ τους. Θυμήθηκε τη μητέρα της που τη λάτρευε, τα πρώτα μαθήματα ζωής που απέκτησε από την Άμα, τη μαμά και τη μαμά της, και ακόμη και το παίξιμο του πιάνου. Οι καλόγριες του Λορέτο, που της δίδαξαν κλασική μουσική, ήταν εξίσου αφοσιωμένες με μια καρδιά γεμάτη ενσυναίσθηση. Το βράδυ, η Amaya κολυμπούσε στην πισίνα- επιπλέει στο νερό, κοιτάζοντας τον γαλάζιο ουρανό.

Μια φορά την εβδομάδα, η Amaya έκανε μια μεγάλη βόλτα στους δρόμους της πόλης, κοιτάζοντας γύρω της και όντας μέσα στο πλήθος, ακούγοντας τις μικρές ομάδες μουσικών από τη Βραζιλία, την Αργεντινή, τη Χιλή και το Μεξικό, επισκεπτόμενη την Ισπανία, την Πορτογαλία και τη Γαλλία, και παίζοντας διάφορα μουσικά όργανα. Η μουσική τους είχε μια μοναδική γοητεία- διηγούνταν ιστορίες για την αγάπη και τον χωρισμό νεαρών ζευγαριών. Η Amaya έριχνε πάντα μια χούφτα χρήματα στο ταμείο τους. Μια μέρα, είδε ένα ζευγάρι Ρομά που φορούσε πολύχρωμες στολές- ο νεαρός άνδρας έπαιζε βιολί και πιάνο με τη γυναίκα του. Η Amaya ζήτησε από τη γυναίκα την άδεια να παίξει πιάνο και εκείνη συμφώνησε. Έπαιξαν μαζί για κάποιο χρονικό διάστημα- στη συνέχεια, η γυναίκα επέτρεψε στην Amaya να παίξει μόνη της. Η Amaya έπαιξε μερικά ινδικά τραγούδια αγάπης και συντροφικότητας και συγκεντρώθηκε πλήθος κόσμου. Δημιούργησε μαγεία στα πλήκτρα για μια ώρα- το ζευγάρι ήταν ευτυχισμένο καθώς συγκέντρωσε υπερδιπλάσια χρήματα από εκείνη την ημέρα. Φεύγοντας, πρόσφεραν στην Amaya ένα μέρος των χρημάτων τους, αλλά εκείνη τους το επέστρεψε με χαμόγελο.

Η Amaya ένιωθε μοναξιά, φτάνοντας στο σπίτι σαν να μην της έδινε τίποτα την πληρότητα της χαράς, κάτι έλειπε από μέσα της, και η μοναξιά αυξανόταν καθημερινά. Κανένα μαγείρεμα, καμία μουσική ή κολύμπι δεν μπορούσαν να τη βοηθήσουν καθώς το κενό μεγάλωνε και την καταλάμβανε. Ήταν μια ακούσια μοναξιά, η έκθεση στο κενό, οι χαμένες σχέσεις, η απουσία ενός ανθρώπου που θα μοιραζόταν τη ζωή της. Στη μέση της νύχτας, ξαφνικά σηκώθηκε και αναρωτήθηκε πού βρισκόταν και γιατί βρισκόταν εκεί, και η Amaya κοίταξε γύρω της, σκεπτόμενη ότι ήταν μόνη, εντελώς μόνη. Ήθελε να συνδεθεί- δεν ήξερε με ποιον να σχετιστεί, να μιλήσει και να μοιραστεί, αλλά με κανέναν. Υπήρχε ένα αγεφύρωτο χάσμα που εκτεινόταν στο άπειρο, και προσπάθησε επανειλημμένα να αλληλοκλειδώσει το ρήγμα ανεπιτυχώς. Απέτυχε να δημιουργήσει οδυνηρές, ζεστές, παρηγορητικές και ομαλές ανθρώπινες σχέσεις. Τα όνειρα και η πραγματικότητα την τσαλάκωσαν και έπεσε πάνω στις αποτυχίες της σαν ένα κομμάτι παλιάς ξεθωριασμένης εφημερίδας.

Η εσωτερική της φωνή της έλεγε ότι της έλειπε η συντροφικότητα, η αίσθηση ότι ήταν μακριά από κάποιον που θα έπρεπε να είναι πιο κοντά, γύρω της ή μέσα της. Η αίσθηση της απόρριψης έγινε έντονη- η μοναξιά εντάθηκε, η επίγνωση της αποτυχίας να δημιουργήσει ενότητα με τους άλλους και η έλλειψη αυθεντικότητας. Κάτι δεν πήγαινε καλά μέσα στους τέσσερις τοίχους της πλίνθου της, ένα κενό, μια ανυπαρξία: ούτε επιπλέον βήματα, ούτε βαριά αναπνοή, κινούμενες σκιές και η μυρωδιά του αγαπημένου. Κανείς να αγκαλιάσει, καμία ψυχή να ρωτήσει: "Πώς είσαι; Τι κάνεις;" ή να χαιρετήσει: "Γεια σου, Amaya!" Η ύπαρξη του κενού, η διάχυτη ανυπαρξία, η απεραντοσύνη του κενού και το ανεξιχνίαστο της μοναξιάς τη βύθισε. Αναγνώρισε σημάδια πιθανής απόρριψης, απομόνωσης, αρνητικών προκαταλήψεων στην ύπαρξή της, μια αίσθηση ότι ήταν καλύτερα να αποφύγει ακόμη και τους γονείς της και να ζήσει μια ερημική ζωή, μια σαννυασίν που άφησε τα πάντα για το κενό.

Θα πέθαινε μόνη- ο τρόμος ήταν συγκλονιστικός. Δεν θα υπήρχε κανείς να το αντιληφθεί, καθώς είχε κλειδώσει όλες τις πόρτες από μέσα- το σώμα της θα εκφυλιζόταν και θα διαλυόταν, και το άδειο κρανίο και ο σκελετός θα βρίσκονταν στη γωνία του σπιτιού ή κοντά στην πισίνα. Η Αμάγια γέλασε δυνατά, αν και το άδερφο, άτριχο ανοιχτό κεφάλι της γελούσε μαζί της, κάνοντας ερωτήσεις: "Γιατί πρέπει να πεθάνω; Γιατί δεν ψάχνεις τη

Σουπρίγια, να τη βρεις και να σώσεις τη μικρή σου αγαπημένη;". Πού θα τη βρω;" Ενώ αναρωτιόταν, η Αμάγια έτρεξε προς το γραφείο. Όλη την ημέρα έψαχνε στον υπολογιστή για το πού βρισκόταν το μωρό της και ο Κάραν. Ξαφνικά, ήταν μια αποκάλυψη ότι δεν ήξερε καν το πλήρες όνομα του Καράν. Στο πιστοποιητικό γέννησης του μωρού, Karan A ήταν το όνομά του. Η Amaya έψαχνε μάταια να εντοπίσει τα βιογραφικά στοιχεία του Karan ή οποιαδήποτε άλλη λεπτομέρεια. Μια ξαφνική συνειδητοποίηση έλαμψε στο μυαλό της- δεν ήξερε τίποτα για τον Κάραν. Οι γονείς του και πού είχε γεννηθεί, σε ποια πόλη ή πολιτεία ανήκε, η διεύθυνσή του, η καριέρα του και αν ήταν Ινδός πολίτης, Ισπανός, Γάλλος ή Αμερικανός ήταν ερωτήματα που την ενδιέφεραν. Τον εμπιστευόταν, τον πίστευε απόλυτα και δεν μπήκε ποτέ στον κόπο να ρωτήσει τίποτα γι' αυτόν. Προσπάθησε μίζερα να θυμηθεί το πρόσωπό του, καθώς δεν υπήρχε φωτογραφία του, ούτε καν στον υπολογιστή. Ποτέ δεν έκανε κλικ σε μια εικόνα του κατά τη διάρκεια των εκτεταμένων ταξιδιών της σε όλη την Ισπανία. Ξέχασε να βγάλει μια φωτογραφία του Κάραν μαζί της όταν ήταν στο σπίτι, τρώγοντας φαγητό, παίζοντας πιάνο, κολυμπώντας στην πισίνα ή περπατώντας στην παραλία. Το πρόσωπό του εξαντλήθηκε από τη μνήμη σαν οφθαλμαπάτη ή σαν πεσμένα φύλλα μηλιάς στην αρχή του χειμώνα. Δεν ήξερε τίποτα για τον Καράν, με τον οποίο έζησε ένα χρόνο, ο οποίος την άφησε έγκυο με τη Σουπρία, την οποία είχε κλέψει.

Αμάγια, γιατί μένεις εδώ σαν ερημίτισσα; Πόσο καιρό θα μείνεις εδώ; Ποιος είναι ο σκοπός της ζωής σου εδώ; Δεν μπορούσε να απαντήσει σε κανένα από αυτά. Επιτρέψτε μου να βγω έξω και να ψάξω για τη Supriya σε όλο τον κόσμο. Ήταν μια αποφασισμένη απόφαση, και μάζεψε τις αποσκευές της για να πάει στο Λονδίνο. Αλλά δεν ήξερε γιατί επέλεξε το Λονδίνο, πού ακριβώς στο Λονδίνο θα έψαχνε τη Σουπρίγια της και για πόσο καιρό. Η Amaya πήρε μια πτήση για το Λονδίνο μέσα σε δύο ημέρες.

Αναζητώντας την κόρη

Η απαγωγή της Supriya ήταν το πιο οδυνηρό γεγονός στη ζωή της Amaya και δεν κατάφερε να πείσει το μυαλό της ότι ο Karan θα μπορούσε να το κάνει. Με μια ανατριχίλα στην καρδιά της, συλλογίστηκε, η οποία κράτησε πολύ. Η απώλεια δημιούργησε πόνο και θλίψη και οι πράξεις του Κάραν ντροπή και αγωνία. Μερικές φορές η αγωνία ήταν αφόρητη, καθώς υπήρχε η αίσθηση ότι σφίγγει το κεφάλι της σε μια μηχανή. Η ταπείνωση έφερε μια βαθιά σιωπή- ένιωθε αμηχανία να μιλάει στους ανθρώπους και απέφευγε να τους κοιτάζει. Όλοι στο Λονδίνο γνώριζαν την ιστορία της- κουβέντιαζαν γι' αυτήν, γελούσαν μαζί της, γεγονός που την ανάγκαζε να παραμείνει ερημίτισσα. Έχασε την επαφή με το περιβάλλον της που ήταν γεμάτο με εξωγήινους. Η αλληλεπίδραση με τους άλλους ήταν μια ταπεινωτική εμπειρία- ξέχασε λέξεις, φράσεις και γλώσσα, ακόμη και τα ονόματα πραγμάτων και τόπων. Συχνά αδυνατούσε να θυμηθεί τα κατάλληλα ρήματα για να εξηγήσει μια πράξη- αναρωτιόταν πώς να περιγράψει το περιβάλλον γύρω της και να εκφράσει την κατανόησή της για τον κόσμο μέσω της γλώσσας.

Η Amaya ένιωθε μοναξιά και θλίψη και άρχισε να μισεί τον εαυτό της χωρίς να βγαίνει από το δωμάτιο του ξενοδοχείου της. Αμφισβητώντας τα πάντα στο μυαλό της, μερικές φορές φανταζόταν ότι η καθημερινή επίσκεψη της οικονόμου ήταν για να απαγάγει την κόρη της και έψαχνε μανιωδώς παντού για να δει αν η Supriya ήταν ασφαλής. Η συνειδητοποίηση ότι η Supriya ήταν με τον πατέρα της της δημιούργησε παρηγοριά για ένα λεπτό, αλλά αμέσως η θλίψη και η ντροπή καταπάτησαν τα συναισθήματα και την ψυχική της ισορροπία. Δεν σκέφτηκε ποτέ τις δυσμενείς συνέπειες που θα μπορούσαν να της συμβούν λόγω του συνεχούς φόβου της για την ασφάλεια της Supriya. Μέσα σε μια εβδομάδα αφότου έφτασε στο Λονδίνο, η Amaya είδε ένα ζευγάρι με το βρέφος τους σε ένα καροτσάκι στην άλλη πλευρά της διασταύρωσης ενώ διέσχιζε τη γωνία Apex. Ξαφνικά η Amaya έκλαψε δυνατά, φώναξε επανειλημμένα το όνομα της κόρης της και έτρεξε προς το ζευγάρι. Σπρώχνοντας ανάμεσα στους πεζούς, προσπάθησε να διασχίσει το δρόμο, οι οποίοι την κοίταξαν έκπληκτοι. Φτάνοντας στην άλλη πλευρά, ένας αστυνομικός περπατούσε γρήγορα προς το μέρος της. "Τι σου συνέβη;

Γιατί ουρλιάζεις;" ρώτησε ο αστυνομικός. "Το μωρό μου, το μωρό μου", βογκούσε, δείχνοντας προς το ζευγάρι και το καροτσάκι, περίπου πενήντα μέτρα μακριά. Τα λόγια της έτρεμαν, το σώμα της έτρεμε βίαια και τα βήματά της ήταν ασταθή. Αφού πέρασε ένα μήνυμα στον επόμενο αστυνομικό με το γουόκι-τόκι της, η μπούμπι περπάτησε γοργά μαζί με την Αμάγια προς το ζευγάρι, σταματημένη από μια άλλη αστυνομικό λίγο πιο μπροστά. Στα πρόσωπα του ζευγαριού υπήρχε μια έκπληξη, ενώ η Αμάγια και οι αστυνομικοί στέκονταν μπροστά τους. "Δεν είναι", ψιθύρισε η Αμάγια. "Κυρία μου, κύριε, συγγνώμη για την αναστάτωση που προκλήθηκε", εξέφρασε τη λύπη της η αστυνομικός στο ζευγάρι, το οποίο συνέχισε να σπρώχνει απαλά το καροτσάκι αμέσως σαν να μην είχε συμβεί τίποτα. "Κυρία μου, είστε καλά;" ρώτησε ο δεύτερος αστυνομικός την Αμάγια. Αλλά η Αμάγια δεν ενδιαφέρθηκε για το τι τη ρωτούσε ή δεν αναλογίστηκε τα λόγια που μόλις είχε ακούσει.

Περιπλανιόταν για μέρες χωρίς στόχο, φοβόταν να κοιτάζει τα πρόσωπα των ανθρώπων μέσα από χειρονομίες και εκφράσεις προσώπου. Καθώς δεν ήθελε να δει το πρόσωπο του Κάραν, απέφευγε να κοιτάζει τα πρόσωπα των ανθρώπων, αλλά η καρδιά της χτυπούσε στη μνήμη της Σούπρια. Η προσπάθεια να αναγνωρίσει τον Κάραν χωρίς να θυμάται το πρόσωπό του ήταν ένας αδιάκοπος αγώνας. Κάθε περαστικός ήταν ο Κάραν, και υπήρχε μια εσωτερική ανατριχίλα για την επικείμενη συνάντηση μαζί του. Την επόμενη εβδομάδα, καθόταν στο σταθμό λεωφορείων της National Express, παρακολουθώντας τους επιβάτες των λεωφορείων να μπαίνουν ή να αποβιβάζονται. Για την επόμενη εβδομάδα, βρισκόταν στο σταθμό λεωφορείων Victoria και στο σταθμό λεωφορείων Aldgate, σκεπτόμενη ότι θα έτρεχε προς το μέρος του μόλις εμφανιζόταν και θα άρπαζε το μωρό της από το χέρι του χωρίς να κοιτάξει το πρόσωπό του. Στη συνέχεια, θα έφευγε απαλά με την αγαπημένη της κόρη.

Ταξιδεύοντας πολλές φορές στο υπόγειο μετρό, σκεπτόμενη τις ηρωικές της συναντήσεις, το σφίξιμο των χεριών του Κάραν και τη σωτηρία της Σούπρια, γελούσε και έκλαιγε δυνατά, ξεχνώντας το περιβάλλον. Στεκόταν σαν άγαλμα για ώρες μαζί, στεκόταν στην είσοδο του Alperton, στους σταθμούς Burnt Oak, Goodge Street, Leyton, Arnos Grove, Croxley και Woodside Park, παρακολουθώντας τους επιβάτες με καχυποψία. Γύριζε το πρόσωπό της σαν να μην είχε το θάρρος να έχει οπτική επαφή κάθε φορά που κάποιος την πλησίαζε. Μια φορά στο Elephant and Castle, μια νεαρή γυναίκα που παρακολουθούσε τα ασταθή βήματά της προσφέρθηκε να τη βοηθήσει να διασχίσει το δρόμο και η Amaya της έριξε ένα αυστηρό βλέμμα. "Δεν σε εμπιστεύομαι", μουρμούρισε.

Κατά τη διάρκεια του δεύτερου μήνα στο Λονδίνο, η Amaya παρέμεινε χωρίς φαγητό για πολλές ημέρες, θεωρώντας ότι το να πάει σε ένα εστιατόριο ήταν αυτοπροσβολή, καθώς έπρεπε να μιλάει στον σερβιτόρο ενώ έδινε παραγγελία. Μόλις πείνασε, μάζεψε αρκετό θάρρος για να πάει σε ένα πεζοδρόμιο κοντά στο Green Park και στάθηκε εκεί για μισή ώρα χωρίς να δώσει παραγγελία. Ήθελε υπηρεσία δωματίου στο ξενοδοχείο, αλλά συχνά αντικαθιστούσε το ακουστικό αφού καλούσε το τηλέφωνο. "Κυρία μου, τηλεφωνήσατε;" Υπήρχαν επανειλημμένες ερωτήσεις και η Αμάγια προτίμησε να κρατήσει μια θανάσιμη σιωπή. Τον πρώτο μήνα, παρακολουθούσε το Πολωνικό Μνημείο Πολέμου από το ξενοδοχείο της, αλλά αργότερα έκλεισε ερμητικά τα παράθυρα, για να μην έρθει σε επαφή με τον έξω κόσμο. Της ήταν δύσκολο να κοιμηθεί περισσότερο από δύο ώρες την ημέρα, και έχασε την επαφή με τη διάκριση μεταξύ ημέρας και νύχτας. Καθώς η έννοια του χρόνου της είχε γίνει ένα πλέγμα δευτερολέπτων και λεπτών προς το άπειρο, οι ώρες και οι ημέρες έπαψαν να υπάρχουν. Το τραύμα που βίωνε ήταν απεριόριστο- την τύλιγε σε ακινησία, αλλά διαρκώς πάλευε με τον εαυτό της για να ξεφύγει από τη λαβή του.

Ένα ενοχικό συναίσθημα στράβωνε την Αμάγια με αδυναμία και ανασφάλεια, και καταριόταν τον εαυτό της που εμπιστεύτηκε τον Κάραν χωρίς να αμφισβητήσει τις προθέσεις του. Μερικές φορές αναρωτιόταν πώς έμοιαζε ή αν ήταν αληθινός. Αλλά ένα πράγμα θυμόταν η Αμάγια γι' αυτόν: είχε μακριά μαλλιά που τον έκαναν αιθέρια ελκυστικό. Η Amaya δεν μίσησε ποτέ τον Karan, καθώς δεν μπορούσε να ξεχάσει την αγάπη, τη φροντίδα και την προστασία που της έδειξε, αλλά αισθανόταν την απιστία και την απάτη του με πόνο. Ο πόνος που βίωσε ήταν εκατονταπλάσιος από εκείνον της Αλγέας στην ελληνική μυθολογία. Ήταν μια προσαραγμένη συνειδητοποίηση της αδυναμίας της να σταματήσει το τεράστιο μέγεθος της δυστυχίας που υπέστη από ένα άτομο με το οποίο μοιράστηκε την αγάπη, την εμπιστοσύνη, τη σεξουαλική χαρά και την οικεία συντροφικότητα για ένα χρόνο. Η αναγνώριση τσίμπησε τον εσώτερο εαυτό της και διέλυσε την εμπιστοσύνη της στον εαυτό της και στους άλλους ανθρώπους. Γιατί και πώς συνέβη αυτό σε ένα μορφωμένο και λογικό άτομο, μια γυναίκα που είχε ταξιδέψει σε όλο τον κόσμο, είχε γνωρίσει εκατοντάδες ανθρώπους σε διαφορετικές καταστάσεις και είχε αναλύσει την ανθρώπινη συμπεριφορά σε διάφορες συνθήκες; Δεν μπορούσε να δεχτεί ότι ένα άτομο που σπούδασε στα καλύτερα εκπαιδευτικά ιδρύματα και αποφοίτησε από τη δημοσιογραφία και τη νομική έγινε θύμα εξαπάτησης. Διερεύνησε γιατί βυθίστηκε σε ένα τέτοιο τέλμα, συνειδητοποιώντας με τσίμπημα στη συνείδηση ότι παρόλο που η διάνοιά της διευρύνθηκε και η λογική της οξύνθηκε και οι γνώσεις της αυξήθηκαν, το μυαλό της παρέμενε άγριο και ανεξέλεγκτο. Ως αποτέλεσμα, απέτυχε να λάβει τις κατάλληλες αποφάσεις για να προστατεύσει τον εαυτό της από την προδοσία και την εξαπάτηση.

Η αγωνία κυρίευσε την Amaya, γνωρίζοντας ότι δεν μπορούσε να προστατεύσει την κόρη της. Αρρώστησε σωματικά και ψυχικά, με αποτέλεσμα να νιώθει μοναξιά, απομόνωση και να μην μπορεί να κρίνει τι πρέπει να κάνει για τη βελτίωσή της- δεν της άρεσε να βλέπει την εικόνα της στον καθρέφτη. Το άγριο, ατημέλητο φόρεμα, τα ατημέλητα μαλλιά και τα διογκωμένα μάτια την τρόμαζαν. Το να καλύψει τους δύο καθρέφτες με μια παλιά εφημερίδα -έναν στην κρεβατοκάμαρα και έναν στην τουαλέτα- ήταν η μόνη επιλογή για να ξεφύγει από τις αποκρουστικές φιγούρες. Πριν από την επίσκεψη της οικονόμου, φρόντιζε να τους αφαιρεί κάθε μέρα. Αλλά μια μέρα, η Αμάγια ξέχασε να αφαιρέσει την εφημερίδα από τον καθρέφτη της τουαλέτας. Η οικονόμος που την επισκεπτόταν καθημερινά για να στρώνει το κρεβάτι, να αντικαθιστά τα σεντόνια, το κάλυμμα και τις πετσέτες και να αναπληρώνει τις καθημερινές ανάγκες της έκανε έναν αναστεναγμό έκπληξης βλέποντας τον θωρακισμένο καθρέφτη. "Κυρία μου, είστε καλά;" κοιτάζοντας την Αμάγια, ρώτησε. Η Amaya ένιωσε ταπεινωμένη και κλείστηκε μέσα στο δωμάτιο για τις επόμενες δύο ημέρες. Ο διευθυντής του ξενοδοχείου χτύπησε την πόρτα της καθώς δεν την είδε κανείς έξω από το δωμάτιό της και παρέμεινε κλειδωμένη μέσα. Συνομίλησε με την Amaya για μισή ώρα, εξέφρασε την ανησυχία της για την εμφάνιση και την υγεία της Amaya και αναρωτήθηκε πώς θα μπορούσε να επιβιώσει χωρίς κατάλληλη υγειονομική περίθαλψη και τροφή. Ο διευθυντής τηλεφώνησε αμέσως στον μόνιμο γιατρό για να επισκεφθεί την Amaya. Ο γιατρός της συνταγογράφησε κάποια φάρμακα και τη συμβούλεψε να τρώει τακτικά θρεπτικό φαγητό και να υποβάλλεται σε επαγγελματική ψυχοθεραπεία.

Μια ψυχοθεραπεύτρια, ένα άτομο μέσης ηλικίας, επισκέφθηκε την Amaya στο δωμάτιό της το βράδυ και η παρουσία της έδωσε στην Amaya αυτοπεποίθηση. Η θεραπεύτρια είπε ότι ο ρόλος της ήταν να βοηθήσει την Amaya να ξεπεράσει τα συναισθηματικά προβλήματα και να αντιμετωπίσει τις περίπλοκες καταστάσεις της ζωής της χρησιμοποιώντας ψυχολογική θεραπεία. Ο σκοπός της θεραπείας ήταν η ενδυνάμωση του νου, η ενίσχυση των συναισθημάτων και η βίωση των συναισθημάτων στην ολότητά τους. Ήταν για την ανάπτυξη της συνείδησης, ώστε να μπορέσει η Amaya να χρησιμοποιήσει τις ικανότητες και τις δυνατότητές της, και ο στόχος ήταν να βιώσει χαρά και ευτυχία στη ζωή. Ο θεραπευτής είπε στην Amaya ότι είχε την ελευθερία να αποφασίσει αν θα παρακολουθούσε θεραπευτικά προγράμματα στην κλινική, ένα χιλιόμετρο μακριά από το ξενοδοχείο.

Η Amaya περπάτησε μέχρι την κλινική- χρειάστηκαν περίπου δεκαπέντε λεπτά για να φτάσει. Ο θεραπευτής προσπάθησε να γνωρίσει την Amaya στην πρώτη συνεδρία κάνοντας βασικές ερωτήσεις γι' αυτήν, σαν μια συνέντευξη με στόχο, αλλά με ελεύθερο διάλογο. Η Amaya είπε στον θεραπευτή τα πάντα: τη γέννησή της στη Βαρκελώνη, τους γονείς της, την εκπαίδευσή της στη Μαδρίτη, τη Βομβάη, το Bengaluru και τη Βαρκελώνη. Διηγήθηκε τη συνάντησή της με τον Karan στην καφετέρια του πανεπιστημίου, τη συντροφιά τους στο Lotus, τα ταξίδια που έκαναν μαζί σε όλη την Ισπανία και σε ορισμένα μέρη της Γαλλίας, την εγκυμοσύνη της, τον τοκετό και την απώλεια της Supriya. Ο θεραπευτής άκουσε την Amaya χωρίς να κάνει κανένα σχόλιο ή αξιολογική κρίση, αλλά η Amaya αισθάνθηκε καθησυχασμένη. Περίμενε κάποιον με τον οποίο θα μπορούσε να μοιραστεί τα συναισθήματα, τις συγκινήσεις και την ιστορία της. Στο τέλος της πρώτης συνεδρίας, ο θεραπευτής είπε στην Amaya ότι το μυαλό της δημιουργούσε άγχος και ότι η αντιμετώπιση του άγχους εξαρτιόταν από τους πόρους της. Η κοινωνική υποστήριξη ήταν ένας κρίσιμος πόρος και ο θεραπευτής υποστήριξε την Amaya. Η διαδικασία υποστήριξής της θα μπορούσε να αυξήσει την ικανότητά της να ελέγχει την πίεση και να κατευθύνει το μυαλό της. Η Amaya είχε δώδεκα συνεχόμενες ημέρες ψυχοθεραπείας σε ελεγχόμενο περιβάλλον, διάρκειας περίπου δύο ωρών καθημερινά.

Η θεραπεύτρια είχε καθαρή φωνή- η γλώσσα της ήταν γεμάτη νόημα. Μπορούσε να αντιληφθεί τι σκεφτόταν και τι ένιωθε η Amaya μάλλον αβίαστα. Τα λόγια και οι χειρονομίες της ήταν φιλικά, ζεστά και ενθαρρυντικά, αποδεχόμενη την Amaya όπως ήταν με μια μη επικριτική στάση. Η Amaya αισθάνθηκε ότι η θεραπεύτρια εξέφραζε ενσυναίσθηση και είχε εξαιρετικές δεξιότητες ακρόασης. Είπε στην Amaya ότι η διαδικασία σκέψης της θα ήταν αρχικά κριτική αλλά φιλική, βοηθώντας την Amaya σε κάθε διασταύρωση να συνεργαστεί μαζί της ως μέλος της ομάδας για την επίτευξη προκαθορισμένων στόχων. Η Amaya υπέστη έντονες συναισθηματικές διακυμάνσεις κατά τη συζήτηση του προσωπικού της ιστορικού και έκλαψε, σπάζοντας την καρδιά της. Σε ορισμένες περιπτώσεις, εξέφρασε θυμό, οι εκρήξεις της ήταν σαν χείμαρρος και ήταν σωματικά εξαντλημένη μετά από κάθε συνεδρία.

Ο θεραπευτής μύησε την Amaya να αναλύσει τα γεγονότα, να αξιολογήσει τα προβλήματα που αντιμετώπιζε, να χρησιμοποιήσει τις γνώσεις της για την επίλυση προβλημάτων και να επαναπροσδιορίσει τις γνώσεις της για να βοηθήσει την Amaya να επιτύχει ψυχική και σωματική ευεξία.

Χρησιμοποίησε συνειδητά τις γνώσεις και τις δεξιότητές της για να μυήσει την Amaya να υποστηρίξει τον εαυτό της στην κατανόηση και την επίλυση των προβλημάτων της. Η θετική στάση της θεραπεύτριας, εστιάζοντας στην πελάτισσά της να γνωρίσει τον εαυτό της. Αυτό οδήγησε στη συνειδητοποίηση της διαδικασίας σκέψης της Amaya, η οποία ήταν επιβλαβής για την ίδια, βοηθώντας την Amaya να εντοπίσει τρόπους διαχείρισης του άγχους. Περαιτέρω, έδωσε το έναυσμα στην Amaya να εξετάσει την αλληλεπίδρασή της με τον Karan, προσφέροντας καθοδήγηση για τον μετασχηματισμό της σκέψης, των συναισθημάτων και των συναισθημάτων της, ώστε να ανακάμψει από την απελπισία και την κατάθλιψη. Εξηγώντας πώς να χαλαρώσει και να επιτύχει την ενσυνειδητότητα, ο θεραπευτής έδωσε στην Amaya ελπίδα, μια νέα προοπτική για τη ζωή και μια σχέση ενσυναίσθησης, εμπιστοσύνης και φροντίδας με τους άλλους. Όλες οι αλληλεπιδράσεις ήταν πελατοκεντρικές και η θεραπεία ήταν μια άσκηση αυτοβοήθειας. Μέσα σε δώδεκα συνεδρίες, η Amaya απέκτησε ουσιαστική κυριαρχία πάνω στη διαδικασία της σκέψης της, έμαθε από τις εμπειρίες της, δημιούργησε μια αίσθηση του εαυτού της και ενδυνάμωσε τον εαυτό της στη λήψη αποφάσεων ώστε να είναι αυτόνομη. Μάθαινε την αυτοδυναμία, επούλωνε τις ψυχικές της πληγές και ανακούφιζε τους φόβους, τη ντροπή και το μίσος. Ο θεραπευτής της ζήτησε να επαναλαμβάνει την ψυχοθεραπεία κάθε χρόνο για τα επόμενα τρία χρόνια, διαφορετικά ήταν πιθανή η υποτροπή.

Μέσα σε ένα δεκαπενθήμερο από την ψυχοθεραπεία, μετά από τέσσερις μήνες στο Λονδίνο, η Amaya πήρε μια πτήση για τη Γενεύη, χωρίς να γνωρίζει γιατί θα πήγαινε εκεί, πού θα αναζητούσε τη Supriya και πόσο καιρό θα έμενε εκεί. Χιόνιζε όταν η Amaya πήρε ένα ταξί από το αεροδρόμιο για το ξενοδοχείο στη δυτική όχθη της λίμνης Leman, γνωστής και ως λίμνη της Γενεύης. Καθώς επισκεπτόταν τον καθεδρικό ναό του Σεν Πιέρ, η Amaya παρατήρησε μια μικρή αφίσα: "Ζητούνται εθελοντές για κοινωνική εργασία με παιδιά" σε ένα μικρό κτίριο στον τοίχο της λίμνης. Από τη γυάλινη πόρτα, η Amaya μπορούσε να δει μια γυναίκα να εργάζεται σε ένα φορητό υπολογιστή μέσα στο δωμάτιο, και στην πόρτα υπήρχε μια λεζάντα: "Είστε ευπρόσδεκτοι, παρακαλώ ανοίξτε την πόρτα". Ήταν ζεστά μέσα.

"Γεια σας, είμαι η Λία", τέντωσε το χέρι της και το άτομο που καθόταν είπε.

"Γεια σου Λία, είμαι η Αμάγια. Θα ήθελα να συνεργαστώ μαζί σας ως εθελόντρια κοινωνική λειτουργός", είπε η Αμάγια, συστήθηκε και έδωσε το χέρι της στη Λέα

"Αυτό είναι υπέροχο, Amaya- μπορείς να ξεκινήσεις από σήμερα κιόλας", απάντησε η Lea. Η Amaya ένιωσε χαρούμενη καθώς, μετά από πολλούς μήνες, κάποιος φώναξε το όνομά της.

"Βεβαίως, είμαι έτοιμη", είπε η Αμάγια.

"Η δική μας οργάνωση ονομάζεται Child Concern, ιδρύθηκε από επτά γυναίκες και αποκαλούμαστε κοινωνικοί λειτουργοί. Εργαζόμαστε για την ευημερία των παιδιών παγκοσμίως, κυρίως στην Ασία, την Αφρική, την Ανατολική Ευρώπη και τις χώρες της Λατινικής Αμερικής, κυρίως σε θέματα αναδοχής, χορηγιών, εκπαίδευσης, διατροφής και υγειονομικής περίθαλψης. Καταργούμε ενεργά την παιδική εργασία, το γάμο και την παιδική κακοποίηση, επηρεάζοντας τους υπεύθυνους χάραξης πολιτικής σε διεθνείς οργανισμούς και χώρες μέλη. Όλες οι πτυχές της ευημερίας των παιδιών αποτελούν μέλημά μας. Δεν υπάρχουν μόνιμες θέσεις εργασίας στο Child Concern- είμαστε όλοι εθελοντές", εξήγησε η Lea.

Εκείνη την ημέρα η Amaya πέρασε χρόνο στο γραφείο, μαθαίνοντας για τη δουλειά της. Υπήρχαν τέσσερις τομείς εργασίας των εθελοντών-κοινωνικών λειτουργών: συγκέντρωση χρημάτων, διανομή κεφαλαίων, διοίκηση και επίβλεψη πεδίου. Ένας εθελοντής μπορούσε να εργαστεί με την Child Concern από μία ημέρα έως και χρόνια, αλλά δεν λάμβανε καμία αμοιβή, ούτε καν αποζημίωση για τα ταξίδια. Όλοι εντάχθηκαν ως εθελοντές και ορκίστηκαν να εργαστούν με εντιμότητα, χωρίς να κάνουν κατάχρηση των πόρων της οργάνωσης στο όνομα της Οικουμενικής Διακήρυξης των Ανθρωπίνων Δικαιωμάτων. Δεν υπήρχε ιεραρχία στην οργάνωση και κανείς δεν κατεύθυνε ή ακολουθούσε κανέναν. Οι επτά γυναίκες που ξεκίνησαν την οργάνωση Child Concern ήταν εργαζόμενες γυναίκες και περνούσαν περίπου δύο ώρες κάθε μέρα στο κεντρικό γραφείο ή σε οποιοδήποτε άλλο γραφείο επιθυμούσαν.

Ομοίως, ένας εθελοντής ήταν ελεύθερος να επιλέξει μια χώρα για να εργαστεί, και υπήρχε ελευθερία να εργαστεί σε μια άλλη χώρα. Οι εθελοντές που εργάζονταν για περισσότερο από δώδεκα μήνες μπορούσαν να συγκεντρώσουν κεφάλαια από κυβερνήσεις, βιομηχανίες, επιχειρήσεις, τράπεζες, οργανισμούς, ιδρύματα, κοινωνίες και ιδιώτες. Χιλιάδες εθελοντές σε όλο τον κόσμο συμμετείχαν στην εξεύρεση πόρων- συγκέντρωσαν τεράστια ποσά. Όλες οι οικονομικές συναλλαγές ήταν ψηφιακές και δεν υπήρχαν συναλλαγές με μετρητά. Οι ανάγκες του κεντρικού γραφείου και των υποκαταστημάτων, όπως υπολογιστές, εκτυπωτές, μηχανήματα αντιγραφής και σάρωσης, μέσα επικοινωνίας και όλος ο υπόλοιπος εξοπλισμός, γραφική ύλη και εργαλεία, προέρχονταν από δωρητές. Υπήρχαν εκατοντάδες δωρητές για την κάλυψη τέτοιων δαπανών, όπως ενοίκιο, φόροι, ηλεκτρικό ρεύμα, νερό και μεταφορικά μέσα, και όλες οι συναλλαγές ήταν ψηφιακές.

Οι εθελοντές που εργάζονταν στη διοίκηση αξιολόγησαν τις προτάσεις έργων από διάφορους οργανισμούς που ασχολούνται με την παιδική πρόνοια. Η αξιολόγηση αφορούσε το πρόβλημα, τους στόχους, το σκεπτικό, τα οφέλη και την οικονομική βιωσιμότητα κάθε έργου. Οι επόπτες πεδίου επισκέπτονταν τον οργανισμό που υπέβαλε το έργο για επιτόπια λεπτομερή αξιολόγηση και εκτιμήσεις της αυθεντικότητας, του ιστορικού και των προθέσεών του. Ανέβασαν μια εμπεριστατωμένη αξιολόγηση στην εσωτερική ιστοσελίδα της Child Concern για την τελική λήψη αποφάσεων. Η πρόταση του έργου και η έκθεση αξιολόγησης μελετήθηκαν και πάλι διεξοδικά από τους κοινωνικούς λειτουργούς της διοίκησης. Αποφάσισαν αν θα χορηγήσουν στην οργάνωση οικονομική βοήθεια για την υλοποίηση του σχεδίου. Ο οργανισμός έπρεπε να συμφωνήσει ότι τα χρήματά του προορίζονταν μόνο για τους στόχους του έργου. Τέλος, τα εξαμηνιαία κονδύλια θα αποδεσμεύονταν από τους εθελοντές κοινωνικούς λειτουργούς που ασχολούνταν με τη διανομή. Η Child Concern ολοκλήρωσε όλες τις διαδικασίες αξιολόγησης, την επίβλεψη στο πεδίο, την υποβολή εκθέσεων και την αποδέσμευση των κονδυλίων που ολοκληρώθηκε εντός έξι μηνών. Κάθε οργανισμός έπρεπε να υποβάλει ψηφιακά μια ετήσια αφηγηματική έκθεση μαζί με μια ελεγμένη οικονομική κατάσταση λογαριασμών από εγκεκριμένο ορκωτό λογιστή. Υπήρχαν έλεγχοι και αντιπαραδείξεις σε κάθε στάδιο. Όσοι εθελοντές επιθυμούσαν να παραμείνουν στο Child Concern για περισσότερο από ένα μήνα εργάζονταν στη διοικητική εποπτεία ή στην επίβλεψη πεδίου. Η εργασία τους απαιτούσε περισσότερο χρόνο για την αξιολόγηση του έργου, την αξιολόγηση και τις επιτόπιες επισκέψεις σε έναν οργανισμό ή μια οργάνωση που υπέβαλε αίτηση για κονδύλια για την εκτέλεση ενός έργου.

Αφού έδωσε όρκο στο όνομα της Οικουμενικής Διακήρυξης των Ανθρωπίνων Δικαιωμάτων, η Amaya εντάχθηκε στο Child Concern ως εθελόντρια κοινωνική λειτουργός. Έλαβε έναν κωδικό πρόσβασης για τον ιστότοπο της διοίκησης, ο οποίος ίσχυε μέχρι την τελευταία ημέρα ως εθελόντρια. Υπήρχαν οκτώ εθελοντές στη διοίκηση, μαζί με εκείνη στο κεντρικό γραφείο. Η πρώτη εργασία της Amaya ήταν η προετοιμασία ενός καταλόγου των εθελοντών που εντάχθηκαν μέχρι τα μεσάνυχτα της προηγούμενης ημέρας σε όλες τις χώρες. Ήταν συνολικά εκατόν τέσσερις με διαφορετικές ιδιότητες. Επίσης, κωδικοποίησε έναν κατάλογο των εθελοντών που ολοκλήρωσαν το έργο τους με την Child Concern, ετοίμασε μια ευχαριστήρια επιστολή για όσους συνταξιοδοτήθηκαν την προηγούμενη ημέρα και ανήρτησε τόσο τους καταλόγους όσο και τα πιστοποιητικά στην ιστοσελίδα της Child Concern.

Την επόμενη ημέρα, ο υπολογιστής πρότεινε στην Amaya να αξιολογήσει μια πρόταση έργου που υποβλήθηκε από μια ΜΚΟ στη Νότια Αφρική για την αποκατάσταση παιδιών που ασχολούνται με τη γεωργία και τις οικιακές εργασίες. Η ΜΚΟ, που διοικούνταν κυρίως από γυναίκες, είχε περίπου δέκα χρόνια εμπειρίας στην εργασία με παιδιά σε διάφορες ιδιότητες και είχε εξαιρετικό ιστορικό τίμιου και αφοσιωμένου έργου χωρίς διαφθορά. Το έργο αφορούσε περίπου τετρακόσια πενήντα παιδιά, κυρίως από αγροτικές περιοχές, τα οποία περνούσαν σημαντικό μέρος της ζωής τους στη γεωργία και την οικιακή εργασία. Περίπου το δεκαπέντε τοις εκατό των παιδιών ήταν αναλφάβητα και το εξήντα πέντε τοις εκατό εγκατέλειψε το δημοτικό σχολείο. Το σαράντα πέντε τοις εκατό των παιδιών εργάζονταν με μερική απασχόληση, όπως για παράδειγμα εργάζονταν λιγότερο από τέσσερις ώρες την ημέρα, ενώ τα υπόλοιπα εργάζονταν για οκτώ ή περισσότερες οκτώ ώρες την ημέρα. Όλοι οι προτεινόμενοι δικαιούχοι του έργου ανήκαν σε ηλικίες κάτω των δεκαέξι ετών και η μεγάλη πλειοψηφία, όπως περίπου το εξήντα ένα τοις εκατό, ήταν κορίτσια. Παρόλο που η παιδική εργασία αποτελούσε ποινικό αδίκημα στη Νότια Αφρική, ανθούσε λόγω της εμπορίας παιδιών. Εξανάγκαζε τα παιδιά να απασχολούνται σε επικίνδυνες εργασίες από τους γονείς για να ξεφύγουν από την ακραία φτώχεια.

Το πρόγραμμα ήταν πενταετές και είχε σαφείς στόχους, όπως η παροχή εκπαίδευσης για όλα τα παιδιά με εγκαταστάσεις διαμονής, θρεπτικό φαγητό, σύγχρονη υγειονομική περίθαλψη, ευαισθητοποίηση των γονέων, συμμετοχή της κοινότητας και αποκατάσταση. Η ΜΚΟ θα ξεκινούσε κοινοτικές προσπάθειες για την εκπαίδευση και την ανάπτυξη δεξιοτήτων των παιδιών που συμπληρώνουν τα δεκαέξι έτη ηλικίας κάθε χρόνο. Η απαιτούμενη οικονομική βοήθεια ήταν εκατόν είκοσι δολάρια το μήνα ανά παιδί- παρ' όλα αυτά, η κοινότητα θα παρείχε όλες τις εγκαταστάσεις υποδομής. Η Amaya βρήκε την εξήγηση του προβλήματος πειστική, τους στόχους εφικτούς, τα προγράμματα βασισμένα στις τοπικές συνθήκες και τη συμμετοχή της κοινότητας να προβλέπουν ισχυρούς και μέτριους προϋπολογισμούς. Με βαθμό "Α", που σημαίνει "συνιστάται", η Amaya το ανήρτησε μαζί με την αξιολόγησή της στην ιστοσελίδα της διοίκησης για μια δεύτερη γνώμη.

Το απόγευμα, η Amaya εξέτασε μια πρόταση έργου από την Ινδονησία, η οποία είχε αναρτηθεί για μια δεύτερη γνώμη, μαζί με μια σύντομη έκθεση αξιολόγησης από τον πρώτο εθελοντή που την αξιολόγησε. Το αίτημα αφορούσε την προμήθεια βιβλίων για περίπου δέκα χιλιάδες παιδιά για δέκα χρόνια στο αρχιπέλαγος Raja Ampat που αποτελείται από περισσότερα από χίλια πεντακόσια απομακρυσμένα νησάκια. Η έλλειψη πρόσβασης σε βιβλία δημιουργούσε μια κατάσταση που έμοιαζε με αναλφαβητισμό, επηρεάζοντας αρνητικά την ποιότητα της ανθρώπινης ανάπτυξης. Περίπου το ογδόντα πέντε τοις εκατό των παιδιών σε αυτά τα νησιά δεν είχαν πρόσβαση σε βιβλία αναγκάζοντάς τα να είναι λειτουργικά αναλφάβητα. Δεν ήταν σε θέση να κατανοήσουν το νόημα των γραπτών λέξεων. Αυτό δημιούργησε εκτεταμένες συνέπειες στον συναισθηματικό, προσωπικό, ακαδημαϊκό, κοινωνικό και οικονομικό τομέα των παιδιών, επηρεάζοντας την κοινωνική ανάπτυξη. Στην πρόταση του έργου αναφερόταν ότι τα παιδιά δεν είχαν την ευκαιρία να αποκτήσουν ένα βιβλίο και δεν είχαν συνήθειες ανάγνωσης. Υπήρχε μια τεράστια διαφορά μεταξύ των ατόλων της Ιάβας, του Μπαλί, της Σουμάτρας και της Raja Ampat, οι οποίες δεν διέθεταν δημόσιες βιβλιοθήκες. Το έργο προέβλεπε τη μετατροπή δέκα χιλιάδων κοριτσιών και αγοριών σε πλήρως εγγράμματους μέσα σε δέκα χρόνια και μια πρόβλεψη για τη συνέχιση του έργου για πολλά χρόνια στο μέλλον για τις μελλοντικές γενιές. Μετά την αξιολόγηση της πρότασης του έργου, η Amaya διάβασε την πρώτη έκθεση αξιολόγησης, η οποία έδινε στην πρόταση βαθμό "Α+", δηλαδή "συνιστάται ανεπιφύλακτα". Μετά από μια προσεκτική και εμπεριστατωμένη αξιολόγηση, η Amaya έγραψε "Α", που υποδηλώνει "συνιστάται", σημειώνοντας περαιτέρω την ολοκληρωμένη, εντατική επίβλεψη των εθελοντών πεδίου, καθώς τα περισσότερα νησιά ήταν απρόσιτα ακόμη και για την κυβέρνηση.

Η Amaya περνούσε περίπου δέκα ώρες καθημερινά με την Child Concern- διαπίστωσε ότι το γραφείο της δούλευε είκοσι τέσσερις ώρες την ημέρα καθ' όλη τη διάρκεια του έτους χωρίς καμία αργία. Οι εθελοντές εργάζονταν σιωπηλά, οι περισσότεροι φοιτητές και σπουδαστές που ασχολούνταν με τα προβλήματα των παιδιών. Κάποιοι απλοί άνθρωποι πήγαιναν εκεί μετά τις ώρες λειτουργίας του γραφείου για μερικές ώρες εργασίας. Τις αργίες και τις Κυριακές, γιατροί, δικηγόροι, τραπεζίτες, μηχανικοί, αρχιτέκτονες, ηθοποιοί, καλλιτέχνες και άλλοι επαγγελματίες επισκέπτονταν το γραφείο για να κάνουν εθελοντική εργασία για παιδιά που δεν είχαν δει ή ακούσει ποτέ στη ζωή τους. Ήταν μια νέα θρησκεία γι' αυτούς, καθώς πίστευαν στα δικαιώματα των παιδιών και την ανθρώπινη αξιοπρέπεια. Καθ' όλη τη διάρκεια της εργασίας της, η μνήμη της Supriya χάιδευε την καρδιά της Amaya και εκείνη πίστευε ότι φρόντιζε την κόρη της μέσω των παιδιών της Αφρικής, της Ασίας, της Λατινικής Αμερικής και της Ανατολικής Ευρώπης.

Η Amaya αξιολόγησε μέσα στις επόμενες ημέρες τις εξαμηνιαίες, ετήσιες και τις εκθέσεις ολοκλήρωσης των έργων δώδεκα οργανισμών. Η βαθμολόγηση της έκθεσης προόδου ή ολοκλήρωσης ήταν ένα δύσκολο και επίμονο έργο, καθώς υπήρχαν πολλά κριτήρια που έπρεπε να ακολουθηθούν σχολαστικά. Οι ποσοτικές παράμετροι προτιμήθηκαν από τις ποιοτικές, καθώς η ανάπτυξη ήταν μια παρατηρούμενη πραγματικότητα και όχι μια αντιληπτή. Η Amaya προσπάθησε να μετρήσει αυτούς τους δείκτες ανάπτυξης στους τομείς της εκπαίδευσης, της διατροφής, της υγειονομικής περίθαλψης, της πρόληψης της παιδικής εργασίας, της παιδικής κακοποίησης και της βίας. Οι εκθέσεις επέμεναν ότι οι ποιοτικές αλλαγές έχαναν το νόημα, επειδή δεν είχαν σταθερή εργασία, αλλαγή και ανάπτυξη για την επίτευξη των στόχων των προτάσεων του έργου. Όσοι παρουσίασαν μόνο ποιοτικές αλλαγές έκρυβαν τις αποτυχίες τους, καθώς καμία ποιοτική αλλαγή δεν θα μπορούσε να υπάρξει χωρίς ουσιαστικές ποσοτικές αλλαγές. Η Amaya επέμεινε και ζήτησε από τις ΜΚΟ να αναφέρουν την επίτευξη των έργων τους με ποσοτικούς όρους. Πρότεινε στους εθελοντές πεδίου να σταματήσουν την περαιτέρω χρηματοδότηση εάν οι ΜΚΟ δεν κατάφερναν να υλοποιήσουν τους στόχους των προτάσεων έργων τους με ποσοτικούς όρους.

Το πλωτό νοσοκομείο ήταν μια νέα ιδέα για την Amaya, καθώς ήταν ο τίτλος μιας πρότασης έργου που έλαβε από το Μπαγκλαντές. Με πολυάριθμα ποτάμια και υδάτινα σώματα, η πρόσβαση σε διάφορα μέρη της χώρας μέσω σκαφών ήταν πιο εφικτή από τους δρόμους. Οι προτάσεις έργων από το Μπαγκλαντές έδιναν σταθερά έμφαση στην εκτεταμένη συμμετοχή της κοινότητας σε όλα τα κοινωνικά στρώματα. Το πλωτό νοσοκομείο είχε μια τέτοια αντίληψη και έδινε έμφαση στη συμμετοχή των ανθρώπων μέσω των υδάτινων σωμάτων. Η πρόταση του έργου αφορούσε ένα εκατομμύριο παιδιά ηλικίας από μηδέν έως δεκατεσσάρων ετών που ανήκαν στην ομάδα κάτω της φτώχειας. Η Amaya παρατήρησε ότι το Μπανγκλαντές αναπτυσσόταν γρήγορα στην εκπαίδευση, στην παροχή θρεπτικών τροφίμων, στην καλύτερη υγεία, στη δημιουργία κέντρων πρωτοβάθμιας υγείας και σε ισχυρά προγράμματα φροντίδας μητέρας και παιδιού. Η κυβέρνησή του επικεντρώθηκε στην ανάπτυξη των ανθρώπων και ενθάρρυνε χιλιάδες ΜΚΟ να συνεργαστούν με την κυβέρνηση για την εξάλειψη του αναλφαβητισμού, της πείνας, της φτώχειας και της κακής υγείας. Η κυβέρνηση δεν μπορούσε να φτάσει παντού, αλλά οι άνθρωποι μπορούσαν να ακολουθήσουν τη φιλοσοφία της. Η πρόταση για το έργο του πλωτού νοσοκομείου είχε σαφή περιγραφή του προβλήματος, συγκεκριμένους στόχους, σαφείς και μετρήσιμες δραστηριότητες, αποδεδειγμένα προγράμματα και επαληθεύσιμη πρόταση προϋπολογισμού. Η Amaya σημείωσε ένα "A+" για το έργο και το ανήρτησε στην ιστοσελίδα της διοίκησης για μια δεύτερη γνώμη.

Μια πρόταση έργου για την αποκατάσταση περίπου δύο χιλιάδων παιδιών, που συμμετείχαν στον Απελευθερωτικό Στρατό Ταμίλ Ελάμ, ήταν το επόμενο έργο που αξιολογήθηκε εκείνη την ημέρα. Η πρόταση έργου ήταν πρόχειρη και δεν περιείχε σαφή περιγραφή του προβλήματος, συγκεκριμένους στόχους, δραστηριότητες, ποσοτικό πρόγραμμα και δείκτες επίτευξης. Ο φορέας που υπέβαλε την πρόταση έργου δεν ήταν εγγεγραμμένος οργανισμός και δεν διέθετε τραπεζικό λογαριασμό στη Σρι Λάνκα. Παρόλο που η Amaya συμπονούσε τα παιδιά της προτεινόμενης περιοχής του έργου, δεν υπήρχε καμία δικαιολογία για την έγκριση της πρότασης έργου. Έδωσε βαθμό "F", δηλαδή "απορρίφθηκε", και την ανήρτησε για δεύτερη γνώμη.

Η ευτυχία φύτρωσε στην καρδιά της στη Γενεύη, καθώς ασχολήθηκε πλήρως με την κοινωνική εργασία με τα παιδιά στο γραφείο της Child Concern. Μετά την ψυχοθεραπεία, το μυαλό της ήταν ήρεμο, δεν υπήρχε θλίψη ή κατάθλιψη και το σώμα της ήταν χαλαρό. Το έργο της έδινε μεγάλη ικανοποίηση, καθώς εκατοντάδες παιδιά επωφελήθηκαν από την εθελοντική εργασία. Είχε ήδη περάσει περίπου δυόμισι μήνες στο Child Concern, αξιολογώντας πενήντα τέσσερις προτάσεις έργων και αξιολογώντας περισσότερες από τριάντα πέντε εκθέσεις ολοκλήρωσης. Η Amaya έκρινε μια πρόταση έργου από το Lucknow σχετικά με τη συμβουλευτική για το τραύμα σε θύματα βιασμού στο Uttar Pradesh. Η πρόταση έργου αφορούσε μια δεύτερη γνώμη, και ο πρώτος αξιολογητής είχε απονείμει "A συν". Μια ΜΚΟ που ιδρύθηκε από μια ομάδα γυναικών υπέβαλε την πρόταση. Η έκθεση του προβλήματος ήταν μάλλον λεπτομερής, αναλύοντας το ιστορικό του. Παραθέτοντας το Εθνικό Γραφείο Καταγραφής Εγκλημάτων, μια κυβερνητική υπηρεσία της Ινδίας, η πρόταση έργου ανέφερε ότι κατά μέσο όρο εβδομήντα πέντε περιπτώσεις βιασμών λάμβαναν χώρα στην Ινδία κάθε μέρα, και το Uttar Pradesh βρισκόταν στην κορυφή του καταλόγου, συμπεριλαμβανομένων των βίαιων εγκλημάτων κατά των γυναικών. Η αστυνομία κατέγραφε μόνο μία στις δέκα υποθέσεις βιασμού. Οι πολιτικοί που ανήκαν στο κυβερνών κόμμα, εκλεγμένοι αντιπρόσωποι και υπουργοί, συχνά αποθάρρυναν την αστυνομία από το να καταγγέλλει θέματα, δείχνοντας μια ρόδινη εικόνα των ποσοστών εγκληματικότητας στις εκλογικές τους περιφέρειες.

Η πρόταση του έργου που αναφέρεται σε πηγές της ινδικής κυβέρνησης τόνισε ότι το ενενήντα πέντε τοις εκατό των θυμάτων βιασμού στο Ούταρ Πραντές ήταν Δαλίτες και το ογδόντα πέντε τοις εκατό ήταν ανήλικοι ή ανήλικοι. Κατά τη διάρκεια της εισβολής των Αρίων, η Ινδία είχε έναν ακμάζοντα πολιτισμό. Παρ' όλα αυτά, οι νεοφερμένοι νίκησαν τους άοπλους ιθαγενείς και τους υποδούλωσαν για να κάνουν τις δουλικές τους εργασίες.

Στην περιοχή Bundelkhand του Uttar Pradesh, οι νέες νύφες των αγροτικών εργατών Dalit συχνά υποχρεώνονταν να κοιμηθούν με τους γαιοκτήμονες της "ανώτερης κάστας" τη νύχτα του γάμου τους. Η πρόταση του προγράμματος εξηγούσε ότι οι Ντάλιτ ήταν "ανέγγιχτοι" για τις "ανώτερες κάστες", αλλά οι άνδρες της "ανώτερης κάστας" δεν είχαν κανέναν ενδοιασμό να βιάζουν νεαρές γυναίκες Ντάλιτ.

Η πρόταση είχε συγκεκριμένους απτούς στόχους- προέβλεπε συμβουλευτικά κέντρα με εξειδικευμένους επαγγελματίες για τη θεραπεία των θυμάτων βιασμού που υπέφεραν από τραύματα. Σε μεγάλες πόλεις και κωμοπόλεις του Uttar Pradesh, συμπεριλαμβανομένων των Varanasi, Allahabad, Ghaziabad, Gorakhpur, Lucknow, Kanpur, Meerut, Noida Saharanpur και Agra, η ΜΚΟ πρότεινε να υπάρχουν κέντρα θεραπείας σε μακροπρόθεσμη βάση. Η διάρκεια του έργου ήταν δέκα χρόνια και τουλάχιστον δέκα χιλιάδες θύματα βιασμού θα λάμβαναν ψυχολογική υποστήριξη και ψυχιατρική θεραπεία κάθε χρόνο, εξηγούσε η πρόταση του έργου. Η Amaya έδωσε ένα "Α συν" στην πρόταση του έργου και την έστειλε στον υπεύθυνο πεδίου για αρχικές αξιολογήσεις στο πεδίο.

Αφού πέρασε τους πιο ικανοποιητικούς τρεις μήνες, η Amaya ευχαρίστησε τη Lea και τους συντρόφους της που της επέτρεψαν να εργαστεί με παιδιά. Εκτιμώντας την αφοσίωση και τη δέσμευσή της, η Lea είπε στην Amaya ότι είναι ευπρόσδεκτη να χρησιμοποιήσει την Child Concern στο μέλλον για εθελοντικές υπηρεσίες. Κρατώντας την Supriya σφιχτά στην καρδιά της, η Amaya πήρε μια πτήση για τη Βιέννη, την πόλη της μουσικής, του βαλς και των οπερετών, ελπίζοντας να συναντήσει την Supriya από κοντά την πρώτη μέρα του Ιουνίου.

"Η μουσική δημιουργεί μελωδία και η μελωδία δημιουργεί χαρά". Βγαίνοντας από το ξενοδοχείο της, η Amaya διάβασε έναν τεράστιο πίνακα πάνω από ένα ιδιωτικό μουσείο μουσικών οργάνων. Η Amaya μπήκε μέσα, αφού πήρε ένα εισιτήριο, και μια μεγάλη γυάλινη πόρτα αντιλήφθηκε την παρουσία της και άνοιξε αυτόματα. Ήταν ένας φανταστικός κόσμος μουσικών οργάνων με δεκάδες πιάνα, βιολιά, κιθάρες, φλάουτα, τύμπανα και εκατοντάδες άλλα διαφόρων μεγεθών και εμφάνισης. "Τα μουσικά όργανα δημιουργούν μια μελωδία, τυλιγμένη στο χρόνο μιας συγκεκριμένης ακολουθίας νοτών, σε μια ρυθμική κίνηση από τόνο σε τόνο. Ο ήχος της μουσικής είναι η τελειότητα της μελωδίας, της αρμονίας, του κλειδιού, του μέτρου και του ρυθμού, που οι άνθρωποι δεν μπορούν να δημιουργήσουν με τις φωνητικές τους χορδές", θυμήθηκε η Amaya αυτά τα λόγια της Rose. Πολλοί τουρίστες από όλο τον κόσμο παρατηρούσαν με ένταση τις διάφορες επιδείξεις. Η Amaya πέρασε περίπου τέσσερις ώρες μέσα στο μουσείο προτού επισκεφθεί την Κρατική Όπερα της Βιέννης για την παράσταση του Don Giovanni του Μότσαρτ. Αγόρασε εισιτήριο και η συναυλία ήταν μια μαγική εμπειρία, καθώς ο Μότσαρτ αντηχούσε από όλες τις γωνιές της μεγάλης αίθουσας. Την επόμενη μέρα, ανέβηκε με το ποδήλατο στο διαμέρισμα του Μότσαρτ στην Domgasse, όπου ο Μότσαρτ συνέθεσε τον "Γάμο του Φίγκαρο", μια έξοχα σχεδιασμένη όπερα τεσσάρων πράξεων με φουσκοθαλασσινές εισαγωγές. Αργότερα, η Amaya επισκέφθηκε το Café Frauenhuber, όπου παρουσιάστηκε για πρώτη φορά ο "Γάμος του Φίγκαρο".

Η Amaya στάθηκε για ένα λεπτό στο Rauhensteingasse, όπου ο Μότσαρτ πέρασε τα τελευταία του χρόνια και συνέθεσε το ημιτελές "Ρέκβιεμ". Γονάτισε για λίγο στο νεκροταφείο St Marx, την τελευταία κατοικία του Μότσαρτ, σε έναν άσημο τάφο. Όταν σηκώθηκε, η Amaya είδε μια γυναίκα να στέκεται ακριβώς πίσω της.

"Γεια σας, φαίνεται ότι θαυμάζετε τον Μότσαρτ", είπε εκείνη.

"Βεβαίως, τον λατρεύω", απάντησε η Amaya.

"Είμαι η Καρλότα", είπε η γυναίκα απλώνοντας το χέρι της.

"Είμαι η Amaya", είπε η Amaya.

"Είμαι η διευθύντρια ενός σχολείου- παρακαλώ επισκεφθείτε το σχολείο μου αν είστε ελεύθερη", δίνοντάς της μια κάρτα, είπε η Καρλότα.

"Βεβαίως", απάντησε η Amaya.

"Να σας περιμένω αύριο στις εννέα το πρωί;" ρώτησε η Καρλότα.

"Θα είμαι εκεί στις εννέα το πρωί", επιβεβαίωσε η Amaya.

Η Amaya πήρε το ποδήλατο και έφτασε το πρωί στο σχολείο, με τα μοντέρνα κτίρια ανάμεσα σε πράσινο και παιδικές χαρές. Η Καρλότα την περίμενε κοντά στο γραφείο της.

"Γεια σου, Amaya, καλώς ήρθες στο σχολείο μας", χαιρέτησε την Amaya η Carlotta.

"Γεια σου, Καρλότα, το περιβάλλον φαίνεται όμορφο", σχολίασε η Amaya.

Η Καρλότα χαμογέλασε και οδήγησε την Amaya σε ένα σαλόνι που ήταν προσαρτημένο στο γραφείο της. Είπε στην Amaya ότι εργαζόταν στο σχολείο για δέκα χρόνια. Ήταν ένα σχολείο κατώτερης δευτεροβάθμιας εκπαίδευσης με ογδόντα δύο μαθητές που έκαναν εισαγωγή μετά την ολοκλήρωση της τετραετούς εκπαίδευσης του δημοτικού. Στην Αυστρία υπήρχαν το Volksschule ή δημοτικό σχολείο και το Gymnasium ή γυμνάσιο. Μετά την είσοδο στο δημοτικό σχολείο στα έξι του χρόνια, ένα παιδί φοιτούσε εκεί για τέσσερα χρόνια. Στη συνέχεια, η κατώτερη δευτεροβάθμια εκπαίδευση ήταν τετραετής, και τέσσερα χρόνια ανώτερης δευτεροβάθμιας εκπαίδευσης μετά από αυτό. Στο σχολείο της Carlotta, το οποίο διαχειριζόταν η κυβέρνηση, υπήρχαν δέκα δάσκαλοι εκτός από δύο καθηγητές μουσικής, δύο εκπαιδευτές αθλημάτων και παιχνιδιών, δύο βιβλιοθηκονόμοι και πέντε διοικητικοί υπάλληλοι για ογδόντα δύο μαθητές. Η μουσική ήταν υποχρεωτικό μάθημα από την πρώτη τάξη, και κάθε μέρα γινόταν μάθημα μουσικής, συμπεριλαμβανομένης της εκμάθησης τουλάχιστον ενός μουσικού οργάνου, και οι περισσότεροι μαθητές κατέκτησαν περισσότερα από ένα.

Αφού ήπιαν καφέ, η Καρλότα πήγε την Αμάγια στην αίθουσα μουσικής, με περισσότερα από δέκα ηχομονωμένα κουβούκλια, καθένα από τα οποία ήταν αφιερωμένο σε ένα συγκεκριμένο μουσικό όργανο. Δύο έως τρεις μαθητές εξασκούνταν σε κάθε θάλαμο. Η Carlotta ρώτησε την Amaya ποιο μουσικό όργανο έπαιζε, και η Amaya είπε ότι έμαθε πιάνο από τη μητέρα της και αργότερα το τελειοποίησε υπό τις μοναχές του μοναστηριού Loreto της Μαδρίτης. Υπήρχαν τρία πιάνα σε μια από τις καμπίνες και η Carlotta είπε στην Amaya ότι μπορούσε να παίξει οποιοδήποτε από αυτά. Η Amaya προτίμησε το Bosendorfer με τα ενενήντα επτά πλήκτρα και άρχισε να παίζει τη "Φαντασία" του Μότσαρτ. Η Καρλότα παρακολουθούσε το παίξιμό της έκπληκτη, μαγεμένη. Αφού ολοκλήρωσε το τρίμμα, η Carlotta συνεχάρη την Amaya, την πήγε σε άλλους δασκάλους και τη σύστησε. Η Carlotta ρώτησε αν η Amaya θα ήταν διαθέσιμη στη Βιέννη για τους επόμενους τρεις μήνες. Μετά από μια σύντομη σιωπή και σκέψη, η Amaya είπε ότι θα ήταν στη Βιέννη μέχρι τον Οκτώβριο. Στη συνέχεια, με ένα χαμόγελο, η Carlotta τη ρώτησε αν ενδιαφερόταν να διδάξει μουσική στους μαθητές της μέχρι το τέλος Σεπτεμβρίου. Η Amaya εξέφρασε την προθυμία της μετά από κάποια περισυλλογή. Είπε ότι ήταν τιμή της να αποδεχτεί την πρόσκληση της Carlotta. Ξαφνικά, η Carlotta σηκώθηκε και αγκάλιασε την Amaya. "Είμαι ενθουσιασμένη που σε έχω μαζί μου. Οι μαθητές μας θα επωφεληθούν σίγουρα- μπορείτε επίσης να τους διδάξετε μερικά δημοφιλή τραγούδια του ινδικού κινηματογράφου, τα οποία αγαπούν". Η Αμάγια χαμογέλασε, το πρώτο χαμόγελο μετά από περίπου έντεκα μήνες.

Την επόμενη ημέρα, η Amaya εντάχθηκε στο σχολείο για τέσσερις μήνες. Ήταν ένας νέος κόσμος για την Amaya- είχε καθημερινά μία ώρα διδασκαλίας και στις τέσσερις τάξεις. Αρχικά, έπαιζε και δίδασκε στους μαθητές τραγούδια ταινιών Χίντι για μια εβδομάδα. Τα "Awaara Hoon", "Aaj Phir Jeene Ki", "Dum Maro Dum", "Kabhi, Kabhi Mere Dil Mein", "Aap Jaisa Koi", "Dheere, Dheere Aap Mere", "Tujhe Dekha" και τα περισσότερα από αυτά έγιναν μεγάλη επιτυχία στους μαθητές. Η Carlotta είπε στην Amaya ότι οι μαθητές λάτρευαν τα τραγούδια και συχνά μιλούσαν με τα καλύτερα λόγια για τη δασκάλα τους. Η Amaya γνώριζε ότι οι σχέσεις δασκάλου-μαθητή βασίζονταν κυρίως στην ισότητα και την ποιότητα στη διδασκαλία και την προετοιμασία των μαθητών για γνώσεις, δεξιότητες και συμπεριφορά. Εξήγησε εκ των προτέρων τι θα δίδασκε με βάση τον ενθουσιασμό και το πάθος της και δεν ξέχναγε ποτέ να βάζει χιούμορ στα μαθήματα. Η μάθηση γινόταν διασκέδαση για τους μαθητές, καθώς η Amaya χρησιμοποιούσε τα ενδιαφέροντά τους προς όφελός της. Ενσωμάτωσε στη διδασκαλία-μάθηση την αφήγηση ιστοριών από τα γεγονότα της ζωής μεγάλων συνθετών όπως ο Μότσαρτ, ο Μπετόβεν, ο Μπαχ, ο Μπραμς, ο Βάγκνερ και ο Ντεμπισί.

Μετά από ένα μήνα από την ένταξή της στο σχολείο, έγινε αξιολόγηση της απόδοσης της Amaya και η μεγάλη πλειοψηφία των μαθητών της έδωσε τον βαθμό "Εξαιρετική". Μέσα σε μια εβδομάδα, η Carlotta είπε στην Amaya το δεύτερο δεκαπενθήμερο του Σεπτεμβρίου ότι και οι είκοσι μαθητές, έντεκα κορίτσια και εννέα αγόρια της τελευταίας τάξης της κατώτερης δευτεροβάθμιας εκπαίδευσης με πέντε καθηγητές, θα πήγαιναν για ένα δεκαήμερο ταξίδι με κρουαζιερόπλοιο από τη Βιέννη στη Μαύρη Θάλασσα. Επρόκειτο για μια εμπειρία ομαδικής διαβίωσης, για να γνωρίσουν τις κοινωνίες των ανθρώπων κατά μήκος του Δούναβη. Η παρατήρηση της φύσης, της ζωής στις όχθες του, καθώς και της οικολογίας, του περιβάλλοντος, του καιρού και των κλιματικών συστημάτων των δέκα χωρών στις όχθες του Δούναβη και της Μαύρης Θάλασσας ήταν οι άλλοι κύριοι στόχοι του ταξιδιού. Θα υπήρχαν συναυλίες, βαλς και όπερες που θα εκτελούνταν από μαθητές. Η Carlotta προσκάλεσε την Amaya να συμμετάσχει στο ταξίδι, το οποίο χρηματοδοτήθηκε από μια πρώην φοιτήτρια που είχε μαζί με τον σύζυγό της πολλά ευρωπαϊκά καταστήματα μουσικών οργάνων. Η Amaya ευχαρίστησε την Carlotta για την πρόσκλησή της, εξέφρασε την προθυμία της να συμμετάσχει στους μαθητές και υποσχέθηκε στην Carlotta ότι θα βοηθούσε τους μαθητές να προετοιμαστούν για όλες τις δραστηριότητες πριν και κατά τη διάρκεια της κρουαζιέρας.

Η Γερμανία, η Αυστρία, η Σλοβακία, η Ουγγαρία, η Κροατία, η Σερβία, η Ρουμανία, η Βουλγαρία, η Μολδαβία και η Ουκρανία ήταν οι χώρες του Δούναβη και η κρουαζιέρα θα άνοιγε έναν νέο κόσμο εμπειριών για τους μαθητές και τους καθηγητές. Από τις αρχές Σεπτεμβρίου, η Carlotta, η Amaya και οι άλλες τρεις καθηγήτριες που συμμετείχαν στην περιοδεία ήταν απασχολημένες με την προετοιμασία και την εκπαίδευση των μαθητών για τα βαλς, τις οπερέτες και τις συναυλίες τους. Οι μαθητές μεμονωμένα και σε ομάδες ανέπτυξαν μουσικές συνθέσεις για τις παραστάσεις, αγκυροβόλησαν σενάρια χορού και λιμπρέτα όπερας με τη βοήθεια των καθηγητών τους.

Τη Δευτέρα, δεκαπέντε Σεπτεμβρίου, η κρουαζιέρα ξεκίνησε με είκοσι μαθητές και πέντε καθηγητές. Επρόκειτο για ένα μικρό πλοίο με το όνομα Donau Ruhm, με αυτοτελείς, ανεξάρτητους θαλάμους για όλους τους επιβάτες και ένα μεγάλο καθιστικό συνδεδεμένο με μια τραπεζαρία. Υπήρχαν δύο καλά εξοπλισμένες αίθουσες για συναυλίες, χορό και όπερες με καθίσματα, η μία για τριάντα και η άλλη για πενήντα άτομα. Η βιβλιοθήκη, το εστιατόριο με μπουφέ, το γυμναστήριο, ο κινηματογράφος, το κατάστημα, το σπα και το κατάστρωμα lido βρίσκονταν στο κατάστρωμα περιπάτου. Εκεί υπήρχαν τρία μεγάλα ανοιχτά μπαλκόνια για την παρατήρηση της φύσης. Το ταξίδι ξεκίνησε στις δέκα το πρωί. Πριν το πλοίο αρχίσει να κινείται, όλοι οι μαθητές, οι καθηγητές και το πλήρωμα συγκεντρώθηκαν και τραγούδησαν το "Auf der schonen, blauen Donau" (Στον όμορφο μπλε Δούναβη), ένα βαλς γραμμένο από τον Αυστριακό συνθέτη Γιόχαν Στράους. Οι μαθητές και οι καθηγητές τραγούδησαν το "Don't Stop Believing" του αμερικανικού ροκ συγκροτήματος Journey με βροντερό χειροκρότημα. Μετά το τραγούδι, όλοι συστήθηκαν, ξεκινώντας από τους μαθητές. Το πλήρωμα ήταν δέκα άτομα, συμπεριλαμβανομένου του καπετάνιου.

Ο Δούναβης, ένας από τους ομορφότερους ποταμούς της Ευρώπης, προήλθε όταν δύο ρέματα, ο Breg και ο Brigach, ενώθηκαν στην περιοχή του Μαύρου Δάσους της Γερμανίας. Διέσχισε το βαυαρικό οροπέδιο και με ένα κανάλι, ενώθηκε με τους ποταμούς Μάιν και Ρήνο. Στη Γερμανία, στα σύνορα με την Αυστρία, ο ποταμός Ινν ενώθηκε με τον Δούναβη στο Πασάου. Ο Δούναβης, ο δεύτερος σε μήκος ποταμός της Ευρώπης, εκβάλλει στη Μαύρη Θάλασσα, διατρέχοντας δέκα χώρες και καλύπτοντας δύο χιλιάδες οκτακόσια πενήντα χιλιόμετρα. Η Amaya, άλλοι καθηγητές και μαθητές πήγαν στο μπαλκόνι για να δουν το πλοίο να κινείται. Τα κάστρα και τα φρούρια που βρίσκονταν στην όχθη του ποταμού έμοιαζαν μεγαλοπρεπή.

Εξυπηρετώντας ως ζωτικής σημασίας εμπορική λεωφόρος μεταξύ των εθνών, ο Δούναβης έγινε ο πολιτιστικός τους σύνδεσμος εκτός από το ότι αποτελούσε το σύνορο πολλών χωρών. Υπήρχε ένας ποδηλατόδρομος από τη Γερμανία μέχρι τη Μαύρη Θάλασσα κατά μήκος του Δούναβη, και από το Donaueschingen μέχρι τη Βουδαπέστη, ήταν μοντέρνος. Υπήρχαν βουνά και στις δύο πλευρές του ποταμού έξω από τη Βιέννη, και το Βοημικό Δάσος ήταν εντυπωσιακό. Αργά το πλοίο κινούνταν, ώστε οι μαθητές να απολαμβάνουν τη φυσική ομορφιά της Αυστρίας, και η εορταστική διάθεση μεταξύ μαθητών και καθηγητών τους ένωνε. Το μεσημέρι συγκεντρώθηκαν για γεύμα, καθώς τα γεύματα ήταν μια γιορτή.

Μέσα σε τρεις ώρες, το πλοίο έφτασε στην Μπρατισλάβα, την πρωτεύουσα της Σλοβακίας, και ένα λεωφορείο περίμενε τους μαθητές και τους καθηγητές για να τους ξεναγήσει στη μεσαιωνική πόλη. Επέστρεψαν έξι αφού επισκέφθηκαν το Μουσείο της πόλης, το κάστρο Ντέβιν, τον πύργο του Αγίου Μιχαήλ και μερικούς δρόμους. Μέσα στα Μικρά Καρπάθια Όρη, κοντά στα σημεία συνάντησης των συνόρων της Αυστρίας, της Σλοβακίας και της Ουγγαρίας, ο Δούναβης κυλούσε μέσα σε φαράγγια και το βράδυ ο ήλιος φαινόταν πανέμορφος.

Μετά το δείπνο, επτά μαθητές και δύο καθηγητές παρακολούθησαν μια συναυλία κυρίως βιολιού, βιόλας, τσέλου και κοντραμπάσου. Η μουσική διευθύντρια παρουσίασε τα μέλη της συναυλίας και τα όργανα. Το βιολί ήταν ένα μοναδικό μουσικό όργανο- η μουσική του απελευθέρωνε το μυαλό δημιουργώντας ειρήνη, ευτυχία και ολοκλήρωση στη ζωή. Η βιόλα ήταν ελαφρώς μεγαλύτερη από το βιολί έχοντας χαμηλότερο και βαθύτερο ήχο. Ομοίως, το βιολοντσέλο ανήκε στην οικογένεια του βιολιού, ένα έγχορδο μουσικό όργανο με δοξάρι. Ο μουσικός διευθυντής εξήγησε ότι το κοντραμπάσο ήταν επίσης όργανο με δοξάρι, πολύ μεγαλύτερο από το βιολί. Η συναυλία συνεχίστηκε για περίπου δύο ώρες. Η οπερέτα σε σενάριο ενός μαθητή, μια ιστορία αγάπης ενός κοριτσιού και ενός αγοριού που βασίζεται σε ένα αγροτικό περιβάλλον στην Αυστρία, ήταν συναρπαστική. Κατά τις εννέα και μισή, όλοι οι μαθητές και οι καθηγητές συγκεντρώθηκαν στο καθιστικό για να αξιολογήσουν τον σχεδιασμό και την εκτέλεση του ταξιδιού, η οποία διήρκεσε μισή ώρα, και στη συνέχεια όλοι αποσύρθηκαν για ύπνο.

Την επόμενη μέρα, μετά το πρωινό, γύρω στις εννέα, όλοι συγκεντρώθηκαν στο καθιστικό και ξεκίνησαν τη μέρα τραγουδώντας όλοι μαζί το "Break My Stride". Η Carlotta προήδρευσε της αξιολόγησης των δραστηριοτήτων της προηγούμενης ημέρας, η οποία συνεχίστηκε για περίπου μία ώρα. Οι μαθητές και οι καθηγητές είδαν δύο μεγάλα νησιά ανάμεσα στη Σλοβακία και την Ουγγαρία. Στην ουγγρική πλευρά, στις δεξιές όχθες του Δούναβη υπήρχαν πολλά φρούρια και καθεδρικοί ναοί που χτίστηκαν από τη δυναστεία Arpad στην πεδιάδα του Alfold και στις πλαγιές των Καρπαθίων Ορέων. Η λεκάνη του ποταμού ήταν πλούσια σε βίδρες, νυφίτσες, αλεπούδες, λύκους, μαύρες αρκούδες, χελώνες και φίδια. Ένας από τους δασκάλους είπε στους μαθητές, ενώ εξηγούσε το οικοσύστημα του Δούναβη, ότι πρόκειται για το μακρύτερο ελώδες έδαφος της ευρωπαϊκής ηπείρου. Στο Βίζεγκραντ της Ουγγαρίας, ο Δούναβης στένεψε και η Αμάγια προσπάθησε να αγγίξει τα δέντρα στις όχθες του.

Στις τρεις το απόγευμα, το πλοίο έφτασε στη Βουδαπέστη. Ένα λεωφορείο περίμενε τους μαθητές και τους καθηγητές στο λιμάνι. Μια εκπληκτικής ομορφιάς πόλη γεμάτη κάστρα, εκκλησίες, πλατείες, γέφυρες, μουσεία, λεωφόρους και τα πιο σύγχρονα κτίρια, η Βουδαπέστη ήταν η βασίλισσα του Δούναβη. Μετά από λίγη ώρα, οι μαθητές προτίμησαν να περπατήσουν τριγύρω, αγοράζοντας αναμνηστικά και δώρα για τα αγαπημένα τους πρόσωπα στην πατρίδα. Ξαφνικά η Amaya θυμήθηκε τη μητέρα της, η οποία την είχε ταξιδέψει σε όλη την Ευρώπη και την Ινδία όταν η Amaya πήγαινε σχολείο. Μόλις επέστρεψε από το Νεπάλ, η Amaya αγόρασε πολλά δώρα για τη Rose μετά από μια εκδρομή που διοργάνωσε το σχολείο της στη Βομβάη- ανάμεσά τους ήταν και ένα άγαλμα του Βούδα που διαλογιζόταν, το οποίο η Rose λάτρεψε περισσότερο. Όταν η Supriya ήταν στο σχολείο, η Amaya την πήγαινε σε όλο τον κόσμο, και όταν πήγαινε για εκδρομή, η Supriya αγόραζε δώρα για τη μητέρα της. Θα της άρεσε πολύ να πάρει οτιδήποτε από την κόρη της, ακόμη και ένα κοχύλι.

Η Amaya ήταν στην ομάδα και ο διευθυντής συναυλιών παρουσίασε την ομάδα στους μαθητές και τους καθηγητές. Το πιάνο, η κιθάρα, οι άρπες και τα φλάουτα ήταν τα όργανα που χρησιμοποιήθηκαν στη συναυλία. Το πιάνο περιέβαλε όλο το φάσμα των μουσικών οργάνων που είναι ικανά και προσαρμόσιμα να παράγουν υπέροχες μελωδίες. Η πιο έξυπνη η κιθάρα- οι νέοι γοητεύτηκαν ιδιαίτερα από την εμφάνιση, τον ήχο και την ευκινησία της, πρόσθεσε ο concertmaster. Η άρπα αντιπροσώπευε την Αγία Σεσίλια, την προστάτιδα των μουσικών, αντιπροσώπευε τον ουρανό και την ελπίδα και το φλάουτο παρήγαγε γοητεία και ομορφιά σε μια συναυλία, πρόσθεσε. Ήταν μια σπινθηροβόλα εμφάνιση από την ομάδα. Μέχρι τις εννέα και μισή, τα αγόρια, τα κορίτσια και οι καθηγητές χόρεψαν υπό τους ήχους των τραγουδιών "Wannabe", "Smells Like Teen Spirit", "What is Love", "Vogue" και "This is How We Do it". Εκείνο το βράδυ, η Carlotta ζήτησε από την Amaya να προεδρεύσει της αξιολόγησης.

Την τέταρτη ημέρα, η Amaya παρατήρησε πολλά νησιά στο Δούναβη, το μεγαλύτερο από αυτά ήταν το νησί Csepel. Οι ποταμοί Drava, Tiaza και Siva, οι παραπόταμοι του Δούναβη, έμοιαζαν επιβλητικοί από το πλοίο, και η αρχαία γη της Κροατίας ήταν γοητευτική. Οι μαθητές ήταν ενθουσιασμένοι με όλες τις δραστηριότητές τους και πολλοί κρατούσαν σημειώσεις για τις παρατηρήσεις τους. Οι συναυλίες, οι όπερες και τα βαλς γίνονταν όλο και πιο ζωντανές με την ενεργό συμμετοχή όλων των μαθητών και των καθηγητών μέρα με τη μέρα- τα κύρια μουσικά όργανα που χρησιμοποιήθηκαν σε εκείνη τη βραδινή συναυλία ήταν τύμπανο, μπάσο κιθάρα και πιάνο. "Το τύμπανο μπορεί να δημιουργήσει μια βαθιά ψυχολογική επίδραση σε ανθρώπους και ζώα- ακόμη και τα βρέφη μπορούν να αντιδράσουν στον ήχο του. Η μουσική είναι η σύνοψη της ελευθερίας των συναισθημάτων, της φαντασίας και το αποκορύφωμα των ανθρώπινων δραστηριοτήτων. Όλα τα ζώα, τα πουλιά, τα ψάρια, τα φυτά και τα δέντρα αντιδρούν στους ρυθμούς της μουσικής ως την κοινή γλώσσα μεταξύ των πολιτισμών και των πολιτισμών, την πιο ισχυρή δύναμη που ενώνει τα πάντα. Ακόμα και το Σύμπαν έχει τη μουσική του, την οποία κατανοούν όλοι οι γαλαξίες και η οποία εξελίχθηκε από την αρχή της Μεγάλης Έκρηξης", δήλωσε ο διευθυντής κοντσέρτου αφού παρουσίασε τα μέλη της ομάδας.

Την επόμενη μέρα, το πλοίο αγκυροβόλησε στο Βελιγράδι και οι μαθητές και οι καθηγητές απόλαυσαν την ξενάγηση στην πόλη και τη σερβική κουζίνα. Πέρα από τη Σερβία, η Amaya μπορούσε να δει τις απέραντες πεδιάδες της Ρουμανίας στα αριστερά της και τα οροπέδια της Βουλγαρίας στα δεξιά της. Πολλές εκκλησίες, κάστρα και φρούρια, συμπεριλαμβανομένου του κάστρου Μπραν του Δράκουλα, απλώνονταν παντού, καλυμμένα μέσα στην πυκνά δασωμένη περιοχή της Τρανσυλβανίας, που προστατεύεται από τα Καρπάθια Όρη. Χρειάστηκαν πολλές ημέρες για να διασχίσουμε τις ρουμανικές σαβάνες και τα βουλγαρικά υψίπεδα. Ο Δούναβης σχημάτισε πολλά νησιά στο δρόμο του, και μετά το Γαλάτσι, ο ποταμός άρχισε να χαϊδεύει για λίγα λεπτά το νότιο άκρο της Μολδαβίας. Οι μαθητές τραγουδούσαν και χόρευαν, περιμένοντας να φτάσουν στον προορισμό τους στη Μαύρη Θάλασσα. Το πρωί, το πλοίο εισήλθε στο δέλτα που σχηματίζει ο ποταμός. Ξαφνικά η Supriya ήταν εκεί στην καρδιά της Amaya, ένα αίσθημα οδύνης τρύπωσε στο μυαλό της και η μοναξιά την κατέλαβε σαν να μην υπήρχε τίποτα άλλο γύρω της. Οι μαθητές γιόρταζαν και η Amaya ένιωθε μοναξιά σαν να επέστρεφε στις μέρες της στη Βαρκελώνη αμέσως μετά την εξαφάνιση της Supriya.

Την ένατη μέρα μπορούσαν να δουν τη Μαύρη Θάλασσα μακριά, και τη δέκατη μέρα η κρουαζιέρα έφτασε στις εκβολές του ποταμού, που ήταν σαγηνευτικές- μαθητές και καθηγητές κολυμπούσαν στα ήρεμα νερά για ώρες μαζί. Η Amaya στεκόταν στο μπαλκόνι του πλοίου, παρακολουθώντας τους για λίγη ώρα και στη συνέχεια ενώθηκε με τους μαθητές. Κολυμπούσε αβίαστα και έπαιζε με τις μπάλες του νερού για ώρες με τους συντρόφους και τους μαθητές της.

Εκατοντάδες βάρκες και πλοία στη Μαύρη Θάλασσα που ταξιδεύουν προς την Ουκρανία, τη Ρωσία, τη Γεωργία, το Τούκι, τη Βουλγαρία και τη Ρουμανία απεικόνιζαν μια πανοραμική θέα. Το βράδυ, όλοι πήγαν στο Cataloi για να διανυκτερεύσουν με λεωφορείο, καθώς ο χορηγός είχε κανονίσει τη διαμονή τους στην πόλη και την πτήση της επόμενης ημέρας για τη Βιέννη από το αεροδρόμιο Tulcea. Οι μαθητές γιόρτασαν με μουσική και χορό καθ' όλη τη διάρκεια της νύχτας, ενώ συμμετείχαν η Amaya, η Carlotta και άλλοι καθηγητές.

Στη Βιέννη, η Carlotta ευχαρίστησε θερμά την Amaya για την ενεργό συμμετοχή της, ενώ οι μαθητές συνάντησαν την Amaya, εκφράζοντας την εκτίμησή τους για την ενθάρρυνση και την υποστήριξή της. "Ήσουν πάντα μαζί μας, δεν μπορούμε να σε ξεχάσουμε", είπαν ομόφωνα. "Κυρία μου, είστε πανέμορφη και ευγενική- αλλάξατε τις ζωές μας. Σας αγαπάμε γιατί ξέρετε πώς να αγαπάτε τα παιδιά. " Ας τραγουδήσουμε ένα τραγούδι προς τιμήν σας", είπαν. Σχημάτισαν έναν κύκλο γύρω της και τραγούδησαν το "Un-break My Heart" της Toni Braxton. Η Amaya χόρεψε μαζί τους, νομίζοντας ότι τραγουδούσε και χόρευε με τη Supriya. Λαχταρούσε να τη συναντήσει, να παίξει και να πάει μαζί της για μεγάλα ταξίδια σε όλα τα ποτάμια, τις λίμνες και τις θάλασσες.

Προς έκπληξή της, η Καρλότα και είκοσι μαθητές βρίσκονταν στο αεροδρόμιο με τσαμπιά τριαντάφυλλα για να αποχαιρετήσουν την Αμάγια. Ήταν η αρχή μιας νέας ζωής για την Amaya, με τη βροντερή βιεννέζικη μουσική και τα παρηγορητικά λόγια των παιδιών να συγχωνεύονται και να αντηχούν στα αυτιά της για πολλά χρόνια.

"Είσαι μια ικανή δασκάλα, ένας εξαιρετικός άνθρωπος. Θεωρώ ότι είμαι τυχερή που σας γνώρισα και σας γνώρισα. Παρακαλώ ελάτε ξανά και μείνετε μαζί μας", είπε η Καρλότα, κρατώντας το χέρι της Anaya

"Σ' ευχαριστώ, Καρλότα, για τα στοχαστικά σου λόγια- τα απολαμβάνω", απάντησε η Αμάγια.

"Ευγενική και ευγενική, καθιερώσατε μια ηχηρή φήμη ως αφοσιωμένη δασκάλα", αγκαλιάζοντας την Amaya, πρόσθεσε η Carlotta.

Η Amaya πήρε μια πτήση για το Ελσίνκι την τελευταία ημέρα του Σεπτεμβρίου, χωρίς να ξέρει γιατί θα πήγαινε. Το Ελσίνκι, η πόλη των ευτυχισμένων ανθρώπων, ήταν γοητευτικό- οι δρόμοι ήταν συναρπαστικοί, καθαροί και γεμάτοι τουρίστες. Αλλά η Αμάγια ήξερε ότι το καλοκαίρι υποχωρούσε γρήγορα, οι νύχτες γίνονταν μακρόχρονες και πιο κρύες. Από το παράθυρο του δωματίου του ξενοδοχείου, μπορούσε να δει τους πράσινους τρούλους του καθεδρικού ναού- και τα αγάλματα των δώδεκα αποστόλων να κοιτούν προς τα κάτω, αναζητώντας πιστούς που σπάνια έβρισκε κανείς σε αυτή τη χώρα των άθεων. Έκανε ποδήλατο στην ασφαλέστερη πόλη του κόσμου- τα εστιατόρια ξεχείλιζαν λίγο πριν από την έναρξη ενός μακρύ χειμώνα. Η Amaya αναρωτήθηκε για το ανθρώπινο πείσμα να ξεπερνά τις προκλήσεις, ενώ ανέβαινε τα σκαλιά του θαλάσσιου φρουρίου Suomenlinna. Η Βαλτική Θάλασσα ήταν ήρεμη- οι κορυφές των παγόβουνων φαίνονταν μακριά. Μέχρι τον Οκτώβριο, τα πάρκα ερήμωσαν, οι βροχές χιονιού έγιναν έντονες και η Amaya ένιωσε μοναξιά και θλίψη- ένα αίσθημα νοσταλγίας για την πατρίδα την περικύκλωσε. Καθώς το σκοτάδι την τρόμαζε, ήθελε να έχει τη συντροφιά της μητέρας της, μια λαχτάρα να συναντήσει τη Ρόουζ. Ο Νοέμβριος ξημέρωσε με κρύο άνεμο- οι χιονισμένοι δρόμοι της πόλης έμοιαζαν τρομακτικοί. Η Amaya δεν συνειδητοποίησε ποτέ πόση ώρα καθόταν σε εκείνο το παγκάκι, σκεπτόμενη τη Rose και τη Supriya. Όταν ήρθε η Εσάμπελ, κάθισε δίπλα της. Το άγγιγμα της Εσάμπελ ήταν συγκινητικό, γεμάτο ελπίδα και ανθρώπινο.

"Εσάμπελ, σε ευχαριστώ για τον θρεπτικό καφέ στο εστιατόριο και τη ζεστή σου παρουσία. Σ' ευχαριστώ που περπάτησες μαζί μου μέχρι το ξενοδοχείο και με έφτασες σε ασφαλές σημείο- διαφορετικά, θα ήμουν σαν παγωμένο ψάρι. Θα σε θυμάμαι για πάντα", πριν φύγει από το Ελσίνκι, η Amaya έστειλε ένα μήνυμα ηλεκτρονικού ταχυδρομείου στην Esabel, εκφράζοντας την ευγνωμοσύνη της. Αυτός ο ένας άνθρωπος αντιπροσώπευε τον συνολικό πληθυσμό της Φινλανδίας.

Η Rose επέστρεψε στο σπίτι του χωριού της, γνωρίζοντας ότι η Amaya είχε φτάσει εκεί. Η κόρη της έδειχνε καταβεβλημένη, καταθλιπτική, σιωπηλή και μοναχική και παρέμενε στον κόσμο της. Τα απομεινάρια μιας χαιρέκακης, η νοσταλγία για το σπίτι με τη Supriya και τον Karan όπου δεν μπορούσε ποτέ να επιστρέψει, ένα σπίτι που δεν υπήρξε ποτέ, βασάνιζαν την Amaya και συνέτριψαν τις ευαισθησίες και τις επιθυμίες της. Τη στοίχειωνε σαν κυνηγόσκυλο της κόλασης, ροκάνιζε την καρδιά της σε κομματάκια και έφτυνε κομμάτια σάρκας σε όλο τον καθρέφτη του μυαλού- κάθε κομματάκι μεγάλωνε σε φίδι της Εδέμ, την έβαζε σε πειρασμό, την τσαλάκωνε για να υποφέρει αιώνια.

Η Ρόουζ έπεισε την Αμάγια να βγει από τους τέσσερις τοίχους του σπιτιού για να έχει ήλιο και καθαρό αέρα, να παίξει πιάνο, να παρακολουθήσει ένα μάθημα Βιπασάνα για να ελέγξει το μυαλό της και να ανακτήσει την ψυχραιμία της. Μετά από τρία χρόνια, η Ναλάντα, κοντά στην Μποντ Γκάγια, ήταν ο προορισμός της.

Γίνοντας ένας Βούδας

Η Bodh Gaya έμοιαζε αρχαϊκή. Αφού πήρε το λεωφορείο για τη Ναλάντα, την έδρα ενός αρχαίου πανεπιστημίου, όπου η Αμάγια αποφάσισε να κάνει το δεκαήμερο εκπαιδευτικό σεμινάριο Βιπασάνα, περπάτησε για μια μικρή απόσταση. Αρχαία ετοιμόρροπα κτίσματα ήταν διάσπαρτα και στις δύο πλευρές σαν βομβαρδισμένα κτίρια στην ύπαιθρο της Βοσνίας. Ωστόσο, η λίμνη Indrapushkarini φαινόταν ήρεμη και το κέντρο διαλογισμού στη δυτική της όχθη έλαμπε στο φως του ήλιου.

Η Amaya εγγράφηκε ως συμμετέχουσα, έφτασε στο κέντρο Vipassana και παρέδωσε το φορητό υπολογιστή, το κινητό της τηλέφωνο, το στυλό, το χαρτί και άλλα προσωπικά της αντικείμενα, εκτός από τα ρούχα και τα είδη υγιεινής της. Το δεκαήμερο μάθημα ήταν εντελώς δωρεάν, συμπεριλαμβανομένου του φαγητού και της διαμονής. Υπήρξε μια ενημέρωση σχετικά με τους κανόνες. Η Amaya πήρε όρκο να ακολουθεί ηθική συμπεριφορά σε όλες τις συναλλαγές της, ακόμη και μετά την αποχώρησή της από το κέντρο Vipassana, τη βάση για την εκπαίδευση του νου προς την ανάπτυξη της σοφίας. Οι κανόνες περιελάμβαναν τη διατήρηση της σιωπής του σώματος και του νου, την αποχή από την οπτική επαφή με τους άλλους συμμετέχοντες και την αποχή από την κλοπή, το ψέμα και τη θανάτωση οποιασδήποτε μορφής ζωής. Η κατανάλωση αλκοόλ, το κάπνισμα, οινοπνευματωδών ποτών, μη χορτοφαγικών τροφών και η σεξουαλική ανάρμοστη συμπεριφορά ήταν ενάντια στον κώδικα συμπεριφοράς. Η θρησκεία, η προσευχή, η γιόγκα, η απαγγελία στίχων από τις γραφές και η χρήση θρησκευτικών συμβόλων δεν αποτελούσαν μέρος της Βιπασάνα. Όλες οι οδηγίες προέρχονταν από μαγνητοσκοπημένες και βιντεοσκοπημένες ομιλίες του δασκάλου. Περίπου πενήντα άνδρες και γυναίκες από διάφορες χώρες ήταν οι συμμετέχοντες και μια βαθιά σιωπή διαπερνούσε τους χώρους. Οι εθελοντές οδήγησαν την Amaya στο δωμάτιό της, το οποίο διέθετε ένα κρεβάτι με συνημμένο μπάνιο. Από το παράθυρο μπορούσε να δει τα ερείπια της Nalanda Mahavihara, ενός κέντρου ανώτερης μάθησης που συνδέεται με τη μοναστική ζωή στον Βουδισμό.

Το βράδυ πραγματοποιήθηκε μια ομιλία προσανατολισμού από τον δάσκαλο εκπαίδευσης Vipassana στην κεντρική αίθουσα. Οι συμμετέχοντες συγκεντρώθηκαν, οκλαδόν στο έδαφος σε στάση λωτού, τοποθετώντας τη μία παλάμη πάνω στην άλλη σε μια ψυχική ένωση. Οι εθελοντές βοήθησαν κάθε συμμετέχοντα να επιλέξει μια άνετη στάση όπως επιθυμούσε, και ο επόπτης καλωσόρισε όλους με μια βαθιά γονυκλισία. Με απαλή, ακριβή και ουσιαστική φωνή, ο δάσκαλος εξήγησε τη Βιπασάνα ως εκπαίδευση ψυχικής ανάπτυξης για την ηρεμία του νου. Ήταν ένα μονοπάτι προς την απελευθέρωση του ατόμου από τον πόνο, που οδηγεί στην αφύπνιση, στην εξέλιξη της συνείδησης για τον τελικό στόχο της Νιρβάνα. Ως εκ τούτου, η Βιπασάνα ήταν μια τεχνική για την ανάπτυξη της ηρεμίας, της ενσυνειδητότητας, της συγκέντρωσης και της ηρεμίας, ώστε να επιτευχθούν γνώσεις για μια χαρούμενη ύπαρξη μέσα στην ειρήνη. Μέσω σωματικών και νοητικών περιορισμών και υποδειγματικών προσπαθειών, ένα άτομο μπορούσε να πειθαρχήσει το νου και να αποκτήσει τον έλεγχο των δραστηριοτήτων του.

Ο δάσκαλος συνέκρινε το νου με έναν ωκεανό, ο οποίος πάντα δημιουργούσε κύματα, καταιγίδες και τσουνάμι, ηρεμώντας το νου τόσο δύσκολα όσο και σιγοντάροντας τη θάλασσα. Αν ο νους είναι ταραγμένος, επηρεάζεται ολόκληρο το σώμα, οι σκέψεις εξασθενούν, οι αισθήσεις κορεσμένες, η παρατήρηση αποπροσανατολισμένη, η ομιλία αποσυνδεδεμένη, η διάνοια διεφθαρμένη και οι σχέσεις ασύμμετρες. Η διατήρηση του νου σε πειθαρχία ήταν σαν να αναπτύσσει ένα ισχυρό εργαλείο για να κάνει το προβλεπόμενο έργο, το οποίο βοηθούσε στην επίτευξη των στόχων του. Η δεκαήμερη εκπαίδευση Vipassana βοήθησε στην ανάπτυξη του νου ως εργαλείο, κρατώντας τον υπό έλεγχο. Η Βιπασάνα δεν ήταν μια θεραπεία για μια ασθένεια ή ένα φίλτρο για την απόκτηση μαγικών δυνάμεων. Αλλά, μέσω μιας απλής άσκησης, το άτομο επιτυγχάνει τον έλεγχο του νου, γνωρίζοντας στην πορεία τον εαυτό του στην απλότητα, τη γύμνια και την ολότητα του. Ο δάσκαλος έλεγε να ενδυναμώσουμε τον εαυτό μας κατανοώντας τη φύση, τις διαστάσεις και την απεραντοσύνη του, συνειδητοποιώντας τις ικανότητες, τις δυνατότητες και τις δυνατότητές του. Η παρατήρηση του κάθε μέρους του σώματος, των διαφορετικών καθηκόντων που επιτελούσαν, του ρόλου τους και της ενότητας που διαμορφωνόταν ήταν μέρος του διαλογισμού. Οδηγούσε στην ολιστική εμφάνιση και συνοχή του σώματος, του νου, της διάνοιας και της συνείδησης του ατόμου, με αποτέλεσμα τη διαφώτιση. Εξίσου σημαντική ήταν και η βελτίωση της άποψης του ατόμου για τον εαυτό του, τους άλλους και τον κόσμο. "Είμαστε αυτό που σκεφτόμαστε για τον εαυτό μας", έλεγε ο δάσκαλος. "Το άτομο δημιουργεί τον εαυτό του από την παιδική ηλικία- η ανατροφή και η φύση παίζουν κυρίαρχο ρόλο στη διαδικασία", πρόσθεσε ο δάσκαλος. Η βελτίωση της προοπτικής του ατόμου βοηθάει να οδηγήσει σε μια καλύτερη ζωή που οδηγεί στην εσωτερική ειρήνη, την αρμονία, την ανάπτυξη και τη χαρά. Το μυστικό μιας επιτυχημένης ζωής ήταν να ζει κανείς στο παρόν και όχι να περιπλανιέται στα ύπουλα εδάφη του παρελθόντος ή στην ερημιά του μέλλοντος". Στη συνέχεια ο δάσκαλος εξήγησε το χρονοδιάγραμμα για το εκπαιδευτικό πρόγραμμα Vipassana:

4.00 π.μ.: Πρωινό κουδούνι.

4.30 π.μ. έως 6.30 π.μ.: Διαλογισμός στο δωμάτιο ή στην αίθουσα.

6.30 π.μ. έως 8.00 π.μ: Πρωινό και προσωπική εργασία.

8.00 π.μ. έως 9.00 π.μ.: Ομαδικός διαλογισμός στην αίθουσα.

9.00 π.μ. έως 11.00 π.μ.: Διαλογισμός στην αίθουσα ή την αίθουσα.

11.00 π.μ. έως μεσημέρι: Μεσημεριανό διάλειμμα.

12.00 μεσημέρι έως 1.00 μ.μ.: Συζήτηση με τον επόπτη.

1.00 μ.μ. έως 2.30 μ.μ.: Διαλογισμός στην αίθουσα ή την αίθουσα.

2.30 μ.μ. έως 3.30 μ.μ.: Ομαδικός διαλογισμός στην αίθουσα.

3.30 μ.μ. έως 5.00 μ.μ.: Διαλογισμός στην αίθουσα ή την αίθουσα.

5.00 μ.μ. έως 6.00 μ.μ.: Ομαδικός διαλογισμός στην αίθουσα.

6.00 μ.μ. έως 7.00 μ.μ.: Διάλειμμα για τσάι και προσωπική εργασία.

7.00 μ.μ. έως 8.15 μ.μ.: Συζήτηση στην αίθουσα.

8.15 μ.μ. έως 9.00 μ.μ.: Ομαδικός διαλογισμός στην αίθουσα.

9.00 μ.μ. έως 9.30 μ.μ: Συνεδρίαση ερωτήσεων-απαντήσεων στην αίθουσα.

9.30 μ.μ.: Σβήσιμο των φώτων.

Αν και ταραγμένη για άγνωστους λόγους, η Amaya κοιμήθηκε σχετικά άνετα, σηκώθηκε γύρω στις τρεις και μισή και έφτασε στην αίθουσα για να παρακολουθήσει τον πρώτο διαλογισμό στις τέσσερις και μισή. Κάθισε στο έδαφος, κρατώντας το σώμα της όρθιο, καθώς αυτή η στάση ήταν απαραίτητη όταν ο διαλογισμός διαρκούσε για μεγάλο χρονικό διάστημα. Υπήρχαν περίπου πενήντα εκπαιδευόμενοι, μερικοί εθελοντές και ένας επόπτης. Η Amaya ξεκίνησε τον διαλογισμό, επικεντρώνοντας την προσοχή της στην αναπνοή, σταθεροποιώντας την επίγνωσή της στην εισπνοή και την εκπνοή, κάτι που ήταν φυσικό στην καθημερινή ζωή. Είχε επίγνωση της κάθε αναπνοής, εστιάζοντας το μυαλό της, καθώς η αναπνοή υπήρχε από τη γέννησή της και συνεχιζόταν κάθε στιγμή της ζωής της, ακόμη και όταν κοιμόταν ή ήταν αναίσθητη. Η αναπνοή ήταν η πιο οικεία, συνεπής και έμφυτη δραστηριότητα, αλλά η συγκέντρωση ήταν δύσκολη. Συγκεντρωνόταν μόνο στην αναπνοή της για τρεισήμισι ημέρες στις δέκα ημέρες. Έπρεπε να επιτύχει την απόλυτη προσοχή στην αναπνοή της για να ελέγχει και να ηρεμεί το μυαλό της. Ο δάσκαλος ανέφερε ότι η συγκέντρωση του νου θα παρείχε εσωτερική τάξη, ειρήνη και διαύγεια στο άτομο, καθώς ήταν μια πράξη συνύπαρξης του σώματος και του νου. Εκτός αυτού, η αναπνοή θα εστίαζε το σώμα και το νου στην παρούσα πραγματικότητα εκτός από την ανακούφιση από τη θλίψη, τη δυστυχία και τον πόνο.

Ο μη καθοδηγούμενος και ανεκπαίδευτος νους της Αμάγια ήταν αδύναμος, αναποφάσιστος και δεν είχε τη σταθερότητα που απαιτείται για να φτάσει στη φώτιση. Αναπαρήγαγε γεγονότα του παρελθόντος, μεταπήδησε από πραγματικές καταστάσεις σε εξωπραγματικές, φανταστικές, εξωφρενικές υποθέσεις και άρχισε να μπλέκεται σε θλίψεις, θλίψη και οδύνη. Για να ξεφύγει από το οδυνηρό παρελθόν, ο νους δημιούργησε ένα ευφάνταστο μέλλον, ταξίδεψε ατελείωτα στην έρημο των ευσεβών πόθων και δεν έμεινε ποτέ στο παρόν για να απολαύσει τις χαρές της ύπαρξης. Προσπαθούσε να διορθώσει το μυαλό της, εστιάζοντας στο παρόν, αλλά το έβρισκε ασυνήθιστα δύσκολο να ελέγξει το μυαλό της. Η Amaya έπεισε το μυαλό της να μην περιπλανιέται στο προδοτικό παρελθόν ή να μην φτιάχνει ευφάνταστα μελλοντικά όνειρα, αλλά να εργάζεται με συνέπεια για τους στόχους της. Η συνεχής εξάσκηση με συγκέντρωση στην αναπνοή ήταν απαραίτητη για να ηρεμήσει το μυαλό, ο μόνος τρόπος για να φτάσει σε αυτή την τελειότητα.

Κατά τη διάρκεια του διαλογισμού, ο νους δεν ήταν ποτέ ακίνητος. Διαρκώς παραπονιόταν, διαφωνούσε, εξηγούσε, επέκρινε, κορόιδευε, διόρθωνε, συζητούσε και έκρινε. Ακόμη και όταν η Amaya έκλεινε τα μάτια της, το μυαλό της ήταν ενεργό και βασανιστικό, θυμίζοντάς της το παρελθόν της και την ακραία αγωνία της όταν επέστρεψε από το μαιευτήριο, συνειδητοποιώντας ότι η Supriya και ο πατέρας της αγνοούνταν. Το μυαλό της την πήγε στους οδυνηρούς τέσσερις μήνες που πέρασε μόνη της στο σπίτι, σκεπτόμενη τη μοναξιά, το φόβο της μοναξιάς και τη σπαρακτική εξαπάτηση. Η Amaya έκλαιγε, καθισμένη στη στάση του λωτού, διαλογιζόμενη σιωπηλά για το παρελθόν της, δημιουργώντας καταθλιπτικά συναισθήματα και καταπιεστικές σκέψεις. Καθώς καθόταν, έπεσε προς τα πίσω, χτυπώντας το κεφάλι της στο πάτωμα- ο πόνος που προκάλεσε η πτώση ήταν ανυπόφορος. Η Amaya προσπάθησε να καθίσει ξανά στη θέση του λωτού, αλλά το βρήκε δύσκολο και δεν κατάφερε να συγκεντρωθεί στην αναπνοή. Με κάποιο τρόπο, συγκέντρωσε όλη της τη δύναμη για να συνεχίσει το διαλογισμό, να ξεπεράσει το φόβο, τον πόνο και το μαρτύριο.

Ο δάσκαλος είχε πει ότι η συγκέντρωση στην αναπνοή ήταν η πιο αποτελεσματική μέθοδος για να ηρεμήσει το μυαλό της και εκείνη ήθελε να πετάξει τις άχρηστες αποσκευές του παρελθόντος. Επιδίωξε να ξεκινήσει μια νέα ζωή, απορρίπτοντας τον πόνο για να ξεπεράσει το παρελθόν της. Ήθελε να κάνει κάτι για τις γυναίκες, τα ανεπιθύμητα κορίτσια, τις απορριφθείσες μητέρες, τις εκμεταλλευόμενες γεροντοκόρες και τα αναλφάβητα παιδιά. Έπρεπε να υποβληθεί στη Βιπασάνα, να εκπαιδεύσει το μυαλό της και να κάψει το παρελθόν για να γίνει ένας νέος άνθρωπος. Ο έλεγχος και η συγκράτηση του νου ήταν απαραίτητος για την επίτευξη αυτού του προορισμού, ακόμη κι αν ο νους επαναλαμβανόμενα επαναστατούσε ή προσποιούταν κόπωση και ασθένεια. Το μυαλό παραπονιόταν συχνά ότι η Βιπασάνα ήταν αρχαϊκή, αντιεπιστημονική και δεν μπορούσε να αντέξει στη δοκιμασία επαλήθευσης- πάνω απ' όλα, τα αποτελέσματά της ήταν αβέβαια και πλάγια. Επανειλημμένα ο νους έλεγε στην Amaya ότι η Vipassana σκότωνε την προσωπικότητα, το κύρος και την ατομικότητά της, ρίχνοντάς την σε ένα καμίνι που έκαιγε τις επιθυμίες και τα όνειρα. Μετά το μάθημα Vipassana, θα ήταν σαν σωματικά, ψυχικά και διανοητικά φυτό, καθώς θα της αφαιρούσε κάθε πρωτοβουλία και αυτοπεποίθηση. Θα ζούσε μια επαίτη ζωή, θα περιπλανιόταν σε όλο τον κόσμο, θα μάζευε ελεημοσύνες και θα μεταμορφωνόταν σε παράσιτο- ο νους προσπαθούσε να την τρομάξει. Η Amaya είπε στο νου να ησυχάσει, να μην παρεμβαίνει στις προσωπικές της αποφάσεις. Εξήγησε ότι η επιλογή της να υποβληθεί στη δεκαήμερη διαμεσολάβηση ήταν ένα καλά μελετημένο σχέδιο- μόνο εκείνη ήταν υπεύθυνη γι' αυτό και το πήρε με πλήρη επίγνωση.

Η στάση του σώματός της ήταν άβολη, δημιουργώντας σωματικό πόνο, ψυχική αγωνία και συναισθηματικές συγκρούσεις στο μυαλό της. Σε ορισμένες περιπτώσεις, το μυαλό την εκβίαζε λέγοντάς της ότι η Ρόουζ ήταν μόνη της στο σπίτι- μπορεί να είχε πάθει κάποιο ατύχημα και να χρειαζόταν βοήθεια και ενδιαφέρον για την κόρη της. Σε μια σπάνια περίπτωση, το μυαλό της είπε ότι ο διαλογισμός για περισσότερο από πέντε λεπτά θα την οδηγούσε στην τρέλα- θα περιπλανιόταν στους δρόμους, οι άνθρωποι θα της πετούσαν πέτρες και η αστυνομία μπορεί να την έπαιρνε υπό κράτηση. Ξαφνικά η Amaya σκέφτηκε τη συνάντησή της με δύο μπάτσους στο Hyde Park. Ήταν κοντά στα μεσάνυχτα και κάποιοι άνθρωποι κάθονταν ή περπατούσαν εκεί κοντά. Η Αμάγια δεν πρόσεξε τον αστυνομικό που στεκόταν δίπλα της.

"Είστε μεθυσμένη, κυρία μου;" ρώτησε ένας από τους αστυνομικούς. Ήταν ξαφνικό και η Αμάγια εξεπλάγη- τους κοίταξε για να καταλάβει ποιοι ήταν.

"Όχι, κύριε", απάντησε η Amaya.

"Είστε άστεγη;" Υπήρξε άλλη μια ερώτηση.

"Όχι. Μένω σε ένα κοντινό ξενοδοχείο", είπε η Αμάγια.

"Τότε γιατί είστε εδώ τόσο αργά;" Ο αστυνομικός ήθελε να μάθει.

Η Amaya δεν είχε απάντηση. "Απλώς ήρθα εδώ- δεν σκέφτηκα ποτέ ότι είναι πολύ αργά", απάντησε ενώ σηκωνόταν.

"Το πάρκο είναι κλειστό μετά τα μεσάνυχτα. Μερικές φορές, είναι επικίνδυνο να είσαι μόνος σου εδώ", πρόσθεσε ο μπάτσος.

"Δεν το ήξερα ποτέ", είπε η Αμάγια.

"Να σας φτάσουμε στο ξενοδοχείο σας;" ρώτησε ένας από τους αστυνομικούς.

"Όχι, μπορώ να πάω μόνη μου. Είμαι ασφαλής. Σας ευχαριστώ για το ενδιαφέρον σας. Καληνύχτα". Η Αμάγια απομακρύνθηκε γρήγορα.

"Να προσέχετε, κυρία μου. Καληνύχτα". Άκουσε μια απαλή φωνή.

Ήταν μια μεταμεσονύκτια συνάντηση με τους αστυνομικούς του Λονδίνου. Παρόλα αυτά, μια ξαφνική συνειδητοποίηση ότι ξέφευγε από το πραγματικό μονοπάτι της Βιπασάνα, το μυαλό της κατάφερε να της αποσπάσει την προσοχή, μεταφέροντάς την σε μακρινές χώρες. Το μυαλό την έπειθε να εγκαταλείψει τη Βιπασάνα, ώστε να γυρίσει και πάλι όλο τον κόσμο αναζητώντας την κόρη της. Η Amaya μπορούσε να καταλάβει ότι ο νους της ήταν πρόθυμος να εγκαταλείψει τη διαδικασία διαλογισμού, ώστε να μπορεί να βασιλεύει πάνω της. Η τακτική της πίεσης συνεχίστηκε για μεγάλο χρονικό διάστημα και η Amaya άρχισε να προστατεύει τον εαυτό της από το νου.

Αποφάσισε ότι η απόλυτη συγκέντρωση στην αναπνοή για μέρες μαζί θα την οδηγούσε στη σωστή σκέψη και τη σωστή κατανόηση: επίγνωση και σοφία για τον εαυτό και το περιβάλλον. Μια μοναδική ατμόσφαιρα, μια προσπάθεια να διορθώσει, να ελέγξει και να κατευθύνει το νου, να απελευθερωθεί από τις αρνητικές, βλαπτικές επιρροές και να ζήσει μια παραγωγική, ευτυχισμένη ζωή με πλήρη συνείδηση ήταν ο στόχος της. Αλλά παρόλο που προσπαθούσε να συγκεντρωθεί στην αναπνοή της, το μυαλό της περιπλανιόταν ακατάπαυστα στην παιδική της ηλικία, την εφηβεία, τη νεότητά της και τη χρονιά που πέρασε στη Βαρκελώνη. Το κεφάλι της πονούσε συνεχώς, σκεπτόμενη την αναζήτηση της κόρης της στην Ευρώπη και την Ινδία επί τέσσερα χρόνια. Της έφερνε συσπάσεις και θλίψη και μερικές φορές η Αμάγια έκλαιγε, με δάκρυα να κυλούν στα μάγουλά της, τα οποία δυσκολευόταν να ελέγξει. Προσπαθούσε επανειλημμένα να ελέγξει το μυαλό της, εστιάζοντας στην αναπνοή της, αλλά ήταν μια απογοητευτική άσκηση και πάλευε χωρίς επιτυχία. Το μυαλό της την κυρίευσε ολοκληρωτικά, καταπάτησε τα συναισθήματά της και κατέστρεψε τους στόχους της, καθώς συμπεριφερόταν σαν τυφώνας, ανεξέλεγκτος, άσκοπος και καταστροφικός. Νόμιζε ότι η παρακολούθηση του νου με τη συγκέντρωση στην αναπνοή ήταν αποτυχημένη, καθώς ο νους καλπάζει στην ερημιά, δημιουργώντας ακραία απογοήτευση στην Αμάγια.

Όταν βρισκόταν στην αίθουσα, κάνοντας διαλογισμό, η Αμάγια σκέφτηκε να εγκαταλείψει το δεκαήμερο πρόγραμμα Βιπασάνα και να περιπλανηθεί στους δρόμους της Ναλάντα και της Μποντ Γκάγια για να βρει την ειρήνη, καθώς ένιωθε απελπισμένη και ηττημένη. Μόλις σηκώθηκε, μάζεψε τα ρούχα και τα είδη υγιεινής της και σκέφτηκε ότι η Βιπασάνα ήταν μια απάτη, δεν θα τη βοηθούσε να ελέγξει το μυαλό της. Υπήρχαν ανέκφραστα συναισθήματα και πόνοι μέσα της- ήθελε να φωνάξει και να κλάψει δυνατά, ένα αίσθημα ότι θα ξεριζώσει την καρδιά της, θα σπάσει το κεφάλι της, και αυτοκαταστροφή, μια ξαφνική τάση αυτοκτονίας.

"Αμάγια", φώναξε. "Τι κάνεις; Έχεις τρελαθεί;" αναρωτήθηκε.

"Συγκρατήσου, έλεγξε το μυαλό σου", πρόσταξε η Αμάγια. Υπήρξε μια ξαφνική συνειδητοποίηση μέσα της- εγκαταλείποντας τη Βιπασάνα ήταν σαν να αφήνει τον εαυτό της στα όρνεα, να την παραδίδει στη δικτατορία του νου. Είχε δύο επιλογές: να είναι στο έλεος του νου της ή να ελέγχει το νου- η μία οδηγούσε στη δυστυχία, η άλλη στη φώτιση και την ευδαιμονία. Η Amaya είχε την ελευθερία να επιλέξει οποιαδήποτε από αυτές, και επέλεξε τη δεύτερη, την πιο δύσκολη απόφαση που πήρε στη ζωή της. Κάθισε για άλλη μια φορά στη θέση του λωτού, έκλεισε τα μάτια της και κοίταξε τον εαυτό της με τα εσωτερικά της μάτια. "Συγκεντρώσου στην αναπνοή σου- κοίτα την άκρη της μύτης σου", κατεύθυνε το μυαλό της.

Η Αμάγια κάθισε ακίνητη- βίωσε μια ξαφνική αλλαγή όταν επικεντρώθηκε στην αναπνοή της. Υπήρχε μόνο ένα ον στο Σύμπαν, αυτό ήταν αυτή, αυτή μόνη- έκανε το μόνο πράγμα, την αναπνοή, και καθόταν σιωπηλή, χωρίς να σκέφτεται τίποτα για πολλή ώρα, σε έναν κόσμο του κενού, της ανυπαρξίας.

Η Αμάγια κοιμήθηκε καλά και σηκώθηκε γύρω στις τρεις και μισή νιώθοντας πεινασμένη, θυμόμενη ότι δεν είχε φάει βραδινό, καθώς δεν υπήρχε καμία παροχή φαγητού μετά το διάλειμμα για τσάι το βράδυ για δέκα ημέρες. Το βραδινό τσάι ήταν μόνο ένα φλιτζάνι, αλλά η Amaya αποφάσισε να συνεχίσει τη Vipassana χωρίς να φάει βραδινό. Το πρωινό κουδούνι χτύπησε στις τέσσερις π.μ. και ήταν παρούσα στην αίθουσα στις τέσσερις και μισή για τον πρώτο διαλογισμό της ημέρας. Η Amaya αποφάσισε να ηρεμήσει το μυαλό της υπό τον σταθερό έλεγχό της, εστιάζοντας στην αναπνοή τουλάχιστον για ένα λεπτό. Ήξερε ότι μπορούσε να βιώσει τη φώτιση μέσω της συνεχούς εξάσκησης ελέγχοντας το μυαλό, και η καλύτερη τεχνική ήταν η συγκέντρωση στην αναπνοή της. Η Αμάγια ήθελε να εξαλείψει όλες τις αρνητικές σκέψεις, τις συμπεριφορές και το μίσος, ενσταλάζοντας την ενσυναίσθηση, την καλοσύνη, την ταπεινότητα και την ταπεινότητα για να αυξήσει τη συνείδηση. Ήξερε ότι είχε μια σταθερή αποφασιστικότητα να ξεπεράσει το παρελθόν της και τις χαρές του παρόντος, οδηγώντας σε ένα ευτυχισμένο μέλλον βοηθώντας τους άλλους και εξαλείφοντας τα βάσανά τους. Ήθελε να καθαρίσει τον εαυτό της από κάθε αρνητικότητα, ταξιδεύοντας πέρα από τις λύπες, τους θρήνους, σβήνοντας τα βάσανα και τη θλίψη, βαδίζοντας στο μονοπάτι της δικαιοσύνης, επιτυγχάνοντας τον φωτισμό.

Η Vipassana δεν ήταν μια άσκηση αναπνοής αλλά μια διαδικασία διαφώτισης για να γνωρίσουμε τα πράγματα όπως είναι- η Amaya θυμόταν τον δάσκαλο που της έλεγε να έχει μια σωστή προοπτική της πραγματικότητας ή της ύπαρξης. Ένας διαλογιστής μπορούσε να την βιώσει ρηχά ή βαθιά, ανάλογα με την αυστηρότητα της συγκέντρωσης και να γνωρίσει το σώμα του χωρίς καμία προσκόλληση, γινόμενος έτσι παρατηρητής της ύπαρξής του. Η συνείδηση που αναπτυσσόταν δεν περιοριζόταν στην αναπνοή, αλλά διαπερνούσε ολόκληρο το σώμα με κάθε δραστηριότητα, όπως το να κάθεται, να στέκεται, να περπατά, να τρέχει, να παρατηρεί, να κοιτάζει, να τρώει, να παίζει, να κοιμάται ή οτιδήποτε άλλο έκανε ένα άτομο.

Παρατηρώντας την αναπνοή, ο διαλογιστής θα μάθαινε να παρατηρεί διάφορες σωματικές αισθήσεις, μέσα και έξω από το άτομο, όπως συναισθήματα, σκέψεις, βούληση και σωματική δράση. Κατακτώντας τον έλεγχο του νου, ο διαλογιστής θα μπορούσε να διακρίνει αν η αίσθηση ήταν ευχάριστη ή δυσάρεστη και να έχει επίγνωση της φύσης και της πηγής της χωρίς καμία προσκόλληση. Ο διαλογιστής θα αποκτούσε συνείδηση, το σώμα ως μια διαφορετική οντότητα από τον εαυτό του. Έτσι, η συμπάθεια ή η αντιπάθεια για το σώμα δεν είχε νόημα για το άτομο.

Σταδιακά, η Amaya ένιωσε την αναπνοή μέσα στα ρουθούνια της, την αίσθηση ότι άγγιζε τα ενδότερα μέρη των ρουθουνιών της, γεμίζοντάς τα. Υπήρχε ένα δροσιστικό αποτέλεσμα όταν έμπαινε μέσα και μια θερμαντική αίσθηση όταν εκπνεόταν. Η αίσθηση ήταν μια ξεχωριστή οντότητα, όπως η αναπνοή, και υπήρχαν τρία διαφορετικά όντα: το σώμα, η αναπνοή και η αίσθηση. Η Αμάγια ένιωθε τον αέρα να κυκλοφορεί σε όλο της το σώμα- μπορούσε να το παρατηρεί ως εξωτερικός παρατηρητής. Στη συνέχεια, η Αμάγια μπορούσε να συγκεντρωθεί στην αναπνοή της για περίπου δύο λεπτά χωρίς να αποσπάται η προσοχή της. Ήταν ένα επίτευγμα, καθώς το μυαλό υπάκουε στις οδηγίες της και ταξίδευε στο μονοπάτι που είχε επιλέξει.

Η ομιλία εκείνη την ημέρα αφορούσε τη διδασκαλία του Βούδα ότι πρέπει να αποφεύγει κανείς δύο ακραίες καταστάσεις, την περιποίηση του σώματος ή τον αυτο-βασανισμό, που είναι και τα δύο ατιμωτικά και άχρηστα. Ήταν μια αποκάλυψη για την Amaya, και προτίμησε να ακολουθήσει το μεσαίο μονοπάτι. Η Amaya ρώτησε πώς να παρατείνει τη συγκέντρωση στη συνεδρία ερωτήσεων-απαντήσεων. Ο επόπτης της είπε να κοιτάξει ένα φανταστικό σημείο στον τοίχο με άδειο μυαλό και να συγκεντρωθεί στο να δει οτιδήποτε άλλο. Η Amaya έμαθε ότι το μυαλό χρειαζόταν περισσότερη εξάσκηση για να διατηρήσει τη συγκέντρωσή της και ότι θα συγκεντρωνόταν για πιο παρατεταμένο χρονικό διάστημα από την επόμενη ημέρα. Υπήρχαν μερικές ακόμη ερωτήσεις σχετικά με την αναπνοή, τις αισθήσεις, την προσοχή και τον έλεγχο του νου. Οι απαντήσεις ήταν σύντομες, μέχρις ενός σημείου, και προορίζονταν για εξάσκηση στον καθημερινό διαλογισμό. Η Αμάγια τις άκουσε προσεκτικά για να εσωτερικεύσει το περιεχόμενό τους στη Βιπασάνα της. Ενσωμάτωσε την πρόοδό της, η οποία ήταν σταδιακή, συνεπής και σκληρά κερδισμένη. Η Amaya κοιμήθηκε μάλλον καλά μέχρι τις τέσσερις το πρωί και ξύπνησε ακούγοντας το κουδούνι.

Ξημέρωσε η τρίτη μέρα και η Αμάγια βρισκόταν στην αίθουσα στις τέσσερις και μισή- η σιωπή μπήκε στο είναι της- βίωσε μια ηρεμία, βαθιά, διαπεραστική και παντοδύναμη. Ξεχώρισε τον εαυτό της, στέκεται διακριτικά, παρατηρώντας ανεξάρτητα το σώμα, το νου και τη διάνοιά της. Η Amaya διέταξε, και την υπάκουσαν, ακολουθώντας τις οδηγίες της. Άρχισε να χρησιμοποιεί εργαλεία στις ενέργειές της χωρίς ταραχή ή αντίσταση. Έζησε τη μύηση της λαβής πάνω στις αισθήσεις, τα συναισθήματα, τα συναισθήματα, τις επιθυμίες και τις φαντασιώσεις της, καθώς επικεντρώθηκε στην άκρη της μύτης της για περίπου μια ώρα χωρίς διακοπή. Η άκρη της μύτης της ήταν ορατή ακόμα και μετά το κλείσιμο των ματιών της. Στη συνέχεια, επικεντρώθηκε στο τρίγωνο μεταξύ των άνω χειλιών και της βάσης της μύτης- ένιωσε ότι αποκτούσε δύναμη, μια κυριαρχία πάνω στο σώμα και το μυαλό της. Ταξίδεψε αργά από τη βάση του τριγώνου, βιώνοντας κάθε άτομο, σωματίδιο και κύτταρο. Το ταξίδι ήταν ατελείωτο, σαν να περιφερόταν στο άπειρο διάστημα, για αιώνες, εκατομμύρια έτη φωτός. Ήταν ένα ταξίδι μέχρι το τέλος της μύτης της σε ένα συγκεκριμένο σημείο, το οποίο ήταν τόσο απέραντο όσο και το Σύμπαν. Ήταν μια διαχρονική συμμετοχή, ένα ταξίδι χωρίς χώρο, και ήταν μόνη της. Ωστόσο, ταύτιζε το Σύμπαν γύρω της σαν να ήταν πραγματικό και μη πραγματικό, πεπερασμένο και άπειρο, διαδοχικό και άτακτο, παροδικό και αιώνιο.

Η Amaya βίωσε την αλλαγή απεριόριστα, καθώς τίποτα δεν ήταν μόνιμο. Παρόλα αυτά, είχε επίγνωση των πάντων γύρω της, πέρα από αυτήν, και ήταν σε εγρήγορση καθώς είχε επίγνωση της επίγνωσής της. Αυτή η γνώση τη μεταμόρφωνε. Έμαθε ότι τίποτα δεν μπορούσε να την νικήσει, να την εξουδετερώσει, καθώς είχε συνείδηση και ταυτόχρονα συνείδηση της συνείδησής της, ένα φωτιστικό συναίσθημα, ένα φως μέσα της, μια καυτή αίσθηση της ύπαρξής της, του εσώτερου εαυτού της.

Η επίγνωση έφερε δύναμη στο μυαλό της και κατεύθυνση στη διάνοιά της. Συγκεντρώθηκε χωρίς να αισθάνεται κούραση, αδυναμία, κόπωση ή απογοήτευση. Στη συνέχεια στράφηκε προς το σώμα της και άρχισε να παρατηρεί τα μικροσκοπικά μέρη του από τα δάχτυλα των ποδιών μέχρι την κορυφή του κεφαλιού της, πράγμα που ήταν μια σταδιακή διαδικασία, σχολαστική και επίπονη. Η Αμάγια κατεύθυνε το μυαλό της να νιώσει την αίσθηση, να την αγγίξει βαθιά, χωρίς να κρίνει, χωρίς προκαταλήψεις. Το μυαλό την ακολουθούσε, υπακούοντας σε κάθε λέξη και εντολή της, και κάθε φορά που ένιωθε μια συγκεκριμένη αίσθηση, σταματούσε ξανά. Ζήτησε από το νου να την παρατηρήσει βαθιά, χωρίς να είναι μέρος της, αλλά απλώς εξωτερικός παρατηρητής. Η σταδιακή συνειδητοποίηση της Amaya ότι το σώμα της ήταν γεμάτο με εκατομμύρια και εκατομμύρια αισθήσεις, όπως το απέραντο Σύμπαν με τα δισεκατομμύρια των γαλαξιών, ήταν ξεχωριστό, φωτεινό και χορταστικό. Κάθε σημείο του σώματος ήταν μια έδρα, ένας θησαυρός αισθήσεων και συναισθημάτων. Ήταν μια νέα γνώση για την Amaya, την οποία δεν είχε καταλάβει ποτέ πριν. Ξαφνικά η Amaya ήξερε ότι ήταν το σύνολο των αισθήσεων, των συναισθημάτων και της επίγνωσης, αλλά διαφορετική από αυτά, όπως το δοχείο, δεν ήταν ο πηλός, το φως δεν ήταν ο ήλιος, ή η ομορφιά δεν ήταν το τριαντάφυλλο, καθώς ήταν δημιουργήματα από πηλό, ο ήλιος και το τριαντάφυλλο. Η αίσθηση ήταν δημιούργημά της, ξεχωριστή και ανεξάρτητη από αυτήν, μια μοναδική οντότητα, ύπαρξη μείον ουσία. Η Αμάγια στεκόταν μόνη της, παρατηρούσε μόνη της και υπήρχε ανεξάρτητα χωρίς καμία επιρροή από τα αντικείμενα γύρω της- μια κατανόηση που διαχωριζόταν από τις λύπες, τους πόνους, την αγωνία και την οδύνη, καθώς ήταν δημιουργήματα της, όχι η ύπαρξή της.

Η Amaya υπήρχε αδέσμευτη. Διαχώρισε τα συναισθήματά της από το νου, συνειδητοποιώντας ότι ήταν κυρίαρχη των αισθήσεών της- ως εκ τούτου, δεν έπρεπε να την κυριαρχούν. Εξαιτίας της έλλειψης αυτής της επίγνωσης, υπέφερε ανείπωτες δυστυχίες- μέχρι τότε, πίστευε ότι οι αισθήσεις και τα συναισθήματα ήταν δικά της και ότι ήταν αδιαχώριστα από τον εαυτό της. Όταν ένα άτομο παρατηρούσε τις αισθήσεις, τα συναισθήματα, το σώμα και το νου ως οικεία μέρη του ατόμου, ερχόταν ο πόνος. Η νέα συνειδητοποίηση ήταν ότι δεν ήταν εκείνη, και καθώς ξημέρωνε η γνώση αυτού του διαχωρισμού, η Amaya αναδύθηκε κυρίαρχη και αποφάσισε ότι δεν θα παρέμενε ποτέ ξανά σκλάβα του πόνου.

Η Amaya εξέταζε το σώμα της ως ξεχωριστή οντότητα, διαφορετική από την ύπαρξή της, καθώς ήταν μια εξωτερική έκφραση της ύπαρξής της. Οι αισθήσεις ήταν η επίγνωσή της για τις αλλαγές στο σώμα, και τα συναισθήματα ήταν το επακόλουθο των αισθήσεων. Ως ξεχωριστή οντότητα, μπορούσε να σταθεί έξω από το σώμα και τα συναισθήματά της. Μόλις η Αμάγια βυθιζόταν στα συναισθήματα, υπέφερε πάρα πολύ, χωρίς καμία διέξοδο. Η διαφυγή ήταν δυνατή μόνο όταν συνειδητοποίησε ότι ήταν μια ανεξάρτητη οντότητα και όχι αναπόσπαστο μέρος των συναισθημάτων. Όταν τα συναισθήματα κυριαρχούσαν, η καταστροφή του πόνου γινόταν φανερή. Το μυαλό της γινόταν έντονο και εστιασμένο όταν συλλογιζόταν, και η Αμάγια άρχισε να ξοδεύει σημαντικό χρόνο σκεπτόμενη ότι θα μπορούσε να αλλάξει το μυαλό της σε ένα παραγωγικό όργανο για να εξαλείφει τον πόνο. Είχε συνείδηση ότι ο νους χρειαζόταν εκπαίδευση, συνεχή επίβλεψη και κατευθύνσεις. Διαφορετικά, ο νους θα μπορούσε να γίνει ανατρεπτικός, εξαναγκαστικός και αυτόνομος, δημιουργώντας δυστυχίες γι' αυτήν, και ο πόνος θα συνεχιζόταν μέχρι το θάνατο.

Η Αμάγια κοιμόταν χωρίς να σκέφτεται τίποτα, απογυμνωμένη από οποιοδήποτε συναίσθημα, στερημένη από εφιάλτες, καθώς ο νους της ήταν απαλλαγμένος από αυταπάτες και ψευδαισθήσεις. Την επόμενη μέρα, ενώ έκανε διαλογισμό, η Αμάγια είχε μια εμπειρία ευδαιμονίας, μια συνειδητοποίηση ότι ήταν η πληρότητα της ύπαρξής της και ότι ήταν εκείνη που την έκανε ευτυχισμένη. Καμία εξωτερική δύναμη δεν μπορούσε να της αρνηθεί την ολοκλήρωση της ζωής της, την επιλογή της χαράς. Ήταν μια συνειδητοποίηση ότι οι λύπες και ο πόνος δεν αποτελούσαν μέρος της ύπαρξής της- μπορούσε να σταθεί μακριά τους αν το αποφάσιζε. Η απληστία, η εχθρότητα, η ζήλια, ο φθόνος, η υπερηφάνεια, η μισητή συμπεριφορά και ο εγωισμός οδηγούσαν στον πόνο. Ο λήθαργος, η αδιαφορία και η αναλγησία προκαλούσαν πόνο σε ανθρώπους και ζώα και ήταν καθήκον όλων να βοηθήσουν τους άλλους να επιτύχουν την ευτυχία και τη φώτιση. Η επιθυμία για σωματικές απολαύσεις, ουσίες και σκέψεις που υποδουλώνουν το νου οδηγούσαν σε δυστυχία- η Αμάγια διαλογιζόταν. Αντίθετα, η βαθιά σιωπή και ο προβληματισμός για την ύπαρξη του ατόμου ενίσχυε την ευτυχία. Ψάχνοντας τον εαυτό της μέσα από τη σιωπή, συνειδητοποίησε ότι δεν υπάρχει καμία υπερφυσική, ανώτερη εμπειρία εκτός από τον εαυτό της.

Η Amaya διαλογιζόταν πάνω από τη μητέρα της, η οποία της πρότεινε να παρακολουθήσει το εκπαιδευτικό πρόγραμμα Vipassana για τα προηγούμενα τρία χρόνια λίγο πριν πάει για ύπνο.

"Μαμά, σου είμαι ευγνώμων. Μου άλλαξες τη ζωή, προτείνοντάς μου να παρακολουθήσω το διαλογισμό Βιπασάνα. Με μεταμόρφωσε πέρα από κάθε αναγνώριση και με βοήθησε να γνωρίσω ποια είμαι, τις ικανότητες και τις δυνατότητές μου. Τώρα πιστεύω στη δράση, αντί να σκέφτομαι και να ανησυχώ- το μυαλό μου έχει γίνει ένα εργαλείο με το οποίο μπορώ να δουλέψω, αντί το μυαλό να με χρησιμοποιεί ως συσκευή καταστροφής. Έχω ξεπεράσει τον πόνο- είναι χαρά να ζω, να βιώνω την αφύπνιση, τη διαφώτιση", απήγγειλε μέσα της η Αμάγια. Ξαφνικά θυμήθηκε τα λόγια της Ρόουζ: "Για να είσαι ευτυχισμένος, χρειάζεσαι μόνο δύο πράγματα, ένα υγιές σώμα και ένα υγιές μυαλό". Η Amaya ανέλυσε τα λόγια της μητέρας της και διαπίστωσε- ότι είχε ένα υγιές σώμα αλλά προσπαθούσε να αποκτήσει ένα υγιές μυαλό. Το να το ξανακερδίσει, να το κάνει ζωντανό και υπάκουο, ήταν δική της ευθύνη. Το μυαλό της ήταν ήρεμο και η Amaya κοιμήθηκε ήσυχα μέχρι το πρωί για πρώτη φορά μετά από τέσσερα χρόνια.

Η Amaya την ανέβασε σε μια νέα σφαίρα της πραγματικότητας της νέας ημέρας, την οποία δεν είχε ανακαλύψει ποτέ πριν. Ήταν δισδιάστατη, η γνώση του εαυτού και η επίγνωση της ίδιας της γνώσης. Παρατήρησε το σώμα και τον νου καθώς στεκόταν έξω από το σώμα και τον νου της. Υπήρχε η επίγνωση ότι το σώμα και ο νους της ήταν διαφορετικά από τον εαυτό της και είχαν μια ανεξάρτητη ύπαρξη μέσα της, αλλά δεν μπορούσαν να ασκήσουν την ύπαρξή τους χωρίς εκείνη. Παρ' όλα αυτά, το σώμα και ο νους μπορούσαν να υποτάξουν τον εαυτό της, αλλοιώνοντας τα μοτίβα της σκέψης της και μεταβάλλοντας τη διαδικασία της σκέψης της. Ως αποτέλεσμα, θα γινόταν σκλάβα του νου. Κακομαθαίνοντας το σώμα της, θα αδυνατούσε να βιώσει τον άπειρο αριθμό των αισθήσεων που παράγει το σώμα σε όλα σχεδόν τα μέρη του. Για να ξεπεράσει το σώμα από την κυριαρχία του νου, ήταν απαραίτητο να κάνει Βιπασάνα, μυώντας την να σταθεί έξω από το σώμα και το νου, παρατηρώντας τα ως απλά αντικείμενα. Ήταν μια αποκαλυπτική γνώση για την Αμάγια, η σοφία της γνώσης της θεμελιώδους φύσης του σώματος και του νου, ενώ τα γνωρίζει ως αντικείμενο της γνώσης της, και την ονόμασε ταυτόχρονη γνώση. Η δεύτερη επίγνωση που δημιούργησε ήταν η γνώση της επίγνωσής της, την οποία ονόμασε αντανακλαστική γνώση. Η Amaya είχε τεράστια εσωτερική ζωτικότητα- την απελευθέρωσε από τη σκλαβιά της αίσθησης, της αντίληψης, της φαντασίας και της κρίσης. Έγινε ισχυρή, συνειδητοποιώντας ότι "ήξερε ότι ήξερε" και κανείς δεν μπορούσε να την υποτάξει για να αλλάξει τις αρχές, τις αξίες και τις αποφάσεις της. Μόνη της μπορούσε να απελευθερωθεί από θλίψεις, πόνους και βάσανα και μόνη της ήταν υπεύθυνη για τις πράξεις της.

Η συνειδητοποίηση της ελευθερίας, των ευθυνών και του καθήκοντος ήταν τα βασικά αποτελέσματα της αναστοχαστικής γνώσης της Amaya. Ήταν η ελευθερία από τα πάντα, την πνευματικότητα, τη θρησκεία, τον θεό, τις ιδεολογίες, τις πολιτικές τοποθετήσεις, τις δεισιδαιμονίες, τις προκαταλήψεις, τις προκαταλήψεις, τον φθόνο, τη ζήλια, τις αυτομαστιγώδεις συμπεριφορές, την αυτοπεριφρόνηση, το σύμπλεγμα κατωτερότητας, το σύμπλεγμα ανωτερότητας, την αυτοκαταπίεση, τα αυτοβασανιστήρια και την αυτοεξαπάτηση. Η αντανακλαστική γνώση που βίωσε δεν ήταν εξαλείφοντας, εξευτελίζοντας και αλλοιώνοντας, αλλά ενδυναμώνοντας, ενισχύοντας, μια γιορτή της ύπαρξής της, μια ελευθερία να δρα και να απολαμβάνει τη ζωή της εξ ολοκλήρου. Δεν ήταν για κατάχρηση για την υποταγή ή την υποτίμηση των άλλων- ήταν για την ανοικοδόμηση των σχέσεων, την ενίσχυση της ελπίδας και την αναζωογόνηση μιας ικανοποιητικής ζωής. Ήταν η ελευθερία από την εκμετάλλευση των άλλων, αλλά η ενδυνάμωσή τους να αξιοποιήσουν τις εκκολαπτόμενες δυνατότητές τους. Η Amaya προβληματίστηκε σχετικά με την ευθύνη και τις σχέσεις, καθώς υπήρχε συνέπεια του να μην κάνεις κάτι ή να αναγκάσεις κάποιον να κάνει κάτι. Ήταν πολυδιάστατη, συμπεριλαμβανομένης της περιστασιακής, της νομικής και της ηθικής, και η ιδέα της για την ηθική ευθύνη ήταν απέναντι στην ανθρωπότητα. Παρόλα αυτά, δεν υπήρχε μια προκαθορισμένη ηθική και οικουμενική τάξη. Η αντανακλαστική γνώση που απέκτησε η Amaya μέσω της Vipassana ήταν το πιο ισχυρό εργαλείο που είχε επιτύχει ποτέ στη ζωή της.

Η Amaya διαλογιζόταν για την αφύπνιση και την ειρήνη τις επόμενες ημέρες- και τα δύο ήταν αλληλένδετα, αδιαχώριστα και απαραίτητα για μια ευτυχισμένη ζωή. Κατά τη διάρκεια της ομιλίας, ο δάσκαλος ζήτησε από τους διαλογιστές να παρατηρούν τα πάντα γύρω τους όταν επιστρέφουν στον τόπο τους χωρίς υπερβολές. Μια αντικειμενική αξιολόγηση του κόσμου ήταν απαραίτητη για μια ευτυχισμένη συνύπαρξη και αφύπνιση.

"Η ζωή δεν πρέπει να είναι πολύ γρήγορη και πολύ αργή, καθώς οδηγεί σε σωματική και διανοητική απερισκεψία, έλλειψη επίγνωσης του τι συμβαίνει γύρω σας και μέσα σας", συνέχισε ο δάσκαλος.

Η απελευθέρωση του νου από το περιττό βάρος, το θυμό, την εκδίκηση, την εχθρότητα, τις σεξουαλικές φαντασιώσεις και την ηδονή ήταν απαραίτητη για την επίτευξη της φώτισης, επειδή ο ανθυγιεινός τρόπος ζωής κατέστρεφε την αντικειμενική και κριτική σκέψη. Παρ' όλα αυτά, ήταν επιτακτική ανάγκη να γίνονται ερωτήσεις, και μόνο η διεξοδική αμφισβήτηση μπορούσε να δώσει απαντήσεις, καθώς η εξερεύνηση ήταν η βάση όλων των αλλαγών που έμαθε η Amaya.

Μη φοβάστε ποτέ να αμφισβητήσετε ακόμη και τις πιο αγαπημένες αξίες και δόγματα. Η Amaya αποφάσισε να είναι εκείνη που δεν φοβόταν να αμφισβητήσει και να αποκαλύψει το ψέμα και τις αναλήθειες στη ζωή. Δεν υπήρχε κανένας πέρα από το κατώφλι της έρευνας- κανένας απολύτως ιερός. Υπήρχε μια σχέση αιτίου-αποτελέσματος σε ό,τι υπήρχε, και αυτή η συσχέτιση ήταν το θεμέλιο της λογικής. Ο λόγος θα έπρεπε να είναι η βάση των πράξεων και των πεποιθήσεών σας- οτιδήποτε πέρα από τη λογική είναι δεισιδαιμονία. Η πίστη δεν έχει λόγο- ως εκ τούτου, η πίστη ήταν φαντασίωση, είπε στον εαυτό της η Αμάγια.

Η Amaya έμαθε πολλά από τη διαμεσολάβηση της τελευταίας ημέρας, η οποία τη βοήθησε να πάρει ζωτικής σημασίας αποφάσεις για τη ζωή της. Καθώς κατεύθυνε το μυαλό της να είναι προσεκτικό, βίωσε τη χαρά να ακούει τον εσωτερικό της εαυτό: Να κατέχεις λίγα πράγματα στη ζωή, να χρησιμοποιείς μόνο τα πιο απαραίτητα πράγματα. Τα υλικά πράγματα θα την υποδούλωναν, καθώς δημιουργούσαν προσκολλήσεις, πόθους, ζήλια και φθόνο. Πέταξε αντικείμενα που την έκαναν εξαρτημένη. Με τον ίδιο τρόπο, το να είναι ευτυχισμένη με περιορισμένο χώρο την έκανε ικανοποιημένη. Να τρώει υγιεινά τρόφιμα, επαρκή και θρεπτικά, αλλά η δίαιτα δεν πρέπει να γίνει μόδα. Το φαγητό μπορούσε να τρελάνει ακόμα και έναν μοναχό, καθώς η λαιμαργία ήταν κακό. Η Αμάγια αποφάσισε να αποφεύγει να τρώει μετά το μεσημέρι, αν ήταν μόνη της, καθώς δύο γεύματα θα ήταν αρκετά για μια υγιή ζωή.

Αποφάσισε ότι ήταν απαραίτητο να αποκτά νέες γνώσεις, να δημιουργεί γνώσεις, να εργάζεται για την αυτοπραγμάτωση και την ευημερία των άλλων και να κοιμάται επαρκώς κάθε μέρα για να παραμένει ευτυχισμένη και ικανοποιημένη. Η Amaya συνειδητοποίησε την ανάγκη να σηκώνεται εγκαίρως, επικεντρώνοντας το μυαλό της να είναι ενεργό και παραγωγικό.

Να αποδέχεστε τις καταστάσεις όπως είναι πέρα από τον έλεγχό σας, αλλά να αναπτύσσετε μια επιστημονική στάση απέναντι στη ζωή, τον κόσμο και το Σύμπαν. Δεν μπορείτε να σταματήσετε την ανατολή του ήλιου, τη λάμψη του φεγγαριού, τη λάμψη των άστρων, το σχηματισμό των μαύρων οπών, τη βαρύτητα και τις βροχές κατά τη διάρκεια του μουσώνα. Κοιτάξτε γύρω σας και δείτε πώς συμβαίνουν τα πράγματα. Παρακολουθήστε την ανατολή του ήλιου, το φως, τον ουρανό, τα αστέρια, τα σύννεφα και τις βροχές, παρατηρήστε τις εποχές και μάθετε από τα ζώα, τα πουλιά, τα φυτά και τα δέντρα. Κοιτάξτε τα κυματιστά βουνά, τα δάση, τους καταρράκτες, τα ποτάμια και τις λίμνες. Απολαύστε την ομορφιά και το μεγαλείο του ωκεανού, καθώς τα κύματα μπορούν να σας διδάξουν πολλά μαθήματα ζωής, καθώς είναι συνεχή και δεν κουράζονται ποτέ από τη δραστηριότητά τους. Τα πάντα γύρω σας είναι όμορφα, συναρπαστικά και προκλητικά. Η Amaya είπε στον εαυτό της να είναι ένα με εσάς, ένα με τον κόσμο και ένα με το Σύμπαν. Να έχετε πάντα μια καρδιά με ενσυναίσθηση να αισθάνεται με εκείνους που υποφέρουν. Να πιστεύετε στη δύναμη των ομάδων και στην ενότητα της ανθρωπότητας. Τέλος, να κάνεις Βιπασάνα κάθε μέρα, μία ώρα μόλις σηκωθείς και μία ώρα το βράδυ- ήταν μια σταθερή απόφαση.

Παρατήρησε την απόλυτη σιωπή μέσα της καθώς πλησίαζε το δεκαήμερο πρόγραμμα εκπαίδευσης Vipassana, το οποίο την άλλαξε εντελώς. Υπήρχε μια εσωτερική χαρά μέσα της, καθώς οι μέρες της ταλαιπωρίας τελείωσαν και η Amaya βρήκε τη φώτιση, την αφύπνιση και τελικά την ειρήνη με τον εαυτό της. Η καρδιά της ήταν γεμάτη ψυχραιμία καθώς μπορούσε να ξεπεράσει τον αρνητισμό, τον εγωκεντρισμό και τον λήθαργο. Η ζωή ήταν για εποικοδομητικές δραστηριότητες, νέες έννοιες, ιδέες, δομές και γεγονότα. Η Amaya έμαθε ότι ήταν ένα συνεχές έπος δημιουργίας και αναψυχής, οικοδόμησης, ανοικοδόμησης και ανοίγματος σε νέες δυνατότητες.

Η Amaya ήξερε ότι το δεκαήμερο μάθημα ήταν μόνο η αρχή, όχι το τέλος. Χρειαζόταν να συνεχίζει καθημερινά τη στοχαστική ζωή για να την εξελίξει σε αναπόσπαστο κομμάτι του εαυτού της και να παραμείνει πνευματικά ζωντανή. Η ζωή της θα γινόταν μια ζωντανή έκφραση της Βιπασάνα για να απομακρύνει τα βαριά βάρη που κουβαλούσε για χρόνια. Σπάζοντας τα δεσμά που αλυσόδεναν τόσο σφιχτά το σώμα και το νου της δημιουργούσαν ασύλληπτο πόνο. Η Βιπασάνα θα μπορούσε να την ανακουφίσει μόνιμα και να εξαλείψει τις αχαλίνωτες ταλαιπωρίες, παρέχοντας μια σαφή εικόνα της ζωής, της αυθεντικής φύσης του νου, της διάνοιας και της συνείδησης για να αποκτήσει ελπίδα, ειρήνη και ηρεμία. Η Amaya έφυγε από τη Nalanda με σταθερή αποφασιστικότητα να ενσωματώσει τη Vipassana στην καθημερινή της ζωή. Επέστρεφε στη Nalanda ή στην Bodh Gaya κάθε χρόνο για ένα μήνα για να παρακολουθήσει έναν δεκαήμερο διαλογισμό και να εργαστεί ως εθελόντρια τις υπόλοιπες ημέρες.

Η Rose αγκάλιασε την Amaya μόλις μπήκε στο σπίτι- παρατήρησε ότι η αλλαγή της Amaya ήταν ορατή, ζωντανή και διαρκής. Η Amaya φαινόταν νηφάλια και το άγγιγμά της ήταν απαλό, στοργικό και ευγενικό.

"Μαμά, άλλαξα για τα καλά- αρχικά μου δημιούργησε αφόρητο πόνο, αλλά μετατράπηκε σε μεγαλειώδη και διαρκή. Η Βιπασάνα μπήκε στο μυαλό, τη διάνοια και την καρδιά μου. Την αγαπώ σαν δική μου και έχει γίνει μέρος της ζωής μου". Καθώς καθόταν κοντά στη μητέρα της, η Amaya διηγήθηκε τα γεγονότα μέσα της.

"Μπορώ να παρατηρήσω την αλλαγή- φαίνεσαι ταπεινή, ενσυναισθητική, εγκρατής και στοργική. Ξαναβρήκα την κόρη μου, μια ώριμη ενήλικα, που έχει πολλά πράγματα να κάνει στη ζωή της", αναφώνησε η Ρόουζ.

"Ναι, μαμά, θέλω να ξεκινήσω μια νέα ζωή. Αποφάσισα να ασκήσω τη δικηγορία, ένα εποικοδομητικό μέσο για να βοηθήσω τις γυναίκες που υποφέρουν από την εκμετάλλευση, την υποταγή και τα βασανιστήρια. Θέλω να βοηθήσω όσο το δυνατόν περισσότερες γυναίκες να δικαιωθούν, να ανακουφιστούν από τα βάσανά τους", εξήγησε η Amaya.

Η Ρόουζ κοίταξε την κόρη της με ψυχραιμία- μπορούσε να νιώσει τις πεποιθήσεις, τις προθέσεις και την αποφασιστικότητα της Αμάγια. "Είναι σπουδαία ιδέα- η πλήρης υποστήριξή μου είναι μαζί σου", επιβεβαίωσε η Ρόουζ.

Η Rose και η Amaya το συζήτησαν όταν ο Shankar Menon ήρθε από τη Βομβάη για να συναντήσει την κόρη του.

"Amaya, είναι μια ουσιαστική ιδέα- μπορείς να τα καταφέρεις καλά- είσαι το καλύτερο άτομο για να βοηθήσεις τις γυναίκες που χρειάζονται νομική βοήθεια", είπε αγκαλιάζοντας την κόρη του.

Μέσα σε λίγες ημέρες, η Amaya, η Rose και ο Shankar Menon επισκέφθηκαν το Kochi για να βρουν μια κατοικία με γραφεία για την

Amaya. Μετά από τρεις ημέρες εντατικής αναζήτησης, μπόρεσαν να εντοπίσουν μια βίλα σε απόσταση περίπου τριών χιλιομέτρων από το δικαστήριο. Ο Shankar Menon την αγόρασε και την χάρισε στην Amaya. Ένα μέρος του σπιτιού, συμπεριλαμβανομένου ενός καθιστικού, δύο υπνοδωματίων, μιας κουζίνας που η Amaya μετέτρεψε σε κατοικία της, και τέσσερα δωμάτια για σκοπούς γραφείου. Η Rose επέβλεψε τις εσωτερικές δομικές μετατροπές της κατοικίας και κατασκεύασε ντουλάπια τοίχου, ντουλάπια, ράφια και έπιπλα. Αγόρασε υπολογιστές, εκτυπωτές, φωτοτυπικά μηχανήματα και τον απαραίτητο ηλεκτρονικό εξοπλισμό για το γραφείο.

Μαζί με τον Shankar Menon, ο Rose έκανε παραγγελίες για νομικά βιβλία, περιοδικά και εκδόσεις σχετικά με τα ανθρώπινα δικαιώματα, τη δικαιοσύνη, την κοινωνιολογία, την ψυχολογία, την οικονομία, τον κοινωνικό ακτιβισμό και τις τελευταίες εξελίξεις στην επιστήμη και την τεχνητή νοημοσύνη. Υπήρχε ένα ειδικό τμήμα για τα Malayalam, τα γαλλικά, τα ισπανικά και τα αγγλικά με περίπου εκατό έργα μυθοπλασίας και ποίησης. Η Ρόουζ της χάρισε μερικά βιβλία για τον Βούδα και τη Βιπασάνα, τα οποία η Αμάγια κράτησε ως θησαυρό. Το πιο όμορφο δώρο που έκανε η Rose στην Amaya ήταν ένα πιάνο, και τόσο η Amaya όσο και η Rose έπαιζαν την αγαπημένη τους μουσική για ώρες μαζί.

Πριν ξεκινήσει τη νομική πρακτική, η Amaya εξουσιοδότησε ένα διεθνές πρακτορείο να πουλήσει τη βίλα της στη Βαρκελώνη, τα έπιπλα, τους υπολογιστές, τα βιβλία, τη μοτοσικλέτα και το αυτοκίνητό της και να δωρίσει τα έσοδα της διαδικασίας στην οργάνωση Child Concern εντός τριών μηνών. Στην τράπεζά της υπήρχαν οκτώ crore ρουπίες, τα χρήματα του αίματος που είχε μεταφέρει ο Karan στον λογαριασμό της, και η Amaya δώρισε το ποσό για την εκπαίδευση των κοριτσιών σε διάφορα μέρη της Ινδίας.

Για δύο χρόνια, η Amaya ασκούσε το επάγγελμα υπό την καθοδήγηση ενός ανώτερου δικηγόρου, ο οποίος της παρείχε εντατική εκπαίδευση για να αναπτύξει τις δεξιότητες και τη στάση της και να γίνει μια επιτυχημένη δικηγόρος. Η Amaya έμαθε τα θεμελιώδη μαθήματα της συνέντευξης, της σύνταξης, της κατάθεσης αιτήσεων στο δικαστήριο, των βασικών δικαστικών διαδικασιών, της εθιμοτυπίας και της εύγλωττης, δυναμικής και λογικής παρουσίασης των υποθέσεων που οδηγεί σε ισχυρά επιχειρήματα. Η Amaya έμαθε ένα από τα πιο κρίσιμα μαθήματα από την αρχαιότερή της, παρουσιάζοντας τον εαυτό της στο δικαστήριο με αυστηρά λευκά κολάρα και μαύρο φόρεμα και απευθυνόμενη στους δικαστές ως "Κύριέ μου" ή "Εξοχότατε" με ταπεινότητα. Η ανώτερη είπε στην Αμάγια ότι πολλοί δικαστές ήταν εγωιστές και ναρκισσιστές που αγαπούσαν τους άλλους και τους αντιμετώπιζαν σαν θεούς.

Όταν η Amaya άρχισε να ασκεί το επάγγελμα ανεξάρτητα, η καθιέρωσή της ως αποτελεσματικής δικηγόρου ήταν επίπονη. Την εξέπληξε η διαφθορά, ο νεποτισμός, ο καστικισμός και οι θρησκευτικές προκαταλήψεις μεταξύ των δικαστών και των συναδέλφων της δικηγόρων, τις οποίες δεν είχε συναντήσει ποτέ στο παρελθόν. Η Amaya έλαβε αξεπέραστο χειροκρότημα από ομάδες γυναικών και ακτιβιστές όταν εκπροσώπησε μια ομάδα γυναικών που ανήκαν σε μια φυλή στο τρίτο έτος. Για πολλά χρόνια, οι γυναίκες αυτές είχαν υποστεί σεξουαλική και οικονομική εκμετάλλευση από δασικούς υπαλλήλους και βαρόνους εξόρυξης ξυλείας εμπόρους ξυλείας. Η Amaya βίωσε απειλές θανάτου, κοινωνικό μποϊκοτάζ και επαγγελματική απαγόρευση όταν αποκάλυψε τις παραβάσεις. Επισημαίνοντας με αυθεντικά έγγραφα και στατιστικά στοιχεία, η Amaya αφηγήθηκε τις ανείπωτες ιστορίες περίπου δώδεκα παιδιών που γεννήθηκαν από βιασμούς και τις μητέρες τους που είχαν υποστεί εκμετάλλευση. Η ετυμηγορία ευνόησε τα θύματα, όπως ανέμενε το ευρύ κοινό και οι γυναικείες ομάδες. Το δικαστήριο επιδίκασε σημαντική αποζημίωση στα θύματα και μακροχρόνια φυλάκιση για περίπου δώδεκα δασικούς υπαλλήλους και επιχειρηματίες. Η υπόθεση αυτή άλλαξε τη θέση της Amaya στη νομική κοινότητα και για τα επόμενα δεκαπέντε χρόνια είχε μια επιτυχημένη πορεία βοηθώντας τους ανθρώπους να ξεπεράσουν τα βάσανά τους.

Την ημέρα που η Amaya γιόρτασε το εικοστό έτος της δικηγορικής της άσκησης, δέχτηκε ένα τηλεφώνημα από μια άγνωστη νεαρή γυναίκα- το τηλεφώνημα αυτό άλλαξε για άλλη μια φορά τη ζωή της πέρα από κάθε φαντασία. Μόνο μετά από λίγες ημέρες η Amaya κατάλαβε ότι η νεαρή γυναίκα δεν ήταν άλλη από τη Supriya, την απαχθείσα κόρη της. Το βράδυ της Παρασκευής δυσκολεύτηκε να κοιμηθεί, καθώς την επόμενη μέρα, τη δέκατη πέμπτη ημέρα από τότε που έλαβε το τηλεφώνημα, θα πήγαινε στο Τσαντιγκάρ για να συναντήσει για πρώτη φορά την κόρη της.

Γύρω στα μεσάνυχτα, η Amaya παρατήρησε ένα νέο μήνυμα στην οθόνη του τηλεφώνου της από τη Supriya: "Μαμά, θέλω να εξιλεωθώ για τα εγκλήματα του πατέρα μου, αλλά δεν μπορώ να τον αφήσω. Η μόνη επιλογή είναι...." Ήταν ένα ημιτελές μήνυμα, αλλά ο υπαινιγμός του τρόμαξε την Amaya με ένα ξαφνικό τράνταγμα στην καρδιά της. "Όχι, Σούπρια. Μη σκέφτεσαι άγρια", φώναξε η Αμάγια, καθώς η δράση που κρύβεται στα λόγια της Σουπρίγια διέλυσε για μια σύντομη στιγμή την ηρεμία της Αμάγια. Ήταν ένας τρομακτικός οιωνός για βάσανα για πολλά ακόμη χρόνια που θα ακολουθούσαν. Αμέσως, η Amaya έστειλε μήνυμα ότι θα έφτανε στο αεροδρόμιο του Chandigarh όπως είχε προγραμματιστεί, γύρω στις δύο το απόγευμα. Οι διαταραχές του ύπνου συνεχίστηκαν καθώς το μυαλό της μπλέχτηκε μέσα στην επικείμενη καταστροφή, καθώς και το κεφάλι της αγωνιούσε να βγει από το τέλμα της ματαιότητας. Παρόλο που κοιμήθηκε μόνο για μια ώρα, η Amaya σηκώθηκε στις τέσσερις το πρωί. Αφού έκανε Βιπασάνα, έστειλε ένα μήνυμα ηλεκτρονικού ταχυδρομείου στη Sunanda εξουσιοδοτώντας την να εκπροσωπεί τις υποθέσεις της, εκτός από τη διαχείριση του γραφείου της Amaya κατά τη διάρκεια της παρατεταμένης άδειάς της, αν υπάρξει. Εξουσιοδότησε επίσης τη Sunanda να πουλήσει την περιουσία της Amaya και να δωρίσει τη διαδικασία στο Child Concern, αν δεν μπορούσε να επιστρέψει εντός ενός έτους.

Η πτήση ήταν στις εννέα από το Κότσι- χρειαζόταν λίγο περισσότερο από τρεις ώρες για να φτάσει στο Δελχί. Μετά από ένα απόγευμα σε πτήση ανταπόκρισης, η Amaya έφτασε στο Chandigarh. Ο ενθουσιασμός για τη συνάντηση με την κόρη της ήταν παθητικός, καθώς η αγωνία για την τραγωδία που θα αντιμετώπιζε ήταν ανησυχητική. Η Amaya στεκόταν υπομονετικά για περίπου δεκαπέντε λεπτά, αλλά κανείς δεν την περίμενε. Ο φόβος καραδοκούσε στην καρδιά της περισσότερο από την απογοήτευση, το προμήνυμα μιας επερχόμενης συμφοράς. Χρειάστηκαν περίπου είκοσι λεπτά για να φτάσει στη Φωλιά του Κούκου, την κατοικία της Σούπρια. Η Αμάγια μπορούσε να δει τα κεντρικά γραφεία της φαρμακευτικής εταιρείας Dr Karan Acharya. Εκεί βρισκόταν ένα αρκετά μεγάλο πλήθος, ενώ πολλά οχήματα από τηλεοπτικά κανάλια, εφημερίδες και αστυνομικά τμήματα ήταν σταθμευμένα στον περίβολο. Απροσδόκητα, η Amaya έμεινε ακίνητη καθώς υπήρχε ένα φορείο με λευκά σεντόνια, που σπρώχνονταν σε ένα ασθενοφόρο από μερικούς αστυνομικούς.

"Κύριε, είμαι ο Adv Amaya Menon, συνήγορος της Dr Poornima Acharya. Θέλω να τη συναντήσω αμέσως", είπε η Amaya, συστήνοντας τον εαυτό της σε έναν αστυνομικό.

"Κυρία, λυπάμαι που ίσως δεν μπορείτε να τη συναντήσετε σήμερα. Συλλαμβάνεται για υποψία δολοφονίας", είπε ο αξιωματικός.

Η Amaya έμεινε άφωνη για αρκετή ώρα. "Πότε θα μπορέσω να τη συναντήσω;" ανακτώντας την ψυχραιμία της, η Amaya ρώτησε.

"Μπορεί να μην είμαι σε θέση να πω με σιγουριά. Παρόλο που είναι Κυριακή, θα παρουσιαστεί αύριο ενώπιον δικαστή και πιθανότατα θα παραμείνει υπό αστυνομική ή δικαστική κράτηση για τις επόμενες δεκατέσσερις ημέρες".

"Ως σύμβουλός της, έχω δικαίωμα να τη συναντήσω", επέμεινε η Amaya.

"Το ξέρω. Αλλά πρέπει να πάρετε γραπτή άδεια από δικαστή για να τη συναντήσετε", διευκρίνισε ο αστυνομικός.

Η Amaya είδε φωτογράφους και δημοσιογράφους να τρέχουν προς ένα τζιπ της αστυνομίας που ήταν σταθμευμένο στην είσοδο του σπιτιού, όπου γυναίκες αστυνομικοί έσπρωξαν μέσα στο τζιπ, μια γυναίκα που είχε καλύψει το κεφάλι της με ένα μαύρο πανί.

"Supriya!" φώναξε η Amaya και έτρεξε προς το τζιπ.

"Κυρία, δεν επιτρέπεται να της μιλήσετε", είπε ο αστυνομικός σταματώντας την Amaya.

Η Amaya άνοιξε το κινητό της τηλέφωνο για να μάθει τις τελευταίες ειδήσεις και υπήρχαν ζωντανές μεταδόσεις από διάφορα τηλεοπτικά κανάλια. "Ο Δρ Καράν Ατσάρια πέθανε χθες το βράδυ γύρω στις έντεκα- ήταν πενήντα πέντε ετών. Ήταν ο πρόεδρος της φαρμακευτικής εταιρείας Acharya. Ο Δρ Ατσάρια βρισκόταν σε κώμα για τρεισήμισι μήνες λόγω αυτοκινητιστικού δυστυχήματος. Οι ιατρικές εκθέσεις επιβεβαιώνουν ότι ο νωτιαίος μυελός του είχε υποστεί σοβαρή βλάβη. Ως αποτέλεσμα, βρισκόταν σε κρίσιμη κατάσταση τις τελευταίες δύο ημέρες. Η σύζυγός του, Δρ Eva Acharya, πέθανε από καρκίνο των ωοθηκών πριν από τρία χρόνια. Ο Δρ Acharya έχει μια κόρη, τη Δρ Poornima, τη διευθύνουσα σύμβουλο της εταιρείας. Σπούδασε στο Δελχί, έκανε έρευνα στο Λονδίνο και στο Πάλο Άλτο της Καλιφόρνια, εργάστηκε στο Τσαντιγκάρ και έγινε διεθνώς γνωστός χειρουργός και επιστήμονας. Ο Δρ Acharya ανέπτυξε ένα φάρμακο για τη νόσο Αλτσχάιμερ πριν από ένα τέταρτο του αιώνα, το οποίο αργότερα απαγορεύτηκε λόγω των τρομερών παρενεργειών του. Η ιατρική κοινότητα και οι κυβερνήτες της χώρας εξέφρασαν τα βαθύτατα συλλυπητήριά τους για τον πρόωρο θάνατό του".

Η Amaya μπορούσε να φανταστεί τι θα μπορούσε να είχε συμβεί. "Πρέπει να υπερασπιστώ την κόρη μου", είπε στον εαυτό της.

Στη συνέχεια, ήρθε η έκτακτη είδηση: "Η αστυνομία του Τσαντιγκάρ συνέλαβε τη Δρ Poornima Acharya, διευθύνουσα σύμβουλο της φαρμακευτικής εταιρείας Dr Acharya, κόρη του Δρ Karan Acharya, για την υποτιθέμενη δολοφονία του πατέρα της. Η σύλληψη πραγματοποιήθηκε το απόγευμα του Σαββάτου. Το υλικό από κάμερες κλειστού κυκλώματος ασφαλείας έδειξε τη Δρ Poornima να κάνει ένεση στον πατέρα της γύρω στις δέκα και μισή το βράδυ της Παρασκευής. Δεν καταχώρησε τα στοιχεία της οποίας στο ημερολόγιο θεραπείας. Δύο γιατροί που παρακολουθούσαν τον Δρ Karan Acharya τους τελευταίους τρεισήμισι μήνες έκριναν ότι ο Δρ Acharya ήταν ήδη νεκρός από τις δέκα το βράδυ της Παρασκευής. Ένας άλλος γιατρός δήλωσε ότι επρόκειτο για μη εγκεκριμένη ευθανασία. Όμως ο Δρ Πουρνίμα δεν έχει ακόμη αρνηθεί τις κατηγορίες για φόνο".

Η Amaya πήγε στο δικαστήριο το πρωί της Δευτέρας και πήρε άδεια για να συναντήσει τη Supriya. Όταν έφτασε στο αστυνομικό τμήμα γύρω στις τρεις το απόγευμα, η Amaya είδε μια γυναίκα να κάθεται στο πάτωμα μέσα στο κρατητήριο. Η Amaya μπορούσε να δει μόνο το πίσω μέρος του κεφαλιού της, καθώς η γυναίκα κοιτούσε προς τον τοίχο.

"Supriya", την φώναξε η Amaya με χαμηλή φωνή, στεκόμενη έξω από τα κλειδωμένα σιδερένια κάγκελα.

"Ναι, μαμά", απάντησε η γυναίκα χωρίς να κουνήσει το κεφάλι της.

"Θέλω να υποβάλω αίτηση για εγγύηση για σένα", είπε η Amaya.

"Όχι, μαμά. Δεν χρειάζεται να ζητήσεις εγγύηση", αντέδρασε η γυναίκα.

"Γιατί;" ρώτησε η Amaya.

"Θέλω να υποφέρω για να διορθώσω τα εγκλήματα του πατέρα μου. Τα εγκλήματα που διέπραξε εναντίον σας ήταν ασυγχώρητα. Καθώς δεν μπορούσε να υποστεί τιμωρία, αποφάσισα να είμαι στη φυλακή για τα επόμενα είκοσι τέσσερα χρόνια", εξήγησε η γυναίκα.

"Supriya, θα είναι μια άκαρπη άσκηση. Δεν υπάρχει πια. Επιτρέψτε μου να σας υπερασπιστώ", είπε η Amaya.

"Μαμά, με αγάπησες. Μπορώ να ανταποδώσω την αγάπη σου μόνο μέσα από τα βάσανά μου. Αν δεν υποφέρω, είμαι εγωίστρια και δεν θα έχω γαλήνη. Διάβασα στις εκδόσεις σας- ότι η τιμωρία ήταν απαραίτητο επακόλουθο για να εξιλεωθεί ένα αδίκημα. Έτσι, πρέπει να υποβληθώ σε φυλάκιση, καθώς δεν υπάρχει άλλη επιλογή", διευκρίνισε η γυναίκα.

"Supriya, είσαι νέα και σε περιμένει ένα μέλλον. Μπορείς να βοηθήσεις εκατομμύρια ανθρώπους μέσω των φαρμακευτικών σου προϊόντων. Σκέψου τη θετική πλευρά της ζωής", προσπάθησε να πείσει η Amaya τη γυναίκα.

"Με τον ίδιο τρόπο, κληρονόμησα το όνομα, τη φήμη και τον πλούτο του πατέρα μου- τα εγκλήματά του είναι και δική μου κληρονομιά, και μόνο με το να με κλείσουν πίσω από τα κάγκελα της φυλακής μπορώ να τους αποζημιώσω. Θέλω να υποφέρω", εξήγησε η γυναίκα.

"Είναι το επάγγελμά μου να σας υπερασπίζομαι. Μην εξετάζετε τις σχέσεις μεταξύ μας", είπε η Αμάγια.

"Για να με υπερασπιστείς, πρέπει να πεις ψέματα στο δικαστήριο. Αλλά εσύ εγγυάσαι για την αλήθεια και τη δικαιοσύνη. Διάβασα κάπου ότι ήσασταν τακτικός ασκούμενος της Βιπασάνα- πιστεύω ότι είστε. Η αλήθεια από μόνη της δεν μπορεί να κερδίσει μια δίκη, αλλά το να πεις ψέματα είναι ενάντια στις αρχές της Βιπασάνα, κάτι που απεχθάνεσαι να κάνεις. Επομένως, η υπεράσπισή μου θα είναι ανήθικη". Η γυναίκα ήταν οριστική.

Η Amaya σκεφτόταν για αρκετή ώρα. Αυτά που είπε η κόρη της για τη Βιπασάνα και την αλήθεια επηρέασαν βαθιά την καρδιά της. "Σούπρια, ο πατέρας σου πέθανε από φυσικό θάνατο γύρω στις δέκα το βράδυ της Παρασκευής. Γνωρίζοντας ότι ήταν νεκρός, του κάνατε μια ένεση στις δέκα και μισή. Και τα μεσάνυχτα, μου έστειλες το μήνυμα, το οποίο ήταν μια μεταγενέστερη σκέψη", είπε η Amaya.

Υπήρξε μια μακρά σιωπή. Τότε η γυναίκα είπε αργά και συνειδητά: "Μαμά, γνωρίζεις την αλήθεια, αλλά σε κάθε περίπτωση, η αλήθεια μπορεί να μην αντικατοπτρίζει τη δικαιοσύνη. Όταν υπάρχει αντιπαράθεση μεταξύ της αλήθειας και της δικαιοσύνης, είναι σημαντικό να σταθείς στο πλευρό της αλήθειας. Αλλά χωρίς δικαιοσύνη, η αλήθεια είναι άκυρη. Δεν απορρίπτω την αλήθεια, αλλά υποστηρίζω την υποχρέωση απέναντι στη δικαιοσύνη. Δεν μπορώ να κρύβομαι πίσω από την αλήθεια, αποκηρύσσοντας τη δικαιοσύνη. Είναι μια ηθική επιταγή και δεν μπορώ να ξεφύγω από αυτήν. Πρέπει να υποφέρω, καθώς ήταν η μόνη μου επιλογή, επειδή ο πατέρας μου σας προσέβαλε βαθύτατα και δεν υπάρχει πια. Το έγκλημά του απαιτεί δικαιοσύνη και μόνο εγώ μπορώ να τον τιμωρήσω. Άλλωστε, δεν έχω καμία διέξοδο από αυτό, καθώς είστε η μητέρα μου και αυτός ήταν ο πατέρας μου. Μην με υπερασπίζεσαι. Αν με παρεμποδίσετε, ίσως χρειαστεί να περιπλανηθώ στους δρόμους του Chandigarh κάνοντας μετάνοιες για το υπόλοιπο της ζωής μου όπως ο Οιδίποδας. Αντίο, μαμά".

"Αντίο, Supriya", είπε η Amaya καθώς στράφηκε να φύγει.

Την επόμενη μέρα, η Amaya πήρε μια πτήση για την Τζακάρτα- υπήρχε μια πτήση με ανταπόκριση για το Waisai στο αρχιπέλαγος Raja Ampat. Εκεί εντάχθηκε στην οργάνωση Child Concern ως κοινωνική λειτουργός- εθελοντής στο πεδίο για να διανέμει βιβλία σε παιδιά σε χιλιάδες ανώνυμα νησιά που απλώνονταν στον απέραντο ωκεανό για όλες τις ημέρες της ζωής της.

Σχετικά με τον συγγραφέα

Ο Varghese V Devasia δίδαξε αγγλικά στο σχολείο Loyola, Trivandrum. Είναι πρώην καθηγητής και κοσμήτορας στο Tata Institute of Social Sciences Mumbai και επικεφαλής του Tata Institute of Social Sciences, Tuljapur Campus. Διετέλεσε καθηγητής και διευθυντής στο Ινστιτούτο Κοινωνικής Εργασίας MSS του Πανεπιστημίου Nagpur, Nagpur.

Απέκτησε το Certificate of Achievement in Justice από το Χάρβαρντ, δίπλωμα στο Δίκαιο των Ανθρωπίνων Δικαιωμάτων από την Εθνική Νομική Σχολή του Πανεπιστημίου της Ινδίας Bengaluru, πτυχίο φιλοσοφίας από το Sacred Heart College Shenbaganur, μεταπτυχιακό στην Κοινωνική Εργασία από το Tata Institute of Social Sciences, Mumbai, μεταπτυχιακό στην Κοινωνιολογία από το Πανεπιστήμιο Shivaji Kolhapur, LLB, MPhil και διδακτορικό από το Πανεπιστήμιο Nagpur.

Έχει δημοσιεύσει περισσότερα από δέκα ακαδημαϊκά βιβλία αναφοράς στην εγκληματολογία, τη σωφρονιστική διοίκηση, τη θυματολογία, τα ανθρώπινα δικαιώματα, την κοινωνική δικαιοσύνη, τη συμμετοχική έρευνα και πολλά άρθρα σε εθνικά και διεθνή περιοδικά με κριτές. Είναι συγγραφέας μιας ανθολογίας διηγημάτων, A Woman with Large Eyes, που εκδόθηκε από τον εκδοτικό οίκο Olympia Publishers, Λονδίνο, και μυθιστορημάτων, Women of God's Own Country, που εκδόθηκε από τον εκδοτικό οίκο Book Solutions, Indulekha Media Network Kottayam και The Celibate, που εκδόθηκε από τον εκδοτικό οίκο Ukiyoto Publishing, Hyderabad. Έχει γράψει μια νουβέλα στα Malayalam, που εκδόθηκε από τις εκδόσεις Mulberry Publishers, Calicut. Ο Varghese V Devasia είναι ο αποδέκτης του βραβείου Συγγραφέας της Χρονιάς 2022 για το ντεμπούτο μυθιστόρημά του, Women of God's Own Country, το οποίο παρουσιάστηκε από την Ukiyoto Publishing. Ζει στο Kozhikode της Κεράλα.

Ηλεκτρονικό ταχυδρομείο: *vvdevasia@gmail.com*

www.ingramcontent.com/pod-product-compliance
Lightning Source LLC
LaVergne TN
LVHW041702070526
838199LV00045B/1165